Noelle Salazar
Uns gehört der Himmel

GOLDMANN
Lesen erleben

NOELLE SALAZAR

UNS GEHÖRT DER HIMMEL

Die Flight Girls

Roman

Deutsch von
Ursula Wulfekamp

GOLDMANN

Die amerikanische Originalausgabe erschien 2019
unter dem Titel »The Flight Girls« bei Mira Books.

Für diese Ausgabe von der Autorin überarbeitete Fassung.

1. Auflage
Taschenbuchausgabe Februar 2021

Umschlaggestaltung: UNO Werbeagentur, München,
nach einer Idee von © 2019 by Harlequin Enterprises ULC
halbe U1 (Landebahn+Himmel): FinePic®, München;
CN · Herstellung: kw
Satz: Vornehm Mediengestaltung GmbH, München
Druck und Bindung: GGP Media GmbH, Pößneck
Printed in Germany
ISBN: 978-3-442-49146-9
www.goldmann-verlag.de

Für Harry und Allene

Jetzt ist nicht die Zeit, in der Frauen Geduld haben sollten. Wir befinden uns im Krieg, und wir müssen mit allem, was wir haben, kämpfen, mit all unseren Fähigkeiten und all unseren Waffen. Weibliche Piloten sind, in diesem bestimmten Fall, eine Waffe, die auf ihren Einsatz wartet.

— ELEANOR ROOSEVELT

Mein Vater erzählte mir einmal, dass meine Mutter, als sie mit mir schwanger war, das Gefühl hatte, ich würde in ihr flattern. »Wie ein Vögelchen, das in seinem Ei gefangen ist und strampelt, um freizukommen.« Sobald ich gehen konnte, lief ich los, die Arme zu Flügeln ausgebreitet.

Er sagte immer, ich sei eher ein Vogel als ein Mädchen gewesen, sei immer herumgeschwirrt, sei gesprungen, ohne vorher zu gucken, hätte nie Angst vorm Fallen gehabt.

Im Vertrauen darauf, dass meine Flügel mich tragen würden …

TEIL 1

OKTOBER 1941

KAPITEL 1

O'ahu

Die Brandung wirbelte mir schäumend um die Füße, der laue hawaiianische Passatwind fächelte durch die Palmen und trieb den Geruch von Kokosöl herüber. Ich stand da und starrte zum Horizont.

»Audrey!«

Ich warf einen Blick über die Schulter zu den drei Frauen, die im Sand auf einer großen Decke lagen. Die hatte eine von uns vom Bett geschnappt, als wir zur Tür hinausgestürzt waren in der Hoffnung, den Sunset Beach früh genug zu erreichen, um einen Parkplatz zu bekommen. Die bevorstehenden Winterwellen lockten immer mehr Surfer an. Sie bevölkerten meinen Lieblingsstrand und machten jeden Moment der Stille zunichte. Wie befürchtet, war der Parkplatz fast vollständig belegt von Militärjeeps, holzverkleideten Kombis und Ford Coupés, beladen mit bunten Surfbrettern und anderen Strandutensilien.

»Ja?«, rief ich zurück.

Ruby, Catherine und Jean rekelten sich in der Spätvormittagssonne, ihre Haut glänzte.

»Willst du den ganzen Tag da stehen bleiben?«, fragte Ruby und richtete das Oberteil ihres neuen signalroten Zweiteilers. Catherine hatte ihr unterstellt, ihn absichtlich eine Größe zu klein gekauft zu haben: Das Oberteil bedeckte ihre Brüste nur knapp.

»Schon möglich.«

»Dann rück ein Stück in meine Richtung. Ich könnte etwas Schatten gebrauchen.«

»Das bisschen Schatten, den die wirft, wird dir nicht viel nützen«, meinte Jean, nahm ihren breitkrempigen Strohhut ab und fächelte sich damit Luft zu, während sie mit der anderen Hand die dichten blonden Locken anhob, die ihr im Nacken klebten.

Catherine drehte sich vom Bauch auf den Rücken und setzte sich auf. Sie sah traumhaft aus in ihrem weißen Badeanzug mit Nackenhalter und Rüschen am Saum. »Zwischen meinen Brüsten hat sich ein ganzer See gebildet«, sagte sie, woraufhin zwei Männer, die gerade am Strand vorbeigingen, kurz stehen blieben. Sie schenkte ihnen ein kokettes Lächeln und strich genüsslich mit einer manikürten Hand über das lange Bein.

Als ich mich wieder zum Wasser umdrehte, streifte mein Blick einen Mann, der zehn Meter von mir entfernt auf der Seite lag. Er sah von seinem Buch auf, unsere Blicke begegneten sich.

Lieutenant Hart.

Ich schnappte kurz nach Luft und wandte mich ab. Lieutenant James Hart, der befehlshabende Offizier der

Pilotenausbildung auf dem Wheeler Army Airfield und Vorgesetzter meiner Chefin. Aus mir unerklärlichen Gründen brachte er mich durcheinander. Nicht auf bedrohliche Art, nein, es war etwas anderes. Etwas Stilles. Verlockendes. Ein leichtes Flattern, das sich tief in meinem Bauch eingenistet hatte, seit wir uns eines Morgens vor vier Monaten auf dem Rollfeld begegnet waren, und das sich nicht legen wollte. Unwillentlich drehten sich meine Gedanken um ihn, selbst wenn ich nicht direkt vor seiner Nase neue Piloten ausbildete. Außerdem hielt er sich auch noch an seinen freien Tagen häufig am selben Ort wie ich auf, was es nicht besser machte.

Das Branden der Wellen übertönte meinen Herzschlag. Unablässig bauten sie sich auf, brachen sich tosend und strömten rings um mich her auf den Strand. Das beruhigte meine Nerven und erinnerte mich daran, weshalb ich überhaupt hier stand.

Laut dem Kalender, der an der Wand vor unserem Pausenraum im Ausbildungshangar hing, wurden auf dem Flugplatz Haleiwa, eine Viertelstunde südlich von unserem Standort, demnächst zwei Flugzeuge erwartet. Da ich wusste, dass ihre Route über die Inselmitte führen würde, bevor sie in einer Schleife nach Süden flogen, wollte ich bei ihrem Vorbeiflug einen Platz in der ersten Reihe haben.

»Wie spät?«, rief ich über die Schulter.

»Elf Uhr sechsunddreißig«, antwortete Jean. »Vielleicht kommen sie doch nicht.«

Angestrengt schaute ich nach Norden, lauschte auf das Geräusch eines näher kommenden Motors, aber nichts war zu hören über dem Geplauder der Strandbesucher, dem regelmäßigen Abprallen eines Volleyballs irgendwo in der Nähe und Jimmy Dorseys »Green Eyes«, das aus einem Autoradio dudelte.

Mit einem Seufzen beschattete ich die Augen und suchte weiter den Horizont im Norden ab. Etwas stieß mir ans Bein, ich schaute nach unten und sah ein leeres weiß-blaues Surfbrett.

»Sorry, Süße«, sagte ein Mann, hob das Brett aus dem Wasser und klemmte es sich unter den Arm.

»Schon in Ordnung«, sagte ich und wedelte mit der Hand, als wollte ich eine Fliege verscheuchen.

»Was gibt's denn da so Interessantes zu sehen für ein hübsches Ding wie Sie?«, fragte er, trat näher und streifte dabei meinen Arm.

Ich richtete mich zu meiner vollen Größe von eins achtundsechzig auf, verschränkte die Arme vor der Brust und trat einen Schritt zurück, bevor ich zu Adonis aufschaute. In seinen blonden Haaren zeichneten sich noch die Zähne des Kamms ab, mit dem er sich frisiert hatte, und seine muskulöse Brust schien vor Aufgeblasenheit schier zu bersten. Die Dreistigkeit, mit der er mich bedrängte, bestätigte mir, dass er genau der Typ war, den ich nicht ausstehen konnte. Leider waren die meisten Vertreter der männlichen Spezies so.

Mein Blick wanderte kurz zum Lieutenant, er war aufgestanden, das Buch noch in der Hand, und musterte den Mann neben mir.

Ich sah wieder zu dem Blonden hoch, er zwinkerte grinsend. Die Sonne blitzte auf seinen Zähnen, während er unverhohlen jedes Detail an mir betrachtete, von meinem nassen Haar bis zu dem schlichten marineblauen Einteiler. Ich trat noch einen Schritt zurück.

»Eddie, belästigen Sie meine Freundin?«

Ruby stand hinter uns, die Hände in die Hüften gestemmt, ihr kastanienrotes Haar leuchtete im Sonnenlicht lichterloh.

»Ich muss ja sagen, Miss Ruby Carmichael.« Er richtete sein strahlendes Lächeln auf meine Mitbewohnerin. »Wie geht es Ihnen an diesem schönen Nachmittag? Verbringen Sie Ihre Freizeit immer noch mit diesem Travis?«

Ruby kicherte, und ich stöhnte. Was Männer betraf, war ihr Geschmack entsetzlich: ein Riesenego, dafür umso weniger Hirn.

»Ach, das war vor Urzeiten«, antwortete sie. »Unglaublich, dass Sie sich noch an ihn erinnern.«

»Wie könnte ich das vergessen, wenn das süßeste Ding, dem ich je begegnet bin, mit jemand anderem als mir ausgeht?« Sein Blick klebte auf ihrer Brust. »Aber jetzt nicht mehr, sagen Sie?«

»Nicht mehr«, hauchte sie.

»In dem Fall – kann ich Sie vielleicht zu einem Strandspaziergang überreden?«

»Warum nicht?«

Wäre ich interessiert gewesen, hätte ich mich gekränkt gefühlt, weil ich nicht nur ignoriert, sondern schlicht vergessen worden war. Aber in diesem Fall war ich bloß erleichtert.

Ich sah zum Lieutenant, der meinem Blick einen Moment begegnete, dann schüttelte er mit einem leisen

Lächeln den Kopf. Er ließ sein Buch auf das Handtuch fallen, watete ins Wasser und tauchte unter. Einen guten Meter weiter tauchte er wieder auf und schwamm mit kräftigen, regelmäßigen Zügen ins Meer hinaus.

»Hat sich Eddie an dich rangemacht?«

Ich fuhr zusammen, so plötzlich stand Jean neben mir. Aus zusammengekniffenen braunen Augen starrte sie durch die rosa gerahmte Sonnenbrille, die keck auf ihrer Stupsnase saß, den Strand hinunter.

»Ich glaube, das wollte er, wurde dann aber abgelenkt«, sagte ich.

Jean prustete.

»Eddie ist ein Schürzenjäger«, sagte eine andere Stimme. Ich drehte mich um und erkannte Jeans Freundin Claire, eine Krankenschwester, die wir am zweiten Tag auf O'ahu kennengelernt hatten, als Ruby glaubte, sich das Handgelenk gebrochen zu haben. Sie sah Ruby und Eddie hinterher und schürzte missbilligend die rosa Lippen. Ihr unförmiges pinkfarbenes Strandkleid war feucht vor Schweiß.

»Ruby kommt mit ihm schon klar«, sagte Jean. »Sie verbraucht Männer wie Catherine falsche Wimpern. Den armen Travis hat sie gestern abserviert, nachdem sie gerade mal zwei Wochen mit ihm gegangen ist.«

»Wenn es überhaupt zwei Wochen waren«, warf ich ein.

»Klingt nach perfektem Liebesglück«, meinte Claire.

»Na ja«, sagte Jean und stieß mich mit dem Ellbogen an, »bei Eddie magst du ja den Kürzeren gezogen haben, aber die Aufmerksamkeit unseres Lieutenant ist dir gewiss. Er hatte zur Verteidigung deiner Ehre schon das Schwert gezückt.«

»Ach was, das stimmt doch gar nicht«, widersprach ich kopfschüttelnd.

»Hmm-hmm.« Sie grinste, und Claire nickte.

»Hat dich nicht aus den Augen gelassen«, bestätigte sie.

»Er war bestimmt nur um die Sicherheit einer seiner Angestellten besorgt.«

»Genau.« Jean grinste wieder. »Das muss der Grund sein. Das erklärt allerdings nicht, warum wir ihn auch sonst ständig dabei ertappen, wie er dich anstarrt.«

Die beiden lachten, während ich mich wieder zum Horizont drehte.

»In die Richtung ist er geschwommen«, rief Jean und zeigte aufs Wasser, aber ich drückte ihre Hand nach unten.

»Ich suche nicht nach dem Lieutenant«, sagte ich streng. »Ich suche nach den verdammten Maschinen, die heute hier landen sollen.«

»Ihr Mädels mit euren Flugzeugen«, sagte Claire. »Das kann ich einfach nicht verstehen. Die sind so …«

»Psst!« Mit einer Geste brachte ich sie zum Verstummen.

Das Geräusch war leise, wie atmosphärisches Rauschen, schwoll aber rasch zu einem Summen an.

Mein Körper kribbelte vor Aufregung. Durch die Vibration der Motoren grollte es leise am Himmel, die Leute am Strand hielten inne, richteten sich auf, das Volleyballspiel wurde unterbrochen, die Surfer setzten sich auf ihre Bretter, alle Blicke wanderten zum Himmel.

Als zwei Curtiss P-40 Warhawks auf uns zu donnerten, packte ich Jeans Hand. Der Bug der Maschinen war als Haifischmaul bemalt, die grausamen weißen Zähne blitzten beim Vorbeifliegen.

»Irre!«, rief Jean und winkte ihnen.

»Bildschön«, flüsterte ich.

»Zu laut!«, brüllte Claire. Sie kauerte hinter uns und hielt sich die Ohren zu. »Ehrlich, ihr Mädels seid verrückt, solche Dinger zu fliegen. Wie ertragt ihr bloß den Lärm?«

Ich sah zu Jean, die verständnislos tat. »Lärm?«, fragte sie. »Welchen Lärm denn?«

»Mir werden die Ohren für den Rest des Tages dröhnen«, beschwerte sich Claire.

Jean legte einen Arm um ihre Freundin. »Komm, gehen wir schwimmen. Audrey, du auch?«

Einen Moment lang ließ ich noch mal den Blick über den Himmel schweifen, aber das Wasser lockte, wie ein hartnäckiges kleines Kind, das spielen wollte, schwappte es gegen meine Schienbeine. Mit einem letzten Blick nach Norden watete ich bis zum Bauch hinein und stieß mich vom weichen Meeresboden ab, dann schwamm ich mit gemächlichen Zügen parallel zum Strand und achtete auf hereinkommende Surfer.

Ich drehte mich auf den Rücken. Die Wellen wogten unter mir, während ich in den strahlend blauen Himmel blickte. Ich seufzte und genoss das Gefühl von Freiheit. Danach hatte ich mich immer gesehnt, und mit Hawaii hatte ich es endlich bekommen. Befreit vom allsehenden Auge meiner Mutter. Befreit von dem, was ich der

Meinung anderer nach sein sollte. Befreit von der Verantwortung, die die Privilegien meiner Herkunft mit sich brachten – an Partys teilnehmen zu müssen, beim Brunch die Gastgeberin spielen und mich entsprechend meiner Rolle als pflichtbewusste Tochter des Coltrane-Vermögens kleiden zu müssen. Die Etiketten in meiner Garderobe zeugten vom Erfolg meines Vaters, aber meine Mutter stammte vom alten Geldadel ab, was dem Ganzen noch eins draufsetzte. Diamantene Ohrstecker, ein geschmackvoller Siegelring, eine Perlenkette wie ein Halsband, und zwar eines, an dem ich mich zweiundzwanzig Jahre wundgescheuert hatte, bis mein Vater es dankenswerterweise löste.

Zumindest für eine Weile. Diese Insel war meine Chance, meiner Mutter – und mir – zu beweisen, dass ich selbst für meinen Lebensunterhalt sorgen und das Geld verdienen konnte, das ich brauchte, um das Einzige zu besitzen, was ich je haben wollte: einen Flugplatz. Das war mein Ziel, seit ich verständig genug war, um davon zu träumen. Seit ich bei einer der vielen Soireen meiner Mutter dabeigesessen und beobachtet hatte, wie die Frauen bei Champagner angeregt plauderten, stets den Gatten im Blick, um ihm jeden Wunsch von den Augen abzulesen, während sich die Männer lachend bei bernsteinfarbenen Drinks unterhielten und keinen Gedanken an ihre bessere Hälfte verschwendeten. Ich wollte keine der Frauen sein, denen nachzueifern ich erzogen wurde – ich wollte ich selbst sein.

Mein Vater erkannte das, und er unterstützte mich. Als sich mir die Gelegenheit bot, in O'ahu Pilotenanwärter fürs Militär zu unterrichten und dafür ein gutes Gehalt zu bekommen, bestand mein Vater nicht nur darauf, dass ich das Angebot annahm, er spendierte mir auch das Flugticket, vorgeblich als Belohnung für meine Leistungen an der Uni.

»Sie hat ein bisschen Vergnügen verdient, bevor sie sesshaft wird, Gennie, meinst du nicht auch?«, fragte er meine Mutter, als ich sie einmal belauschte. »Sie hat hart gearbeitet.«

»Aber ein ganzes Jahr?«, wandte sie sein.

»Wenn ich mich nicht täusche, hat dein Vater dich nach deiner Schulzeit nach Paris geschickt.«

Ich musste mir auf die Lippen beißen, um nicht loszuprusten. Mein Vater ging keiner Auseinandersetzung aus dem Weg. Meine Mutter sagte oft, dass er einen guten Anwalt abgegeben hätte. Aber ein Anwalt verdiente nicht einmal die Hälfte eines Ölmagnaten.

»Das war etwas anderes, Christian, und das weißt du auch. Ich hatte dort Familie. Außerdem gibt es in Paris jede Menge Kultur. Auf Hawaii gibt es nur … Taugenichtse. Ungepflegte Faulenzer, die den ganzen Tag ölig wie eine Speckschwarte am Strand herumliegen und gerade mal das Nötigste verdienen.«

»Klingt himmlisch«, hatte er geantwortet. »Da möchte ich auch hin.«

Sie hatte missbilligend gebrummt, woraufhin er gelacht hatte.

»Außerdem stimmt das gar nicht«, fuhr er fort. »Es ist ein beliebtes Urlaubsziel. George und Millie waren letztes Jahr dort und sind ganz begeistert. Sei nicht so snobistisch. Auf Hawaii gibt es jede Menge Kultur, außerdem kann unsere Audrey dort Geld verdienen mit dem, was ihr am wichtigsten ist.«

Zu guter Letzt hatte sie nachgegeben. All ihre Überredungs- und Bestechungsversuche, um mich vom Gegenteil zu überzeugen, wurden vereitelt von dem einen Wunsch, den sie mir nicht erfüllen konnte: meine Freiheit.

Wenige Meter von mir entfernt fiel ein Surfer vom Brett, und mit heftigen Beinbewegungen versuchte ich, Abstand zu ihm zu gewinnen. Dabei stieß ich aus Versehen gegen einen Mann, der gerade vorbeischwamm.

Und nicht irgendeinen Mann.

»Lieutenant Hart.« Erschrocken zog ich die Beine an und schwamm rückwärts, mein Gesicht wurde schamesrot. »Das tut mir wirklich sehr leid.«

»Nichts passiert, Miss Coltrane.« Seine Stimme war leise und tief, aber sie trug über das Wasser, sodass er sich näher anhörte, als er tatsächlich war.

Das Wasser lief ihm aus den zurückgestrichenen dunklen Haaren den Nacken hinunter, sodass ich seine Augen genau sehen konnte. Die Sonne spiegelte sich in ihnen und verlieh ihnen die Farbe der 7Up-Flaschen, die Ruby überall im Haus herumstehen ließ.

Kurz war mir, als wollte er noch etwas sagen, aber dann nickte er nur und schwamm weiter.

»Auf Wiedersehen«, sagte er, und wieder drang seine Stimme sehr weich an mein Ohr.

»Auf Wiedersehen«, flüsterte ich.

Dann schwamm ich zum Strand zurück.

Ein paar Stunden später packten wir unsere Habseligkeiten zusammen, um wie alle anderen Strandbesucher nach Hause zu fahren.

»Girls, kommt«, sagte ich und schlang meine Tasche über die Schulter. »Gehen wir. Ich bin am Verhungern, und in zwei Stunden ruft mein Vater an.«

Er meldete sich mit großer Regelmäßigkeit jeden Sonntagabend und brachte mich auf den neuesten Stand der familiären Neuigkeiten – welche gesellschaftlichen Veranstaltungen meine Mutter gerade plante und welchen jungen Mann meine jüngere Schwester Evie neuerdings quälte –, während ich ihn mit Erzählungen über das Leben auf der Insel unterhielt. Am liebsten hörte er Geschichten von Ruby, sie war für ihn eine Art Romanheldin. »Was hat diese Ruby sich jetzt wieder einfallen lassen?«, fragte er immer.

Nachdem mein Vater und ich uns ausgetauscht hatten, kam meine Mutter an den Apparat, in ihrer Stimme lag unüberhörbar Missbilligung. Sie berichtete mir ein zweites Mal alles, was mein Vater mir bereits erzählt hatte, ergänzt um sämtliche Details, die mich keinen Deut interessierten. Wenn Evie zu Hause war, folgte ein Gespräch mit ihr, bei dem sie wie ein Wasserfall über diesen oder jenen jungen Mann redete. Die Anrufe konnten ziemlich ermüdend sein, aber auf sie verzichten wollte ich um keinen Preis der Welt.

Jean, Catherine und Ruby – die von ihrem Spaziergang mit Eddie zurückgekommen war – warfen ihre Strandsachen in den Kofferraum des himmelblauen Ford-Cabriolets Baujahr 1936, dessen Anschaffungskosten wir uns nach unserer Ankunft auf O'ahu geteilt hatten.

Ich stopfte meine Tasche neben die anderen, schloss den Kofferraum und setzte mich auf die Rückbank.

»Da hat ja jemand Publikum«, bemerkte Jean leise, als sie rückwärts aus der Parklücke rangierte.

Ich drehte mich um und sah auf der anderen Seite des Parkplatzes Lieutenant Hart neben seinem Wagen stehen. Sein Blick war auf mich gerichtet.

Ich biss mir auf die Unterlippe und lehnte mich im Sitz zurück. Ich versuchte zu ignorieren, dass sich mein Herzschlag beschleunigt hatte, und widerstand dem Drang, seinen Blick zu erwidern. Es war einfach nicht der richtige Zeitpunkt, mich von einem Mann ablenken zu lassen. Selbst wenn es sich bei ihm um Lieutenant Hart handelte.

KAPITEL 2

Der Wind pfiff mir um die Ohren, als mein Kampfflugzeug durch den Himmel schnitt. Vor mir zogen sich rosa- und orangefarbene Streifen über den ganzen Horizont, unter mir funkelte der Pazifik, darauf der Schatten meiner Maschine.

Aus den Augenwinkeln sah ich, dass das silberne Flugzeug mit mir mithielt. Ich richtete meine Aufmerksamkeit auf die vielen Instrumente vor mir, überprüfte rasch eins nach dem anderen.

»Bereit?«, fragte ich die blau-gelbe Fairchild PT-19.

Nachdem sie im vergangenen Jahr bei einem Übungseinsatz beschädigt worden war, hatte sie monatelang in der hintersten Ecke des Ausbildungshangars gestanden. Bill, der alte Mannschaftsleiter, hatte sie in seiner Freizeit hergerichtet, und ich hatte mich auf den ersten Blick in sie verliebt. Sobald sie fertig war, hatte er mir erlaubt, mit ihr abzuheben, und ich hatte sie Roxy getauft. Ursprünglich war sie weiß mit marineblauen Streifen am Rumpf gewesen, aber Bill hatte mir die Entscheidung überlassen, in welchen Farben sie lackiert würde. In Erinnerung an die Jenny, die kleine sonnengelbe Curtiss JN-4, in der ich vor all den Jahren das Fliegen gelernt hatte, hatte ich ihn gebeten, Roxy gelb zu streichen, dazu blaue Spitzen und blaues Leitwerk. Wegen ihrer leuchtenden Farben fiel sie überall auf, was mir etwas Ärger eingehandelt hatte, als Bill erfuhr, dass ich sie in meiner Freizeit knapp über die Baumwipfel hinweg über die ganze Insel geflogen hatte. Zur Strafe bekam ich eine Woche Flugverbot, und deswegen hielt ich mich eine Weile zurück, so schwer es mir auch fiel.

Das silberne Flugzeug kam näher, ich grinste. Mein Moment würde schon noch kommen. Die AT-6 Texan mochte ja schneller sein, aber der kleinere Motor der PT-19 hatte auch seine Vorteile.

Allerdings war es jetzt keine Frage des Flugzeugs, sondern des Piloten, und der der Texan war ein Grünschnabel, wie er im Buche stand, so grün wie der Fünf-Dollar-Schein, den Ruby mir schulden würde, wenn ich ihren Schüler bei diesem Rennen am Himmel von Hawaii besiegte.

Wir rasten zur Nordspitze der Insel, um dort zu wenden, zurückzufliegen und als Erster auf dem Platz zu landen. Wie erwartet, erreichte die AT-6 die Nordspitze zuerst, flog daran vorbei, aber zu schnell und verpatzte die Kehre.

Ich lachte. Männliche Piloten waren alle gleich, sie ließen sich von ihrer Arroganz leiten. Und die Auszubildenden waren oft die schlimmsten.

Während er zu korrigieren versuchte und einen weiten Bogen flog, zog ich den Schubhebel zu mir.

Einen Moment blieb das kleine Flugzeug fast über der

Schönheit von O'ahu stehen, dann gab ich vollen Schub und riss die Maschine mit Hilfe des Seitenruders herum, ging in den Leerlauf und hielt mit dem Seitenruder dagegen, um die Rolle zu beenden. Mein Herzschlag beschleunigte sich, als sich der Bug senkte und ich zum Sturzflug ansetzte. Ich beobachtete die Instrumente vor mir und hielt die Luft an, zählte die Sekunden, hielt den Schubhebel fest zu mir gezogen, um das Manöver zu vollenden und die Maschine abzufangen. Jetzt raste ich in der entgegengesetzten Richtung der AT-6 weit voraus.

»Gewonnen!«, rief Jean, als ich wenige Minuten später grinsend aus der gelandeten Maschine kletterte.

In der Nähe der AT-6 entstand etwas Aufruhr. Wir blickten um die Fairchild herum und sahen Rubys Pilotenanwärter herausspringen und nach draußen laufen, die Hand vor dem Mund. Die Texan war dafür bekannt, dass Piloten in ihr übel wurde.

»Gut gemacht, Parker!«, rief Ruby ihm nach und wandte sich kopfschüttelnd an uns. »Der Blödmann hat mich gerade fünf Dollar gekostet.« Sie hängte sich bei mir ein. »Nettes Manöver.«

»Danke.«

Wir schleppten unsere Sachen zum Lagerraum, und während wir unsere Fallschirme aufhängten und unsere Helme und Fliegerbrillen verstauten, unterhielten wir uns über die Speisekarte für das heutige Abendessen.

»Meine Damen.«

Fast hätten wir alle strammgestanden, als wir zu unserer Vorgesetzten sahen, die lautlos den kleinen Lagerraum betreten hatte.

Wäre es Mae Burton möglich gewesen, hätte sie als Soldatin gedient. Sie war groß, hatte die grauen Haare straff zurückgebunden, besaß einen respekteinflößenden Blick und die stramme Haltung eines Menschen, der bereit ist, Befehle ebenso zu erteilen wie zu erhalten. Sie hatte uns eingestellt, nachdem wir uns auf ihre Anzeige hin beworben hatten – ein Plakat, auf dem nach Fluglehrern beiderlei Geschlechts auf der Insel O'ahu gesucht wurde.

Die Anzeigen hatten amerikaweit an Sportflugplätzen und Flughäfen ausgehangen, aber um sich bewerben zu können, musste man eine bestimmte Anzahl Flugstunden und einen Flugschein vorweisen können. Wir vier waren in dem Sommer innerhalb weniger Stunden voneinander angekommen.

Jean stammte aus St. Louis, wo sie ihre Flugstunden als Pilotin eines Sprühflugzeugs für die Landwirtschaft absolviert hatte, frühmorgens, bevor sie im Restaurant ihrer Familie arbeitete. Ruby kam aus Kansas und trug, als sie aus dem Flugzeug stieg, einen rubinroten Lippenstift, der ihrem Namen alle Ehre machte. Catherine, aus Wisconsin gebürtig – wo das einzige Meer, das sie je gesehen hatte, das Grün der Felder war, die sie bei ihren Transportflügen für die Post überquerte –, brachte mehr Gepäck mit als wir anderen zusammen. Und ich war mit dem Ticket meines Vaters aus Dallas eingeflogen, einen Monat nachdem ich das College mit einer Lehrbefugnis abgeschlossen hatte und eine Woche nachdem ich das Angebot ausgeschlagen hatte, in meiner alten Grundschule eine dritte Klasse zu leiten. Unterrichten war für mich immer nur Plan B gewesen. Mein eigentliches Ziel bestand darin, den Flugplatz zu kaufen. Sehr zum Missfallen meiner Mutter.

Genevieve Elizabeth Rose O'Hare Coltrane war eine Autorität in blassrosa Chanel, die Befehle zu meinem Leben, meiner Zukunft und meinem Glück erteilte, das sich unweigerlich einstellen würde, solange nur sie das Sagen hätte.

Das Bild, das meine Mutter von meinem Leben hatte, erschien mir sehr merkwürdig. Es war etwas völlig anderes als das, was ich selbst mir vorstellte – als das, was ich wollte. Sie würde mich nie verstehen, und ich wusste, der eigentliche Kampf darum, mein Leben nach meinen Wünschen zu führen, hatte noch nicht begonnen. Doch sosehr mir auch vor den Auseinandersetzungen, den hysterischen Anfällen und Drohungen graute, ich würde mich nicht in das überkommene Modell pressen lassen, das ihr vor Augen schwebte.

»Bewertungen?«, fragte Mae, und wir reichten ihr die Berichte über die Männer, die wir an dem Tag unterrichtet hatten. »Wie haben sie sich geschlagen?«, erkundigte sie sich, ohne einen Blick auf die Unterlagen zu werfen.

»Gut, Ma'am.«

»Herausragend, Ma'am.«

»Muss noch an den Manövern arbeiten, Ma'am.«

»Gut. Gut. Sehr gut«, sagte Mae und schaute auf den Bericht, der obenauf lag. »Und wer hat das Rennen gewonnen?«

Wir tauschten untereinander einen verstohlenen

Blick aus und verkniffen uns ein Grinsen. Langsam hob ich die Hand.

»Schon wieder, Dallas?« Wir waren für sie alle eine Stadt oder ein Staat. Mit Namen sprach sie uns nie an.

»Ja, Ma'am.«

»Ihr anderen müsst an euren Fähigkeiten arbeiten. Am Himmel schlägt Dallas euch alle«, sagte sie und sah die anderen unter hochgezogenen Augenbrauen an, bevor sie uns weiter dem Verstauen unserer Ausrüstung überließ. »Aber passt auf, dass der alte Kahlkopf euch nicht beim Rennen mit seinen kostbaren Maschinen erwischt.«

Wir sahen zu Bill, der sich leise fluchend über die Glatze strich, während er den Motor eines halb ausgeweideten Flugzeugs begutachtete. Ruby und Catherine lachten leise.

»Jawohl, Ma'am.«

»Gute Nacht, Ma'am.«

Sobald wir wieder allein waren, prustete Jean los.

»Mein Gott, die Frau jagt mir eine Heidenangst ein«, sagte Catherine und ließ sich auf eine Bank fallen. »Ich dachte, gleich macht sie richtig Ärger. Und woher weiß sie von dem Rennen?«

»Einer der Jungs wird es ihr schon erzählt haben«, meinte Ruby. »Ich werd mal ein paar von denen auf den Zahn fühlen und rausfinden, wer es war.«

»Ach, lass sie doch in Ruhe«, sagte Jean. »Wenn du die Jungs in die Enge treibst, bringst du sie nur durcheinander, dabei sind sie schon irritiert genug, weil sie sich den ganzen Tag von ein paar Frauen herumkommandieren lassen müssen.«

»Die armen kleinen Piloten«, sagte ich, als ich rückwärts zur Tür hinausging – und direkt mit Lieutenant Hart zusammenstieß.

Ich fluchte innerlich, weil sofort vor meinem geistigen Auge das Bild von ihm am Strand aufstieg. Mir wurde heiß. »Entschuldigen Sie, Sir.«

Er nickte den drei Frauen zu, die hinter mir durch die Tür getreten waren, bevor er meinem Blick begegnete. »Miss Coltrane, ich habe nach Ihnen gesucht.«

»Ach ja?« Ruby trat neben mich. »Vielleicht um ein Rendezvous nach Feierabend zu vereinbaren?«

Seine Wangen wurden so rot, wie meine es vermutlich bereits waren.

»Mae hat mir von Ihrer … sollen wir sagen, eher sportlichen Unterrichtsmethode berichtet«, sagte er.

Ich hörte Jean hinter mir leise fluchen.

»Das ist kein Problem«, sagte er, und seine Lippen verzogen sich zu einem kleinen Lächeln. »Ehrlich gesagt bin ich durchaus dafür. Etwas wohlmeinende Konkurrenz ist bisweilen zielführend. Fördert den Realitätssinn. Natürlich nur solange sich alles im Rahmen der Vorschriften und der Sicherheitsvorkehrungen bewegt.«

»Aber natürlich, Sir«, antwortete Ruby. »Darauf achten wir alle immer ganz genau.«

»Großartig«, sagte er und sah wieder zu mir. »Allerdings geht es mir jetzt um das Manöver, das Sie in der Fairchild ausgeführt haben. Mae sagte, Sie hätten bei niedriger Höhe einen Abschwung durchgeführt, und das bereitet mir etwas Sorge. Ein gewagtes, wenn nicht gar leichtsinniges Manöver, um es mit einem meiner Männer auszuführen.«

Ich biss mir auf die Unterlippe und senkte den Blick.

»Ich bin schon länger keine PT-19 mehr geflogen«, sagte er. »Es wäre schön, wenn Sie mir das Manöver einmal vorführen könnten.«

»Es wird ihr ein Vergnügen sein«, sagte Catherine und kniff mich unauffällig in den Po.

»Natürlich, Sir«, murmelte ich verhalten. »Das mache ich gern.«

»Morgen früh?«, fragte er. »Sagen wir, um fünf Uhr dreißig?«

»Ja, Sir.«

»Großartig. Danke, Miss Coltrane.« Er bedachte uns mit einem Nicken und verschwand.

»Mist«, schimpfte ich leise, als wir zu unserem Wagen gingen.

Aber die anderen waren ganz aus dem Häuschen und redeten auf dem Weg zu Skip's, unserem Lieblingslokal für Burger, Pommes und Milkshakes, über nichts anderes.

»Habt ihr mitbekommen, wie er Audrey angesehen hat?«, fragte Ruby. Wir saßen beim Essen, sie hatte ihre Wange verträumt in die Hand gelegt. »Uns andere hat er kaum bemerkt. Mich hat ein Mann noch nie so angeschaut.«

»Männer schauen dich doch die ganze Zeit so an«, widersprach ich und zog eine meiner Pommes durch meinen Vanilleshake. »Er hat mich bloß so angesehen, weil er sauer war.«

»Das fand ich nicht«, meinte Jean. »Vielleicht besorgt, aber nicht sauer.«

»Ich glaube, du gefällst ihm«, sagte Catherine. »Ist euch aufgefallen, wie verlegen er wurde, als Ruby fragte, ob er mit ihr ein Date ausmachen will?«

»Das war ihm peinlich«, sagte ich und warf Ruby einen tadelnden Blick zu.

»Ich glaube, Catherine hat recht«, sagte Jean. »Ich hab doch gesehen, wie er dich neulich am Strand beobachtet hat.«

Seufzend schob ich meinen Teller zur Seite. »Seid ihr fertig?«

»Zieht es dich schon nach Haus?«, fragte Ruby. »Damit du für dein Date morgen früh auch richtig ausgeschlafen bist?«

Ich warf meine Serviette nach ihr.

»Ruby, ich dachte, du wärst heute Abend verabredet, oder?«, sagte Jean.

»O Mist!« Sie stand auf und bedeutete uns mitzukommen. »Girls, macht mal voran.«

KAPITEL 3

Ich wachte vor den anderen auf und schlich auf Zehenspitzen durch das Zimmer, das ich mit Ruby teilte, um sie nicht zu wecken. Auf dem Weg zu unserem Schrank, wo ich nach meiner letzten sauberen Fliegerkombi suchte, stolperte ich über ihre Kleiderberge am Boden.

Ich zog mich in unserem winzigen Badezimmer an, schlüpfte mit den Beinen in den Anzug und zog ihn über die Schultern. Als ich den Reißverschluss schloss, stieß ich mir den Ellbogen an der Tür.

Nachdem ich meine Haare zu einer Gibson-Rolle frisiert hatte – »adrett und ordentlich« sollten wir uns nach Maßgabe des Militärs präsentieren –, wusch ich mir das Gesicht mit kühlem Wasser, putzte mir die Zähne und legte einen rosa Lippenstift auf, der einen Ton dunkler war als meine natürliche Farbe. Im Kopf hörte ich die Stimme meiner Mutter: *Audrey, du bist so farblos. Schmink dir die Lippen, sonst erschreckst du die Leute.*

Nicht dass mich das stören würde. Ich wollte niemanden beeindrucken. Und Lieutenant Hart schon gar nicht.

Ich seufzte. Das entsprach nicht ganz der Wahrheit.

Es hatte Momente gegeben. Momente, die immer

wieder an mir vorbeizogen, nachdem wir das Licht gelöscht hatten und Ruby im Bett mir gegenüber leise schnarchend unter der rosa Satindecke lag. Momente, die ich den anderen gegenüber nie eingestehen würde, nicht einmal Jean, die es verstehen und für sich behalten würde.

Zuerst hatte ich gedacht, ich würde mir die verstohlenen Blicke nur einbilden. Die Blicke um Flugzeuge herum. Die geröteten Wangen, wenn wir uns beim Passieren einer Tür zufällig streiften – oder wenn sich unsere Hände beim Überreichen eines Klemmbretts berührten. Aber es war zu oft passiert, als dass ich es nur träumte. Ich wusste allerdings auch, dass ich es nie bemerkt hätte, wenn ich nicht auch zu ihm geschaut hätte.

Es ärgerte mich und war mir unangenehm, dass er mein Interesse geweckt hatte, aber es reizte auch zunehmend meine Neugier. Was hatte er an sich, dass er mir auffiel? Bislang war ich durchs Leben gegangen, ohne irgendeinen Mann eines zweiten Blicks zu würdigen. Warum dann dieser?

Ich sagte mir, dass er mich nur ansah, weil er mich seltsam fand. Er wäre nicht der Erste, das taten die meisten Männer. Hübsch, klug, aber seltsam. Intelligent, geistreich, vielleicht sogar schön. Aber immer auch seltsam. Und nicht nur Männer dachten das, Frauen auch.

In der Küche nahm ich mir einen Apfel aus der Schale auf der Arbeitsfläche und lehnte mich gegen die Spüle, die rote Wanduhr im Blick. Die kleine Küche wirkte mit ihrem gelben Anstrich, den weißen Arbeitsflächen und dem beigefarbenen Linoleumboden sehr sonnig. Auf den Regalen standen Catherines Schüsseln und Gefäße aus Jadeit.

Das Haus war klein und gemütlich, wobei die Möbel gerade einmal für eine Person ausgelegt waren. Das grüne Sofa war nicht viel größer als ein Sessel, der Esstisch war für zwei vorgesehen, aber wir hatten trotzdem vier – ungleiche – Stühle darumgestellt, und wenn wir uns zu viert daran setzten, berührten sich unsere Knie.

In der Mitte des Wohnzimmers lag ein großer weicher Teppich mit blassblauen Streifen, an einer der Wände hing eine große *Lauhala*-Matte, die unsere Nachbarin und Vermieterin Erma uns zum Einzug geflochten hatte. Sie und ihr Mann Ken lebten mit ihren vier Kindern am anderen Ende unserer Sackgasse. Ken schaute oft vorbei, um kleinere Reparaturen am Haus vorzunehmen, weil hier ein Fensterladen knarzte oder dort ein Rohr leckte. Mir fiel zwar nie etwas auf, aber er schwor, das Geräusch habe ihn bei seinem letzten Besuch selbst gestört. Allerdings hatte ich den Verdacht, dass Erma ihn herschickte, denn wann immer er sich verabschiedete, lud er mich zum Mittag- oder Abendessen oder einer kleinen Gesellschaft bei ihnen ein. Vermutlich war Erma aufgefallen, dass ich nicht so oft ausging wie die anderen Mädchen, und sie dachte, ich wäre einsam. Doch unabhängig davon fühlte ich mich geehrt, in den Kreis ihrer Familie aufgenommen zu werden. Es gefiel mir, ihre hawaiianischen Bräuche und ihre Küche kennenzulernen.

Mit den Schlüsseln unseres Gemeinschaftsautos in der Hand verließ ich leise das Haus. Der Himmel war dunkelblau, noch war die Sonne nicht aufgegangen. Ich atmete tief durch, der süße Duft der Frangipani, der aus den Innenhöfen unseres kleinen Viertels herübertrieb, stieg mir in die Nase.

»Guten Morgen«, sagte ich zum Wachposten am Tor, als ich anhielt, um meinen Ausweis vorzuzeigen.

»Sie sind ja sehr früh dran, Miss Coltrane«, sagte Wes, ein untersetzter junger Mann mit schwarzem Haarschopf.

»Das stimmt.« Ich gähnte hinter vorgehaltener Hand.

Er winkte mich durch, rasch parkte ich und lief zum Ausbildungshangar. Vom Rollfeld stieg bereits die feuchte Schwüle des Tags auf.

»Guten Morgen, Bill«, begrüßte ich den alten Mannschaftsleiter, der durch den Hangar hinkte.

Er brummte. »Sind Sie der Grund, weshalb ich zu dieser nachtschlafenden Zeit herkommen und Ihr geliebtes Maschinchen rausholen muss?«

Ich sah kurz zu der Fairchild, die stolz mit erhabenem gelbem Bug auf dem Vorfeld stand.

»Sie haben Roxy doch nicht hart angefasst, oder?«, fragte ich, die Hände in die Hüften gestemmt. »Wissen Sie, sie ist empfindsam.«

»Woher wissen Sie denn, dass es eine Sie ist?«, fragte er zurück und fuhr sich mit einem ölverschmierten Lappen übers Gesicht.

»Ich bin nicht prüde, Bill, ich habe ihr natürlich unters Heck geschaut.«

Das dröhnende Gelächter hallte von den Metallwänden des Hangars wider.

»So bestimmt man also das Geschlecht eines Flugzeugs«, sagte eine Stimme hinter mir. »An dem Tag der Ausbildung habe ich gefehlt.«

Mir stockte der Atem.

»Morgen, Lieutenant«, sagte Bill.

»Guten Morgen, Bill«, sagte der Lieutenant. »Miss Coltrane.«

Ich drehte mich um. »Guten Morgen, Sir«, sagte ich leise, während ich langsam hochsah, um seinem Blick zu begegnen.

Einen Moment starrte er mich an, dann schaute er zum Flugzeug.

»Sollen wir?«, fragte er.

»Ja, Sir.«

Am Horizont hellte das Blau auf, als ich über den Himmel Hawaiis nach Osten flog und versuchte, die Gegenwart des Lieutenant auf dem Schülersitz vor mir – auf den er bestanden hatte – zu ignorieren.

»Sie sitzen am Steuer«, hatte er gesagt. »Heute Morgen sind Sie der Boss.«

Über dem Diamond Head machte ich eine langsame Fassrolle, die in einen Immelmann und dann einen zweiten überging. Bei jedem Manöver löste sich die Anspannung in meinen Schultern etwas mehr, dennoch verstörte mich der Anblick des Lieutenant wenige Zentimeter vor mir.

Ich atmete die kühle Luft ein und sah einen orangefarbenen Streifen am Himmel aufflammen.

»Das könnte ich mir den ganzen Tag ansehen.« Lieutenant Hart so überraschend in der Sprechanlage zu hören, die Bill in die kleine Fairchild eingebaut hatte, erschreckte mich.

Im Gegensatz zu Bombern und Jägern gab es in Schulflugzeugen keinen Funk, doch zwei Wochen bevor wir Frauen auf die Insel gekommen waren, hatte es einen Beinaheunfall gegeben, als einer der Pilotenanwärter die Signale seiner Ausbilderin, das Steuer ihr zu überlassen, nicht verstanden hatte. Daraufhin hatte Bill in jedes Cockpit ein Mikrofon eingebaut und zwei Helme mit Kopfhörern ausgestattet. Bislang war ich nur zweimal aufgeschreckt worden.

Ich starrte auf den Hinterkopf des Lieutenant. Redete er mehr mit sich selbst, oder betrieb er Konversation und erwartete eine Antwort von mir?

Im Kopf hörte ich die mahnende Stimme meiner Mutter: *Audrey, mein Schatz, es ist unhöflich, keine Antwort zu geben.*

Während ich noch nach den richtigen Worten suchte, sprach er wieder.

»Wie lange fliegen Sie schon?«, fragte er und drehte den Kopf ein wenig, sodass ich sein markantes Profil sehen konnte.

Ich atmete auf. Das war einfacher. Eine direkte Frage. Die konnte ich beantworten.

»Fürs Militär fliege ich seit dem vierten Juni, Sir«, sagte ich.

»Und davor?«

»Ach!«, sagte ich und wurde verlegen. »Das meinten Sie … seit zwölf. Seit ich zwölf bin, Sir.«

»Da waren Sie früher dran als ich«, sagte er. »Ich habe erst mit vierzehn angefangen. Ich bin in einem Ort mit gerade mal zweihundert Seelen aufgewachsen, da war es gar nicht so leicht, jemanden zu finden, der mir Unterricht gab. Schließlich hat meine Mutter den Piloten des Sprühflugzeugs zwei Farmen weiter bezahlt, es mir beizubringen. Zum Entsetzen meines Vaters. Bei wem haben Sie Fliegen gelernt?«

»Bei meinem Vater«, antwortete ich. »Und beim alten Hal Hudson. Ihm gehört der kleine Flugplatz, auf dem ich gelernt habe.«

»Ihr Vater, ah ja? Hat er keine Angst um Sie gehabt?«

»Er hatte sich immer einen Sohn gewünscht, also war er begeistert, als ich mich dafür interessiert habe.«

»Ist er Berufspilot?«

»Nein, Fliegen ist sein Hobby«, sagte ich. »Er arbeitet in der Ölindustrie.«

Mein Vater *war* Ölindustrie. Die ganz große. Texas-Öl. Aber davon erzählte ich hier auf der Insel nichts. Zu Hause wusste jeder, dass ich die älteste Tochter von Christian und Genevieve Coltrane war und in Preston Hollow in dem eleganten Herrenhaus im Farmhouse-Stil wohnte. Hier war ich einfach eine Frau, die gern flog. Und genau das war ich auch.

»Und Ihre Mutter? Was hält sie davon, dass Sie fliegen?«, fragte er.

»Meine Mutter möchte, dass ich festen Boden unter den Füßen habe, vorzugsweise umgeben von mehreren anderen kleinen Füßchen.«

»Ach ja, das Argument kenne ich zur Genüge«, sagte

er und lachte leise. »Wie haben Sie sie dazu überredet, herkommen zu dürfen?«

»Das war nicht ich, sondern mein Vater«, erklärte ich.

Wir flitzten die Küstenlinie im Norden von Maui entlang, vorbei an Pā'ia, erhaschten einen Blick auf Wasserfälle inmitten der dicht bewaldeten Berge, ehe wir die nordöstliche Spitze zur zerklüfteten Küste von Hāna umrundeten.

Wir flogen über die Südhälfte der Insel auf Molokini zu. Unter uns funkelte der Pazifik um das sichelförmige Inselchen, als hätte es in der Nacht Diamanten geregnet. Langsam stieg der gelbe Hof der Sonne auf, entzog dem Horizont das Blau in Vorbereitung für ihren großen, unvergleichlichen Auftritt.

Ich vollführte noch einen Immelmann und ging dann tiefer in die Ausgangsposition für den Abschwung. Ich holte tief Luft. Wenn mir das Manöver nicht gelang, und zwar gut gelang, würde man mir es zukünftig wahrscheinlich verbieten.

Kurz streckte ich die Finger durch und kniff die Augen zusammen, dann zog ich den Schubhebel zu mir.

Ich führte das Manöver aus wie jedes Mal, präzise und mit Augenmerk auf meine Umgebung. Wie immer glitt die Fairchild mühelos durch den hawaiianischen Himmel, auf den Rücken, abwärts und wieder geradeaus.

»Noch mal«, sagte der Lieutenant.

Insgesamt wiederholte ich das Manöver dreimal, dann übernahm er das Steuer und versuchte es selbst.

»Wie Butter«, sagte er und ließ wieder mich ans Steuer.

»Deswegen mag ich sie so gern«, sagte ich und flog uns zurück nach Wheeler.

»Sie passt zu Ihnen.«

Ich lächelte in den Inselwind.

»Was werden Sie tun, wenn Sie genug haben von all dieser Schönheit?«, fragte er. »Werden Sie sich einen anderen Stützpunkt zum Unterrichten suchen? Oder vielleicht haben Sie eine Flugschule im Sinn?«

Die Frage hatte mir noch kein einziger Mann gestellt. Als hätte ich Pläne für mein Leben, eine Vision, die sich unterschied von dem, was allgemein von Frauen erwartet wurde. Als wäre ich mehr als ein Wesen, dessen einziger Lebenszweck darin bestand, Männern zu dienen.

»Ich werde mir einen Flugplatz kaufen«, sagte ich und hielt die Luft an.

»Haben Sie schon einen im Auge?«

Fast verschlug es mir die Sprache. »Ja«, sagte ich. »Das Hudson Airfield, auf dem ich gelernt habe. Hal will sich in ein paar Jahren zur Ruhe setzen. Ich habe ihm gesagt, dass ich die Absicht habe, den Flugplatz zu kaufen.«

»Würden Sie ihn leiten und andere anstellen, für Sie zu fliegen?«, erkundigte er sich. »Oder würden Sie auch selbst fliegen?«

»Ich muss fliegen«, sagte ich. »Zumindest stundenweise. Aber in den Flugplatz muss man viel Arbeit stecken. Er ist alt, und einige der Hangars sind ziemlich baufällig. Außerdem gibt es ein kleines Café und einen Laden, die würde ich auch gern herrichten.«

»Gibt es in der Nähe ein Hotel?«

»Nein. Warum?«, fragte ich, als ich uns nach Westen über die Nordküste von O'ahu flog.

»Wenn Sie ein kleines Hotel hätten, bloß ein Dutzend Zimmer oder so, könnten alle, die abends landen, dort bleiben, anstatt in die Stadt zu fahren. Vor allem wenn sie spät ankommen. Oder am nächsten Tag früh aufbrechen müssen. Damit könnten Sie ein paar Dollar zusätzlich verdienen.«

Mir schwirrte der Kopf. Ich wusste genau, wo das sein könnte. Es gab eine Brachfläche, auf der Hal sich überlegt hatte, eine zweite Landebahn anzulegen. Der Flugplatz war allerdings so klein, dass die eigentlich überflüssig war. Aber ein Hotel …

»Das ist eine gute Idee«, sagte ich. »Danke.«

»Gern geschehen.«

»Und was ist mit Ihnen?« Ich nahm allen Mut zusammen, um selbst eine Frage zu stellen. »Ist Fliegen für Sie ein Hobby oder Ihr Leben? Gibt es andere Sachen, die Sie beim Militär gern machen würden?«

»Ob Sie's glauben oder nicht – beim Militär zu fliegen war immer mein Traum. Etwas anderes wollte ich nie. Schon seit ich fünf oder sechs bin. Da habe ich ein Foto meines Großvaters in Uniform gesehen und gewusst, dass ich genau dasselbe tun wollte. Mein Plan ist, beim Militär Karriere zu machen und mich eines Tages irgendwo, wo es warm ist, zur Ruhe zu setzen. Vielleicht hier, aber vielleicht auch woanders.«

»Mit Frau? Und Kindern?« Ich war froh, dass er mein puterrotes Gesicht nicht sehen konnte.

»Vielleicht. Aber nicht vordringlich.«

»Ach«, sagte ich. »Sie haben also keine … Sie sind nicht …«

»Verheiratet? Du meine Güte, nein!«, sagte er und warf lachend den Kopf in den Nacken. »Entschuldigung. Klang das jetzt sehr abschätzig? Ich habe nichts gegen die Idee an sich, zumindest nicht grundsätzlich. Ich bin mir bloß nicht sicher, ob es für mich das Richtige ist. Ich möchte um die Welt reisen, aus einer Laune heraus für ein Wochenende irgendwohin fliegen. Ich weiß nicht, ob das geht, wenn man Familie hat. Dachten Sie, dass ich verheiratet bin?«

»Ich dachte einfach … Ich sehe Sie oft allein beim Essen. Und Sie gehen allein an den Strand. Deswegen habe ich angenommen, dass zu Hause jemand auf Sie wartet. Eine Frau. Eine Verlobte. So etwas.«

»Sie verbringen auch viel Zeit allein«, sagte er. »Sind Sie verheiratet?«

»Du meine Güte, nein!«, sagte ich.

»Ihre Begeisterung für die Institution Ehe ist offenbar genauso groß wie meine.«

»Was hat mich verraten?«, fragte ich.

Sein leises, tiefes Lachen hallte in meinen Ohren.

»Ich weiß, dass Leute das seltsam finden«, sagte ich. »Meine Mutter treibt es schier in den Wahnsinn. Sie kann das überhaupt nicht verstehen. Aber das habe ich noch nie gewollt. Natürlich bin ich mit Jungs ausgegangen … vorwiegend, um meine Mutter zufriedenzustellen. Aber jeder Mann, mit dem ich aus war, hat mir eindeutig zu verstehen gegeben, dass er es zwar schick findet, wenn eine Frau gern fliegt, aber sobald sie verheiratet wären, müsste sie damit aufhören.«

»Das klingt, als wären Sie mit den falschen Männern ausgegangen«, sagte er.

»Ich glaube nicht, dass es den richtigen für mich gibt«, antwortete ich. »Und das ist auch in Ordnung. Ich mag meine Freiheit.«

»Das kenne ich auch«, sagte er. »Die Frauen, mit denen ich ausgegangen bin, haben erwartet, dass ich aus den Wolken herunterkomme, sobald es ans Heiraten geht, und mir einen netten Schreibtischjob suche. Aber ich habe keine Lust auf Anzug und Krawatte. Also ist es, wie Sie sich vorstellen können, nie zum Heiraten gekommen.«

»Und mit Recht.«

»Ich muss sagen, Sie sind wirklich eine wohltuende Abwechslung, Miss Coltrane.«

»Und Sie haben mir wieder zu etwas Glauben an die männliche Spezies verholfen, Lieutenant Hart. Begrenzten Glauben, aber trotzdem, das ist mehr, als ich beim Abheben heute Morgen hatte.«

Wenige Minuten später setzten wir auf der Landebahn auf.

»Das war famos«, sagte Lieutenant Hart. »Sie lässt sich besser fliegen, als ich in Erinnerung hatte.«

»Sie ist ein braves kleines Flugzeug.«

»Ihre Pilotin ist auch nicht schlecht. Ich wäre jederzeit Ihr Co-Pilot, Miss Coltrane.«

Doch sobald wir ausstiegen, verschwand die Ungezwungenheit zwischen uns. Wir spielten verlegen mit unseren Fliegerbrillen und mieden jeglichen Blickkontakt.

»Also danke, dass Sie einen Frühstart hingelegt haben.« Er gab Roxy einen Klaps. »Und dafür, dass Sie mich daran erinnert haben, wie gut dieses Flugzeug ist.«

»War mir ein Vergnügen, Sir.«

Er warf mir sein schiefes Lächeln zu und fuhr sich durch das dunkle Haar.

»Darf ich …«

»Es tut mir leid, ich möchte Sie nicht unterbrechen«, sagte ich mit einem Blick auf meine Uhr, »aber ich muss los. Wir vier Frauen teilen uns ein Auto, und im Moment habe ich es. Ich muss die anderen abholen, bevor unsere Schicht anfängt, sonst macht uns Mae die Hölle heiß.«

Ich streifte den Fallschirm vom Rücken und setzte meinen Helm ab, meine Frisur löste sich, blonde Locken fielen mir ins Gesicht. Stirnrunzelnd strich ich sie hinters Ohr. Er gab mir die Hand.

»Das mit dem Auto wusste ich nicht«, sagte er bekümmert. »Tut mir leid, Ihnen Unannehmlichkeiten zu bereiten. Geben Sie doch mir Ihre Sachen. Ich sage Mae Bescheid, dass es meine Schuld ist, wenn Sie sich verspäten.«

»Ach, das ist nicht nötig. Wirklich nicht. Ich …«

»Durch Ihre guten Manieren verspäten Sie sich noch mehr, Miss Coltrane.«

»Das stimmt. Danke, Lieutenant.«

Ich lief zum Auto. Nie im Leben würden wir rechtzeitig wieder hier sein. Mae würde stinksauer sein, gleichgültig, was Lieutenant Hart sagte, und auch wenn er ihr Vorgesetzter war.

»Jetzt macht schon, macht schon«, flüsterte ich, als ich wartete, dass die Wachposten mich durchwinkten.

Wir kamen sechs Minuten zu spät, schlüpften hinein und sprinteten zum Lagerraum, um unsere Ausrüstung zu holen.

»Nett, dass Sie doch noch antreten«, sagte Mae, als wir mit den Klemmbrettern in der Hand in den Hangar stürzten. »Ihre Einsätze.« Sie reichte jeder von uns einen kleinen Stapel Blätter.

Ich schaute auf den ersten Namen auf meiner Liste. Corporal Harper gehörte unter uns Ausbilderinnen zu unseren Lieblingen. Irgendwie hatte das Arroganz-Gen, das so viele Piloten auszeichnete, ihn übersprungen, vielmehr war er ein freundlicher, intelligenter junger Mann, der für sein Leben gern flog und den das Geschlecht seiner Ausbilder nicht im Mindesten interessierte. Er redete viel, war neugierig und am Ende der Schicht immer für ein Rennen zu haben.

Lieutenant Hart sprach bereits zu den Rekruten, informierte sie über die Manöver, die an diesem Tag anstanden, und erinnerte sie an ihre Verantwortung als Piloten gegenüber der Armee und an ihre guten Manieren.

Mittags zerstreuten sich die Männer, und Ruby und Catherine zogen sich ins Auto zurück, um ein Nickerchen zu halten, während Jean und ich mit Mae im Pausenraum etwas aßen.

»Habt ihr Frauen euch schon Gedanken über das Überführungsprogramm gemacht, von dem ich euch erzählt habe?«, fragte Mae hinter der Zeitung hervor, in der sie gerade las. »Ich habe zwar gehört, dass Mrs Love noch niemanden einstellen darf, aber wenn ihr Interesse habt, solltet ihr euch vielleicht bei ihr melden. Ich schreibe euch gern eine Empfehlung. Nicht dass ich euch zwei gern verliere, aber es könnte eine große Chance sein.«

Nancy Harkness Love. Eine Pionierin, was Frauen in der Luftfahrt betraf. Sie hatte an Luftrennen teilgenommen, als Testpilotin gearbeitet und sogar ein Flugzeug nach Übersee überführt. Und wie Mae erfahren hatte, versuchte sie jetzt, für ein militärisches Überführungsprogramm eine Gruppe von Pilotinnen zusammenzustellen.

»Doch, ich habe es mir überlegt«, sagte Jean. »Ich weiß nur nicht, ob Joe damit einverstanden ist. Es war schwer genug, ihn zu überreden, dass ich diesen Job machen darf. Müssten wir nicht unsere Hochzeit bezahlen, hätte er abgelehnt. Und ich möchte mich zeitlich nicht festlegen. Wir wollen kommenden Sommer heiraten. Wer weiß, wie es mit Urlaub aussieht. Schließlich will ich doch nicht meilenweit von meinem Verlobten entfernt irgendwo mitten in den USA sitzen, wenn ich vorm Altar stehen und Ja sagen sollte.«

»Und was ist mit Ihnen, Dallas?«

»Ich habe es mir durch den Kopf gehen lassen«, sagte ich und steckte die Hände in die Taschen meiner Kombi. »Ich könnte Interesse haben, das hängt vom zeitlichen Rahmen ab.«

»Sie würden kreuz und quer durch die USA fliegen, anstatt nur über die Inseln zu kreisen.«

»Ich kreise gern über die Inseln.«

»Das wird sich legen«, prophezeite sie.

Allerdings würde es in Mrs Loves Programm Uniformen geben und Vorschriften. Mehr als hier, so schien es. Und nachdem ich gerade erst vor wenigen Monaten dem Regiment meiner Mutter entkommen war, hatte ich wenig Lust, mich auf eine Arbeit einzulassen, in der wieder über meinen Kopf hinweg bestimmt würde. Meine Arbeit unter Mae als angestellte Pilotin fürs Militär war ein Traum. Tagsüber flog ich, abends ging ich an den Strand oder legte mich in unserem Garten unter den Zitronenbaum und las ein Buch. Und ich war allein, ganz auf mich gestellt. Zum ersten Mal überhaupt. Keine Mutter, die sich in meine Sachen einmischte. Kein Vater, der mir zur Seite sprang, wenn es heikel wurde. Keine kleine Schwester, bei der ich mich beschweren konnte. Ich stand auf eigenen Beinen. Und ich wollte etwas aus mir machen.

»Na, auf jeden Fall etwas, das Sie im Hinterkopf behalten können«, meinte sie. »Wer weiß, wenn der Krieg so weitergeht, fordern sie uns vielleicht alle auf, bei der Flugzeugüberführung zu helfen, hier und in Übersee. Und sollte der Krieg hierherkommen, schicken sie uns womöglich sogar an die Front. Ich persönlich würde mit Begeisterung zur Waffe greifen und gegen die Nazischweine kämpfen.«

Damit verließ sie das kleine Zimmer, ich schnappte mir die Zeitung, die sie auf dem Tisch liegen gelassen hatte. »*USS Kearny* vor Island torpediert«, lautete die Schlagzeile. Ich schluckte. Der Krieg kam näher.

Durch das Leben auf der Insel, in der Gesellschaft von Soldaten, die der Verteidigung ihres Heimatlands verpflichtet waren, hatte ich das Gefühl, Teil der großen weiten Welt zu sein, anders als zu Hause, wo die wenigsten Leute über den Krieg sprachen. In Dallas nannten sie ihn den europäischen Krieg. Eine klare Abgrenzung: Es war nicht unser Krieg. Meist wurde er nur beiläufig erwähnt, höchstens einmal wurde eine Nachricht im Radio oder in der Zeitung kommentiert. Aber die meisten wollten einfach nichts damit zu tun haben. Es war »deren« Problem.

Hier auf O'ahu wurde viel mehr über den Krieg geredet. Zwar gingen die Meinungen immer noch auseinander, ob die Vereinigten Staaten in den Krieg eintreten sollten, aber die Offiziere waren dafür ausgebildet worden, viele konnten es kaum erwarten, an die Front zu gehen.

Selbst bei uns vieren waren die Ansichten geteilt. Catherine und Ruby fanden, es sei nicht unsere Aufgabe einzugreifen.

»Es geht uns nichts an«, hatte Ruby eines Tages gesagt.

»Menschen sterben, weil sie das sind, was sie sind«, wandte Jean ein. »Einfach weil sie geboren wurden!«

»Ich finde, es ist einfach nicht unsere Aufgabe, Menschen eines anderen Landes zu retten. Das sollen ihre eigenen Leute machen und sich erheben.«

Jean hatte aufgebracht geseufzt. »Sie will bloß nicht auf einen ihrer Spielgefährten verzichten müssen«, hatte sie später zu mir gesagt. »Möge Gott verhindern, dass es einen aufgeblasenen Dummkopf weniger gibt, den sie küssen kann.«

Ich hatte zustimmend genickt.

Jean und ich, zwei Frauen, die die Freiheit, die wir uns erkämpft hatten und die das Leben uns geschenkt hatte, mehr als alles andere schätzten, waren überzeugt, dass unser Land einschreiten und seine Stärke einsetzen sollte für das Wohl derer, die verfolgt und getötet wurden. Würde es Tote geben? Ja. Würden wieder Väter, Brüder und Söhne nach Übersee geschickt werden, um ihr Leben zu lassen in einem Krieg, der nicht der ihre war? Ja. Aber dadurch würden Menschenleben, würden ganze Länder gerettet werden, die Welt würde zu einem besseren, gerechteren Ort werden. Freiheit würde ein Recht sein, das für jeden Mann, jede Frau und jedes Kind uneingeschränkt gelten würde.

»Wir sind bloß zwei Frauen, deren Meinungen erst seit zwanzig Jahren etwas Gewicht bekommen – und es liegt noch ein ganz schöner Weg vor uns. Wir dürfen nicht mal zur Armee.«

Ich kaute auf meiner Unterlippe, während ich den Artikel über die *USS Kearny* zu Ende las. Elf Männer waren ums Leben gekommen, gut zwei Dutzend weitere waren verwundet worden. Seufzend faltete ich die Zeitung zusammen und legte sie auf den Tisch. Angriffe auf US-amerikanische Schiffe konnte nur eins bedeuten: Wir wurden zunehmend in diesen Konflikt hineingezogen, und der Kriegseintritt würde uns alle verändern.

KAPITEL 4

Tagtäglich hörten wir die beunruhigenden Nachrichten aus Übersee, doch für uns ging alles weiter wie bisher. Unbekümmert genossen wir unter der Sonne Hawaiis unser einfaches Leben.

Und wenn doch einmal ein Moment der Angst aufkam, beruhigten uns die Männer, mit denen Ruby und Catherine ausgingen, sehr schnell mit der Behauptung, Amerika sei zu stark, um sich über einen Angriff Sorgen machen zu müssen – und zu clever, um sich in die Angelegenheiten anderer verstricken zu lassen.

Ihre Vorstellungen bereiteten mir mehr als nur Unbehagen.

»Sie können uns nichts anhaben«, sagte Don an einem Samstagabend im November, als er auf unserem kleinen Sofa fläzte, Ruby zu seinen Füßen. »Das trauen die sich gar nicht. Habt ihr die Schlachtschiffe da draußen gesehen?« Er deutete in Richtung Hafen. »Die hätten nicht die geringste Chance. Und neben den Schiffen gleich die ganze Flugzeugflotte! Flugzeuge mit Kanonen! Allerdings muss ich zugeben, dass ich ziemlich frustriert bin. Ich würde zu gern beim Krieg mitmachen. Endlich in den Ring steigen. Den Nazischuften zeigen, wo der Hammer hängt.«

Er ließ seinen Bizeps spielen, und Ruby geriet in Verzückung.

Ich schälte mich aus meinem Sitzplatz am Tisch, wo ich gelesen hatte, und ging in mein Zimmer. Ich konnte sein Gerede nicht leiden: Es war arrogant und dumm. Mir war schleierhaft, wie Ruby ihn ertrug.

Ich holte einen dunkelblauen Pullover aus dem Schrank und schlüpfte in meine schäbigen Sandalen. Die hatte ich gleich nach meiner Ankunft gekauft, als Ersatz für die mehreren Paare Pumps, die auf Drängen meiner Mutter in meinem Gepäck gelandet waren. Ich nahm meine Tasche vom Haken an der Wand und warf einen Blick in den Spiegel in der Schranktür. Meine Locken hingen mir um die Schultern, vor lauter stillem Zorn über Rubys Verehrer waren meine Wangen leicht gerötet.

Kurz fuhr ich mir mit dem rosa Stift über die Lippen und ging wieder ins Wohnzimmer. »Hat jemand von euch was dagegen, wenn ich das Auto nehme?«, fragte ich.

»Wohin willst du denn?«, wollte Jean wissen.

»Ich weiß noch nicht, aber es wird nicht spät.« Ich sah zu Don. »Du fährst die Mädels doch, wenn sie ausgehen möchten, oder, Don?«

Er machte eine ausladende Geste. »Wohin die Damen auch möchten, Don ist stets zu Diensten.«

Ich zwang mich, nicht die Augen zu verdrehen, nahm die Schlüssel und verließ mit einem Winken das Haus.

Ohne genau zu wissen, was ich unternehmen wollte,

fuhr ich nach Honolulu hinein und die Ausgehmeile entlang. Unzählige Menschen waren an diesem warmen Samstagabend unterwegs, drängten sich lachend auf den Bürgersteigen, betraten und verließen Clubs. Nur eine Schar unbeschwerter Amerikaner. Wenn mir der Sinn nach Stille gestanden hatte, war ich an den falschen Ort gekommen.

Ich parkte, stieg aus und schaute die Straße auf und ab. Einen Block weiter war das Varsity Theater. Im Kino würde es dunkel und ruhig sein, und es gab Popcorn. Perfekt. Ich hatte nichts zu Abend gegessen, mir knurrte der Magen.

Schlagende Wetter lief noch, der Film über einen Waliser Bergarbeiter zu Anfang des Jahrhunderts. »Letztes Wochenende!«, hieß es auf dem Schild am Kassenhäuschen. Ich kaufte eine Karte, eine Limo und Popcorn und suchte mir einen Sitzplatz weit hinten in einer Reihe, die ich fast für mich allein hatte.

Die Wochenschau vor dem Film zeigte erschreckende Bilder von rauchenden Flugzeugen, die vom Himmel trudelten, Gebäude, die in Flammen standen oder zerbombt waren, Städte, die in Schutt und Asche lagen. Verwundete Soldaten. Hitler hielt noch eine Rede … Man hätte gedacht, wir hätten uns mittlerweile daran gewöhnt, aber beinahe hätte ich meine Limo und mein Popcorn stehen lassen und das Kino verlassen, so sehr bedrückten mich die Verzweiflung, die Zerstörung und der sinnlose Verlust von Leben.

Aber genau das wollte ich sehen, selbst wenn es mir nicht klar gewesen war. Nach dem, was der schreckliche

Kerl bei uns im Haus gesagt hatte, wollte ich daran erinnert werden, was tatsächlich vor sich ging. Der Typ – so selbstgefällig, so eitel und von sich selbst eingenommen – hatte doch keine Ahnung, wovon er redete. Wir waren mit Großbritannien verbündet. Wenn sie uns brauchten, würden wir ihnen früher oder später zur Seite stehen. Denn wenn nicht – was würde das über unser Land aussagen?

Ich nahm eine Bewegung rechts von mir wahr, schaute über die leeren Plätze hinweg und sah Lieutenant Hart dort sitzen, den Blick auf die Leinwand gerichtet. Ich lenkte meine Aufmerksamkeit wieder auf die Nachrichten, aber mein Herz schlug heftig, und ich fragte mich, ob er mich wohl auch bemerkt hatte.

»Miss Coltrane.«

Erschrocken schaute ich auf. Lieutenant Hart stand eine Armeslänge von mir entfernt, auf dem Gesicht ein kleines, zögerndes Lächeln, das im Dämmerlicht des Kinos sehr vertraulich wirkte, sodass sich alles in mir zusammenzog.

»Lieutenant«, sagte ich leise.

»Sind Sie allein?«, fragte er und deutete auf den Sitz neben mir, wo mein Pullover und meine Handtasche lagen, als wollte er herausfinden, ob ich den Platz für einen Freund oder eine Freundin besetzte.

»Ja«, antwortete ich.

»Darf ich?«

Bei jedem anderen Mann hätte ich wahrscheinlich gesagt, dass das Kino nicht mir gehöre und er sitzen könne, wo er wolle. Aber hier ging es um Lieutenant Hart.

»Ja. Natürlich.«

Er nickte und nahm Platz. »Ein paar M&M?« Er bot mir über den leeren Sitz zwischen uns hinweg eine Schachtel der bunten Schokolinsen an.

Mir stockte der Atem, als ich im Halbdunkel des Kinosaals seinem Blick begegnete. Er lächelte wieder, dieses Mal weniger zögerlich.

Ich streckte die Hand aus. »Nur ein paar«, sagte ich. »Danke.«

Der Film begann, und in stillschweigender Übereinkunft reichten wir Popcorn und M&M hin und her. Immer wieder streiften sich unsere mal buttrig glatten, dann zuckrigen Finger.

Als die Lichter später wieder angingen, stand ich auf und sammelte meine Sachen ein, um schnell nach draußen zu gelangen.

»Sie hätten wohl kein Interesse, mit mir essen zu gehen?«, fragte Lieutenant Hart, die leere M-&-M-Schachtel in der Hand. »Die und Ihr Popcorn sind als Dinner etwas dürftig. Ich hab einen Bärenhunger. Haben Sie schon gegessen, Miss Coltrane?«

»Nein, aber …« Was, wenn wir gesehen wurden?

»Waren Sie schon mal bei Kemo'o Farms?«, fragte er.

»Nein, obwohl es großartig sein muss, nach allem, was ich gehört habe. Ich weiß nur nicht so genau … Wenn jemand uns sieht, könnte er denken …« Röte stieg mir ins Gesicht, und ich war froh, noch im dämmrigen Kino zu stehen.

Er runzelte die Stirn. »Ach. Ja so. Ich verstehe. Also, ich weise bereitwillig jeden zurecht, der ungehörige

Schlussfolgerungen zieht, nur weil er uns zusammen sieht. Wenn Ihnen das hilft, Ihre Entscheidung zu überdenken. Und ich verspreche Ihnen, ich habe keine anderen Absichten. Es wäre einfach eine Gelegenheit, gut zu essen. Mehr nicht. Außer vielleicht etwas mittelmäßige Unterhaltung.«

»Mittelmäßige Unterhaltung?« Ich konnte mir ein Schmunzeln nicht verkneifen. »Das klingt jetzt wirklich verlockend, Lieutenant.«

»Wenn es um meine Vorzüge geht, kann ich mich erstklassig verkaufen.«

»Das merke ich«, sagte ich. »Eine schlechte Unterhaltung kann ich mir unmöglich entgehen lassen, also gern. Das hört sich gut an. Danke für die Einladung, Sir.«

Abwehrend hob er die Hand.

»Eine Bedingung. Kein ›Sir‹«, sagte er. »Und auch nicht ›Lieutenant Hart‹. Wir sind nicht auf dem Stützpunkt, Miss Coltrane. Mae ist nicht in der Nähe. Bitte – nennen Sie mich James.«

»Dann bin ich Audrey«, sagte ich leise. »Nicht ›Miss Coltrane‹. Und ganz bestimmt nicht ›Ma'am‹.«

»Abgemacht«, sagte er, und wir verließen das Kino.

Nur um uns inmitten ganzer Heerscharen von Matrosen wiederzufinden, zumindest kam es mir so vor.

»Hoppla!«, sagte Lieutenant Hart und zog mich aus der Bahn eines jungen Mannes, der eindeutig betrunken durch die Menge wankte und direkt auf uns zusteuerte. »Aufpassen, Kamerad.«

Kaum hatte er einen vertrieben, tauchte schon der Nächste auf.

»Hi, Süße!« Ein rundes, sommersprossiges Gesicht schob sich wenige Zentimeter vor meins. »Sind Sie vergeben?«

»Ja«, sagte Lieutenant Hart und trat zwischen uns. Seine Hand lag auf meinem Arm. »Sie ist vergeben.«

Der Mann torkelte den Bürgersteig weiter zur nächsten jungen Frau.

»Entschuldigung«, sagte er und führte mich, immer noch die Hand auf meinem Arm, über die Straße. »Es war besser, Ja zu sagen, als ihm die Gelegenheit zu geben, noch aufdringlicher zu werden.«

Die Wärme seiner Hand hatte mir Gänsehaut verursacht, ich zog den Arm zurück und strich über die Stelle, wo er mich berührt hatte. Unsere Blicke trafen sich.

»Danke, dass Sie meine Ehre verteidigt haben«, sagte ich.

»Stets zu Diensten, Miss«, antwortete er und tippte sich an eine imaginäre Mütze.

Als ich an das sommersprossige Gesicht des Mannes dachte, musste ich unwillkürlich lachen. »Betrunken, wie er war, konnte er mich doch nicht mehr von einem Laternenpfosten unterscheiden.«

Kurz lachte der Lieutenant ebenfalls, dann wurde er ernster und betrachtete mich aus seinen grünen Augen.

»O doch, das konnte er«, sagte er mit leiser, tiefer Stimme.

Er fuhr mich in einem geliehenen Militärjeep zu Kemo'o Farms. »Saftige Steaks sind unsere Sache!«, verhieß das Schild vor dem Restaurant. Wir wurden durch den großen Speiseraum geführt, dessen Wände mit kostbarem dunklem Holz getäfelt waren. Hier und dort hingen goldgerahmte Landschaftsgemälde der Inseln, die Tische waren dunkelgrün eingedeckt, vermutlich, damit die Fettflecke der gerühmten Steaks weniger auffielen. Auf der Terrasse wurden wir an einen Zweiertisch gesetzt, in dessen Mitte ein hübsches Gesteck aus rosafarbenen Blüten stand. Wir hatten einen guten Blick auf die Band, die unter einer Kette weißer Lichter vor einem Hintergrund von Palmen, Orchideen und Datura gerade zu spielen begann.

»Kommen Sie oft hierher?«, fragte ich hinter dem Schutzschild meiner Speisekarte.

»Meistens nur unter der Woche, wenn weniger los ist«, antwortete er.

Wir bestellten Bier, und als der Alkohol seine Wirkung tat, wurden wir entspannter, das Gespräch lief weniger stockend. Das Steak war eins der besten, das ich jemals bekommen hatte. Beim Essen erzählten wir uns Geschichten aus unserem Leben. James war auf einer kleinen Farm in Iowa aufgewachsen, sein Vater war Bankangestellter, seine Mutter Krankenschwester. Er hatte eine jüngere Schwester, Ava, die mich sehr an meine Schwester Evie denken ließ. Seine besten Freunde, vier Jungs aus demselben Ort, hatten sich am selben Tag wie er zur Armee gemeldet.

»Alle außer Cal«, sagte James. »Er hatte in unserem letzten Jahr an der Highschool einen Unfall, bei dem er einen Unterschenkel verloren hat. Als wir zur Grundausbildung eingerückt sind, hat er uns gedroht, uns allen die Freundin auszuspannen.«

»Das ist ja schrecklich«, sagte ich. »Der arme Cal.«

Sein schallendes Lachen überraschte und freute mich.

»Von wegen armer Cal«, widersprach er. »Bei ihm geht's wilder zu als bei uns.«

»In Iowa?«

»In Iowa«, bestätigte er. »Er setzt Frauen gegenüber sein Bein schamlos zu seinem Vorteil ein.«

Er war ein guter Gesprächspartner, irgendwann stellte ich fest, dass ich mir nicht mehr jedes Wort überlegte aus Sorge, er könnte es, wie schon so viele andere Männer, als Aufforderung verstehen.

»Danke, dass Sie mich hergebracht haben.« Ich tupfte mir die Mundwinkel an meiner Serviette ab und lehnte mich zurück. »Das war köstlich.«

»Danke, dass ich Sie herbringen durfte«, sagte er. »Wer hätte das gedacht – wir kommen miteinander aus.«

»Sind wir das vorher nicht?«

»Ich meinte nur – ich habe immer gezögert, Sie anzusprechen. Und ich hatte nie den Eindruck, als hätten Sie gesteigertes Interesse … Nun weiß ich natürlich, warum. Aber jetzt sitzen wir hier, genießen die Gesellschaft, wenn ich das so sagen darf, und sind alles andere als verlegen.« Grinsend rieb er sich das Kinn. »Na ja, vielleicht ein bisschen.«

»Aber nur ein ganz kleines bisschen«, sagte ich mit einem schüchternen Lächeln.

Er lachte leise, dann wurde seine Miene ernst, er nickte jemandem hinter mir zu. Ich drehte mich um und sah einen respektgebietenden Mann mit grauem Schnurrbart, der sich mit einer ebenso herb aussehenden blonden Frau, bei der es sich zweifellos um seine Ehefrau handelte, an einen Tisch setzte. Militärsgattinnen bildeten meiner Ansicht nach eine Klasse für sich. Und diese wirkte mit ihrem durchdringenden Blick und der Hakennase, als könnte sie ihre eigene Truppe befehligen.

»Wer ist das?«, fragte ich leise.

»Der kommandierende General der Schofield Army Base und seine Frau.«

Der Anblick des strengen Mannes weckte Gefühle, über die ich seit meiner Ankunft auf der kleinen Insel bewusst nicht mehr nachgedacht hatte. Die Reise an den mir unbekannten Ort war aufregend gewesen, und beim Flug über den endlos weiten Pazifik hatte mein Herz im wahrsten Sinn des Wortes höher geschlagen. Und dann hatte es plötzlich in meiner Brust gehämmert, der Schweiß war mir ausgebrochen.

Natürlich wusste ich, wie weit entfernt O'ahu vom amerikanischen Festland war. Natürlich hatte ich mich als Pilotin über meine abgenutzte Lieblingsflugkarte gebeugt und die Route geplant, als würde ich selbst am Steuer sitzen. Aber ich hatte mir kein einziges Mal vorgestellt, was das viele Blau in mir auslösen würde.

Die Aufregung wich der Angst. Im Vergleich zu Texas war O'ahu winzig. Und lag mitten im Meer. Womit die Insel sehr angreifbar war – zum Beispiel von einer wesentlich größeren Insel weiter im Westen.

Wir alle wussten von den angespannten Beziehungen zwischen Amerika und Japan. Und wer konnte schon sagen, ob die Deutschen nicht einen strategischen Zug planten, um uns anzugreifen? Irgendjemand musste doch schon mal diesen Gedanken gehabt haben, ich konnte nicht die Einzige sein. Und auch wenn das Territorium Hawaii offiziell nicht zu den Vereinigten Staaten gehörte, hatten diese hier Millionen Dollar in militärische Anlagen und Ausrüstung investiert.

Ich trank einen Schluck Wasser und überlegte, ob es wohl ungehörig wäre, diese Frage zu stellen. Dann merkte ich, dass es mir gleichgültig war. Ich musste es wissen.

Ich beugte mich vor und ignorierte die Stimme meiner Mutter in meinem Kopf, ich solle mich nicht auf den Tisch aufstützen.

»Darf ich Sie etwas fragen?« Ich hatte die Stimme gesenkt.

James lächelte und beugte sich ebenfalls vor. »Jederzeit.«

»Müssen wir uns Sorgen machen? Wir sind hier mitten im Meer, und … Ich weiß zwar, dass im Hafen diese großen Schiffe liegen, dass Soldaten auf den Stützpunkten sind und Flugzeuge, aber … sind wir in Gefahr? Ist Hawaii in Gefahr?«

Er lehnte sich zurück und betrachtete mein Gesicht eingehend, bevor er sich wieder vorbeugte. Sein Blick war freimütig.

»Ich weiß es nicht«, sagte er. »Mir ist nichts zu Ohren gekommen, wenn Sie das wissen wollten – nicht dass ich es Ihnen sagen dürfte, wenn ich etwas gehört hätte …« Sein Blick ging kurz zum General und wieder zu mir, dann schüttelte er den Kopf und sprach das aus, was ich bislang nur vage empfunden hatte: »Aber um ehrlich zu sein – es ist zwar idyllisch hier auf dieser wunderschönen Insel mitten im Pazifik, aber ich komme mir verwundbar vor. Exponiert.«

»Selbst mit den vielen Schlachtschiffen im Hafen?«

»Vielleicht gerade ihretwegen.«

Er fuhr uns in die Stadt zurück, parkte in der Nähe meines Autos an der University Avenue und stellte den Motor ab. Die Wirkung des Biers hatte nachgelassen, wir waren beide wieder verlegen, wussten nicht, wohin wir schauen und was wir sagen sollten.

Um uns her tobte das Leben, Matrosen riefen quer über die Straße hinweg Frauen etwas zu, die schreiend antworteten, überall Musik und Gelächter, aber das alles drang nur gedämpft zu uns in den Wagen.

»Danke für das Essen«, sagte ich. »Es hat mir gefallen.«

»Sie klingen überrascht«, antwortete er, und ich errötete. »Ich wünschte, Sie hätten mich bezahlen lassen.«

Ich schüttelte den Kopf. »Das war kein Date.«

»Ich weiß, aber ich komme mir trotzdem sehr ungehobelt vor. Mein Vater würde sich in Grund und Boden schämen.« Er legte die Stirn in Falten und hob einen Finger. »›Der Mann lädt die Dame grundsätzlich ein, James.‹«

Ich lachte. »Ich höre im Kopf ständig die Stimme meiner Mutter. ›Nimm die Ellbogen vom Tisch, Audrey.‹ ›Du willst doch das Haus nicht in dem Aufzug verlassen, Audrey, oder?‹ ›Audrey Fitzgerald! Du meine Güte, jetzt verschränk die Knöchel! Willst du alle Blicke auf dich ziehen?‹«

James warf den Kopf in den Nacken und lachte.

»Woher kommt es, dass wir ihre Stimmen immer im Kopf haben?«, fragte er. »Ganz gleich, wie alt wir sind?«

»Ich habe keine Ahnung«, sagte ich. »Wenn es nicht so ärgerlich wäre, hätte es etwas Liebenswertes.«

Er sah mit seinem schiefen Lächeln zu mir, und mir stockte der Atem. Ich wartete, dass er etwas sagte.

»Audrey Fitzgerald?«, fragte er.

»Mein zweiter Vorname«, sagte ich verlegen. »Mein Vater schwärmt für F. Scott.«

»Er gefällt mir.«

»Danke«, sagte ich.

»Können wir das bei Gelegenheit wiederholen?«, fragte James.

Ich öffnete den Mund und schloss ihn wieder, dann drehte ich mich zur Seite und starrte zum Fenster hinaus, ohne etwas wahrzunehmen. Widerstreitende Gefühle kämpften in mir und ließen mich zögern, auf die übliche Weise zu reagieren. Meinem Wesen nach sollte ich ablehnen. Es sei keine gute Idee. Er lenke mich ab. Aber etwas sagte mir, dass ich von diesem Mann nichts zu befürchten hatte. Er verstand mich und meine Gründe, mich nicht auf eine Liebesbeziehung einzulassen. Er hatte eigene Gründe, die ihn davon abhielten. Aber war das nur ein Vorwand? Ganz bestimmt nicht. Er hatte in der Vergangenheit mehr als eine Gelegenheit verstreichen lassen, bei der er mich hätte ansprechen können. Es war einfach Zufall gewesen, dass wir beide in dem Kino gesessen hatten. Ein anschließender Restaurantbesuch hatte für zwei Kollegen, die Hunger hatten, mehr oder minder auf der Hand gelegen.

»Ich wäre nicht gekränkt, wenn Sie Nein sa…«

»Ja«, sagte ich, bevor ich noch länger darüber nachdenken konnte.

»Ja?« Ich hörte ein leises Seufzen. Mein Herz klopfte wie wild. Unsere Blicke wussten nicht, auf was sie sich richten sollten, wanderten wild durch den Wagen, bevor sie sich schließlich begegneten.

»Tja dann«, sagte ich, die Hand am Türgriff. »Dann sehe ich Sie wohl am Montag.«

»Genau. Darf ich Sie zu Ihrem Wagen begleiten?«

»Nein, danke, Lieutenant. Gute Nacht.«

»Die wünsche ich Ihnen auch, Miss Coltrane.«

Als ich mein Auto erreichte, drehte ich mich noch einmal um. Lieutenant Hart saß hinter dem Steuer des Jeeps und sah mir nach. Ich lächelte, er winkte, dann stieg ich ein und fuhr nach Hause.

KAPITEL 5

Zwei Wochen später war Thanksgiving. Die Mädels und ich veranstalteten ein entspanntes Büfett-Essen, zu dem Nachbarn kamen sowie einige Freundinnen und Freunde, die auf der Insel keine Familie hatten. Dazu gehörte James, den ich selbst eingeladen hatte, wenn auch nur auf Drängen, Nörgeln und beständiges Nachhaken meiner Mitbewohnerinnen.

»Frohes Thanksgiving, Miss … Audrey«, sagte er, als ich ihm die Tür öffnete, und überreichte mir eine Flasche Wein. »Danke für die Einladung.«

»Wie schön, dass Sie gekommen sind. Bitte treten Sie doch ein.« Ich wich zur Seite, um ihn hereinzulassen. »Alle sind hinten im Garten. Fühlen Sie sich wie zu Hause.«

Ich deutete auf die rückwärtige Tür, die von der Küche abging, und er schlenderte durchs Haus und betrachtete lächelnd die ansprechende, typisch hawaiianische Einrichtung, die Erma und Ken uns zur Verfügung gestellt hatten, ergänzt mit Gegenständen, die auf unsere unterschiedlichen Persönlichkeiten hinwiesen. Meine Bücherstapel, Catherines Schminkkästchen in der Ecke, einer von Rubys Seidenschals über einem Lampenschirm, Jeans unvermeidliches Fläschchen mit rotem Nagellack auf dem Fenstersims.

»Kann ich den Damen irgendwie behilflich sein?«, fragte er Jean und Ruby in der Küche.

»Oh!«, sagte Jean. »Lieutenant Hart. Wie nett von Ihnen, aber das kommt überhaupt nicht infrage. Lassen Sie sich einfach verwöhnen!«

»James«, sagte er. »Bitte.«

»Frohes Thanksgiving, James«, sagte Ruby und wiegte sich leicht in den Hüften, sodass ihr der weinrote Faltenrock um die Knie schwang. »Draußen gibt es Getränke und Vorspeisen. Bedienen Sie sich doch bitte selbst.«

»Danke«, sagte er und ging hinaus.

Durchs Küchenfenster sah ich, dass er sich ein Bier holte und ein Gespräch mit Marty begann, dem Barkeeper vom Skip's. Sobald er den Garten betreten hatte, hatten sich alle zu ihm umgedreht, sogar Annie, Ermas und Kens fünfjährige Tochter, die sich am Bein ihrer Mutter festgehalten hatte. So war es immer: Menschen hielten inne bei dem, was sie gerade taten, um ihn zu beobachten, zu hören, was er sagte, zu sehen, welche Kleidung er trug – an diesem Tag eine beigefarbene Hose und ein kurzärmliges marineblaues Hemd, durch das seine Augen irgendwie noch grüner wirkten.

»Er ist schon bemerkenswert, oder?«, meinte Jean, die dicht neben mir stand.

»Schau, wie alle ihn anstarren«, sagte ich. »Das muss ihn doch stören.«

Jean lachte. »Ich glaube nicht, dass es ihm auffällt.«

»Unmöglich«, widersprach ich. »Schau sie dir doch an.«

»Fällt es dir denn auf?«, fragte sie, lehnte sich an die Arbeitsfläche und biss in eine der Selleriestangen, die sie gerade aufgeschnitten hatte.

»Was soll mir auffallen?«

»Dass die Leute auf dich genauso reagieren.«

Ich verzog das Gesicht. »Das stimmt doch gar nicht.«

»Siehst du?«, sagte sie und nahm das Tablett mit dem Gemüse. »Du merkst es bloß nicht.«

Sie verschwand zur Tür hinaus, und ich starrte auf die Stelle, wo sie gerade gestanden hatte.

»Es stimmt trotzdem nicht«, sagte ich.

»Führst du Selbstgespräche, Süße?«, fragte Ruby. »Ooh! Hat James die mitgebracht?« Sie deutete auf die Weinflasche, die ich noch in der Hand hielt. »Schenkst du mir was davon ein?«

Ich füllte uns beiden ein Glas und ging dann mit meinem in einer Hand und einer Schale Mais in der anderen zu unseren Gästen hinaus.

Ich bemühte mich, eine gute Kopie meiner Mutter zu sein, wanderte von einem Grüppchen zum nächsten und sorgte dafür, dass Gläser nachgeschenkt und gebrauchtes Geschirr und unansehnliche Servietten abgeräumt wurden.

Doch so beschäftigt ich auch war, an welchem Gespräch ich mich auch beteiligte, wann immer ich aufschaute, war James in der Nähe. Selbst als ich ins Haus ging, um ein Tablett mit Keksen zu holen, war er da, saß im Wohnzimmer auf dem Sofa, unterhielt sich mit

Ermas Mann über den Neubau im Zentrum von Honolulu und spielte Verstecken mit Annie.

»Audrey!«, rief Annie und schlang ihre klebrigen braunen Ärmchen um meine Beine.

»Hi, Häschen«, antwortete ich, ging in die Hocke und reichte ihr einen Keks vom Tablett in meiner Hand. »Hast du Spaß?«

Sie nickte und hielt mir den kleinen Stoffhund hin, ohne den sie nirgends anzutreffen war. Ich drückte ihm einen Schmatz auf die Nase.

»Wie geht's Flower?«, fragte ich.

»Flower ist unartig. Sie hat meinen Truthahn gegessen.«

»Mmm-hmm.« Ich schaute zu Ken, der lächelnd den Kopf schüttelte. »Hast du das deiner Mama gesagt?«

Die Kleine nickte, dabei schwang ihr glänzendes schwarzes Haar hin und her.

»Na, dann bist du doch bestimmt am Verhungern. Wahrscheinlich solltest du zwei Kekse bekommen.«

Ihre dunklen Augen weiteten sich. »Au ja!«

Ich gab ihr noch einen Keks, und sie hüpfte in den Garten hinaus.

»Sie gehen gut mit ihr um«, sagte James, als Ken seiner Tochter nach draußen folgte.

»Die reine Bestechung«, sagte ich. »Auch einen Keks?«

Er schaute zu mir und dann auf die Kekse. »Ich bin bestechlich.« Er wählte einen mit Schokoladenüberzug und biss hinein.

»Schmeckt's?«

»Köstlich.«

»Schön. Die habe ich gebacken.«

»Sie sollten ein Geschäft eröffnen.«

»Gleich nachdem ich meinen Flugplatz gekauft habe.«

»Sie könnten sie in Ihrem neuen Hotel auf die Kopfkissen legen.«

»In der Form kleiner Flugzeuge!«, sagte ich.

Als die Sonne unterging, brachen unsere Gäste allmählich auf, dankten uns für das schöne Fest und verabschiedeten sich mit einer Umarmung.

Als ich das Tuch von einem Picknicktisch zog, nahm James das andere Ende und führte es zu mir, unsere Finger streiften sich, als er mir die zwei Stoffecken überließ.

»In zwei Wochen bekommen wir eine Ladung neuer Pilotenanwärter«, sagte er. »Hätten die Damen vielleicht Interesse an ein paar Überstunden?«

»Ich schon«, sagte ich. Für meinen Flugplatz tat ich alles. »Wann?«

»Sie kommen am Sechsten, und der Chef möchte, dass sie gleich am nächsten Morgen anfangen, Flugstunden zu sammeln.«

»Das ist dann ein Sonntag?«

»Genau.«

Ich faltete das Tischtuch zusammen und legte es über den Arm, während ich zu Catherine und Ruby schaute, die in der Nähe mit Marcus beisammenstanden, dem Mann, mit dem Catherine seit einem Monat ausging, und Francis, einem Musiker, den Ruby eingeladen hatte. Beide Männer waren groß, hatten dunkle Haare und hätten Brüder sein können, sehr zu Jeans und meiner Belustigung und zu Rubys und Catherines Entzücken. Sie hatten oft gesagt, dass sie nur noch mit Zwillingen ausgehen sollten, weil sie den gleichen Männergeschmack hatten. Zum Glück hatte Don nicht auf der Gästeliste gestanden.

»Ich weiß nicht, ob die anderen dafür zu haben sein werden«, sagte ich. »Catherine und Ruby veranstalten an dem Samstagabend eine kleine Strandparty. Ich kann sie fragen, aber ich bezweifle, dass sie zusagen. Aber Jean könnte Interesse haben.«

»Geben Sie mir einfach Bescheid.«

»Das mache ich.« Ich strich über das Tischtuch, das mir über dem Arm hing, mein Blick war auf das Gras geheftet. »Sie sind herzlich zu der Party eingeladen.«

»Am Strand?«

Ich nickte, ohne ihm in die Augen sehen zu können.

»Das würde mir gefallen. Danke.« Nun war es an ihm, auf den Rasen zu starren. »Würden Sie … Hätten Sie Lust, mit mir noch einen trinken zu gehen?«

»Jetzt?«

»Oder in ein paar Minuten. Ich hab's nicht eilig.«

Ich sah zu Catherine und Ruby, die sich Pullover um die Schultern legten und mit Francis und Marcus in Richtung Haus gingen.

»Wie's aussieht, gehen Catherine und Ruby noch aus, und es gibt hier viel aufzuräumen. Ich möchte Jean ungern alles allein überlassen. Außerdem müsste ich ihnen dann sagen, dass ich weggehe, und …«

»Wäre es wirklich so schlimm, wenn sie wüssten, dass wir gerne zusammen sind?«

»Sie haben ja keine Ahnung! Die sind unerträglich. Ich müsste mir eine neue Wohnung suchen.«

Er lachte. In dem Moment kam Jean heraus. »Claire hat gerade angerufen«, sagte sie. »Ihre Schicht im Krankenhaus ist vorbei, ich treffe mich im Royal mit ihr auf ein paar Drinks. Möchtest du mitkommen?«

Ich warf einen kurzen Blick zu James, der eine Zeitung aufgenommen hatte, die jemand liegen gelassen hatte, und tat, als würde er darin lesen.

»Ich glaube, ich bleibe hier und räume auf.«

Sie sah sich um und zog die Nase kraus. »Das hat doch Zeit bis morgen. Komm mit!«

»Ich bin müde. Wirklich. Grüß Claire von mir.«

»Also gut«, sagte sie und richtete ihre Aufmerksamkeit auf James. »Es freut mich sehr, dass Sie gekommen sind, Lieutenant.«

»Und ich habe mich über die Einladung gefreut«, antwortete er. »Nochmals vielen Dank.«

Ich sah mich im Garten um, während die letzten Gäste gingen, dann blieben nur noch James und ich zurück. Die kleinen blinkenden Lichter, die Ruby aufgehängt hatte, funkelten vor dem nachtblauen Himmel.

»Und?«, fragte er leise. »Wie sieht's aus mit dem Drink?«

Die Härchen auf meinen Armen stellten sich auf, als sich etwas tief in meinem Bauch zusammenzog.

»Vielleicht einen«, murmelte ich.

»Wo sind wir?«, fragte ich, als ich aus dem Jeep stieg. James war auf einen Parkplatz abseits der Hauptstraße gefahren.

»Am Haleiwa Airfield«, sagte er. Seine Stimme war gedämpft, weil er gerade etwas vom Rücksitz holte. »Vor ein paar Wochen haben Sie am Sunset Beach gestanden und beobachtet, wie ein paar Maschinen hier einflogen.«

»Ah ja, ich erinnere mich.«

»Kommen Sie.« Er bedeutete mir, ihm zu folgen.

Vom Parkplatz führte ein Pfad zwischen den Bäumen zu einem Strandabschnitt gleich nördlich des Flugplatzes. James breitete das Handtuch aus, das er mitgebracht hatte, und legte eine Papiertüte in die Mitte.

»Bier oder Wein?«, fragte er und setzte sich.

»Bier.«

Er holte zwei Flaschen aus der Tüte, öffnete beide und reichte mir eine. Nachdem wir einen Schluck getrunken hatten, griff er wieder in die Tüte.

»Die habe ich stibitzt.« In der Hand hielt er etwas, das in eine Serviette eingeschlagen war.

»Ist die nicht von uns?«, fragte ich.

»Die habe ich nur ausgeliehen.«

Er schlug die Serviette zurück, und vier Kekse mit Schokoladenüberzug kamen zum Vorschein.

»Deswegen waren sie so schnell alle!«, sagte ich und lachte.

»Hätte ich Sie nicht überreden können, zu einem Drink mitzukommen, hätte ich mich damit zufriedengeben müssen, die später im Bett zu essen.«

Schweigend aßen wir einen Keks, tranken unser Bier und lauschten den Wellen, die an den Strand schlugen.

Er fuhr sich über sein stoppeliges Kinn. Das Geräusch erinnerte mich an meinen Vater, und Wehmut stieg in mir auf. Dies war das erste Thanksgiving, das ich nicht mit meiner Familie verbrachte. Gleich beim Aufwachen an dem Morgen hatte ich es gemerkt, das unbekannte Gefühl, nicht bei ihnen zu sein, das einsame Anziehen, ohne dass Evie zu mir ins Zimmer stürzte, um sich von mir Strümpfe, Rouge oder Schuhe auszuleihen …

Meine Mutter hatte immer fast identische Kleider für uns schneidern lassen. Ich fragte mich, welche Farbe sie wohl in diesem Jahr gehabt und in welchen Details sie sich unterschieden hätten. Hätte ich Perlen dazu angelegt? Oder vielleicht den Saphiranhänger, den ich zum achtzehnten Geburtstag bekommen hatte und der in einer erlesenen Keramikschatulle oben auf der weißen Kommode stand, die früher meiner Mutter gehört hatte?

»Versprechen Sie mir, nicht wütend zu werden, wenn ich Ihnen etwas sage?«, fragte James.

Ein erwartungsvolles Prickeln lief mir die Wirbelsäule hinauf. »Schwierig, wenn ich nicht weiß, worum es geht.«

Er lachte leise. »Wohl wahr.« Er drehte sich zu mir und sah mir in die Augen.

»Also?«, fragte ich.

»Ich mag Sie«, sagte er.

Die Worte hingen schwer zwischen uns.

»Ich wünschte, es wäre anders«, fuhr er fort und drehte sich wieder zum Meer. »Und dadurch ändert sich auch nichts daran, wie ich mein Leben führen möchte. Aber ich wollte es Ihnen sagen. Ich musste es sagen. Für den Fall, dass es die letzte Gelegenheit ist.«

Ich ließ den Kopf sinken, Tränen traten mir in die Augen.

»Jetzt sind Sie doch sauer auf mich«, sagte er. »Es tut mir leid, Audrey. Ich hätte nicht …«

»Ich dachte, Sie würden sagen, dass Sie weggehen.« Meine Stimme zitterte. »Ich dachte, Sie hätten einen neuen Posten bekommen und … Ich bin noch nicht so weit, Lebwohl zu sagen.«

»Warum nicht?«

Ich schloss die Augen und hob den Kopf. Eigentlich wollte ich dieses Gespräch um keinen Preis führen, aber genau wie er wollte ich ebenfalls, dass er es wusste.

»Weil ich Sie auch mag«, sagte ich leise. »Aber, James …« Ich drehte mich zu ihm. »Es genügt nicht. Für mich. Das verstehen Sie doch, oder?«

»Ja. Weil es mir genauso geht. Wenn es anders wäre – wenn wir anders wären, wären Sie diejenige, mit der ich mein Leben verbringen möchte. Sie sind witzig und intelligent und großherzig. Und ich hoffe, dass wir immer in Kontakt bleiben werden. Wie viel Zeit auch vergeht. Ich werde immer wissen wollen, was Sie machen, welche Bücher Sie lesen. Welche Maschinen Sie fliegen. Ob Sie das Hotel gebaut haben, das ich vorgeschlagen habe. Vielleicht lande ich eines Tages sogar auf Ihrem kleinen Flugplatz, dann können Sie mir Dallas zeigen.«

»Das kostet extra«, sagte ich.

»Das bezahle ich mit Vergnügen.«

Eine Brise trieb den süßen Duft der Blumen zu uns, und ich atmete ihn ein, stützte das Kinn auf die angezogenen Knie und sah zum Horizont hinaus.

»Eigentlich kann ich es mir gar nicht vorstellen, wieder in Dallas zu sein«, sagte ich. »Es gefällt mir hier so gut.«

»Es wird schwer sein. Aber wenn wir hierbleiben, wird keiner von uns das verwirklichen, was er sich vorgenommen hat.«

Er hob seine Flasche. »Stoßen wir an«, sagte er.

»Worauf?«, fragte ich und hob ebenfalls meine Flasche.

»Auf unsere Träume. Und unsere Freundschaft. Ganz gleich, wie groß die Entfernung und wie viel Zeit vergangen sein wird – mögen wir immer Freunde bleiben.«

»Darauf trinke ich sofort«, sagte ich.

Ich weiß nicht, wie es passierte, und hätte ich ihn gefragt, hätte er es wahrscheinlich auch nicht gewusst. Wir hatten gerade mit unseren Flaschen angestoßen, da lagen seine Lippen auf meinen.

Er zeichnete die Umrisse meines Gesichts nach, während ich mit der Handfläche über sein Kinn fuhr und schauderte, weil die Stoppeln mich kitzelten. Seine Lippen waren weich, sanft, fast zögernd, als ich mich an ihn schmiegte, überwältigt von einer Leidenschaft, die ich nie zuvor empfunden hatte. Doch sobald er die Arme um mich schlang und mich an sich ziehen wollte, befreite ich mich abrupt.

Eine ganze Weile sagten wir nichts, wichen dem Blick des anderen aus, während wir wieder zu Atem kamen.

»Entschuldige«, sagte er schließlich heiser.

»Ich weiß nicht, warum ich das gemacht habe«, flüsterte ich.

Aus dem Augenwinkel sah ich zu ihm. Eine Mundhälfte verzog sich zu einem schiefen Grinsen, und mit einem leisen Lachen wendete ich den Blick ab.

»Immer noch Freunde?« Er streckte eine Hand aus.

»Immer noch Freunde.« Ich nahm seine Hand.

Es war, als würde ein Stromschlag uns treffen, wir rissen die Arme zurück.

»Aber vielleicht kein Körperkontakt«, sagte er. »Nur um auf Nummer sicher zu gehen. Abgemacht?«

»Abgemacht.«

KAPITEL 6

Mindestens drei Dutzend Gäste kamen zu der Strandparty. Wir saßen in Grüppchen am Feuer, teilten Essen und Getränke und genossen das gesellige Miteinander, während die Sonne langsam zum Horizont sank und den Himmel in ein leuchtend rosa-orangefarbenes Kunstwerk verwandelte.

Als perfekte Gastgeberin ging Ruby von einer Gruppe zur nächsten, überschäumend in ihrem lindgrünen Overall, das kastanienrote Haar hatte sie kunstvoll hochgesteckt. Auch Catherine nahm ihre Rolle als Gastgeberin ernst und sah in ihrem weißen Kleid schöner aus denn je; das Haar hatte sie mit einem blassrosa Tuch zurückgebunden. Aber nachdem sie erst einmal alle Gäste begrüßt hatte, setzte sie sich neben Marcus, und es hatte den Anschein, als würde sie den Rest des Abends nicht von seiner Seite weichen.

Jean hatte sich mit Claire und zwei anderen Frauen, die ich flüchtig kannte, auf einer großen Decke niedergelassen. Sie trug ein Kleid mit Schleifen auf der Schulter, die perfekt zu ihren wie stets rot lackierten Nägeln passten.

Nachdem die Sonne untergegangen war, holten zwei Männer ihre Gitarren und spielten.

»Das erinnert mich an zu Hause«, sagte James. Er saß neben mir auf einer Decke, die er vom Rücksitz des Jeeps geholt hatte. »An warmen Sommerabenden sind wir oft zum Clear Lake gefahren, ein paar Jungs haben ihre Gitarren mitgebracht. Ein paar andere ließen von zu Hause Bier mitgehen …« Er lächelte versonnen im schwindenden Licht. »Das waren schöne Zeiten. Wie war das bei dir? Hast du in Dallas mit deinen Freundinnen auch solche Sachen gemacht?«

»Doch«, sagte ich. Eine laue Brise zauste mir das Haar und löste eine Strähne aus dem gelben Schal, mit dem ich es zurückgehalten hatte.

Ausnahmsweise einmal trug ich es offen, es fiel mir locker über die Schultern. Meine Haare waren länger, als die Mode es vorsah, ohne die Wellen, die die meisten anderen Frauen hatten. Ich konnte mich nie dazu durchringen, mit Lockenwicklern zu schlafen.

»Das war vor allem zu Highschool-Zeiten«, fuhr ich fort. »Aber manchmal trafen sich ein paar von uns auch später noch in den Sommerferien vom College irgendwo draußen. Allerdings ohne Gitarren.«

»Was hast du sonst in den Sommerferien gemacht?«, fragte er.

»Ich bin geflogen.« Ich seufzte und erinnerte mich an die elend heißen Sommer, die nur durch die Tage in der Luft und den Eistee meiner Mutter erträglich wurden.

»Wie ein kleiner Vogel.« Er strich mir die Strähne aus der Stirn.

»So nennt mich mein Vater.« Ich lächelte.

»Du erinnerst mich an einen. Zierlich, aber stark, aufmerksam, du bist fürsorglich … und wachsam. Ich muss immer aufpassen, mich nicht zu schnell zu bewegen, damit du nicht wegflatterst.«

»Es fällt mir schwer«, sagte ich. »Nicht wegzuflattern, meine ich. Ich hab mich so sehr daran gewöhnt. Sobald jemand versucht, aus mir etwas zu machen, das ich nicht bin, oder mich zu etwas zu bringen, das ich nicht tun will, nehme ich Reißaus. Ich flattere davon.«

»Ich werde nie von dir verlangen, etwas zu tun, das du nicht möchtest, kleiner Vogel. Das verspreche ich dir.«

Ich begegnete seinem Blick, dieses Mal ohne Furcht. »Das glaube ich dir«, sagte ich.

Er lächelte. »Sollen wir ein Stück spazieren gehen?«

Mit einem Nicken stand ich auf.

Beim Davongehen warf ich einen Blick zurück. Ruby saß kichernd bei Francis auf dem Schoß, er flüsterte ihr etwas ins Ohr. Catherine und Marcus saßen immer noch nebeneinander, sie hatte ihren Kopf auf seine Schulter gelegt und lächelte verträumt. Jean und ihre Freundinnen tanzten mittlerweile und drehten sich zur Musik. Ich schaute mir die Gesichter eins nach dem anderen an, alle lächelten, lachten, küssten sich in der warmen Luft Hawaiis.

Wir spazierten am Strand entlang, die Wellen umspülten unsere Füße. Er erzählte mir vom Tod seiner Eltern, an dem er fast zerbrochen wäre; beinahe hätte er darüber seinen Traum von der Fliegerkarriere beim Militär aufgegeben und wäre nach Iowa zurückgegangen, um in einer Bank zu arbeiten. Aber das hatte seine Schwester Ava nicht zugelassen.

»Sie hat gewusst, dass das mein Ende gewesen wäre«, sagte er. »Dass ich mich dadurch verändern und unglücklich sein würde. Mein Vater hat seinen Beruf geliebt, er hat dafür gelebt. Aber ich hätte es nicht ertragen. Ava hatte recht.«

»Wie war deine Mutter?« Ich fragte mich, welche Art Frau einen so liebenswürdigen und intelligenten Sohn in die Welt gesetzt hatte.

»Wunderschön. Jedes Mädchen in der Schule wollte wie meine Mutter aussehen. Sie haben's auch versucht. In der Highschool wollten sich zwei Mädchen sogar die Haare so dunkel wie ihres färben, aber irgendetwas ist schiefgegangen, und hinterher hatten beide einen komischen lilafarbenen Stich im Haar.« Er grinste. »Sie hatte viel Humor. Sie hat die tollsten Witze erzählt. Und sie war ungemein klug. Mein Vater sagte immer, das habe ihm am besten an ihr gefallen. Sie war eine Herausforderung für ihn. Man konnte ihr nichts vormachen.« Er sah kurz zu mir. »Um ehrlich zu sein, erinnerst du mich sehr an sie.«

»Ich fühle mich geschmeichelt«, sagte ich. »Sie klingt großartig.«

»Sie war eine wunderbare Mutter. Sie fehlt mir immer noch. Er auch – aber sie und ich standen uns noch näher. Wie du und dein Dad.«

Ich nickte. »Du erinnerst mich an ihn.«

»Ah ja?«

»Abgesehen davon, dass er gut aussieht und klug ist.«

Den Wasserschwall sah ich erst, als es zu spät war.

Ich jagte ihn über den Strand, bis wir beide außer Atem und klatschnass waren.

Lachend blieb ich schließlich stehen und hob die Hände. »Ich ergebe mich!«, rief ich. »Aufhören!«

James hatte bis zu den Knien im Meer gestanden, bereit, mich noch einmal vollzuspritzen, aber jetzt watete er an den Strand.

»Frieden?«, fragte er.

»Frieden.«

Wir gingen zur Party zurück, trockneten uns abwechselnd mit dem einen Handtuch ab, das er mitgebracht hatte.

»Was ist denn mit euch passiert?«, rief Jean und kam auf uns zu. Um ihren Hals hing eine Kamera.

»Eine Wasserschlacht«, sagte ich.

»Wer hat gewonnen?«

»Keiner.«

»Das sieht man«, meinte sie. »Stellt euch mal nebeneinander. Ich möchte ein Foto machen.«

»Jean ...«

»Wir sind auf einer Party! Ich will Bilder davon. Sei nicht immer so spröde.«

»Ich bin nicht ... Also gut«, sagte ich.

Augenrollend schaute ich zu James hoch, ein Lächeln lag auf seinen Lippen.

Spielerisch legte er einen Arm um meine Schultern, und nach kurzem Zögern schlang ich meinen um seine Taille.

»Also, ihr beiden«, sagte Jean, »und jetzt lächeln.«

Die Kamera klickte, ich ließ meinen Arm sinken. James ließ seinen noch einen Moment auf meinen Schultern liegen, dann drückte er mich kurz und löste den Griff.

»Ich gehe jetzt mit Claire und den anderen tanzen«, sagte Jean. »Es wird spät werden, aber ich verspreche, ich bin rechtzeitig da, damit du morgen früh den Wagen nehmen kannst.«

»Willst du nicht die zusätzliche Schicht einlegen?«

»Das hängt davon ab, wann ich heimkomme.« Mit einem kleinen Achselzucken sah sie zu James. »Tut mir leid, Lieutenant.«

»James, bitte«, sagte er. »Und kein Problem, ich kann das gut nachvollziehen.«

Sie drückte mir einen feuchten Kuss auf die Wange, die ich abwischte, bevor ich allen nachwinkte.

»Möchtest du nach Hause?«, fragte James.

»Ja.« Ich gähnte.

Er bog in die kleine Sackgasse, blieb am Straßenrand stehen und stellte den Motor aus.

»Darf ich dich zur Tür begleiten?«, fragte er.

»Was?«, sagte ich. »Du willst mich nicht tragen?«

Sofort bedauerte ich meine Worte. Er lief um den Wagen, riss die Beifahrertür auf und hob mich so schnell in seine Arme, dass ich gar nicht mehr dazu kam, Einspruch zu erheben. Was ich dann umso heftiger tat, indem ich schreiend mit den Füßen um mich schlug.

»Wenn du nicht aufhörst, lasse ich dich fallen.« Lachend stellte er mich auf den Fußabstreifer ab.

Atemlos und immer noch lachend standen wir uns gegenüber, die Stille umfing uns, bis auch wir verstummten.

Wie Magnete wurden wir in der Dunkelheit zueinander gezogen, wir fielen uns in die Arme, unsere Lippen fanden sich. So blieben wir lange Zeit unter dem Dachvorsprung des Häuschens stehen und hielten etwas fest, das wir letztlich nicht verstanden, aber auch nicht aufgeben wollten.

KAPITEL 7

Jean weckte mich mitten in der Nacht.

»Hol mich morgen früh aus dem Bett, dann komme ich mit«, lallte sie. Ihr Atem roch nach Alkohol.

Wenige Stunden später strömte das erste Morgenlicht durch das Fenster zwischen Rubys und meinem Bett. Gähnend schwang ich die Beine auf den Boden und stolperte über die Kleiderberge, die Ruby bei der Suche nach dem perfekten Outfit für die Strandparty überall hatte liegen lassen.

»Guten Morgen«, sagte ich auf der Schwelle zu Jeans Zimmer. »Zeit zum Aufstehen, du Schlafmütze. In zwanzig Minuten fahren wir los.«

Sie murmelte etwas Unverständliches.

Ich zog ihr die Decke vom Kopf und hob das Kissen an, unter dem sie schlief.

»Jeanie«, sagte ich und stupste sie in die Rippen. »Aufstehen.«

»Ich komme nicht mit«, sagte sie. Ihre Stimme klang belegt. »Zu müde. Kopfweh.«

»Sicher? Denk an das zusätzliche Geld für die Hochzeit.«

»Audrey, ich mag dich wirklich gern, aber wenn du mich jetzt nicht in Ruhe lässt, verpasse ich dir eins auf die Nase. Sobald ich dich nur einmal sehe anstatt doppelt.«

»Also gut«, sagte ich und lachte leise. »Dann bis heute Abend.«

Schnell ging ich wieder in mein Zimmer und zog mir ein dünnes langärmliges Hemd über den BH, bevor ich ächzend in meine Fliegerkombi stieg. Meistens kam ich gut ohne die zusätzliche Schicht aus, aber am frühen Morgen und in großer Höhe war etwas mehr Kleidung als sonst erforderlich. Bis wir in der Luft waren, würde ich allerdings schwitzen.

Kribbelnd vor Aufregung, die ich mir nicht eingestehen wollte, betrachtete ich im Bad eingehend mein Spiegelbild und fragte mich, ob man mir meine Gefühle ansah. Aber die Frau im Spiegel kam mir um keinen Deut verändert vor.

Ich schlüpfte in meine Stiefel, stapfte in die Küche, um mir einen Apfel zu holen, und lächelte über die vier Strümpfe und den winzigen Plastikbaum, mit dem wir den Raum am vergangenen Wochenende geschmückt hatten. Dann griff ich mir die Autoschlüssel aus der kleinen Schale auf der Arbeitsfläche.

Als ich vorm Verlassen des Hauses Lippenstift auftrug, stieg eine Erinnerung in mir auf, und ich dachte an James' Mund auf meinem. Seltsam, wie selbstverständlich es sich angefühlt hatte, in seinen Armen zu sein, wo ich mir doch bei anderen Männern immer nur unbeholfen und eingeengt vorgekommen war. Wie wohl mir in seiner Gesellschaft war. Wie unbeschwert sie war. Ich erinnerte mich an ein Buch, in dem die Heldin sagte, sie fühle sich in der Gegenwart des attraktiven Helden immer verloren. Aber ich kam mir mit James nicht verloren vor.

Ich fühlte mich gefunden.

Dass er mich so akzeptierte, wie ich war – unfrisiert, ungeschminkt, ohne einen BH, der die Schwerkraft aufhob, und ohne figurbetonte Kleider –, gab mir etwas, das ich außerhalb eines Flugzeugs nie gekannt hatte: Selbstvertrauen. Nichts an mir war mangelhaft. Ich fühlte mich vollständig, und zwar so, wie ich war. Nichts fehlte mir. Meine Gefühle, mein Verstand funktionierten einwandfrei. Alles war genau so, wie es sein sollte. Ich hatte mich nur bewusst gegen bestimmte Dinge entschieden. Und das war für mich in Ordnung.

James stand vor dem Hangar und blätterte in den Unterlagen auf seinem Klemmbrett, als ich in Wheeler parkte.

»Guten Morgen«, sagte er mit einem befangenen Lächeln, sobald ich ausstieg.

»Guten Morgen«, erwiderte ich und betete inständig, ich würde nicht erröten, aber umsonst.

»Keine Jean?«

»Nein«, sagte ich. »Eigentlich wollte sie mitkommen. Aber als ich sie heute Morgen aufzuwecken versuchte, hat sie mir mit körperlicher Gewalt gedroht.«

Er hob die Augenbrauen und lachte. »Dann ist es ja gut, dass du sie zu Hause gelassen hast. Es wird ein langer Tag, und einen Kater spazieren zu fliegen, während man neue Rekruten einweist, wäre alles andere als schön. Übrigens, du brauchst nicht den ganzen Tag zu bleiben. Sag einfach, wenn du genug hast.«

»Solange ich in der Luft sein kann, bin ich glücklich«, erwiderte ich und ging Richtung Tür.

»Audrey …«, sagte er so leise, dass ich ihn fast nicht hörte, und hätte er mich nicht am Arm zurückgehalten, wäre ich vielleicht einfach weitergegangen.

»Ja?« Ich legte den Kopf in den Nacken, um ihm in die Augen zu sehen.

»Danke, dass du heute gekommen bist. Ich arbeite gern mit dir.«

Ein derartiges Glücksgefühl hatte ich das letzte Mal empfunden, als ich Roxy nach ihrer Umlackierung das erste Mal geflogen hatte.

»Ich arbeite auch gern mit dir, James.«

Er lächelte sein schiefes Lächeln.

»Bis später oben am Himmel«, sagte er.

»Bis später am Himmel«, erwiderte ich und öffnete die Tür.

»Von den anderen wollte keine kommen?«, fragte Mae, ohne von ihren Unterlagen aufzusehen, als ich den Pausenraum betrat.

»Gestern Abend gab es am Strand eine Party.«

»Gibt's nicht immer irgendwo eine Party am Strand?«, fragte sie.

»Meistens schon.«

Mein erster Schüler des Tages war ein Neunzehnjähriger namens Hurst, der während der Vorflugkontrolle leise grummelnd seinen Unmut äußerte, weil er mit einem weiblichen Ausbilder fliegen musste. Er inspizierte Roxy, währenddessen machte ich Notizen und bemühte mich, nicht zu lachen. Als er fertig war, reichte ich ihm einen Helm, der mit Kopfhörern ausgestattet war, und wies ihn in die Sprechanlage ein.

Das Fahrwerk hob von der Rollbahn ab, und ich seufzte lächelnd in der milden hawaiianischen Luft, bevor wir in eine Atmosphäre aufstiegen, die klarer und frischer war als alles, was ich je zuvor eingeatmet hatte. Ich kuschelte mich in die zusätzliche Kleidung, die mir auf dem Boden zu warm gewesen war, hier oben aber fast nicht genügte, und blickte über die Insel hinweg. Hurst flog uns nach Süden Richtung Ewa, dann nach Osten, wo er über den Diamond Head loopen würde, um dann zur anderen Seite der Insel zu fliegen und dabei eine Reihe von Manövern auszuführen.

Am liebsten flog ich selbst, aber bisweilen hatte es auch etwas für sich, jemand anderen ans Steuer zu lassen und nur die Sicht zu genießen. Beides war Fliegen, und ich war dazu bestimmt, inmitten der Wolken zu sein, wo die Morgensonne aufging und das blaugrüne Meer mich anfunkelte, als verstünde es mich in seiner immensen Weite genauso gut wie der Himmel.

Als wir über dem Diamond Head einen westlichen Kurs einschlugen, setzte ich mich aufrechter, um dem jungen Piloten die erste Anweisung zu erteilen. Ich behielt die Instrumente vor mir im Blick, beschrieb das erste Manöver und leitete ihn an, er rollte langsam nach links, auf den Rücken und dann wieder aufrecht.

»Sehr gut«, sagte ich in die Sprechanlage. »Und weiter.«

Wir beendeten die erste Lehreinheit, und ich entspannte mich ein wenig, zufrieden damit, wie Hurst das kleine Flugzeug handhabte. Als wir uns den Stränden von Mā'ili und Mākaha näherten, stieg der üppig grüne hawaiianische Dschungel Makua Kea'au vor uns auf, der sich bis zum zerklüfteten Gipfel des Ka'ala hinaufzog.

Ich bemerkte ein größeres Flugzeug vor uns und erkannte die B-17, die Lieutenant Hart mit neun Schülern übernommen hatte. Um Bombenanflugmanöver zu üben, flogen sie niedriger als wir und auch langsamer. Es juckte mich, das Steuer zu übernehmen. Hätte eines der Mädels dringesessen, hätten wir jetzt ein bisschen Katz und Maus gespielt. Meiner Erfahrung nach lernten Auszubildende oft schneller, wenn sie ihr Wissen praktisch anwenden mussten, als wenn sie es lediglich als Übung absolvierten. Außerdem machte es mehr Spaß. Aber da es zuvor nicht vereinbart worden war, entschied ich mich dagegen. Wir flogen an ihnen vorbei und bereiteten uns auf die nächste Übungseinheit vor.

»Ma'am?«, sagte Hurst.

»Ja?«

»Was kommt da auf uns zu?«

Ich sah nach vorn. Ein großes Geschwader flog wie ein Bienenschwarm auf uns zu, und je näher es kam, desto lauter wurde das Dröhnen.

»Da bekommt wohl einer der anderen Stützpunkte eine neue Flugzeuglieferung«, sagte ich. »Sind Sie bereit für die nächsten Übungen?«

»Ja, Ma'am.«

Er zog hoch, ich behielt die Flugzeuge im Blick. Eines von ihnen brach aus der Formation und ließ sich fast bis auf unsere Höhe fallen.

Direkt neben mir hörte ich ein seltsames Pfeifen, gefolgt von einem »Ping« hinter mir. Erschrocken drehte ich mich, so gut es ging, in meinem Sitz um: An der Spitze von Roxys blauem Flügel war ein kleiner grauer Fleck. Ich runzelte die Stirn. Ich kannte jeden Zentimeter dieses Flugzeugs, und beim Abheben war dieser Fleck nicht da gewesen.

Ein peitschendes Geräusch.

Das Flugzeug wurde heftig erschüttert, weitere Flecke erschienen auf dem Rumpf. Airman Hurst straffte die Schultern. Von oben fiel ein Schatten auf das kleine Flugzeug, ich schaute hinauf, und der Anblick ließ mir das Blut in den Adern gefrieren: Auf der Flügelunterseite des Kampfflugzeugs über uns sah ich einen roten Kreis. Das Symbol kannte ich. Ich hatte es bei meinem letzten Kinobesuch in der Wochenschau gesehen.

Die aufgehende Sonne – das Symbol der japanischen Flagge.

Mir stockte der Atem, als durch den Himmel über uns Donner aus einem dunklen Schwarm grollte.

»O mein Gott«, flüsterte ich und brüllte dann: »Ich übernehme!«

Ich legte den Schalter um und drückte den Schubhebel nach vorn, steuerte auf die Westspitze der Insel zu, weg von den feindlichen Fliegern. Der Wind fegte uns um die Ohren. Ich ging in Sinkflug und suchte den Himmel nach James' B-17 ab in der Hoffnung, das japanische Flugzeug, das uns beschossen hatte, interessiere sich nicht mehr für uns.

Der schwere graue Bomber flog tief über der Bergkette, Rauch strömte aus dem Cockpit und einem der Motoren. Und dahinter sah ich den japanischen Jäger.

»Was machen Sie?«, schrie Hurst, als ich nach rechts kippte und die Fairchild noch mehr beschleunigte.

Ohne auf ihn zu achten, konzentrierte ich mich auf die Flugzeuge vor uns. Ich hatte keine Waffen an Bord – keine Möglichkeit, den Bomber oder uns zu verteidigen. Und trotzdem holte ich das Letzte aus dem kleinen Flugzeug heraus, vielleicht konnte ich den Kampfflieger ja ablenken, damit James landen konnte.

Ich überlegte, was mir noch blieb. Wheeler war rund zwanzig Kilometer entfernt, Hickam noch weiter. Wir mussten den Luftraum verlassen, aber ich wusste nicht, wo wir landen sollten.

Mein Blick schweifte über die Bergkette unter uns. Wenn James mit dem Bomber tiefer flog, würde das andere Flugzeug ihm sicher folgen. Die Bäume verdeckten gefährlich zerklüftete Gipfel, an denen man jederzeit mit den Flügeln hängen bleiben konnte. Vielleicht konnte James die japanische Maschine dorthin locken und sie im unbekannten Gelände zum Absturz bringen.

Beim plötzlichen Geschützfeuer zuckte ich zusammen und stieß unversehens die Sprechanlage herunter.

»Ducken!«, rief ich Hurst zu und schaute zu unserem Angreifer hinter uns.

Wir waren nicht getroffen worden, und unser Verfolger schwenkte ab und fügte sich wieder ins Geschwader ein. Ich hielt erneut Ausschau nach der B-17, sie flog nach Norden, noch immer verfolgt vom Jäger.

»Verdammt«, flüsterte ich.

Ich ging mit der Fairchild noch tiefer, setzte alles daran, den Kampfflieger einzuholen. Er war schneller und wendiger, aber wenn ich seine Aufmerksamkeit auf mich lenken und ihn dazu bringen konnte, mich zu verfolgen …

Ein lautes Dröhnen ließ die Luft vibrieren, erschrocken umklammerte ich den Schubhebel, dabei hielt ich hektisch Ausschau nach der Ursache des Geräuschs. Aus dem Hafen schossen orangefarbene Flammen wie aus einem Geysir empor, darüber hing die größte schwarze Rauchwolke, die ich je gesehen hatte.

»Miss Coltrane!«

Ich schaute hinter mich und entdeckte den Kampfflieger wieder an unserem Heck. Als die Geschütze feuerten, kippte ich uns seitwärts in eine Fassrolle.

Rat-tat-tat!, hallte es durch die kleine Fairchild, als Kugeln einschlugen, aus der Nähe des Hecks strömte eine dünne Rauchfahne.

»Alles in Ordnung?«, rief ich, als wir wieder in Horizontalflug gingen.

Keine Antwort.

»Hurst!«

»Alles in Ordnung!«, rief er und winkte, dann zog er die Hand rasch wieder zurück und duckte sich tief ins Cockpit.

Der Jäger flog so dicht an uns vorbei, dass der Luftwirbel uns ins Wanken brachte. Mit schweißnassen Händen richtete ich uns wieder auf und sah dem Kampfflieger hinterher, der links kippte und zurückkam. Angespannt wartete ich, dass erneut Kugeln einschlugen, doch dieses Mal flog er an uns vorbei.

Der andere Jagdflieger war noch der B-17 auf den Fersen und ahmte wie in einem bösen Spiel jede Bewegung des größeren Flugzeugs nach. Es war nur eine Frage der Zeit, bis der Pilot der Jagd überdrüssig wurde und die B-17 abschoss. Allerdings erkannte ich, dass ich ihn, so langsam, wie er flog, einholen konnte.

»Festhalten!«, schrie ich.

Ich trieb die Fairchild schneller an als je zuvor, flog über den Jäger hinweg und ließ uns zwischen ihn und die B-17 fallen.

Die B-17 ging noch tiefer, wir flogen auch über sie hinweg. Wie gehofft, heftete sich der Jäger an mein Heck.

Ich raste die Bergkette entlang, flog tief über das Tal zwischen den Bergen des Mokuleia Forest und wartete den richtigen Moment ab. Die Geschütze des japanischen Jagdfliegers feuerten. *Rat-tat-tat!* Ich machte eine Fassrolle nach links und keuchte, als wir wieder getroffen wurden.

Ich packte die Sprechanlage.

»Sind Sie noch da?«, fragte ich Hurst, während ich abflachte.

»Ja«, antwortete er heiser.

Mein Herz schlug mir bis zum Hals. Ich hatte dieses Manöver nie so dicht über dem Boden ausgeführt. Ich hielt den Atem an und drückte den Steuerknüppel nach vorn.

Hurst schrie auf, als die Nase nach vorn kippte, aber

der japanische Jäger flog kreischend an uns vorbei, er konnte nicht schnell genug wenden, um uns einzuholen. Die Erde kam uns entgegen, ich riss den Steuerknüppel zurück, als der Jäger links kippte, schließlich aufgab und zu seinem Geschwader zurückflog.

Die Fairchild flachte ab, ich atmete aus. Dann stotterte der Motor und erstarb.

»Nein, nein, nein!«, flüsterte ich und versuchte, ihn wieder anzulassen.

Rauch quoll aus dem gelben Rumpf, der Motor gab ein dumpfes Keuchen von sich, aber er sprang an.

»Festhalten!«, brüllte ich wieder und hielt nach einem Platz zum Landen Ausschau, ehe der Motor endgültig aussetzte.

Erleichtert fiel mir ein, dass Haleiwa mit der kleinen unbefestigten Piste keine zwei Kilometer entfernt war.

»Jetzt komm, Roxy«, murmelte ich. »Das schaffst du.«

Der Motor ging aus, kurz bevor wir aufsetzten und in unseren Gurten heftig nach vorn geworfen wurden. Einmal, dann ein zweites Mal prallten wir auf und schlitterten weiter, bis Roxys Räder sich in den tiefen sandigen Boden knapp jenseits der Bäume gruben und wir zum Stehen kamen.

Ich sprang hinaus, unmittelbar gefolgt von Hurst, und schaute mich suchend nach der B-17 um.

Ich hörte ein Krachen und blickte nach Süden.

Der Bomber steuerte auf die Landebahn zu, er flog tief, vom Fahrwerk war nichts zu sehen.

»Laufen Sie!«, brüllte ich und stieß Hurst vor mir her, als die B-17 über die Bäume segelte und auf uns zuschoss.

Wir rannten aus dem Weg, aber als ich sie aufsetzen hörte, drehte ich mich um. Die Maschine schlingerte über den Boden, wirbelte Staub auf und streifte Roxy mit einem Flügel, pflügte die Piste entlang und drehte in einem Bodenlooping, sodass Erde und Sand in hohem Bogen aufflogen, bis sie schließlich zum Stillstand kam. Das Heckende lag im Wasser.

»James!«, schrie ich und lief zum Flugzeug.

Mehrere andere erschienen auf dem Vorfeld und hasteten zum Bomber.

Die Luke des Navigators ging auf, und zwei der Pilotenanwärter kamen zum Vorschein. Beide sahen völlig verstört aus, der eine umfasste seine Hand, Blut tropfte auf den Boden.

»Hier«, sagte Hurst und half ihm, sich hinzusetzen.

Mein Blick blieb starr auf die Luke gerichtet. Ein weiteres Beinpaar erschien, ein weiteres unbekanntes Gesicht. Dann noch eins. Danach kamen zwei weitere Auszubildende. Panik stieg in mir auf.

»Lieutenant Hart«, stieß ich hervor und musterte die Gesichter. »Ist er …«

»Audrey.«

Ich wirbelte herum.

»James!« Ich riss mir die Fliegerbrille vom Kopf und stürzte zu ihm, es war mir gleichgültig, wer uns beobachtete.

»Hi, kleiner Vogel«, sagte er und schloss mich in die Arme. »Gott sei Dank ist dir nichts passiert. Ich hatte solche Angst, als der Jäger dir nachgesetzt ist.«

Ein lautes Dröhnen erschütterte den Strand.

»Wir müssen weg«, sagte er.

»Wohin?«, fragte ich, trat einen Schritt zurück und sah ihn an. »James, du bist ja verletzt!«

Seine Schläfe war blutverklebt, ein Ärmel seiner Fliegerkombi mit Blut getränkt. Hinter einem Ohr floss ihm ein Rinnsal in den Nacken und verfärbte den Rand seines weißen T-Shirts.

»Sie haben das Funkgerät zerschossen«, sagte er und zuckte zusammen, als er die blutverschmierte Hand zum Kopf hob. »Sie haben den Navigator und den Bombenschützen getötet.« Seine Stimme wurde leiser, sein Blick war gequält. »Das Fahrwerk wollte nicht ausfahren, und der Geschützturm klemmte. Der Bordschütze …« Ihm versagte die Stimme, er schloss die Augen.

Ich sah zum Flugzeug hinüber, im ersten Moment verstand ich nicht, was James meinte – aber dann wusste ich es. Der Bordschütze im Geschützturm konnte nicht entkommen. Er war noch dort, unter dem Flugzeug, im Sand begraben.

»James«, flüsterte ich.

»Wir müssen weg«, sagte er.

Er sah sich prüfend um und blickte dann in den Himmel. Eine weitere Detonation zerfetzte die Stille.

Bis auf Hurst und zwei weitere waren die meisten Auszubildenden verletzt und wurden von den Wachposten versorgt, die nach den beiden Bruchlandungen herbeigelaufen waren. Einer der Männer hatte zwei Finger verloren, ein anderer hatte vermutlich einen gebrochenen Arm. Wie James waren alle von Splittern getroffen worden. Die Geschosse hatten den Metallrumpf der B-17 durchdrungen, deren Fragmente sich in die Haut der Männer bohrten.

»Ihr Männer lasst euch versorgen und kehrt dann zum Stützpunkt zurück. Audrey, du kommst mit mir.«

»Was ist mit mir, Sir?«, fragte Airman Hurst.

»Sie sind für die anderen verantwortlich. Kümmern Sie sich darum, dass alle Verwundeten versorgt sind, bevor Sie zum Stützpunkt zurückkehren.«

»Jawohl, Sir.«

Ich lief, um mit James mitzuhalten, auch wenn er hinkte.

»Da.« Er deutete zu einem Jeep am Rand des Flugplatzes. Die Hände auf die Knie gestützt, beugte er sich vor und rang nach Luft. »Steig ein. Ich hole die Schlüssel.«

»Du steig ein«, befahl ich. »Ich hole die Schlüssel.«

Bevor er Einspruch erheben konnte, lief ich schon zum Wachhäuschen, riss die Schlüssel vom Haken und rannte zurück.

»Einsteigen«, sagte ich und deutete auf den Beifahrersitz.

»Du fährst nicht«, wehrte er ab.

»Natürlich fahre ich«, sagte ich. »Du bist gar nicht dazu in der Lage. Steig ein, sonst fahren wir nirgendwohin.«

Er gehorchte ohne weitere Widerrede, ich lief zur Fahrertür und sprang in den Wagen, den Blick zum Himmel gerichtet.

»Wohin?«, fragte ich.

Ich sah in die Richtung, in die er deutete. Schwarzer Rauch stieg auf, es sah aus, als käme er aus der Inselmitte.

»Halt dich fest«, sagte ich und trat das Gaspedal durch.

Je mehr wir uns dem Wheeler Army Airfield näherten, desto dichter wurde der Rauch, desto höher stiegen die dunklen Wolken auf.

Ich raste über den Highway, überholte schlingernd die wenigen anderen Fahrzeuge, die unterwegs waren, sodass es James mehr als einmal gegen die Tür schleuderte und er vor Schmerz und Schreck aufschrie und sich ans rechte Knie fasste.

»Haben sie dich am Bein erwischt?«, rief ich gegen den Wind. Ich hatte zwar kein Blut gesehen, aber vielleicht war es mir entgangen.

»Als der Navigator getroffen wurde, bin ich aufgesprungen«, rief er zurück und hielt sich an der Stange über seinem Kopf fest. Der Jeep holperte über das unebene Pflaster. »Die Jungs haben alle panisch geschrien. Als ich stand, wurden wir noch mal getroffen, und ich bin hingefallen. Nichts Schlimmes, nur ein blauer Fleck.«

Als wir um eine Kurve fuhren und Wheeler in Sichtweite kam, drosselte ich das Tempo. Beim Anblick, der sich uns bot, schnappte ich entsetzt nach Luft.

»Großer Gott«, stieß James hervor.

Ich fuhr zum Tor, aber der Wachposten lief uns kopfschüttelnd entgegen und wedelte heftig mit den Armen.

»Was sagt er?«, fragte ich in dem Versuch, ihn zu verstehen.

»Fahr«, sagte James.

»Was?«

»Fahr, Audrey! Fahr!«

Und da hörte ich sie.

Ich schrie auf, als James mich zu Boden drückte, er schützte meinen Kopf mit seinen Armen, während die japanischen Flugzeuge den Stützpunkt bombardierten. Geschosse flogen umher, trommelten auf die Piste neben uns, Explosionen ließen die Luft erzittern.

»Fahr!«, brüllte James und richtete mich wieder auf. Ich trat aufs Gas.

Wir rasten über den Highway. Vor uns stieg ebenfalls Rauch in den Himmel, der sich allmählich schwarz färbte, beißende Dämpfe erfüllten die Luft. Ich warf einen Blick zu James, aber er hatte die Augen geschlossen. Die Wunde an seiner Schläfe blutete wieder, ich wischte ein Rinnsal von seiner Wange.

»Wir flicken dich schon wieder zusammen«, sagte ich, und er nickte.

Vor uns lag Pearl City. Der Anblick war unbeschreiblich. Es sah aus, als stünde der ganze Hafen in Flammen. Orangerote Finger griffen lodernd in den Himmel, Explosionen detonierten mit ohrenbetäubendem Lärm wie Feuerwerk, und Rauch … überall war Rauch.

Ein Knall so laut, als wäre er direkt neben uns, ließ eine weitere Rauchwolke aufsteigen, aber ich raste weiter und betete, wir würden nicht getroffen werden, damit ich James zum Tripler Hospital schaffen konnte. Als wir uns 'Aiea näherten, sah ich, dass auch der Ort brannte.

»James«, rief ich und rüttelte ihn am Bein. »Ich muss bei mir vorbeischauen. Ich muss Jean holen. James?«

»In Ordnung«, sagte er und öffnete die Augen. »Mir tut der Kopf weh. Geh Jean holen.«

Ich jagte durch die kurvigen Gassen in unser Viertel,

wobei ich ständig husten musste, denn je näher wir unserem Haus kamen, desto mehr Rauch wehte mir ins Gesicht. Ich trat auf die Bremse, ich hatte unsere Sackgasse verpasst und legte knirschend den Rückwärtsgang ein.

»Halt dich fest«, sagte ich.

Ich wollte gerade wieder den ersten Gang einlegen, als ich es sah.

»Was ist?«, fragte James und richtete sich auf. »Audrey?«

Wortlos öffnete ich die Fahrertür und stieg aus.

»Audrey!«, rief James. »Was – o mein Gott. Audrey, bleib stehen!«

Aber das konnte ich nicht. Ich musste einfach weiter darauf zugehen. Mein Atem ging stoßweise, meine Augen brannten vom Rauch, der aus dem gewaltigen Krater aufstieg, wo morgens noch unser Haus gestanden hatte.

KAPITEL 8

Wir saßen nebeneinander auf Ermas und Kens geblümtem Sofa. James hatte einen Verband um den Kopf, er und Ken unterhielten sich, aber ich bekam kein Wort ihres Gesprächs mit. Annie hielt mein Bein umklammert, ich streichelte gedankenverloren ihr seidiges schwarzes Haar, während Erma meine andere Hand mit einer Tinktur behandelte und dann verband.

»Das wär's«, sagte sie leise und tätschelte mein Knie.

Ich nickte und legte die Hand in den Schoß. Gedankenfetzen wirbelten mir durch den Kopf. Unser Haus war zerstört, und Jean …

Ich hatte mir die Hand zerschnitten, als ich auf der Suche nach ihr die Überreste unseres Zuhauses beiseitegeräumt hatte in der Hoffnung, sie hätte es verlassen, bevor die japanische Bombe eingeschlagen war. Aber meine Hoffnung erfüllte sich nicht. Ich stöhnte auf, als ich wieder ihren schlanken Arm vor mir sah, die stets rot lackierten Nägel von Staub bedeckt unter dem Kopfteil des Betts, das ich weggeschoben hatte. James war zu mir geeilt, hatte mich gepackt und mit Gewalt aus den Überresten meines geliebten Insellebens gezogen.

»Es ist still«, sagte ich jetzt und neigte lauschend den Kopf.

Alle verstummten. James und Ken traten ans Fenster.

»Sie sollten Ihre Familie von hier wegbringen«, sagte James leise.

Ich sah zu Annie hinunter. Sie drückte ihren Stoffhund an sich, ihr Gesicht war tränenüberströmt. »Wie geht es dir, Schätzchen?«, fragte ich.

»Böse Männer.« Sie deutete zum Himmel.

»Ich weiß, Schätzchen.« Ich sah zu Erma. »Wo sind die anderen?«

Sie deutete zu den Zimmern am Ende des Flurs. »Unter den Betten.«

»James hat recht«, sagte ich tonlos. »Ihr solltet weg von hier. Sie könnten wiederkommen. Hier seid ihr zu nah am Hafen.« Meine Stimme stockte. Wir waren dem Hafen näher, als uns bewusst gewesen war.

»Wo sind Ruby und Catherine?«, fragte Erma.

Ich schüttelte den Kopf, mein Magen zog sich zusammen. Ich hatte keine Ahnung. Ich wusste nicht, wo sie die Nacht verbrachten, wenn sie nicht nach Hause kamen.

Ermas Schwester Constance lebte im Osten der Insel in Kāne'ohe. James und ich beschäftigten die Kinder, während Erma und Ken hastig das Notwendigste zusammenpackten – etwas saubere Kleidung für alle in einer Tasche, Lebensmittel in einer zweiten. Ken und James verstauten das Gepäck im Kofferraum ihres Wagens, und ich umarmte alle fest und versprach, mich bald wieder zu melden. Dann fuhren sie zu unserer Sackgasse hinaus.

Als das mittlerweile vertraute Dröhnen von Flugzeugen wieder einsetzte, stiegen James und ich in den Jeep. Ich zog die Schlüssel aus der Hosentasche und reichte sie ihm.

»Wohin fahren wir?«, fragte ich und hielt mich an der Tür fest, als James losraste.

»Ich weiß es nicht. Vielleicht nach Hickam. Wenn sie uns reinlassen.«

Als wir uns dem Stützpunkt näherten, hatte der Angriff bereits begonnen. Der dichte Rauch behinderte unsere Sicht so sehr, dass wir ein Stoppschild übersahen und beinahe mit einem anderen Wagen zusammenprallten.

»Das war Claire!«, rief ich und deutete auf Jeans Freundin.

Wir schossen am Wachhäuschen vorbei und folgten Claire zum Krankenhaus des Stützpunkts, kamen mit quietschenden Bremsen zum Stehen und sprangen hinaus. Japanische Maschinen kreischten über uns, Geschosse hagelten auf die Hangars, die Flugzeuge und das umgebende Gelände. James riss mich zu Boden und warf sich über mich. Die Erde unter uns bebte.

»Bist du okay?«, fragte er, als er sich kurz darauf von mir rollte und mich auf die Füße zog.

Ich nickte benommen, mein Blick wanderte zum Flugplatz vor uns. Von Hickam Field war wenig übrig geblieben. Kampfflugzeuge standen herum, den Bug gen Himmel gerichtet, als wollten sie jede Minute abheben, doch ihre Flügel und Hecks lagen zerborsten und in verkohlten Bruchstücken verstreut auf dem Vorfeld. Einige waren völlig ausgebrannt, aus anderen loderten noch die Flammen. Die Gebäude, Unterkünfte und Hangars waren von Geschossen zersiebt, abgesehen von denen, die von Bomben getroffen und fast völlig zerstört waren.

Meine Kehle kratzte vom Rauch des brennenden Treibstoffs und Öls und vom Ruß. Ich öffnete meine Fliegerkombi und hielt mir eine Ecke des schweißfeuchten Hemds vor Nase und Mund, dann lief ich mit James zum Eingang.

Die Stufen waren voll Blut, in den Fluren lagen überall Männer auf dem Boden. Vorsichtig hasteten wir weiter auf der Suche nach jemandem, der uns sagen konnte, wo unsere Hilfe am nötigsten gebraucht wurde.

Hinter uns wurden Türen aufgestoßen, blutende Männer brachten im Laufschritt noch stärker blutende Männer auf Tragen herein.

»Was können wir tun?«, fragte James einen Arzt, der in einer Tasche wühlte.

»Wer sind Sie?«

»Sie ist Zivilistin, ich bin Armeeangehöriger. Wir sind von Wheeler. Wie können wir helfen?«

»Tragen schleppen.«

»Was?«

»Besorgen Sie sich eine Trage und bringen Sie vom Laster draußen die Verwundeten herein.«

»Verstanden.«

Es war ein endloser Strom von Verletzten, und nachdem wir ein Dutzend ins Krankenhaus gebracht hatten, taten mir die Arme weh. Nach zwei Dutzend waren sie taub. Aber ich machte immer weiter, folgte James ins

Krankenhaus und setzte die Trage ab, wo wir gerade Platz fanden, der zunehmend knapp wurde.

Jeder Patient bekam eine Farbe: schwarz für die Leichenhalle, rot für dringende Behandlung, grün für leichtere Fälle. Sooft wir die improvisierte Leichenhalle im ehemaligen Café auch betraten, jedes Mal wurde mir übel. Doch die Verletzten, die sofortiger Behandlung bedurften, waren noch schlimmer. Entstellende Brandwunden, der Geruch von verbranntem Fleisch, der wilde Blick von Menschen unter Schock, junge Männer, die nach ihrer Mutter schrien … Ich glaubte, keinen Tropfen Blut mehr sehen zu können.

Auf dem Weg wieder hinaus zu den Lastwagen fiel mir unvermittelt die Stille auf. Die Eingangstür zum Krankenhaus war ins Schloss gefallen, und die Ruhe, nachdem die Luft vor einer Minute noch vom Lärm Dutzender Flugzeugmotoren erfüllt gewesen war, irritierte mich.

»Was ist?«, fragte James, der einige Schritte vor mir ging.

»Es ist still«, sagte ich zum zweiten Mal an dem Vormittag.

Zwei Soldaten, die sich in einem Sanitätswagen über einen Verwundeten beugten, schauten heraus.

»Ist es vorbei?«, fragte einer.

»Keine Ahnung«, sagte James. »Aber wir sollten nicht herumstehen und warten, um das herauszufinden.«

Wir halfen einem jungen Mann mit einer Augenklappe aus dem Laster, seine Uniform trug ein grünes Symbol, und bereiteten die Trage für den nächsten Patienten vor.

Der Strom verebbte allmählich, und bald standen James und ich in einer Ecke, unsicher, was wir als Nächstes tun sollten.

»Audrey?«

Ich drehte mich um und sah Claire. Ihr Gesicht und ihre Uniform waren mit Blut und anderen Flüssigkeiten befleckt, deren Herkunft ich gar nicht wissen wollte.

»Claire«, flüsterte ich. »Ich bin so froh, dass dir nichts passiert ist.«

»Und dir.« Sie sah sich um. »Ist Jean bei euch?«

James drückte sacht meine Hand.

»Das Haus …«, sagte ich. Tränen traten mir in die Augen, ich schüttelte den Kopf.

»Oh«, flüsterte Claire. »Verdammt.« Sie ließ den Kopf sinken, ihre Schultern bebten. Ich nahm sie in den Arm, wir hielten uns eng umschlungen und trauerten um unsere Freundin. »Was ist mit Ruby und Catherine?«, fragte sie, als sie sich aus meinen Armen löste und mit dem Handrücken die Tränen aus dem Gesicht rieb.

»Ich habe die beiden seit gestern Abend am Strand nicht mehr gesehen. Weißt du, wohin sie gegangen sind? Oder mit wem?«

»Wir waren alle noch im Hollywood tanzen. Catherine sah ich mit dem Soldaten davongehen, in den sie so verknallt ist. Marcus heißt er doch, oder? Ich bin mir ziemlich sicher, dass er eine Offiziersunterkunft in Makalapa hat. Und Ruby war noch auf der Tanzfläche, als Jean und ich gingen. Ihr Verehrer konnte nicht bleiben. Also sind sie vielleicht in Sicherheit.«

»Vielleicht.«

»Weißt du schon, wo du unterkommen kannst?«

Darüber hatte ich bisher gar nicht nachgedacht. Ich war obdachlos. Und James – was konnte es in Wheeler noch für ihn geben?

»Nein«, antwortete ich, und erschrocken ging mir auf, was das wirklich bedeutete. Ich hatte nichts mehr. Alles, was ich hier besessen hatte, war in dem Haus gewesen. Alles bis auf meine kleine blaue Handtasche, die in Wheeler in meinem Wagen lag, in wer weiß welchem Zustand.

»Du kannst bei mir wohnen«, bot Claire an. »Ihr seid beide herzlich willkommen. Ihr könnt das Bett haben, und ich schlafe auf der Couch.«

»O nein.« Ich schüttelte den Kopf und sah zu James. »Wir sind kein … Ich …«

»Ich fahre euch zu Claire«, warf James ein. »Ich muss nach Wheeler und herausfinden, wie es da aussieht und wie ich helfen kann. Wenn meine Unterkunft noch steht, schlafe ich dort. Hast du Telefon?«, fragte er Claire, und sie nickte. »Dann rufe ich an, wenn ich auf dein Angebot für einen Schlafplatz zurückgreifen muss.«

Erschöpft gingen wir zum Jeep. Claire hatte die Augen halb geschlossen, James' Humpeln machte sich stark bemerkbar. Wortlos nahm ich ihm die Schlüssel ab, und er lächelte.

»Danke«, flüsterte er und drückte mir die Hand.

Sobald sie eingestiegen waren, nahm ich hinter dem Lenkrad Platz und startete den Motor. Aber nachdem ich den Gang eingelegt hatte, steuerte ich nicht aufs große Tor zu, sondern Richtung Hafen.

»Wohin willst du?«, fragte James. Ich sah zu ihm. Die Qual stand mir wohl ins Gesicht geschrieben, denn er seufzte und nickte dann. Er musste es auch sehen.

Nichts hätte mich auf den Anblick des Hafens vorbereiten können. Feuersbrünste wüteten auf den Decks der gewaltigen Schlachtschiffe, riesige schwarze Rauchschwaden verdunkelten den Himmel.

Und der Geruch …

Tod hing in der Luft, die nur wenige Stunden zuvor vom süßen Duft von Blüten und Meer erfüllt gewesen war. Rauch vermischte sich mit Schweiß, brennender Treibstoff mit verkohlten Leibern, Tränen mit Blut.

Die Szene an den Hafenanlagen war unbeschreiblich, und als ich die vielen Männer sah, die aufgereiht auf Tragen oder dem nackten Boden lagen, bandagiert, blutend und verbrannt, fühlte ich mich wie betäubt. Das einst blaugrüne Wasser war dunkel vor Blut, die Wellen schlugen gegen die Piermauern, als wollten sie noch weitere Opfer in die Tiefe ziehen. Flammen loderten aus den riesigen Schiffen empor, die in gewaltige Rauchwolken gehüllt waren, ein paar von ihnen sanken bereits. Einige Männer sprangen in das dunkle Meer, noch mehr machten sich an der Unterseite eines gesunkenen Schiffs zu schaffen im verzweifelten Versuch, Öffnungen in das Metall zu schneiden, um die dahinter Eingeschlossenen zu befreien.

Mir wurde übel. Ich ging zu einem Gebäude, dessen Fenster zerborsten waren, stützte die Hände auf die Knie und atmete tief durch.

»Audrey.« James rieb mir zur Beruhigung über den Rücken. »Alles in Ordnung?«

Ich nickte, aber es war nichts in Ordnung. Ich fühlte mich völlig leer. Mein Verstand konnte das Ausmaß an Zerstörung und Tod nicht fassen. Was immer ich vor diesem Vormittag von der Welt zu wissen geglaubt hatte, war ausgelöscht. Jegliches Gefühl von Sicherheit war fort. Ich begann zu zittern.

Kleine Motorboote schleppten etwas an den Pier. Claire umklammerte meine Hand. Die Leinen waren um Knöchel geschlungen. Dutzende von Knöcheln – jene der ertrunkenen Soldaten.

Ein großer Lastwagen fuhr rückwärts in die Docks, die Türen wurden geöffneten, und dahinter kamen Holzsärge zum Vorschein.

»Gehen wir«, murmelte James und führte uns zum Jeep zurück.

Dieses Mal setzte er sich ans Steuer. Er fuhr uns zwischen Schutt und Trümmern hindurch zu Claires Wohnung. Nichts vom Hafen war verschont geblieben. Die Fassade eines kleinen Geschäfts war völlig zerstört, Comics, Spielzeugeimer, Weihnachtskarten und Christbaumschmuck lagen auf dem Bürgersteig.

»Hier habe ich jeden Morgen vorbeigeschaut«, sagte Claire. »Zumindest bis jetzt.«

Ich warf einen Blick zurück auf die verstreut herumliegenden kaputten Eimer, schloss die Augen und betete, dass kein Kind zu Schaden gekommen war.

Claire wohnte nicht auf dem Stützpunkt, sondern im Norden von Pearl City. James und ich folgten ihr eine

Holztreppe hinauf zu ihrer Wohnung im ersten Stock, sie öffnete die Tür und bat uns herein. Sie sah erschöpft aus.

Das kleine Wohnzimmer wirkte gemütlich. Vor dem großen Panoramafenster waren hellgrüne Vorhänge angebracht, auf dem geblümten Sofa lagen passend bestickte Kissen, am anderen Ende stand ein Tisch mit einer Lampe und einem Radio. Die Wand gleich neben uns war mit Holz vertäfelt, dort hingen ein paar gerahmte Fotos von der Insel über einem dunkelgrünen Sessel mit einem dritten bestickten Kissen. In der Mitte des Raums stand auf einem ovalen, rosa-grünen Schlingenteppich ein Sofatisch aus dunklem Holz, darauf Blumen in einer Vase.

In der Küche hoben sich weiße Schränke und Arbeitsflächen von den zartgrün gestrichenen Wänden ab. Ein weißer Spitzenvolant hing vor dem Fenster, in der einzigen unverbauten Ecke des kleinen Raums stand ein hellgelber Tisch mit zwei passenden Stühlen. Identische Porzellangefäße mit der Aufschrift Mehl, Zucker und Kaffee waren auf einer Arbeitsfläche aufgereiht, auf der anderen lag ein großes Schneidbrett.

»Hübsch ist es hier«, sagte ich und achtete darauf, in meiner vor Dreck starrenden Kleidung nicht über die Schwelle zu treten.

Auch James bemühte sich offenbar, nirgends anzustoßen, um keine Spuren zu hinterlassen, er verschränkte die Arme vor der Brust und stellte sicher, dass er mit dem Rücken nicht die Wand streifte.

»Kommt rein«, sagte Claire, schlüpfte aus ihren blutverschmierten Schuhen und ging barfuß in die Küche. »Macht euch keine Sorgen wegen dem Schmutz. Das kann ich hinterher wieder saubermachen. James, du bekommst etwas zu essen, bevor du zurückfährst. Bitte, setzt euch. Beide.« Sie deutete auf die Küchenstühle.

Wir zogen die Stiefel aus, dann hob James die Hände.

»Wo können wir uns waschen?«, fragte er.

»Das Bad ist am anderen Ende des Flurs«, sagte Claire.

»Du zuerst«, meinte James zu mir.

Ich ging ins Bad und drehte den Wasserhahn auf, dabei sah ich im Spiegel mein Gesicht. Es war mit Blut und Ruß verschmiert, genau wie mein Hals und der Schulteransatz. Ich fuhr mit der Zunge über meine sandigen Zähne und die trockenen Lippen, dann machte ich mich mit der Lavendelseife ans Werk. Als ich zurückkam, verhängten James und Claire gerade die Fenster mit Decken.

»Das haben mehrere Polizisten empfohlen«, sagte James. »Nur für den Fall.«

Ich warf einen Blick zu Claire, deren Stirn sorgenvoll gerunzelt war. James hatte »empfohlen« gesagt, aber er meinte »angeordnet«. Ich nahm eine Decke vom Stapel auf dem Stuhl.

»Da kann ich doch helfen«, sagte ich.

Nachdem James sich notdürftig gewaschen hatte, setzten wir uns zu dritt an den Küchentisch. James lehnte den zweiten Stuhl ab und bestand darauf, auf dem hölzernen Tritthocker Platz zu nehmen. Wir aßen dick mit Schinken und Käse belegte Sandwiches und sagten kein Wort. Nur unsere Kau-, Trink- und Atemgeräusche waren zu hören. Wir kippten ein Glas Wasser nach dem anderen in uns hinein, als hätten wir seit Wochen nichts zu trinken bekommen, und aßen die Sandwiches bis auf den letzten Krümel auf.

»Danke«, sagte James und stand auf. »Ich sollte los. Darf ich wiederkommen, wenn meine Unterkunft nicht mehr steht?« Er blickte von mir zu Claire und wieder zurück.

»Natürlich«, sagte Claire. »Ganz gleich, wie spät es ist.«

Ich umarmte ihn.

»Ruf an, ja?«, bat ich. »Vergiss es nicht.«

»Wie könnte ich vergessen, dich anzurufen, kleiner Vogel.«

Er drückte mich fest an sich, küsste mich auf den Scheitel und verabschiedete sich von Claire mit einem Winken.

»Passt auf euch auf«, sagte er und verließ die Wohnung.

»Tja.« Claire seufzte. »Wie wär's mit einer Dusche? Und sauberen Kleidern?«

»Das wäre großartig«, sagte ich. »Du zuerst.«

»Bist du sicher? Normalerweise würde ich ja sagen, dass du der Gast bist, aber …« Sie starrte an sich hinab, ihre Uniform war heillos verdreckt und am Saum zerrissen. »Ich kann es wirklich kaum erwarten, aus den Klamotten zu kommen und sie zu verbrennen.«

»Bitte«, sagte ich. »Ich trinke noch ein Glas Wasser, und darf ich mir einen von den Äpfeln nehmen?«

»Greif zu. Ich brauche nicht lang.«

Eine Stunde später saß ich, geduscht und in einem von Claires Nachthemden, mit ihr auf dem Sofa im

Dämmerlicht des Wohnzimmers; meine Unterwäsche hing zum Trocknen über der Duschstange. Wir hörten im Radio die Nachrichten und taten unser Bestes, nicht bei jedem Geräusch von draußen zusammenzuzucken.

Um sieben rief James an. Das Läuten des schwarzen Telefons zerriss die Stille, und vor Schreck stieß Claire ihr Wasserglas um und fasste sich an die Brust. Sie hob ab und reichte den Hörer dann mir.

James ging es gut, allerdings war Wheeler genauso schlimm getroffen worden wie Hickam, wenn nicht schlimmer. Aber irgendwie hatte sein Gebäude den Angriff überstanden und nur ein paar Einschüsse davongetragen. Er klang mitgenommen.

»Ich bleibe heute Nacht hier«, sagte er. »Viel steht nicht mehr. Von den Hangars sind nur die Gerüste übrig. Die meisten Pilotenunterkünfte wurden getroffen, einige brennen noch. Nur eine andere und meine wurden verschont. Wenn sie noch mal angreifen, dann nicht hier – hier gibt es nichts mehr zu zerstören. Ich glaube, es ist keine einzige Maschine übrig geblieben.«

Ich dachte an die vielen neuen Rekruten, die am frühen Morgen im Ausbildungshangar strammgestanden hatten und es gar nicht erwarten konnten, über diese schöne Insel zu fliegen. Und Mae und Bill – was war mit ihnen?

»Einige der Rekruten von heute Morgen schlafen bei mir im Wohnzimmer auf dem Sofa und dem Fußboden«, sagte er, als hätte er meine Gedanken gelesen. »Bei allen liegen die Nerven ziemlich blank, wie du dir vorstellen kannst. Ist bei dir und Claire alles in Ordnung? Möchtest du, dass ich komme? Ich kann die Jungs hier einweisen und wäre in knapp einer halben Stunde bei dir.«

»Nein«, antwortete ich. »Danke, James. Wir kommen schon zurecht.«

Ich warf einen Blick zu den verdunkelten Fenstern. Die Stille draußen war gespenstisch. Normalerweise würde es um diese Zeit auf den Straßen von Soldaten und Touristen wimmeln. Aber nicht heute. Heute Abend waren Tausende tot, und diejenigen, die nicht gestorben waren, kämpften ums Überleben oder trauerten.

»Hast du Mae gesehen? Oder Bill?«

»Nein«, sagte er. »Ich werde mich morgen umhören.«

Wir verstummten, nur unsere Atemzüge waren in der Leitung zu hören.

»Bist du noch dran?«, fragte er.

»Ja. Aber ich muss ständig an Ruby und Catherine denken. Und an Jean.« Den letzten Namen flüsterte ich nur, Tränen traten mir in die Augen.

»Ich weiß. Es tut mir so leid. Ich hole dich morgen früh ab, und dann suchen wir nach ihnen. Wie wäre das?«

»Wirst du nicht dort gebraucht?«

»Wir könnten mit den Räumarbeiten anfangen«, meinte er. »Aber bis wir Befehle bekommen, gibt es offiziell nichts zu tun.«

Wir unterhielten uns noch ein paar Minuten, dann wünschten wir uns eine gute Nacht und legten auf. Ich sah zu Claire. Sie war mit dem Wasserglas in der Hand eingeschlafen. In der Ferne hörte ich leises Summen.

Erschreckt berührte ich sie am Knie, zuerst vorsichtig, dann drückte ich fester.

»Claire«, flüsterte ich.

»Hm?« Sie blinzelte. »Was ist?«

Das Summen wurde lauter, ich ließ mich auf den Boden fallen und kroch unter den Tisch.

»Sie sind wieder da! Schnell!«

Sie hockte sich zu mir, zusammengekauert saßen wir da und hielten uns an den Händen. Nach einem Moment hob sie horchend den Kopf und verzog dann das Gesicht.

»Oh, Audrey.« Ihre Stimme war leise, sie lächelte sogar. »Das ist das Radio meines Nachbarn. Es ist uralt, und man hört es durch die dünnen Wände entsetzlich brummen.«

Vor Erleichterung, Angst und Kummer liefen uns Tränen übers Gesicht, während wir uns unter dem kleinen Tisch umarmt hielten. Als wir uns schließlich wieder etwas gefasst hatten, krochen wir heraus und setzten uns zurück aufs Sofa.

»O mein Gott«, sagte Claire, die immer noch meine Hand hielt, und richtete sich abrupt auf. »Ich sollte bei meiner Familie anrufen.«

Erschreckt sah ich zu ihr. Die grauenvollen Ereignisse hatten alles andere verdrängt. Ich hatte keinen Gedanken daran verschwendet, was meine Familie wohl durchmachen musste.

»Wenn du fertig bist, darf ich dann auch telefonieren?«, fragte ich. »Meine Eltern sind bestimmt außer sich vor Sorge.«

»Natürlich. Ich brauche nur ein paar Minuten.«

Nach einem kurzen, aber tränenreichen Telefonat

umarmte Claire mich und ging ins Bett, um etwas zu schlafen, trotz der Unsicherheit, ob wir in der Nacht erneut angegriffen würden.

Ich saß auf dem Sofa, meine Hände zitterten. Ich konnte mich nicht daran erinnern, mich jemals so einsam oder so verängstigt gefühlt zu haben.

Ich presste den Hörer ans Ohr und wählte die Nummer, die ich auswendig kannte. Mein Vater hob ab, noch bevor der erste Klingelton verstummte.

»Ja, bitte?« Seine Stimme war leise. Verzweifelt.

»Dad?«

»Gott sei Dank, Vögelchen.«

KAPITEL 9

In den nächsten zwei Wochen kam James jeden Morgen gleich nach dem Aufstehen zu Claire. Wir frühstückten und fuhren dann nach Wheeler, wo wir eine Bestandsaufnahme der verbliebenen Flugzeuge durchführten und beim Beseitigen der Trümmer halfen.

Bill, der Mannschaftsleiter, wurde tot unter einem Teil des eingestürzten Dachs geborgen. Mae war vom Maschinengewehr eines Tieffliegers an ihrem Schreibtisch tödlich getroffen worden. Von den zwanzig neuen Rekruten, die an dem Morgen zum Übungsflug angetreten waren, hatten sechzehn überlebt.

Es dauerte vier Tage, bis ich Catherine fand. Jeden Nachmittag fuhr James mich zu den Krankenhäusern, damit ich nach ihr und Ruby suchen konnte. Am vierten Tag, wir hatten gerade das Lazarett von Hickam betreten, bat die Frau am Empfang uns zu warten, während sie sich auf die Suche nach Claire machte. Die führte uns nach unten in einen großen Raum, an dessen Tür auf einem handbeschrifteten Schild »Leichenkammer« stand.

Ich sah zu Claire, die mit verweinten Augen die Tür öffnete.

James begleitete mich, den Arm um meine Schultern gelegt. Es war kalt und roch nach Tod. Claire ging eine Reihe von Toten entlang, die mit Tüchern bedeckt waren, bis sie bei einem Leichnam stehen blieb und tief Luft holte.

»Möchtest du sie sehen?«, fragte sie im Flüsterton.

Ich überlegte kurz und nickte.

Wie ein Engel sah sie aus in ihrem weißen Kleid, das dunkle Haar lag in weichen Wellen um ihren Kopf. Wäre da nicht der dunkelrote Fleck, der sich von ihrer Wunde am Bauch ausbreitete, hätte es gewirkt, als würde sie schlafen.

Ich kniete neben sie und legte den Handrücken an ihre Wange. Ihre Haut war glatt und kühl. Bleich und leblos.

Damit ich an dem Abend nicht allein zu Claire zurückgehen musste, nahm James mich in seine Unterkunft mit. Er ließ mich nicht aus den Augen, während ich durch sein kleines Wohnzimmer ging, die Buchtitel in seinem Regal las, die geschnitzte Schildkröte aufnahm und zurückstellte, das Essen, das er uns kochte, auf dem Teller hin und her schob, unfähig, mein Gefühl von Verlust und Trauer in Worte zu fassen.

Ich schlief allein in seinem Bett, während er auf dem Wohnzimmersofa nächtigte. Als ich am nächsten Morgen aufwachte und die Sonne durch einen Spalt in den Vorhängen hereinstrahlte, fühlte ich mich getröstet, als hätten mich die ganze Nacht zwei Arme umfasst gehalten.

Zwei Tage später fanden wir Ruby. Zum Glück lebend.

Sie hatte den Tanzclub an jenem Tag in der Morgendämmerung verlassen und war mit zwei Freundinnen, die auf der Windseite der Insel wohnten, zu ihnen nach Hause gegangen. Als sie die Flugzeuge hörten, liefen sie zu einem Nachbarn und versteckten sich mit einem Radio und einem Sack Lebensmittel im Souterrain. Aus Angst vor weiteren Angriffen wagten sie sich drei Tage lang nicht heraus.

Wir warteten in einer kurzen Schlange vor dem Wachhäuschen in Wheeler, als ich sie aus einem Auto zwei Wagen vor uns aussteigen sah; ich erkannte sie sofort an ihrer roten Lockenmähne. Sie hob die Hände, leerte den Inhalt ihrer Tasche auf den Boden und suchte panisch nach ihrem Ausweis. Doch als sie ihn vorzeigte, schüttelte der Wachposten den Kopf. Sie schrie ihn an und brach in Tränen aus. Ich sprang aus dem Jeep und lief zu ihr, rief ihren Namen. Als sie mich sah, streckte sie weinend die Arme nach mir aus.

»Das Haus«, stieß sie hervor.

»Ich weiß«, flüsterte ich.

Als sie später am Nachmittag, nach einer Dusche, zusammengerollt auf Claires Sofa schlief, sah sie aus wie ein kleines Kind. Keine perfekt nachgezogenen Augenbrauen mehr, keine rot geschminkten Lippen. Am Abend rief sie bei ihren Eltern an. Sobald sie konnte, wollte sie nach Kansas zurückkehren.

»Und was ist mit dir, Audrey?«, fragte sie, als wir bei Claire am Küchentisch saßen. »Bleibst du hier? Oder willst du auch nach Hause?«

Sie sah jünger aus als die einundzwanzig Jahre, die sie

war, ihre blauen Augen wirkten sehr groß in ihrem blassen Gesicht.

»Ich fahre auch nach Hause. James hat gestern seinen Einsatzbefehl bekommen. Er muss sich bei einem Stützpunkt in Texas melden. Er fliegt nächsten Freitag. Ich darf ihn begleiten.«

»Ich wünschte, ich könnte mit euch kommen«, sagte sie. »Ich habe schreckliche Angst vor dem Schiff.«

Jeder, der die Insel verlassen wollte, durfte per Schiff zum amerikanischen Festland fahren. Die Fenster würden verdunkelt sein, und sie würden von einem Zerstörer begleitet werden. James hatte für Ruby bereits einen Platz auf der SS *Lurline* ergattert. Sie sollte alles gepackt haben und jederzeit aufbruchbereit sein.

Am nächsten Tag hatte Claire frei, und wir drei Frauen fuhren nach Honolulu, um Kleidung für Ruby zu besorgen. Nach einigem Zögern hatte ich das schließlich zwei Tage zuvor auch für mich gemacht. Es war eine Unternehmung, die Ruby sicher ablenken würde; sie hatte oft entsetzliche Albträume und weinte beim Aufwachen um unsere toten Freundinnen. Doch in den Geschäften streifte sie nur ziellos von einer Kleiderstange zur nächsten, ohne sich etwas richtig anzusehen, bis Claire und ich Dinge aussuchten und ihr halfen, sie anzuprobieren.

Am Tag vor James' und meinem Abflug fuhr er mit mir nach Haleiwa. Roxy und die B-17 standen noch genau dort, wo wir sie zurückgelassen hatten, mit einer Schicht Sand bedeckt. Auf den Flügeln und Rümpfen hatte das Salzwasser Kristalle gebildet.

Ich strich mit der Hand über die Einschusslöcher, die

sich tief in Roxys sonnengelben Rumpf gebohrt hatten, und mein Herzschlag beschleunigte sich, als ich mich an das Geräusch erinnerte, das die Geschosse beim Auftreffen verursacht hatten.

»Darf ich ein Foto machen?«, fragte James.

Ich drehte mich zu ihm und sah, dass er eine Kamera in der Hand hielt.

»Woher kommt denn die?«, fragte ich.

»Ich habe sie mitgebracht für den Fall, dass du ein Foto haben möchtest.«

Ich lächelte wehmütig, bevor ich mich wieder zur Fairchild drehte und meine Wange an ihren von der Sonne gewärmten Rumpf schmiegte.

Die Kamera klickte ein paarmal, dann kam einer der Wachleute vom Häuschen herüber.

»Tut mir leid«, sagte er. »Mein Chef sagt, dass Sie gehen müssen.«

»Kein Problem«, antwortete James. »Ich glaube, wir sind hier fertig.« Er sah zu mir, und ich nickte. »Aber vielleicht können Sie vorher noch ein Foto von uns beiden machen?«

»Natürlich.«

James und ich standen vor dem kleinen Flugzeug, mein Arm um seine Taille, seiner auf meinen Schultern. Es klickte einmal, und dann, als wir einander ansahen, ein zweites Mal.

Anschließend fuhren wir nach 'Aiea und parkten am Straßenrand vor Ermas und Kens Haus.

»Audrey!«, kreischte Annie und schoss aus dem Haus hinaus zu mir.

»Hi, Schätzchen«, sagte ich, bückte mich und nahm sie in die Arme.

Wir saßen mit Erma und Ken in ihrem winzigen Wohnzimmer, Annie auf meinem Schoß. Die anderen drei Kinder beendeten am Esstisch noch ihr Frühstück. Wie ich hatte auch Ken, da er nicht zum Militär gehörte, keine Arbeit mehr auf dem Flugplatz. Zum Glück hatte Ermas Bruder ihm angeboten, auf dem Bau mitzuhelfen, allerdings erst nach Weihnachten.

James machte ein Bild von mir mit der Familie und dann, auf Annies Wunsch hin, ein weiteres nur mit ihr. Ich versprach, mit Ken und Erma in Kontakt zu bleiben, und wir umarmten uns ein letztes Mal.

Nachdem wir das Haus verlassen hatten, ging ich am Jeep vorbei zum Ende der Straße, wo früher einmal unser Haus gestanden hatte. Mir schnürte sich die Kehle zu, als ich die Ruine betrachtete. Die vordere Hälfte und der Großteil der westlichen Seite, wo unsere Schlafzimmer gelegen hatten, waren dem Erdboden gleichgemacht. Das Bad und die Küche waren eingestürzt, der Schutthaufen ließ sich kaum als ehemaligen Teil eines Hauses identifizieren. Vorsichtig ging ich umher, hob Stücke zerborstener Wand auf und suchte nach etwas, irgendetwas, das ich mitnehmen könnte. James folgte mir und half, die Trümmer beiseitezuschieben.

Ich entdeckte nur wenige Gegenstände, die heil geblieben waren: ein kleiner Jadeitkrug für Sahne, ein Flakon eines von Catherines Lieblingsparfüms, den ich Ruby geben würde, ein babyblauer Schal, der Jean gehört hatte, und ein Schwarz-Weiß-Foto von uns vier. Das

Glas im Rahmen war zwar gesprungen, aber das Bild selbst unbeschädigt. James legte alles in den Jeep, während ich ein letztes Mal vor dem Schuttberg hockte, die weiche Erde durch die Finger rieseln ließ und an mein Leben hier mit Jean, Catherine und Ruby zurückdachte.

Wir hatten so viel gelacht. Es hatte Scherze gegeben und nachdenkliche Gespräche, Streiche und gegenseitige Zuneigung. Catherines sanftes Wesen, Rubys kokette Art, Jeans Energie. Ich schloss die Augen und sah Jean in Wheeler auf dem Rollfeld stehen.

»Uns gehört der Himmel!«, rief sie und reckte die Faust, als wir in die Cockpits unserer Flugzeuge stiegen. »Grüßt die Sonne, Mädels!«

Ich schrieb ihren und Catherines Namen in die Erde.

»Ruht in Frieden, Flight Girls«, flüsterte ich.

Der Abschied von Ruby fiel mir schwer. Die freche, unbekümmerte junge Frau, die ich kennen und lieben gelernt hatte, war nach dem Angriff nicht wiederzuerkennen. Sie war ständig angespannt, unfrisiert, unauffällig gekleidet und trug nie Lippenstift.

Sie hielt den Parfümflakon umklammert, den ich ihr gegeben hatte, und weinte, als sie den Verschluss entfernte. Der vertraute Duft erinnerte uns an die liebe Freundin, die wir verloren hatten.

»Pass auf dich auf, hörst du?«, sagte ich und drückte sie an mich. »Ruf mich an, wenn du zu Hause bist. Du hast meine Telefonnummer und meine Adresse in deiner Brieftasche. Vergiss es nicht.«

Sie nickte und umarmte mich noch fester.

»Und du pass auf dich auf«, flüsterte sie.

Dann umarmte ich Claire. »Danke für alles«, sagte ich. »Vergiss Weihnachten nicht, ja?«

»Natürlich nicht«, versprach sie.

Nachdem wir von Kens Arbeitslosigkeit gehört hatten, hatten James und ich in der Stadt auf die Schnelle Geschenke für die ganze Familie besorgt. Die hatte ich Claire gegeben, die sie an Heiligabend vorbeibringen wollte.

Claire, die ursprünglich aus Oregon stammte, hatte trotz – und wegen – der Zerstörung beschlossen, auf O'ahu zu bleiben. »Hier werde ich gebraucht«, hatte sie mit einem Achselzucken gemeint, als ich sie fragte, ob sie wie so viele andere auch aufs Festland zurückkehren würde. »Und hier fühle ich mich wohl. Es ist mein Zuhause.«

Wie konnte ich da widersprechen?

»Vergiss nicht zu schreiben«, sagte sie jetzt.

»Bestimmt nicht. Und du auch nicht.«

Ich umarmte sie und Ruby noch einmal, dann fuhr ich mit James zu seiner Unterkunft, wo wir die letzte Nacht verbringen würden, ich in seinem Bett und er auf dem Sofa, bevor wir am nächsten Morgen abflogen.

Im Schein einer einzelnen Lampe aßen wir Steaks, die James bei Kemo'o Farms bestellt hatte. Die Vorhänge waren geschlossen, davor hingen Decken, damit kein Lichtstrahl nach außen drang. Aus Angst vor einem möglichen weiteren Angriff war die Insel nach wie vor in höchster Alarmbereitschaft. Bei jedem dröhnenden Flugzeugmotor, bei jedem Türenknallen und jedem

Martinshorn hielten die Menschen abrupt inne, sahen sich erschreckt an … und warteten.

»Ist dir mulmig?« In dem kleinen Zimmer sprach er sehr leise.

»Vor was genau?«

»Dem morgigen Flug. Der Rückkehr nach Hause. Vor dem, was immer dann kommt.«

»Ja und nein«, antwortete ich. »Mir graut etwas davor, wieder in der Luft zu sein. Ich wünschte, ich säße im Cockpit. Es fällt mir schwer, nicht am Steuer zu sitzen. Aber ich vertraue dir. Und ich denke, zu Hause wird es jetzt anders sein als zuvor. Zumindest hoffe ich das. Aber meine Mutter … Sie ist eine Macherin. Ich befürchte, sie wird die nächsten Tage nach meiner Ankunft bereits verplant haben. Und sie wird sagen, dass es zu meinem Besten ist, um ›mich abzulenken‹, aber im Grunde macht sie es für sich. Sie will um jeden Preis das Gesicht wahren. Es geht doch nicht an, dass ihre Kriegsheldin heimkehrt – so hat sie mich am Telefon genannt – und sich dann vor ihren Pflichten drückt. Ehrlich gesagt habe ich etwas Angst davor. Aber wie es mit meiner Arbeit weitergeht, da habe ich schon ein paar Ideen.«

»Magst du mir davon erzählen?«

So berichtete ich von dem Programm, von dem Mae gesprochen hatte. Ich sagte, dass ich damals kein großes Interesse gehabt hätte, aber jetzt, wo Amerika im Krieg sei, es als eine Chance sähe, meinen Beitrag zu leisten.

»An die Front lassen sie mich nicht, aber vielleicht erlauben sie mir, dafür zu sorgen, dass Soldaten in Flugzeugen sitzen.«

»Klingt wie maßgeschneidert für dich.«

»Wenn Mrs Love das Programm durchsetzen kann. Als Mae das letzte Mal davon sprach, hatte sie immer noch keine Genehmigung. Darum kümmere ich mich, sobald ich zu Hause bin.«

»Ich freue mich darauf, davon zu hören.«

Schweigend aßen wir weiter. Dann: »Audrey?«

»Ja?« Unsere Blicke trafen sich über den Tisch hinweg, mein Herz klopfte heftig.

»Schreibst du mir?«, bat er. »Ich weiß, dass wir nicht … dass keiner von uns …«

»Doch, ich schreibe dir«, sagte ich.

»Schön.«

Ich sagte Gute Nacht und ging in sein Schlafzimmer, während er sich auf dem Sofa ein Bett bereitete. Aber ich konnte nicht schlafen. Die Vorstellung, am nächsten Tag in ein Flugzeug zu steigen, machte mir Angst. Ich hörte die Sekunden auf der Nachttischuhr dahinticken, bis ich es nicht mehr aushielt. Ich stand auf und schlich in den Wohnbereich.

»James?«, flüsterte ich.

Er gab keine Antwort.

Er lag auf dem viel zu kleinen Sofa auf dem Rücken, die Füße ragten über die Seitenlehne hinaus, den Arm hatte er über den Kopf geworfen, sein Hemd war ordentlich gefaltet auf dem Tisch.

Ich holte meine Decke und ein Kissen und legte mich neben ihn auf den Boden.

Als ich am nächsten Morgen aufwachte, lag er neben mir. Im Dämmerlicht sahen wir uns an. Es schnürte mir die Brust zu, Tränen traten mir in die Augen. Das war's. Wer wusste schon, wann – und ob überhaupt – wir uns nach dem heutigen Tag wiedersehen würden.

Wortlos zog er mich an sich, und ich hielt ihn fest, wir atmeten im selben Rhythmus, unser Herzschlag wurde eins.

Während wir das Bettzeug zusammenlegten, begegneten sich unsere Blicke immer wieder. Ein kurzes Frühstück, dann packten wir unsere Sachen, sahen uns ein letztes Mal um und fuhren zum Flugplatz, wo wir in ein Flugzeug nach Texas stiegen.

TEIL 2

AUGUST 1943

KAPITEL 10

Bist du fertig mit Packen?«, fragte Mama, als sie in mein Zimmer trat.

»Mehr oder weniger«, sagte ich und legte ein Paar hellbrauner Pumps und einen dazu passenden neuen Glockenhut mit breitem weinrotem Band in meinen Koffer.

»Nimmst du auch das blau-weiße Kleid mit?«

»Ja. Und das gelbe und das graue.«

Auch wenn ein Großteil des Landes angesichts der ungewissen Zukunft den Riemen enger schnallte, hatte meine Mutter darauf bestanden, mich vor meiner Abreise nach Sweetwater mit neuer Garderobe auszustaffieren.

»Ich hoffe, du wirst auch Gelegenheit haben, das alles zu tragen«, sagte sie und strich über einen Rock mit hellblau-cremefarbenem Hahnentrittmuster. »Immer nur arbeiten ist ja auch kein Vergnügen.«

Die Angst, ihre ältere Tochter beinahe verloren zu haben, hatte meine Mutter verändert, zwar auf subtile Art, aber doch merklich. Ihre Kleidung war etwas legerer, ihre Frisur ein wenig weicher geworden. Aber jetzt hatten wir uns an strikte Zeitvorgaben zu halten, da sie immer genau wissen wollte, wann wir wo waren.

Der Angriff auf Pearl Harbor hatte allen vor Augen geführt, wie kostbar das Leben war, und trotz der Bedrohung für Amerika war meiner Mutter klar geworden, dass wir es nicht in engen Grenzen führen, sondern in seiner ganzen Fülle annehmen sollten. Das war auch der Grund, weshalb sie nach ihrem anfänglich wütenden Einspruch schließlich eingelenkt hatte, als ich zunächst eingeladen wurde, mich für das neue Programm der Women Airforce Service Pilots unter der Federführung der Pilotinnen Jacqueline Cochran und Nancy Harkness Love zu bewerben, und dann auch angenommen wurde.

Das Überführungsprogramm unter der Leitung von Mrs Love, von dem Mae mir und den anderen bereits auf Hawaii erzählt hatte, begann im September 1942, neun Monate nach meiner Rückkehr nach Dallas. Zunächst wurden ganze achtundzwanzig Frauen angestellt und eingesetzt, um Militärmaschinen kreuz und quer durchs Land zu fliegen. Damals hatte ich mich nicht dafür beworben, ebenso wenig wie Jean, Ruby und Catherine. Ich hatte das Leben geliebt, das ich mir auf O'ahu aufgebaut hatte, und wenig Lust gehabt, es aus freien Stücken aufzugeben. Und nach dem Angriff auf Pearl Harbor hatte ich nichts anderes gewollt, als sicher nach Hause zu kommen.

Nach meiner Rückkehr hatte meine Mutter zahlreiche Beschäftigungen für mich organisiert, um meine alles überlagernde Trauer zu lindern. Dazu gehörten Agrarflüge für Farmer in der Umgebung, deren Piloten sich zum Kriegsdienst gemeldet hatten, aber ich fuhr auch mit Evie durch die Stadt und holte bei unseren

Nachbarn Gegenstände für die Altmetall- und Gummisammlungen ab, packte in unserer alten Highschool Carepakete für die Jungs in Übersee und startete vom Flugplatz meines einstigen Lehrers Hal Hudson aus zu Zustellungsflügen. Drei seiner Angestellten waren ebenfalls zur Armee gegangen, darunter Tom Barrows, einer meiner alten Schulkameraden, der gleich nach der Highschool bei Hal zu arbeiten begonnen hatte. Tom war wie ein Bruder für mich gewesen, und es kam mir seltsam vor, dass er nicht mehr da war und wir herumalberten. Doch dass mein schlaksiger alter Freund sein Leben in Übersee riskierte, motivierte mich dazu, seine Arbeit mit besonders großer Sorgfalt zu erfüllen. Und so war ich in Dallas geblieben, und Militärmaschinen zu fliegen war das Letzte gewesen, wonach mir der Sinn gestanden hatte.

Bis der Brief kam.

Die Militärführung hatte beschlossen, Mrs Loves Hilfsdienst mit einer Idee von Mrs Cochran zu verbinden, und in diesem neuen Programm war eine mehrmonatige Ausbildung vorgesehen, und auch andere Möglichkeiten standen uns offen. So würden wir nicht nur zusammengeflickte alte Maschinen zu Stützpunkten in ganz Amerika fliegen, sondern auch neue Kampfflugzeuge testen.

Meine anfängliche Aufregung bekam einen empfindlichen Dämpfer, als ich mir überlegte, wie ich es meiner Mutter beibringen sollte, und ihre Reaktion fiel erwartungsgemäß aus. Die Auseinandersetzung zog sich eine ganze Woche hin, bis sie schließlich in Tränen ausbrach.

»Warum?«, rief sie. »Warum musst du dich ständig in Gefahr bringen?«

»Das gehört zum Fliegen dazu, Mama. Das tue ich jetzt auch. Hier.«

Das war allerdings gelogen. Während es zuvor, bei Nancy Loves Dienst, lediglich ums Fliegen gegangen war, gehörten zum neuen Programm die Grundausbildung ebenso wie die Flugschulung. Wir würden mit allen möglichen Maschinen durch die Lüfte jagen, von alten, fast schrottreifen Kampfflugzeugen bis hin zu fabrikneuen. Laut dem Brief, den ich erhalten hatte, würden wir »militärisch« ausgebildet werden. Mir war zwar nicht ganz klar, was das bedeutete, aber es klang nicht nach nur ein bisschen Fliegen.

»Ja, aber das sind Kampfflugzeuge, keine langsamen Doppeldecker. Und du würdest kreuz und quer durch Amerika fliegen. Was, wenn du abstürzt?«

»Das kann mir genauso gut hier passieren.«

»Aber mit den Sprühflugzeugen bleibst du nah über dem Boden. Und wenn du abstürzen solltest, wären wir in der Nähe.«

Es war sinnlos, sie mit schlichten Tatsachen überzeugen zu wollen: Dass ein Absturz ein Absturz war, und wenn ich umkam, dann war es eben so; dass die Entfernung zu ihr, meiner Mutter, dabei nichts zur Sache tat. Stattdessen nahm ich ihre Hand.

»Wohin gehen wir?«, fragte sie, als ich sie durchs Haus zur vorderen Veranda führte. Ich bat sie, sich auf die Schaukel zu setzen, und nahm neben ihr Platz.

Hier saß ich immer mit meinem Dad. Mit ihr an diesem Ort zu sein war merkwürdig und schön zugleich, und ich lächelte, als ich ihre Unsicherheit bemerkte.

Ich hatte nie über die schrecklichen Ereignisse gesprochen, die ich in Pearl Harbor erlebt hatte. Hatte nie erzählt, was und wen ich dort verloren hatte. Nicht einmal meinem Vater, dem ich sonst alles anvertraute. Und sie hatten nicht gefragt. Sie hatten mich umsorgt und waren aufmerksamer denn je gewesen. Aber sobald Pearl Harbor auch nur erwähnt wurde, waren sie zurückhaltend geworden, als hätten sie Angst, etwas in mir könnte zerbrechen, sollte darüber gesprochen werden. Und ich hatte den kleinen Kokon, den sie mir geschaffen hatten, zu schätzen gelernt – bis zu dem Tag, an dem ich mich mit meiner Mutter auf die Veranda setzte.

Ich erzählte ihr, wie Jean an dem Morgen beschlossen hatte, länger zu schlafen. Ich erzählte ihr, wie Roxy unter Beschuss geraten war und von der Bruchlandung in Haleiwa. Von meiner schönen Insel, die in Flammen stand. Und vom Tod – Tod überall. Man konnte ihn riechen, schmecken, spüren. Sie weinte, als ich ihr erzählte, wie ich Jean gefunden hatte, und dann Catherine. Wie Menschen, Ruby etwa, sich vor meinen Augen veränderten. Und dann wiegte sie mich in den Armen, während ich dem Schmerz und den Schuldgefühlen, von denen ich nichts gewusst hatte, freien Lauf ließ.

Und sie gab mir ihren Segen zu gehen.

Wir alle leisteten unseren Beitrag zum Krieg, und auch wenn sie ganz sicher Angst hatte, weil ich wieder Militärmaschinen flog, war sie gleichzeitig sehr stolz auf ihre Tochter. Und sie erzählte auch jedermann davon.

»Haben Sie schon gehört? Meine Audrey ist jetzt beim Militär. Ein tapferes Mädchen. Christian und ich sind unglaublich stolz auf sie.«

Jetzt schaute ich zu ihr, wie sie vor meiner Kommode stand und zu entscheiden versuchte, welcher Sonnenhut sinnvoller wäre.

»Ich bin überzeugt, dass ich auch meinen Spaß haben werde.« Ich drückte ihr einen Kuss auf die Wange. »Aber nicht zu viel. Vergiss nicht, ich bin beim Militär.« Ich salutierte und schlug die Hacken zusammen, und sie lachte.

»Der Bus fährt in knapp zwei Stunden.«

»Ich weiß, Mama.«

»Hat James sich bei dir gemeldet?« Sie klang leichthin, dennoch war ihre Sorge nicht zu überhören.

»Nein«, antwortete ich.

Auch darauf verstand sie sich seit meiner Rückkehr sehr gut: meine Gedanken zu lesen. Und in den letzten Monaten hatte ich oft an James gedacht. Seitdem nicht mehr wöchentlich, sondern nur noch alle paar Wochen Briefe von ihm eintrafen.

Freunde. Darauf hatten wir uns geeinigt, immer und immer wieder. Aber meine Mutter hatte es nicht geglaubt. Nicht nachdem sie ihn am Eingang von Fort Sam Houston in San Antonio gesehen hatte, wo wir gelandet waren. Sie hatte ihn in Augenschein genommen, wie ich es Hunderte von Malen zuvor bei ihr beobachtet hatte, wenn sie eine Lammkeule, den Absatz eines Schuhs oder den Bezugsstoff für neue Stühle musterte.

Würde sie für acht Personen reichen? War er standfest,

aber hoch genug, um ihre schlanken Waden richtig zur Geltung zu bringen? Teuer, aber strapazierfähig?

War er gut genug für ihre Tochter? War da mehr zwischen uns?

Ihr entging nichts. Der feste Handschlag, seine Körperhaltung, das freundliche Lächeln, mit dem er Evie begrüßte, ohne übertriebene Neugier an den Tag zu legen, die Wertschätzung, mit der er sowohl ihr als auch meinem Vater begegnete. Aber vor allem, wie achtsam er mit mir umging und wie ich – die einzige Frau, die sie kannte, die sich nicht nach den schützenden Armen eines Mannes sehnte – mich ihm gegenüber verhielt. Sie bemerkte alles, so vorsichtig ich auch war.

»Gute Freunde?« Auf der Heimfahrt hatte sie leicht die Nase krausgezogen. »Hmm.«

Jetzt nahm sie mich in den Arm und gab mir einen Kuss auf die Wange.

»Ihm geht es bestimmt gut«, beruhigte sie mich. »Im Krieg ist es sicher nicht einfach, regelmäßigen Postverkehr zwischen Europa und Amerika aufrechtzuerhalten. Wer weiß, vielleicht kommen morgen gleich drei Briefe von ihm. Dann leiten wir sie dir nach Avenger Field weiter.«

»Danke, Mama.«

Sie verschwand in meinem begehbaren Kleiderschrank, und ich setzte mich aufs Bett und dachte an die letzten Minuten mit James. Meine Eltern hatten ihm noch einmal gedankt, dass er mich heil nach Hause gebracht hatte, und waren dann mit der widerstrebenden Evie zum Auto gegangen, damit wir uns unter vier Augen verabschieden konnten. Ich hatte in sein markantes Gesicht hinaufgesehen und versucht, nicht zu weinen, während ich mir jede Wimper, den genauen Grünton seiner Augen und den kleinen Leberfleck auf seiner rechten Wange einzuprägen versuchte. Es war nicht gerecht, dass er so abrupt aus meinem Leben gerissen wurde. Aber es gab noch sehr viel größere Ungerechtigkeiten im Leben, und ich ahnte, dass noch einige weitere folgen würden.

Er hatte mich an sich gezogen, sodass mein Kopf an seiner Brust lag, sein Herz hatte unter meiner Wange geschlagen.

»Du schreibst mir?«, hatte er in mein Haar geflüstert.

»Wann immer ich kann.«

»Du wirst mich nicht vergessen?«

Da hatte ich mich aus seiner Umarmung gelöst und mir eine Träne von der Wange gewischt.

»Was ist denn das?«, fragte er, und das verdammte schiefe Lächeln zog über sein Gesicht. »Da fühle ich mich aber geehrt. Audrey Fitzgerald Coltrane interessiert sich für keinen Mann. Ganz bestimmt würde sie keine Träne um mich vergießen.«

»Passen Sie verdammt noch mal auf sich auf dort drüben, Lieutenant Hart.«

»Ich würde mir ungern Ihren Zorn zuziehen, sollte ich mich nicht daran halten, Miss Coltrane«, sagte er und betrachtete mich mit einer Zärtlichkeit, dass ich ihn am liebsten angefleht hätte, nicht zu gehen. Bei mir zu bleiben. Alles zu vergessen, was ich je gesagt hatte.

Aber ich brachte die Worte nicht über die Lippen. Das wäre nicht ich gewesen. Und es hätte nicht in seinem Wesen gelegen zu bleiben. Genau deswegen mochte ich ihn mehr als jeden anderen Mann, den ich je kennengelernt hatte.

»Weißt du, ich empfinde tiefe Verehrung für dich«, sagte er, und ich nickte. Ich verstand, was er meinte. Weil ich dasselbe empfand.

Dann hatte er mich wieder fest an sich gedrückt, und ich hatte die Finger in seine Schultern gegraben, mein Gesicht an seine Brust geschmiegt und zum letzten Mal den Geruch nach seiner Seife, nach Salzwasser und der Inselluft eingesogen, der noch auf seiner Haut lag.

Er schob mich auf Armeslänge von sich und betrachtete mich, um sich mich einzuprägen, so wie ich es getan hatte. Dann schüttelte er den Kopf, löste den Griff, nahm Haltung an und salutierte. Auch in seinen Augen schimmerten Tränen.

»Es war eine Freude, mit Ihnen zu dienen, Ma'am«, sagte er.

»Die Freude war ganz meinerseits, Sir.«

Er ließ die Hand sinken. »Du wirst mir entsetzlich fehlen, kleiner Vogel.«

Ich hatte einen Kloß im Hals. Wir standen uns gegenüber, keiner wollte sich als Erster fortdrehen. Und mit einem unterdrückten Schluchzen warf ich mich wieder in seine Arme.

Er küsste mich heftig, presste seine Lippen so fest auf meine, dass mir beinahe die Luft ausging. Als er sich schließlich losriss, traten wir beide einen Schritt zurück.

»Auf Wiedersehen, Freund«, sagte ich.

»Auf Wiedersehen, Freundin.«

Schweren Herzens hatte ich mich umgedreht und das

Gebäude verlassen. Als ich mich noch einmal umgesehen hatte, war er bereits verschwunden.

Jetzt wurde die Tür zu meinem Zimmer aufgestoßen, Evie stürmte herein. Sie steuerte direkt auf meinen Kleiderschrank zu, wobei sie beinahe mit unserer Mutter zusammenstieß, die gerade mit einem weiteren Kleid in der Hand herauskam.

»Deine roten Schuhe nimmst du doch nicht mit, oder?«, rief Evie von innen.

In der vergangenen Woche war Evie unerträglich gewesen mit ihren ständigen Fragen, was ich alles nach Sweetwater mitnähme. Die marineblauen Schuhe? Den roten Hut? Und was sei mit der Brosche mit den pinkfarbenen Steinen? Dem schmalen gelben Gürtel? Dem glänzenden mit der Schnalle in Gänseblümchenform? Zuerst hatte ich mich geärgert, aber dann hatte mein Vater etwas gesagt, das mich nachsichtiger machte.

»Das ist ihre Art, sich auszudrücken«, hatte er erklärt. »Es ist alles nur Theater. Sie macht viel Aufhebens und nörgelt an allem herum. Sie weiß nicht, wie sie einfach direkt sagen könnte: ›Du wirst mir fehlen. Ich habe Angst um dich. Bitte komm gesund zurück.‹«

Er hatte die Zeitung gesenkt und traurig gelächelt.

»Du wirst *mir* fehlen«, hatte er leise gesagt. »*Ich* habe Angst. Bitte komm gesund zurück, Vögelchen.«

»Nein, die nehme ich nicht mit«, sagte ich Evie jetzt. »Du darfst sie ausleihen, aber nur für wichtige Anlässe.«

»Na gut.« Schmollend kam sie heraus.

»Du meine Güte, Evie«, sagte Mutter. »Jetzt hast du einen Job, kauf dir doch deine eigenen roten Schuhe.«

Gekränkt setzte Evie sich auf mein Bett. Ich beobachtete sie, während ich die restlichen Dinge einpackte, die ich mitnehmen wollte. Seit zwei Monaten arbeitete sie als Bedienung. Ein Soldat, der ihr gefallen hatte, war nach Übersee versetzt worden – und wenig später an der Front ums Leben gekommen. Als sie das erfuhr, hatte sie sich eine Arbeit gesucht und gesagt: »Die Zeiten ändern sich. Ich glaube, ich sollte lernen, auf eigenen Füßen zu stehen.«

Obwohl sie manchmal immer noch überschäumend und kindisch sein konnte, war sie merkwürdig ruhig geworden. Oft starrte sie bekümmert vor sich hin, ohne etwas wahrzunehmen. Die unbeschwerte, glückliche Welt, die sie bis dahin gekannt hatte, war aus den Fugen geraten. Vater hatte recht mit seiner Einschätzung. Evie fand einfach nicht die richtigen Worte, um sich auszudrücken. Schmollen und die Aufmerksamkeit auf sich ziehen waren das Einzige, was sie kannte. Aber jetzt sah ich sie, die Angst. Sie lauerte in den himmelblauen Augen, unter der blonden Lockenpracht und den hübschen Kleidern.

Ich ging zu meinem Schrank und kam mit den roten Schuhen in der Hand wieder heraus.

»Hier«, sagte ich.

Sie schaute zu mir auf, ihre großen Augen weit aufgerissen.

»Wirklich?« Sie griff danach und zog die Hand wieder zurück. »Warum?« Ihre Miene verdüsterte sich. »Du hast gesagt, dass du zurückkommst.«

Ich wuschelte ihr durchs Haar, aber sie schob meine Hand fort.

»Natürlich komme ich zurück, du Schafskopf. Aber wozu brauche ich sie, wenn ich sie sowieso kaum trage? Sie sollten dir gehören. Aber du musst mir versprechen, sie mir manchmal zu leihen.«

Sie nahm sie, wenn auch zögernd, und legte sie in ihren Schoß, als wären sie etwas Kostbares, das jederzeit zerbrechen könnte.

Eine Stunde später trug mein Vater meinen Koffer zum Wagen, ich stand mit Mama und Evie noch vor dem Haus.

»Ja dann«, sagte Mama und umarmte mich. »Jetzt ist es wohl so weit. Pass auf dich auf, hörst du? Keine Kunststückchen und dergleichen.«

»Ich fliege vorsichtig, Mama. Versprochen.«

Dann umarmte ich Evie, die jetzt besserer Laune war, ihre neuen roten Schuhe standen sicher verwahrt in ihrem eigenen Schrank.

»Ruf deine Freundinnen an und verabrede dich mit ihnen zum Tanzen«, sagte ich. »Du musst rausgehen. Dich amüsieren. Zeig den roten Schuhen, was Sache ist.«

Sie sah zu mir hoch, Furcht lag in ihren Augen.

»Ich pass auf mich auf«, flüsterte ich in ihre weichen Locken. »Reg Mama nicht zu sehr auf. Und lass Dad nicht zu oft allein. Dann wird er traurig.«

Sie nickte, und ich löste mich von ihr.

»Also«, sagte ich und schaute von meiner Mutter zu meiner Schwester. »In ein paar Monaten, zu meiner Abschlussfeier, sehen wir uns wieder.«

»Wir werden da sein. In der ersten Reihe, wenn wir sie reservieren können.« Meine Mutter runzelte die Stirn, und ich lachte. Ich wusste, dass sie sich gerade vornahm, in Avenger Field anzurufen und zu fragen, ob sie tatsächlich Plätze reservieren konnte.

Als mein Vater und ich die Kiesauffahrt hinunterfuhren, winkte ich ein letztes Mal, dann drehte ich mich nach vorn.

»Alles so weit klar?«, fragte er.

Mit einem Seufzen sah ich zu ihm. Sosehr ich damals mein Zuhause hatte verlassen wollen, für mein gebrochenes Herz und meine geschundene Seele war es notwendig gewesen, wieder zurückzukommen. Meine quälenden Albträume hätten kein Ende gefunden, wäre nicht Evie auf Zehenspitzen zu mir ins Zimmer geschlichen, um sich zu mir ins Bett zu legen. Ohne die perfekt organisierte Tagesplanung meiner Mutter hätte ich allzu viel Zeit damit verbracht, mich meinem Elend hinzugeben, das ich kaum überwunden hätte ohne die ständigen Aufgaben, die mich und meine Gedanken beschäftigten. Und hätte mein Vater mich nicht ermuntert, die Agrarflüge zu übernehmen, und mir über die erste Angst hinweggeholfen, nach dem Beschuss auf Hawaii wieder allein in die Luft aufzusteigen, hätte ich womöglich nicht den Mut aufgebracht, dem Aufruf meines Landes zu folgen und ihm auf die mir mögliche Art zu dienen – als Pilotin.

Ich hatte in den vergangenen eineinhalb Jahren viel über mich gelernt. Ich war stärker, als ich geglaubt hatte. Und widerstandsfähiger. Aber es war Zeit, dass ich die Gespenster der jüngeren Vergangenheit verscheuchte und mir ein neues Leben aufbaute. Und das begann mit der Ausbildung auf dem Flugplatz Avenger Field.

»Ja«, sagte ich zu meinem Vater. »So weit alles klar.«

Am Ende des Blocks fuhr mein Vater gerade über die Kreuzung Richtung Stadt.

Ich warf einen Blick auf die Uhr. »Moment«, sagte ich und legte ihm eine Hand auf den Arm.

»Hast du etwas vergessen?«, fragte er.

Ich nickte.

Zehn Minuten später hielt er auf dem Hügel, wo das Schild »Hudson Airfield« stand.

»Ich bin gleich wieder da«, sagte ich.

Wie schon so oft trat ich zu dem alten Schild und strich über das im Lauf der Zeit von Wind und Wetter glatt polierte Holz, das sich unter meinen Händen sehr solide anfühlte.

Vor mir erstreckte sich die eine Rollbahn des Flugplatzes. Nach jahrelangen Starts und Landungen kannte ich jedes Schlagloch, jeden Buckel und jeden Riss. Es gab drei Hangars, und vor dem zweiten prangte in dem Pflaster, das Hal an einer Stelle damals erneuern musste, der Abdruck meiner Hand als Siebenjährige.

Links davon stand Hals Büro. Das Schild über der Tür war schon längst von einem Unwetter fortgerissen worden, zurückgeblieben waren nur die Ringe, an denen es gehangen hatte. Die weiße Farbe blätterte hier und da ab, obwohl Hal dem Bau jedes Jahr einen neuen Anstrich verpasste. Während ich dort stand, schwang die rote Tür auf, und in meinem Kopf hörte ich das verräterische Knarzen.

Vor dem Büro war der Laden, ein hellblaues Gebäude, wo Mrs Markison auf ihrem grün gepolsterten Drehstuhl über die Theke wachte, mit Henry, ihrem kleinen Hund, der ihr zu Füßen in seinem Körbchen lag. Von 14 bis 21 Uhr, der Öffnungszeit des Flugplatzes, stand Jerry hinter der Kasse. Wenn man Glück hatte, schenkte er einem einen Lutscher. Wenn man großes Glück hatte, hatte seine Frau ihm zur Arbeit eine Schachtel frisch gebackener Kekse mitgegeben.

Hinter dem Büro und dem Geschäft lag eine Wiese, auf der ich jetzt immer in meiner Fantasie das Hotel sah, das James vorgeschlagen hatte. Zwei Stockwerke würde es haben und hellblau sein mit weißen Fensterläden, wie der Lebensmittelladen. Und es würde einen witzigen Namen haben, Fly Inn etwa oder Hangar Hotel.

Ich holte tief Luft und lächelte. Ich erinnerte mich an das erste Mal, als mein Vater mich auf einen Flug mitgenommen hatte. Ich war fünf Jahre alt gewesen und hatte nicht über die Seitenwände der Maschine hinausgesehen. Aber ich hatte auf meinem Sitz gesessen, eine übergroße Fliegerbrille und ein strahlendes Grinsen im Gesicht. Ich hatte mich verliebt. Und als ich dann zwölf war, ließ ich die kleine Jenny zum ersten Mal mit mir am Steuer über die Startbahn rollen. Die schiere Freude, das Flugzeug in die Lüfte zu heben und über unser Zuhause zu kreisen, hatte in mir ein Feuer entfacht. Ein Feuer, das mich zu diesem Moment geführt hatte.

Eines nicht allzu fernen Tages würde das alles mir gehören. Nur mir. Niemand würde mir sagen, was ich wie und wann zu tun hatte. Ich allein würde die Entscheidungen treffen. Ich würde am Morgen das Tor aufschließen, die Verträge mit neuen Piloten und Lieferanten aushandeln, die Einrichtung für das Hotel aussuchen, die Mitarbeiter einstellen, Piloten ein- und auschecken und nachts zuschließen. Und am Ende von Hangar 3, neben der Fläche, wo Hal den Doppeldecker parkte, in dem ich das Fliegen gelernt hatte, würde meine eigene Maschine stehen – wenn ich sie mir dereinst leisten konnte.

»Vögelchen?«, rief Dad vom Auto. »Wenn wir nicht gleich fahren, kommen wir zu spät.«

Ich warf einen langen letzten Blick auf den Flugplatz. »Ich komme wieder«, flüsterte ich. »Wart auf mich.«

KAPITEL 11

Die Busfahrt von Dallas nach Sweetwater war lang und heiß, und es roch unangenehm nach Körperausdünstungen und Essen. Mein Fenster ließ sich nicht öffnen, also musste ich entweder Energie aufwenden, um mir mit meinem Buch Luft zuzufächeln, oder ich musste aufstehen, um den Luftzug durch das Fenster des Vordermannes abzubekommen. In dem Fall merkte ich allerdings, dass sich Schweiß an Stellen gesammelt hatte, von denen ich lieber nichts wissen wollte.

Ich las eine Weile und schaute dann auf das Land hinaus und die Farmen, die an uns vorbeizogen. Jede hatte ihr eigenes, unverkennbares Signet. Double D Ranch. Olson's. W.W. Trees. Die Schilder waren rustikal und schlicht, manche auch halb verrottet, als wären die Häuser womöglich unbewohnt. Zumindest von Menschen. Sie standen in großem Gegensatz zu dem eleganten weißen Tor und dem Metallschild vor unserem Haus.

Allerdings hatte sich mein Zuhause nach den Monaten auf Hawaii sehr fremd angefühlt. Alles war zu viel gewesen, zu viel Reichtum, zu viele Besitztümer. Ich sehnte mich nach meiner einfachen Kleidung und dem noch einfacheren Leben. Ich wollte nicht daran denken müssen, in meinem Zimmer ein Wasserglas immer auf einen Untersetzer zu stellen. Ich wollte niemanden haben, der hinter mir herräumte. Mir fehlten der besondere Geruch der Luft und der Anblick des Wassers. Mir fehlten meine Freundinnen. Hier konnte niemand das verstehen. Sie hatten davon gehört. Sie hatten in den Zeitungen darüber gelesen und in den Wochenschauen Bilder gesehen, aber sie wussten nicht, wie es tatsächlich war. Ihnen war nicht klar, wie wenig all ihr Besitz bedeutete. Dass er innerhalb einer Sekunde ausgelöscht sein könnte. Aber ich wusste es. Und ich wusste, dass viele von ihnen bald erfahren würden, was es wirklich hieß, im Krieg zu sein. Vielleicht nicht an der Front, aber als diejenigen, die zurückblieben. Diejenigen, die auf Nachrichten warten mussten. Nachrichten, die sie erschüttern würden – und zerstören.

Anfangs hatte ich mein Bestes versucht. Ich hatte die einfacheren Fragen beantwortet und diejenigen übergangen, die zu beantworten mir das Herz schwer machten. Nach ein paar Tagen Erholung fügte ich mich in den Einsatzplan meiner Mutter und machte mich an die Arbeit. Jeden Abend, wenn ich nach Hause kam, galt mein erster Blick dem kleinen Silbertablett auf dem Tisch im Flur. Wenn Post dalag, sah ich sie mit klopfendem Herzen durch. Hatte James geschrieben? Wo war er? Noch in den USA? Oder schon in Übersee? War kein Brief da, schleppte ich mich in mein Zimmer und legte mich mit geschlossenen Augen aufs Bett, bis jemand mich zum Abendessen rief.

Im ersten Jahr schrieb er sehr oft …

Kleiner Vogel,
wie geht es dir? Wie ist es, wieder zu Hause zu sein? Hat deine Mutter dich schon zu einem Schönheitswettbewerb angemeldet? Trägst du Perlen? Ich versuche, mich dir vorstellen, wie du als richtige Dame gekleidet auf der Veranda beim Lunch sitzt. Bitte schick mir ein Foto davon. Ich werde es rahmen und »Lady Bird« nennen.
Wir sind noch bei der Ausbildung. Die Tage sind lang, doch das war zu erwarten. Ich darf keine Daten nennen, aber wir werden bald nach Übersee versetzt. Ich habe eine gute Staffel unter mir, und auch wenn ich nicht weiß, was auf uns zukommt, kann ich es kaum erwarten, bei diesem Krieg mitzukämpfen.

Den Briefen lagen fast immer kleine Geschenke bei, Artikel, die er aus der Zeitung ausgeschnitten hatte und die mich interessieren könnten, und Bilder. Das erste Geschenk war ein neues Paar Handschuhe zum Fliegen; er wusste, dass ich meine verloren hatte. Als Nächstes kam eine Kette.

»Bist du dir sicher, dass er nur ein Freund ist, Liebes?«, hatte Mama gefragt, als sie den kleinen goldenen Kolibri gesehen hatte, der an einer zierlichen Kette um meinen Hals hing.

Die Fotos waren diejenigen, die er in Haleiwa aufgenommen hatte, und ich sah sie mir jeden Abend vor dem Zubettgehen an. Ich und Roxy. Ein anderes von mir, wie ich übers Meer hinausblicke, die Augen zum Schutz vor der Sonne mit der Hand beschattet. Und zwei von ihm und mir. Auf dem ersten standen wir nebeneinander, aber der Offizier, der es gemacht hatte, hatte ungefragt ein zweites Mal abgedrückt, als wir uns schon, wenn auch widerstrebend, voneinander lösten; der Blick in unseren Augen sagte mehr, als wir je in Worte gefasst hatten. Dieses Bild hatte ich in meine Nachttischschublade gelegt. Das sollte nur ich sehen.

Als er in Übersee stationiert war, kamen die Briefe anfangs immer noch regelmäßig.

Kleiner Vogel,
in good old England ist es kalt. Und nass. Warst du schon einmal hier? Ich glaube, das gilt als Voraussetzung, um eine Perlenkette tragen zu dürfen.

Mit der Perlenkette, ein Geschenk zu meinem sechzehnten Geburtstag, würde er mich ewig aufziehen. Davon hatte ich ihm beim Essen an unserem letzten gemeinsamen Abend erzählt, und er hatte sich fast nicht mehr eingekriegt.

»Perlen?«, hatte er nachgefragt. »Für eine Sechzehnjährige?«

»Eine Sechzehnjährige der besseren Gesellschaft«, hatte ich gesagt und die Schultern auf dem wackligen Stuhl gestrafft.

»Eine Sechzehnjährige der besseren Gesellschaft mit Soße am Kinn«, hatte er geantwortet.

Aber ein Jahr später veränderten sich seine Briefe allmählich, ein melancholischer Ton schlich sich nahezu in jeden Absatz. Ich holte seinen letzten aus der Handtasche. Er war vor einen Monat gekommen, zerdrückt und fleckig.

Liebe Audrey,
bitte verzeih, dass ich so spät schreibe. Du reagierst immer sofort, und ich komme mir wie ein schlechter Freund vor, wenn ich dir nicht gleich antworte, aber wie du dir sicher vorstellen kannst, sind meine Tage hier ziemlich angefüllt und anstrengend. Wenn ich abends zurückkomme, lege ich mich oft sofort in mein Feldbett und versuche zu schlafen. Könnte nur der Schlaf die schrecklichen Dinge, die ich gesehen habe, auslöschen, aber das tut er nicht. Die Bilder werden mich wahrscheinlich mein Leben lang verfolgen.
Wie läuft es in Dallas – oder bist du schon in Sweetwater? Wenn du diesen Brief bekommst, steckst du sicher mitten in den Vorbereitungen oder bist gar bereits dort und schlägst mit deinen spektakulären Flügen Luftwellen. Ich hoffe, es geht dir gut, und du bist beschäftigt. Ich denke oft und gern an dich. Glaub mir, auch wenn ich jetzt nicht mehr annähernd so oft schreibe, dann nicht, weil es mich nicht interessiert, wie es dir geht, sondern weil ich mich eine Zeit lang selbst vergessen möchte. Nur bis dieser Krieg vorbei ist und ich wieder zu Hause bin, wo ich hingehöre.
Alles Gute,
James

Seufzend steckte ich den Brief weg und sah zum Fenster hinaus. Der Bus verlangsamte das Tempo und hielt zum Tanken in Ranger. Wir durften aussteigen und uns eine halbe Stunde die Beine vertreten. Ich ging die kleine Hauptstraße hinunter und kaufte im Lebensmittelladen einen Apfel, dann schlenderte ich zurück. Ich wollte weiterfahren.

Gegen vier Uhr nachmittags kamen wir in Sweetwater an. Es war ein kleiner, aber geschäftiger Ort, und während der Busfahrer meinen Koffer auf den Bürgersteig wuchtete, musste ich einem Paar ausweichen, das seinen Hund spazieren führte.

Ich ging durch die Straße zum fünfstöckigen Bluebonnet Hotel, wo alle Auszubildenden übernachten sollten, ehe wir am nächsten Tag nach Avenger Field gebracht wurden. Für eine Kleinstadt war das Hotel gut in Schuss, in der blau-weißen Lobby roch es sauber und frisch geputzt. Mehrere Frauen unterschiedlichster Größe und Herkunft hielten sich dort auf und betrachteten mich neugierig und lächelten oder nickten mir zu, als ich das Foyer betrat.

»Coltrane«, sagte ich dem Mann an der Rezeption.

Ich nahm den Schlüssel entgegen, den er mir reichte, und stieg die Stufen hinauf auf der Suche nach meinem Zimmer. Auf der Treppe und im Korridor kamen mir weitere Frauen entgegen, die sich angeregt unterhielten.

Ich schloss die Tür zu meinem Zimmer auf und stellte meinen Koffer in den Eingangsbereich.

»Hi«, sagte eine junge Frau.

»Oh«, sagte ich und fasste mir unwillkürlich an die

Brust. »Sie haben mich erschreckt. Guten Tag. Mir war nicht klar, dass wir das Zimmer teilen müssen.«

»Nett, dass sie es uns vorher gesagt haben, was?«, sagte sie. Ihre tiefe, warme Stimme verströmte den Charme der Südstaaten. Sie sprang vom Bett, auf dem sie gesessen hatte, und kam mit ausgestreckter Hand auf mich zu. »Ich bin Carol Ann Bixby. Aus Alabama.«

»Audrey Coltrane«, sagte ich und nahm ihre Hand. »Dallas.«

»Es freut mich, Sie kennenzulernen.«

Carol Ann wusste bereits viel über die anderen Frauen zu berichten und hatte ein ansteckendes Lachen. Ihr mausbraunes Haar war zu einer modischen Rolle hochgesteckt, ihr liebes rundes Gesicht war mit blassen Sommersprossen übersät, sodass sie jünger wirkte als vierundzwanzig, und die Wimpern um ihre großen, warmen braunen Augen waren die längsten, die ich je gesehen hatte. Sie redete mehr oder minder pausenlos und unterbrach sich nur einmal, um zu fragen, ob ich Hunger hätte.

»Ich hab mich schon ein bisschen in der Stadt umgetan«, sagte sie und griff nach einer kleinen hellbraunen Handtasche in derselben Farbe des Gürtels, den sie um die Taille ihres marineblauen Kleides trug. »Ein Stück die Straße runter ist ein Lokal, das ganz gut aussieht, McKay's heißt es.«

»Großartig«, sagte ich und nahm meine Clutch. »Sollen wir ein paar der anderen fragen, ob sie auch mitkommen möchten?«

»Klar.«

Schließlich gingen wir zu fünft in das Restaurant. Carol Ann wollte alles von uns wissen – woher wir kamen ebenso wie, wann wir mit dem Fliegen angefangen hatten.

»Und was ist mit dir, Audrey?«, fragte sie, als sie in der Sitznische aus grünem Vinyl neben mir Platz nahm. »Wie bist du hier gelandet?«

Ich sah reihum in die Gesichter und überlegte mir meine Antwort.

»Mir stand der Sinn nach mehr, als Altmetallsammlungen zu organisieren und für die Landwirtschaft zu fliegen«, sagte ich. »Und du?«

Sie beäugte mich nachdenklich. »Schätzchen«, sagte sie und beugte sich zu mir. Ihre Stimme war so leise, dass die anderen Frauen am Tisch, die gerade mit der Speisekarte beschäftigt waren, sie nicht verstehen konnten. »Der Herstellername auf deinem Koffer ist erste Sahne. Deine Clutch kostet das Fünffache von meiner Handtasche – und ist nur halb so groß. Und über den Preis deiner Schuhe möchte ich noch nicht mal nachdenken, weil ich sonst womöglich in Tränen ausbreche. Du bist eindeutig nicht hier, weil du knapp bei Kasse bist. Hat dein Dad dich vor die Tür gesetzt? Hat dir ein Kerl ein Kind angehängt und dich dann sitzenlassen? Komm, erzähl schon.«

Hätte sie mich dabei nicht so unschuldig erwartungsvoll angesehen, hätte mich die Frage vielleicht gekränkt. Aber Carol Ann hatte so etwas an sich. Sie sagte, was sie dachte, aber auf die wissbegierige Art eines Kindes. Und auf ein Kind, das aus reiner Neugier eine eindeutig unangemessene Frage stellte, konnte man ja schlecht sauer sein. Über Carol Ann konnte ich mich einfach nicht ärgern.

Ich beugte mich zu ihr und senkte ebenfalls die Stimme. »Ich habe Schande über meine Familie gebracht, weil ich mit dem Sohn des Dienstmädchens durchgebrannt bin, der mich für die Enkeltochter des Fleischers versetzt hat. Jetzt bleibt mir nur noch das Fliegen.«

Carol Ann lachte so laut, dass das gesamte Restaurant sich nach uns umdrehte.

»Wir werden uns richtig gut verstehen«, sagte sie und stieß mich in die Rippen. »Das sehe ich schon.«

Im Lauf des Abends kamen noch weitere Frauen ins Restaurant und begrüßten alle mit einem Winken, manche blieben stehen und unterhielten sich kurz. Die anderen bei uns am Tisch stammten aus Ohio, Oregon und Tennessee und waren auf ähnliche Art wie wir zum WASP-Programm gekommen. Alle hatten zu Hause ihren Beitrag zu den Kriegsanstrengungen geleistet. Drei Frauen, darunter Carol Ann, hatten Stellen übernommen, die zuvor Männer innegehabt hatten, eine als Burgerbraterin, eine als Schuhverkäuferin, und Carol Ann hatte bei einem Werkzeughersteller als Schweißerin gearbeitet. Das war zwar alles höchst erstaunlich, aber am faszinierendsten fand ich, was jede von uns vor dem Krieg getan hatte.

Eine der Frauen hatte sich gerade auf ihre Hochzeit vorbereitet, als der Brief kam. Da ihr Verlobter an der Front und die Hochzeit sowieso auf unbestimmte Zeit verschoben war, hatte sie sofort zugesagt. Eine andere kam aus einer Familie von Pferdezüchtern. Sie hatte an Turnieren teilgenommen, seit sie reiten konnte, aber ihre eigentliche Leidenschaft galt dem Fliegen. Eine Dritte hatte auf dem College gerade ihre Ausbildung zur Krankenschwester begonnen.

»Eines Tages werde ich sie abschließen«, sagte sie. »Aber die Gelegenheit konnte ich mir doch nicht entgehen lassen.«

Carol Ann hatte für eine Firma Agrarflüge ausgeführt, was sie auch weiterhin getan hätte, doch dann wurde der Flugplatz, von dem aus sie arbeitete, vom Militär requiriert, und ihr Job ging an die wenigen verbliebenen Männer.

»Und was ist mit dir, Audrey?«, fragte Carol Ann und hob ihre Flasche Coca-Cola. »Was hast du in Dallas gemacht?«

»Das Gleiche wie ihr. Sprühflugzeuge geflogen, Altmetall und Altgummi gesammelt, Carepakete für Übersee gepackt.« Ich trank einen Schluck von meiner Cola und mied bewusst Carol Anns Blick, die bereits ein unheimliches Gespür dafür entwickelte, mich zu durchschauen.

»Mehr nicht?«, fragte sie.

Kurz sah ich zu ihr. »Mehr nicht«, bestätigte ich mit fester Stimme.

Ihre Augen wurden schmal, und ich fühlte mich ein bisschen schäbig. Sie hatte eine unschuldige Frage gestellt im Versuch, dass wir uns näher kennenlernten, und ich hatte sie vor den Kopf gestoßen.

»Also gut«, sagte sie und wechselte das Thema.

Auf dem Rückweg ins Hotel war Carol Ann ungewöhnlich still. Die anderen gingen uns plaudernd voraus.

»Wir bummeln noch ein bisschen durch die Stadt«, sagte eine und warf einen Blick zu uns zurück. »Kommt ihr mit?«

»Nein«, antwortete Carol Ann. »Ich bin müde.«

Ich schüttelte lächelnd den Kopf und folgte ihr ins Hotel.

»Entschuldige«, sagte ich, als wir die Treppe zu unserem Zimmer hinaufgingen, und berührte sie am Arm.

»Was?«, fragte sie, ohne den Blick zu heben.

»Dass ich vorhin so brüsk war. Es ist nur … Ich mag nicht erzählen, was ich vorher gemacht habe. Die Leute wollen dann immer so viel wissen, und es fällt mir schwer, daran zu denken. Ganz zu schweigen davon, darüber zu reden.«

Ich hatte die Fragen, die bisweilen wildfremde Menschen mir nach meiner Rückkehr nach Dallas gestellt hatten, als aufdringlich empfunden. Sicher, die Leute waren neugierig, weil sie vom Krieg nichts wussten und ich mittendrin gewesen war. Aber Menschen, die ich gekannt und geachtet hatte, waren gestorben, während sie an ihrem Schreibtisch saßen oder die Flugzeuge in ihrer Obhut warteten. Und meine Freundinnen waren ums Leben gekommen. Ich sah immer noch in aller Deutlichkeit das Bild von Catherines engelsgleichem Gesicht vor mir, wie sie in ihrem weißen Kleid dalag, der rote Fleck, der sich über ihren Bauch breitete. Und Jean …

Es hatte nach dem Angriff Momente gegeben, in denen ich nicht aufstehen wollte. Wenn die Fehlzündung eines Wagens mich aufspringen ließ. Darüber zu reden, fiel mir immer noch schwer. Aber mir war auch klar, dass einige zwar schlicht aus morbider Neugier fragten, die meisten jedoch einfach schreckliche Angst hatten und so viel wie möglich darüber erfahren wollten – als könnten sie sich so dagegen wappnen. Aber was Carol Ann betraf – sie hatte keine Ahnung, was ich erlebt hatte. Sie suchte nur meine Freundschaft.

»Das ist schon in Ordnung«, sagte sie. »Ich kann's verstehen.«

Ich drückte ihren Arm, schließlich sah sie mich an.

»Ich war auf Hawaii«, sagte ich. »Während des Überfalls.«

Fassungslos sah sie mich an.

»Komm«, sagte ich, griff nach ihrer Hand und zog sie wieder die Treppe hinunter.

Wir gingen zu der Eisdiele, die ich auf unserem Rückweg vom Restaurant gesehen hatte, und ich kaufte zwei Waffeltüten mit je zwei Eiskugeln. Dann schlenderten wir durch die Straßen, beeilten uns, mit der Zunge dem schmelzenden Eis zuvorzukommen, damit es uns nicht über die Hände lief, und unterhielten uns.

Ich erzählte ihr Dinge, die ich bislang nur James in Briefen geschrieben hatte. Ich erzählte ihr von meinen Schuldgefühlen, dass ich Jean zu Hause gelassen hatte. Hätte ich an dem Tag nur darauf bestanden, dass sie zur Arbeit mitfuhr. Hätte ich sie nur aus dem Bett gezerrt …

»Audrey, es ist nicht deine Schuld«, sagte Carol Ann und blieb mitten auf dem Bürgersteig stehen. »Niemand wusste, was passieren würde. Du konntest unmöglich ahnen, dass sich der Tag in irgendeiner Weise von den vorherigen unterscheiden würde.«

Ich nickte seufzend. Das hatte ich mir schon eine Million Mal selbst gesagt. Das hatte auch James immer wieder gesagt. Aber es änderte nichts.

»Ich wünschte, ich könnte die Zeit zurückdrehen«, sagte ich. »Ich wünschte, ich könnte alles anders machen. Dann würde ich die Mädels zwingen, mit mir nach Hause zu kommen. Ich würde sie zwingen, am nächsten Tag zur Arbeit zu fahren.«

»Aber wer sagt denn, dass sie dann bei dem Überfall nicht auch ums Leben gekommen wären?«

Ich starrte meine neue Freundin an, Eiscreme lief mir über die Finger. Der Gedanke war mir nie gekommen – aber sie hatte natürlich recht. Wir hatten unser Schicksal nicht in der Hand. Wir konnten immer nur aus dem Moment heraus handeln. Und hoffen, dass es ein gutes Ende nahm. Aber eine Garantie dafür gab es nicht.

Als wir zum Hotel zurückgingen, erkundigte sich Carol Ann nach den Maschinen, die ich geflogen hatte – ein unverfänglicheres Thema, über das ich mich nur allzu gern ausließ.

»Wenn wir unsere Mitbewohnerinnen aussuchen dürfen, sollen wir uns dann zusammentun?«, fragte sie, als wir uns bettfertig machten.

»Gern.«

Sie ließ sich aufs Bett fallen und streifte die Schuhe ab. »Hast du einen Freund?«, fragte sie.

Ich schüttelte langsam den Kopf, während das Bild von James vor mir aufblitzte. »Nein«, sagte ich.

»Wirklich nicht?« Sie musterte mich.

Ich zuckte die Achseln. »Ich kann mit meiner Zeit was Besseres anfangen, als einen dummen Mann anzuschmachten.«

Carol Ann lachte. »Dann bist du die Dumme«, sagte sie. »Du ziehst das falsch auf. Sie sollen doch dich anschmachten. Und als Dank lässt du dir dann was von ihnen schenken.«

Ich lachte.

Sie war Jean und Ruby und Catherine in einer Person. Vorlaut und klug und witzig. Und sie hatte das Herz eindeutig am rechten Fleck.

»Was denkst du, wie es werden wird?«, fragte sie später, als wir im Bett lagen und das Licht gelöscht hatten.

»Die Ausbildung?« In der Ferne hörte ich das Donnern von Kampfflugzeugen. »Fantastisch.«

KAPITEL 12

Um Punkt neun Uhr standen die Busse vor dem Bluebonnet Hotel. Und auf dem Bürgersteig warteten hundertfünf Frauen, um einzusteigen. Es herrschte laute, drangvolle Enge, der Geruch von Parfüm, Puder und Nervosität hing in der schwülen Luft.

Auf der Fahrt durch den kleinen Ort winkten wir Kindern im Sonntagsstaat zu, wir konnten es gar nicht erwarten, endlich den Flugplatz zu erreichen.

»Schaut mal!«, rief eine Frau, und wir verfolgten, wie ein Flugzeug abhob und über uns hinwegflog.

»Was für eins ist das?«, fragte eine andere.

»Eine Curtiss P-40 Warhawk«, antwortete ich und sah dem dunkelgrünen Flugzeug mit den aufgemalten Haizähnen nach.

»Hast du je eine geflogen?«, fragte Carol Ann.

Ich nickte und dachte an die Maschine zurück, die ich vor fast zwei Jahren auf dem Haleiwa Airfield geparkt hatte. Ich fragte mich, was wohl jetzt dort auf dem Vorfeld stand. Claire schrieb in ihren Briefen von Stränden, die mit Stacheldraht verbarrikadiert waren, und von mehr Soldaten als je zuvor. Im Royal Hawaiian, das Jean,

Catherine und Ruby so gern besucht hatten, verkehrten jetzt ausschließlich Militärangehörige. Wie sehr sich die Insel doch verändert hatte. Ich war froh, nicht mehr dort zu sein.

»Schau!«, rief Carol Ann atemlos. Ihr Arm fuhr knapp an meiner Nase vorbei, sie deutete zum Fenster hinaus auf die Startbahn, wo gerade eine weitere Maschine abgehoben hatte.

Die Straße machte eine Biegung, und der Bus fuhr unter dem Schild »Aviation Enterprises LTD« durch. Wir passierten ein Wachhäuschen und hielten vor einem niedrigen Ziegelbau, auf dem »Verwaltung« stand. Aufgeregte Betriebsamkeit breitete sich im Bus aus, alle sprangen auf und suchten ihre Siebensachen zusammen, ehe wir nacheinander ausstiegen.

Dieser Flugplatz war kleiner als Wheeler, aber wesentlich größer als Hudson. Rechts und links von uns zogen sich mehrere langgestreckte Gebäude hin, jenseits davon konnte ich akkurat gestutzte Rasenflächen ausmachen. Ein Stück weiter entfernt sah ich drei große Hangars. Das vertraute Dröhnen von Motoren über mir ließ mich lächeln. Ich schloss die Augen, spürte, wie das Summen die Luft erfüllte und mein Innerstes vibrieren ließ.

»Irre!«, sagte Carol Ann und drückte mir den Arm. »Schau sie dir doch bloß alle an, Audrey!«

Wir wurden zu einem der Hangars gebracht, wo wir aufgefordert wurden, für die Einführung Platz zu nehmen. Jacqueline Cochran, Nancy Love und General Henry »Hap« Arnold leiteten die Versammlung, begrüßten uns und teilten uns mit, dass unsere Gegenwart in

Avenger Field gebraucht und geschätzt wurde und auch nicht unbemerkt bleiben würde, sofern sie ein Wort mitzureden hatten.

»Die Armee dankt Ihnen für Ihren Dienst am Vaterland und Ihren Einsatz«, sagte der General. »Ihre Flugerfahrung ist von unschätzbarem Wert, und Sie werden das Wissen, das Sie hier erwerben, nach Ihrem Abschied von Sweetwater hoffentlich noch lange einsetzen.«

Die Liste der Kurse, die wir absolvieren würden, erschien schier endlos – und einigen offenbar sinnlos, wie hier und da gemurmelten Kommentaren zu entnehmen war.

»Wenn ich nicht navigieren könnte, hätte ich meinen Flugschein nicht bekommen«, murrte eine.

Bestandene Prüfungen unter anderem in Navigation, Mathematik, Physik, Kartenkunde, Meteorologie, Flugkunde und Morsen waren notwendig, um das Programm erfolgreich zu absolvieren. Wir standen jeden Morgen um sechs Uhr auf, machten Gymnastik, frühstückten, danach zogen wir unsere Fliegerkombi an, entweder für Theorie- oder Praxisunterricht, je nach individuellem Stundenplan. Wir mussten lernen, eine 45er Pistole zu bedienen, und bekamen Schwimmunterricht in voller Montur. Nach dem Abendessen um 19 Uhr zogen wir uns zum Lernen in unsere Räume zurück. Um 22 Uhr wurde das Licht gelöscht. Das Militär erwartete von uns, dass wir uns auszeichneten. Ein Patzer, ein Widerwort, von direktem Scheitern ganz zu schweigen, und wir würden aufgefordert werden, das Programm zu verlassen. Wer bei einem Offizier zweimal einen Probeflug vermasselte, musste gehen. Mangelnde Bereitschaft, den Anweisungen zu folgen? Rauswurf. Mit Menschen, die den Gehorsam verweigerten, gab das Militär sich nicht ab. Wir waren hier, um unserem Heimatland zu dienen, indem wir den Piloten den Rücken zum Kämpfen freihielten.

»Sie gehören zu einer Elite von Frauen«, sagte Mrs Cochran. »Aber nicht alle von Ihnen werden das Programm bestehen. Einige werden lange vor dem Abschluss ausscheiden. Manche von Ihnen werden entlassen werden, weil sie nicht dem militärischen Verhaltenskodex entsprachen. Wenn Sie bei den Kursen nicht mitkommen, erhalten Sie nach dem Abendessen im Studienbereich zusätzlichen Unterricht. Genügt auch das nicht, werden Sie auf eigene Kosten nach Hause geschickt. Geben Sie sich keinen Illusionen hin – Sie sind jetzt beim Militär.«

Mir brummte der Kopf vor lauter Informationen, und ich bebte förmlich vor Aufregung, als ich am Ende der Einführung mit den anderen in den hinteren Teil des Hangars vorrückte, um den mit meinem Namen beschrifteten Seesack abzuholen. Darin lagen ein Handbuch für Auszubildende, die obligatorische GI-Kombi, Trainingskleidung, Fliegerbrille und -helm, die beigefarbenen Hosen und weißen Blusen, die sie empfohlen hatten, Schuhe sowie alle zusätzlichen Gegenstände, die wir bestellt hatten – etwa eine Lederjacke und die Lederhandschuhe, die ich für Flüge in großen Höhen bei niedrigen Temperaturen angefordert hatte. Das alles bezahlten wir aus eigener Tasche. Wer sich die Grundausrüstung nicht leisten konnte, war nicht hier.

»Sieh dir das mal an«, sagte Carol Ann. Beim Rückweg zu den Unterkünften und dem uns zugewiesenen Zimmer blätterte sie im Handbuch. »Schau mal, an welchen Übungen wir teilnehmen werden. Bombenabwurf, Tieffliegerangriff, Rettungsmissionen – Audrey.« Sie blieb stehen. »Reveille? Was ist denn das? Ich weiß nicht, wie man das macht. Und Zapfenstreich?«

Ich lachte. »Reveille ist, wenn wir aufstehen. Und Zapfenstreich, wenn wir ins Bett gehen.«

»Ach. Woher weißt du das?«

»Vergiss nicht, ich habe auf einem Stützpunkt gearbeitet.«

Ich blieb vor dem Zimmer Nummer 5 stehen. »Da sind wir«, sagte ich und betrachtete die schlichte weiße Tür mit dem Fliegengitter.

»Sieht gemütlich aus«, meinte Carol Ann. »Was war das früher? Ein Viehstall?«

»Ich glaube, bis vor Kurzem haben Soldaten hier gelebt.«

»Hoffentlich haben sie ordentlich durchgeputzt.«

Die Unterkünfte waren langgestreckte schlichte Gebäude mit jeweils vier Zimmern. Es sah aus, als wären sie frisch gestrichen, sie waren sauber und aufgeräumt auf die militärische Art, die ich in meinen Monaten auf Hawaii zu schätzen gelernt hatte.

Schnell traten wir ein, um herauszufinden, mit wem wir den Raum noch teilen würden, und sahen uns in unserem Zuhause für die nächsten Monate um. Weiße Wände, an denen sechs schlichte Betten und daneben ein hoher weißer Schrank standen, dazu ein brauner

Holzboden. In der Mitte befand sich ein langer Tisch mit kleinen Abtrennungen, wodurch sechs einzelne Schreibtische entstanden, jeweils mit einem Stuhl davor.

»Ich habe den Waschraum entdeckt«, sagte Carol Ann und verschwand durch eine Tür hinten im Zimmer.

Ich folgte ihr, und gemeinsam inspizierten wir die beiden Duschen, die zwei Waschbecken und Toiletten. Gegenüber unserer Tür war eine weitere Tür, die in das nächste Quartier führte. Ich warf Carol Ann einen amüsierten Blick zu.

»Das wird sehr gemütlich werden.«

Wir kehrten in den Hauptraum zurück. Eins der Betten war bereits belegt, obenauf lag ein Koffer. Wir wählten zwei auf der anderen Seite des Zimmers. Während wir auspackten, trudelten die anderen Frauen ein. Sharon, Maxine, Geraldine und Tanya kamen nacheinander, jede wählte ihr Bett, indem sie ihren Seesack darauf deponierte, bis auf Geraldine, der der bereits abgestellte Koffer gehörte, und Tanya, die als Letzte kam und folglich das einzig noch freie Bett nehmen musste.

Carol Ann, Geraldine und ich unterhielten uns über Belangloses, während die anderen sich umsahen.

»Eins kann ich euch jetzt schon flüstern, der Waschraum wird ein Problem«, sagte Tanya. Sie war eine täuschend zart wirkende Frau mit blauen Augen, flachsblondem Haar, einer heiseren Stimme und einer Zigarette hinterm Ohr. »Allerdings nicht für mich. Ich bin die Jüngste von sieben Geschwistern. Sechs ältere Brüder, die sich darum kloppen, wer als Erster ins Bad darf. Ich kann stundenlang warten. Aber ich hab das Gefühl, dass es manchen von euch gar nicht passen wird, warten zu müssen, um sich zu frisieren und die Lippen anzumalen, um rechtzeitig fertig zu sein.«

Carol Ann verkniff sich ein Lachen, als Tanyas Blick zu Sharon schoss, einer Wasserstoffblondine mit hellbraun aufgemalten Augenbrauen, sorgfältig geschminkten Lippen und einer Figur, die man nur als üppig bezeichnen konnte. Sie platzte förmlich aus ihrer weißen Bluse mit dem blauen Matrosenkragen, die Knöpfe über ihrem voluminösen Busen erfüllten ihren Zweck nur mit Mühe. Auch ihr Rock erinnerte vage an die Marine, er lag eng an den Hüften an und weitete sich in Kniehöhe, über beide Hüften verlief eine Reihe vier weißer Knöpfe. Auf ihrem gebleichten Haar thronte ein kleines marineblaues Barett.

»Um mich mach dir mal keine Sorgen, Süße«, sagte Sharon. »Ich werde lang vor euch anderen aufstehen.« Sie strich sich über die Hüften. »Das macht jede Menge Arbeit.«

Dann begann die Vorstellungsrunde. Jede nannte ihren Namen, sagte, woher sie kam und was sie getan hatte, bevor sie den Brief von Mrs Cochran erhalten hatte.

Geraldine, die Älteste unter uns, war die Mutter von zwei Söhnen. Ihr Mann leitete den einzigen Lebensmittelladen im Ort, und sie war zu Hause geblieben. Während sie erzählte, befingerte sie unablässig ihre kurzen aschblonden Locken, sofern sie nicht mit der Schleife um ihren Hals spielte, dabei kreuzte sie ständig die Knöchel.

»Zwei Jungs, ah ja?«, sagte Carol Ann.

»Na ja, drei, wenn man ihren Vater mitzählt«, sagte

Geraldine. »Was ich häufiger tue.« Den Nachsatz murmelte sie nur leise, und alle lachten.

»Alle Männer sind Jungs«, sagte Tanya und kaute auf dem Bleistift, den sie hinter dem anderen Ohr hervorgezogen hatte. »Solang einem das von vornherein klar ist, ist es nicht weiter schlimm. Und mit sechs Brüdern bin ich dran gewöhnt. Ehrlich gesagt ist mir die Gesellschaft von Männern lieber. Sie haben nie mehr als nur einen Gedanken im Kopf. Nicht wie Frauen. Fast wäre ich nicht hergekommen, wegen der vielen Frauen. Ich meine, ihr kommt mir ja alle ganz anständig vor, aber wie man sieht, hab ich's nicht so mit Mode und Frisuren.« Sie machte eine umfassende Geste, die das Tuch um ihren Kopf, das Herrenhemd, das sie um die Taille geknotet hatte, und die dunkelblaue Hose mit einem Fleck auf dem Oberschenkel einschloss. »Und über Gefühle reden tu ich auch nicht. Zu Hause in Wyoming war ich Mechanikerin. Ich will aufstehen, meine Arbeit machen, was essen und dann schlafen.«

»Mir ist die Gesellschaft von Männern auch lieber«, lispelte Sharon. »Ich bin Schauspielerin. Aus New York. Ursprünglich Pennsylvania.«

»Wie bist du zum Fliegen gekommen?«, fragte Geraldine.

»Durch einen Kerl.« Sie lächelte. »Wie sonst?«

»Da fallen mir viele andere Gründe ein«, brummte Tanya leise und kaute an ihren Nägeln. Sie warf einen Blick zu Geraldine. »Wie heißt du gleich wieder? Geri?«

»Geraldine«, antwortete sie, und dabei stieg ihr vom Hals Röte ins Gesicht. »Ich kann Geri nicht leiden.«

»’tschuldige, Ger. Was hast du denn so geflogen?«

Sie schürzte die Lippen und knetete die Hände so heftig, dass ich fast fürchtete, sie würde sie sich brechen. »Ich war Barnstormer«, antwortete sie leise.

»Was?«, fragte Sharon. »Was ist denn ein Barnstormer?«

»Wir haben die Leute unterhalten. Wir haben Flugschauen und Kunstflugmanöver gemacht.«

»Was denn für Manöver?«, fragte Maxine aufgeregt.

»Hast du schon mal was vom Huttrick gehört?«

Mir blieb der Mund offen stehen. »Den hast du gemacht?«, fragte ich ehrfürchtig.

»Was ist denn das?«, wollte Carol Ann wissen.

»Man fliegt kopfüber im Tiefflug«, erklärte Geraldine, »und am Boden steht jemand, der einen Hut aufhat. Beim Vorbeifliegen habe ich ihm den mit der Hand abgenommen.«

Es wurde still im Raum, wir starrten die ältere, etwas bieder wirkende Frau an, die mit eingezogenen Schultern auf ihrem Bett saß, als wäre sie am liebsten unsichtbar.

»Ich habe Barnstormer gesehen«, sagte ich schließlich. »Ich bin beeindruckt. Das ist ziemlich gefährlich.«

»Deswegen ist es ja mittlerweile auch verboten. Seit ’38. Aber da hatte ich schon aufgehört. Ich hatte geheiratet, und er wollte nicht, dass ich weitermache. Außerdem hat man sowieso nicht viel dafür bekommen, und dann bin ich schwanger geworden, also …« Sie zuckte die Achseln.

»Und was ist mit dir?« Tanya klopfte mit dem Fuß gegen mein Bettgestell. »Woher kommst du?«

»Aus Dallas. Ich habe Agrarflüge gemacht und Zustellungen für Firmen in der Gegend, außerdem Altgummi- und Altmetallsammlungen organisiert … Mehr oder minder dasselbe wie die meisten heutzutage.«

Carol Ann warf einen Blick zu mir, aber ich schüttelte den Kopf und wandte meine Aufmerksamkeit Maxine zu, einer püppchenhaften jungen Frau mit dunklen Augen und glänzendem schwarzem Haar, das sie zu zwei Zöpfen geflochten hatte. Sie trug eine adrette weiße kurzärmelige Bluse mit Spitzenkragen, einen grün-weiß karierten Rock und zierliche weiße Schnürschuhe.

Maxine stammte aus Michigan und kam aus einer wohlhabenden Familie. In ihrem ersten Jahr am College hörte sie vom Civilian Pilot Training Program, in dessen Rahmen der Staat die Flugausbildung von Zivilisten förderte. Dort meldete sie sich an und begann fast sofort zu fliegen. Doch während ihres zweiten Studienjahres besuchte ein Zirkus den Ort. Sie suchten nach Schaustellern, und Maxine besaß eine Fähigkeit, die sie sehr interessierte.

»Wie haben sie dich genannt?«, fragte Carol Ann mit großen Augen.

»Das Schlangenmädchen«, sagte Maxine. »Ich kann meinen Körper verbiegen.«

Fast alle starrten sie verständnislos an, also stand Maxine auf, schwang ein Bein nach hinten und fing es über ihrem Kopf am Knöchel auf, dann beugte sie das Knie, bis die Zehen auf ihrem Scheitel lagen.

»O je«, sagte Carol Ann. »Hör auf, bitte. Gleich bricht was ab.«

Lachend schwang Maxine ihr Bein wieder nach vorne.

»Also gut, da kann ich nicht mithalten. Ich bin Carol Ann aus Tuscumbia, Alabama, wo auch Helen Keller geboren wurde. Ich habe Sprühflugzeuge für die Farmer geflogen, bis ein paar Männer, die arbeitslos geworden waren, meine Stelle bekamen. Bis jetzt habe ich bei meiner Tante und meinem Onkel gelebt, meine Eltern sind tot. Ich habe mich am Samstag, den 6. Dezember 1941, verlobt. Wahrscheinlich wisst ihr jetzt schon, wie die Geschichte weitergeht. Er ist in Übersee, und ich habe eine Heidenangst um ihn, aber ich freu mich, hier zu sein. Und wenn er zu Hause wäre, würde ich wahrscheinlich nichts so Aufregendes wie dieses Programm hier machen und so viele neue Leute kennenlernen.«

»Prost darauf«, sagte ich, und sie grinste.

Wir gingen zum Mittagessen, wo weitere Vorstellungsrunden folgten, Geschichten erzählt wurden und wir allmählich die Frauen der Klasse 43-W-2 kennenlernten. Carol Ann unterhielt sich mit einer Frau, die mich so sehr an Catherine erinnerte, dass mir, als ich ihre tiefschwarzen Locken und die warmen braunen Augen sah, der Atem stockte.

»Audrey, das ist Nola«, sagte Carol Ann.

Wir gaben uns die Hand und unterhielten uns. Nola war in Savannah, Georgia, geboren und aufgewachsen. Mit achtzehn hatte sie gegen ihre Mutter aufbegehrt, die ihr ständig mit Heiraten und Kinderkriegen in den Ohren lag, und sich am Sarah Lawrence College in New York eingeschrieben. Wie Maxine hatte sie dort vom Civilian Pilot Training Program erfahren und sich ins Fliegen verliebt.

»Es macht mir so viel Spaß, von dort oben zu fotografieren«, sagte sie. »Ich habe eine ziemliche Sammlung. Ein paar habe ich mitgebracht – wenn ihr wollt, kann ich sie euch zeigen. Ich finde sie ganz schön spektakulär, auch wenn man sich ja nicht selbst loben soll.«

»Sehr gern«, sagte ich.

Sie sah sich im Raum um, ihre weichen dunklen Locken flogen ihr um die Schultern. Einen Moment musste ich den Blick abwenden, um mich zu fassen. Selbst in ihren kleinen Gesten ähnelte sie Catherine. Die beiden hätten Schwestern sein können. Doch als sie sich wieder mir zuwandte, sah sie bekümmert aus.

»Glaubt ihr, dass viele von uns schon Militärmaschinen geflogen haben? Hoffentlich kann ich da mithalten. Ich habe erst vor drei Jahren mit dem Fliegen angefangen, und das nur in Jennys. Manche von den Flugzeugen dort draußen schauen richtig grausam aus.«

Ich spürte Carol Anns Blick auf mir.

»Also, ich nicht«, sagte Tanya und klinkte sich in die Unterhaltung ein. »Geri? Du bist doch die Draufgängerin – hast du schon mal eine von den Maschinen da draußen geflogen?«

»Nein«, antwortete Geraldine und legte ihre Gabel mit pikierter Miene auf den Teller. »Und ich heiße Geraldine, Tanya.«

»Ja, ja. Max! Schlangenmädchen!«

Maxine sah auf, ein leichtes Rosa zog über ihre Wangen. »Ja?«, brachte sie hervor.

»Hast du je eine Militärmaschine geflogen?«

Sie schüttelte den Kopf und sah zu Sharon, die angelegentlich in den Spiegel eines pinkfarbenen Döschens schaute und sich die Nase puderte.

»Und ich gehe davon aus, dass die auch keine Erfahrung damit hat«, sagte Tanya, und Carol Ann prustete.

»Ich würde mir wirklich wünschen, jemand könnte uns ein bisschen was darüber erzählen, bevor wir in so was abheben«, sagte sie. »Wo wir doch alle so nervös sind und so.«

»Gnade dir«, brummelte ich und stieß sie mit dem Ellbogen in die Rippen. Seufzend blickte ich mich in der Gruppe um. »Also gut, ich schon. Ich habe fast alle Maschinen geflogen, die da draußen stehen.«

Alle Blicke richteten sich auf mich.

»Du?«, fragte Tanya. In ihren hellen Augen lag reine Skepsis.

»Ja, ich«, bekräftigte ich. »Ich war als Zivilpilotin auf Hawaii angestellt. Habt ihr nicht die Flugblätter gesehen, die vor zwei Jahren oder so überall verteilt wurden? Entdeckt die Inseln! Fliegt fürs Militär! Es gab sogar einen Mann, der eigens deswegen alle Flugplätze und Flughäfen aufgesucht hat.«

»Doch«, sagte Geraldine, »ich erinnere mich. Aber ich habe nicht darauf geachtet. Nicht mit einem Mann und zwei Söhnen. Außerdem dachte ich, dass sie nur Männer wollten.«

»Das ging wahrscheinlich vielen Frauen so. Aber vier von uns nicht«, sagte ich. »Es war grandios.«

»Wow«, sagte Maxine. »Da draußen stehen ein paar ziemlich große Maschinen. Manche sogar mit zwei Motoren.«

Ich grinste. »Ich habe sogar eine mit vier geflogen.«

»Das heißt …« Nola runzelte die Stirn. »Du warst da, als …«

Unsere Blicke trafen sich, und meine verdammten Augen wurden feucht.

»Als *was*?«, fragte Tanya.

»Beim Angriff«, sagte Geraldine leise. »Du warst dort, Audrey?«

»Ja.« Ich nickte und starrte auf den Tisch.

»Und? Wie war es?«, fragte Sharon. Sie hatte ihren Puder vergessen, auch wenn sie die Quaste noch in der Hand hielt.

Ich seufzte. »Stellt euch den schönsten Ort vor, den ihr je gesehen habt. Und dann stellt euch vor, wie er vom schwärzesten Rauch verhüllt wird, dazu der schlimmste Gestank, und anstatt zu hören, wie die Wellen an den Strand spülen, die fröhliche Musik und die Stimmen auf der Straße, stellt euch Heulen und Sirenen und die Schreie der Verletzten und Sterbenden vor. Und währenddessen greifen die Flieger im Tiefflug alles in Sichtweite an, und Schlachtschiffe und Gebäude fliegen in die Luft. Es war das Schlimmste, was ich je erlebt habe.«

»Wo warst du, als das passiert ist?«, fragte Maxine vorsichtig.

»In der Luft mit einem jungen Flieger. Sobald es ging, sind wir auf einer unbefestigten Piste gelandet und in einen Jeep gesprungen, um zu einem der Stützpunkte zu fahren und zu helfen. Es war … ein einziges Chaos.«

Zum tausendsten Mal sah ich die Insel an dem Morgen vor mir, die stinkenden schwarzen Rauchschwaden, die in den Himmel stiegen, als James und ich nach Wheeler rasten und mein Herz angesichts der unvorstellbaren Szenen wild in meiner Brust hämmerte.

»Du musst solche Angst gehabt haben«, sagte Carol Ann. Ich begegnete ihrem Blick. Zwar hatte ich ihr die ganze Geschichte schon erzählt, aber wahrscheinlich erschien sie ihr beim zweiten Mal noch etwas realer.

»Ich hatte panische Angst«, sagte ich. »Ich habe mehrere Menschen verloren, die mir etwas bedeutet haben, und …« Meine Stimme stockte.

Eine Hand berührte mich. Dann noch eine und eine dritte.

»Ich weiß nicht, ob ich wieder in ein Flugzeug steigen könnte, wenn ich so was erlebt hätte«, sagte Sharon. Sie hatte ihre Puderdose geschlossen und drehte sie jetzt in der Hand hin und her.

»Es gab Momente, da habe ich auch gezweifelt«, gestand ich. »Aber das Fliegen liegt mir einfach im Blut, so ist es nun mal.«

»Gott sei Dank«, sagte Carol Ann. »Sonst wärst du jetzt nicht hier.«

Die Tür der Kantine fiel knallend ins Schloss, und wir fuhren auf unseren Stühlen zusammen. Jackie Cochran durchquerte den Raum, holte sich ein Tablett und trat ans Büfett.

»Die Damen«, sagte sie und nickte, als sie auf ihrem Weg hinaus an uns vorbeikam.

»Ma'am«, sagten wir.

Wir stapelten unsere Tabletts übereinander und traten in die heiße, dampfige Luft hinaus. Einige gingen wieder in ihre Zimmer, um fertig auszupacken. Carol Ann, Tanya, Nola und ich beschlossen, den Flugplatz in Augenschein zu nehmen.

Wir kamen an einem großen Brunnen vorbei und spähten in Unterrichtsräume, bis wir schließlich zum Vorfeld gelangten, wo die Flugzeuge nebeneinander aufgereiht standen.

»Leute, ab morgen früh ist das unsere Spielwiese«, sagte Tanya.

»Ist es wie auf Hawaii?«, fragte Nola.

Ich sah mich um, betrachtete die Hangars und die Piste. »In gewisser Hinsicht schon«, sagte ich und erinnerte mich an die süß duftende, schwüle Luft und die Geräusche der Männer auf dem Stützpunkt, die auf Befehl im Gleichschritt hierhin und dorthin marschierten. »Die Flugzeuge. Die Hangars. Das ist alles ganz ähnlich. Aber das Wheeler Airfield war vom Paradies umgeben. Das hier …« Ich schaute auf die braun verdörrte Umgebung, ein Windstoß trieb eine Staubwolke vor sich her. »Das hier ist kein Paradies.«

Carol Ann legte mir einen Arm um die Schultern und drückte sie fest.

»Aber wir werden unseren Spaß haben«, sagte ich und blickte in die Runde der Frauen um mich. »So viel, dass uns der Staub gar nicht stört.«

Unser Zimmer hatte eine Verwandlung erlebt, seit ich es verlassen hatte. Jetzt wirkte es bewohnt, überall waren persönliche Gegenstände verteilt. Maxine, Sharon und Geraldine hatten einige Habseligkeiten von zu Hause auf ihre Schreibtische gestellt. Auf Sharons bemerkte ich mehrere kleine gerahmte Fotos von Männern sowie einen Stapel geblümtes Briefpapier. Geraldine hatte auf ihren ein Familienfoto gestellt, außerdem lagen dort ein Notizbuch und ein Bleistift. Maxine hatte ihren Platz mit einer kleinen rosa Vase, zwei Notizbüchern, fünf Bleistiften und einer Vogelfeder bestückt.

Carol Ann stellte ebenfalls ein Bild auf.

»Ist das dein Verlobter?«, fragte ich. Das Bild zeigte einen Mann mit dunklen Haaren, schmalen Lippen und einem freundlichen Lächeln.

»Ja, das ist Gus. Wir sind seit der zehnten Klasse zusammen. Eine Schönheit ist er nicht gerade, aber unglaublich lieb. Und du?« Sie warf einen Blick in den Koffer, der offen auf meinem Bett lag. »Hast du Familienfotos dabei?«

Ich stellte ein Bild von Evie und mir mit unseren Eltern auf meinen Schreibtisch, dazu das offenbar obligatorische Notizbuch mitsamt Bleistift.

Zum Abendessen versammelten wir uns wieder in der Kantine, und dann benutzten wir abwechselnd mit den Frauen aus dem uns gegenüberliegenden Zimmer die Duschen. Zapfenstreich war um zehn, wir hatten also noch gut zwei Stunden Zeit, um uns zu unterhalten oder im Handbuch zu lesen, bevor Nachtruhe herrschte.

Die meisten gingen nach draußen, um sich mit den anderen zu unterhalten. Geplauder und Zigarettenrauch füllten die Luft, als wir in der Abendhitze dasaßen und Informationen austauschten.

»Wie spät ist es?«, fragte Carol Ann nach einer ganzen Weile gähnend.

Ich sah auf meine Armbanduhr. »Zwanzig vor.«

»Ich leg mich in die Falle. Ich bin kaputt.«

Wir wünschten den anderen eine gute Nacht, und ich folgte ihr nach drinnen, streifte die Hausschuhe ab und stellte sie unters Bett.

»Audrey, wie ist deine Familie?«, fragte Carol Ann, während sie unter die Decke schlüpfte.

Ich drehte mich auf die Seite und stützte den Kopf auf die Hand. Ich erzählte ihr von meinem Vater, einem intelligenten, gut aussehenden Mann, der in Armut auf einer Farm aufgewachsen war und beschlossen hatte, nicht dem Beispiel seines Vaters und dessen Vater zu folgen und seinen Lebensunterhalt als Farmer zu bestreiten. Stattdessen war er in den Zwanzigern ins Ölgeschäft eingestiegen. Ein Jahr später hatte er ein riesiges Stück Land gekauft, ein Haus gebaut und meine Mutter kennengelernt und geheiratet – eine Society-Tochter, die jede Sekunde des Tages bis ins letzte Detail plante.

»Hätte ich es zugelassen, hätte sie mein ganzes Leben verplant«, sagte ich. »Aber ich wurde ihr irgendwann zu anstrengend, und schließlich hat sie es aufgegeben und sich auf meine jüngere Schwester konzentriert, die sich für Gesellschaftspartys und gute Partien viel mehr interessiert als ich.«

»Kommst du mit deiner Schwester gut aus? Ihr klingt wirklich sehr verschieden.«

»So anders sind wir im Grunde gar nicht, sie versteht sich einfach viel besser darauf zu tun, was ihr gesagt wird. Ich liebe sie heiß und innig. Sie ist vorlaut und witzig und schafft es immer, mich aufzuheitern. Als ich von Hawaii nach Hause kam, wäre ich ohne sie verloren gewesen.«

Ich lächelte in Erinnerung daran, wie sie mir in den ersten Wochen wie ein Schatten gefolgt war, und spielte mit dem kleinen goldenen Talismanvogel um meinen Hals.

»Hat sie dir die geschenkt?« Carol Ann deutete auf die Kette.

»Nein.« Ich ließ die Hand aufs Bett sinken. Sosehr ich auch zögerte, von James zu sprechen, ich merkte, dass ich der aufrichtigen, freimütigen Frau mir gegenüber alles erzählen wollte. Auch von dem Mann, der mich dazu veranlasste, Dinge an mir zu hinterfragen, die ich längst für entschieden gehalten hatte.

Vom Bett aus zog ich den darunterliegenden Koffer hervor und öffnete ihn. Erwartungsvoll richtete Carol Ann sich auf. Ich holte das Bild heraus, das ich zuvor nicht ausgepackt hatte, und betrachtete das Foto hinter dem Glas. Nach einem Moment reichte ich es ihr über den Gang hinweg.

»O Gott«, rief sie. »Ist er berühmt?«

Ich lachte leise. »Nein. Das ist Lieutenant James Hart. Wir haben uns auf Hawaii kennengelernt.«

»Wow«, wisperte Carol Ann. »Zwischen euch muss es ziemlich geknistert haben, ihr beide in dem Inselparadies … Aber Moment mal, hast du nicht gesagt, du hast keinen Freund?«

Ich nahm ihr das Foto aus der Hand und betrachtete es wieder. Unwillkürlich ging mein Atem schneller, als ich an den Tag dachte, an dem es entstanden war. Wie wir bei Sonnenuntergang am Strand gestanden hatten, die Wärme seines Arms auf meinen Schultern.

»Wir sind nur befreundet.«

»Er sieht aber nicht so aus, als würde er dich bloß für eine gute Freundin halten«, sagte sie und griff wieder nach dem Bild. »Er sieht aus, als wäre er stolz, neben dir zu stehen. Er sieht verliebt aus, Audrey.«

Ich schüttelte den Kopf. »Selbst wenn dem so wäre, wir haben unterschiedliche Ziele im Leben. Er möchte beim Militär Karriere machen und überall hingehen, wohin sie ihn schicken. Ich möchte in Dallas leben und einen Flugplatz besitzen.«

»Und er hat dir die Kette geschenkt?«

Ich berührte wieder den Vogel. »Ja.«

»Warum ein Vogel?«

»Weil er mich so nennt.«

Lächelnd setzte Carol Ann sich auf.

»Was machst du jetzt?«, fragte ich skeptisch.

Sie stand auf und stellte das Foto auf meinen Schreibtisch neben das meiner Familie.

»Er muss da stehen«, sagte sie. »Wenn er dein Freund ist, gehört er auf deinen Schreibtisch.«

»Wahrscheinlich hast du recht.«

»Warte, bis Sharon ihn sieht!« Sie lachte. »Grün vor Neid wird sie werden!«

Lachend warf ich ihr mein Kissen an den Kopf, und in dem Moment wurde die Tür aufgestoßen. Sharon eilte in den Waschraum, während Geraldine die Lockenwickler unter ihrem Kopftuch betastete und ein schlichtes rosafarbenes Nachthemd aus ihrem Spind holte. Maxine stürmte herein und ließ die Tür knallend hinter sich ins Schloss fallen. Ihr zierlicher Körper verströmte den Geruch von Rauch.

Sharon verbreitete eine Duftwolke frisch aufgetragenen Parfüms, als sie in einem Negligé wieder auftauchte, das gerade eben alles Wesentliche bedeckte, gleichzeitig kam Tanya von draußen herein.

»Herr im Himmel«, murmelte sie. »Was glaubt die denn, wo sie ist?«

»Wie bitte?«, fragte Sharon. Sie saß auf der Bettkante und band sich einen leuchtend rosa Schal um die Lockenwickler.

Der Zapfenstreich ertönte rund um den kleinen Stützpunkt.

»Licht aus«, sagte Tanya, die Hand am Schalter. »Bis morgen früh, die Damen.«

KAPITEL 13

Die Armee war kein Zuckerschlecken. An unserem ersten offiziellen Tag erlitten während der Morgengymnastik mehrere Frauen fast einen Hitzschlag. Geraldine und zwei weitere wurden vom Sportgelände zum Lazarett gebracht, um Wasser zu trinken und sich abzukühlen, während wir anderen Übungen turnten, die ich seit der Grundschule nicht mehr gemacht hatte.

Eine kräftige Frau mit einer schrillen Pfeife stand vor der Gruppe und brüllte Anweisungen. Wir machten Liegestütze, Rumpfbeugen, Hampelmänner und mehr, dabei ächzten und stöhnten wir und wischten uns den Schweiß und den Staub aus dem Gesicht. Am Ende waren wir klatschnass, die T-Shirts klebten uns ebenso wenig attraktiv am Körper wie die Turnhosen.

Wir taumelten in unsere Unterkunft zurück, um zu duschen und unsere neuen Fliegerkombis anzuziehen.

»Für wen haben sie die gemacht?«, fragte ich und streckte die Arme vor; meine Hände verschwanden in den Stoffmassen. »War ihnen wirklich klar, dass sie die Sachen für Frauen bestellen und nicht für Männer? In dem Ding versinke ich ja.«

»Das ist ja grauenhaft«, sagte Sharon und öffnete den Reißverschluss bis zum Dekolletéansatz. »So was von unschmeichelhaft.«

»Schmeichelhaft oder nicht ist mir piepegal«, sagte Tanya, »ich kann in dem Ding nicht mal laufen.« Sie machte einen Schritt und geriet prompt ins Stolpern.

Zehn Minuten später schlurften wir, immer noch überhitzt, zum Frühstück. Die Ärmel und Beine unserer Monturen hatten wir nach Kräften aufgerollt und hochgesteckt, manche hatten den Gürtel doppelt um die Taille gebunden. Hungrig verschlangen die meisten von uns das Rührei, den Speck und Toast, die uns erwarteten, während andere nach der Anstrengung kaum etwas hinunterbrachten.

Wir waren fast fertig, als Sharon ihr Wasserglas mit einem Knall auf den Tisch stellte.

»Wer ist das?«, fragte sie, woraufhin wir uns alle umdrehten, um zu sehen, wen sie meinte.

Der fragliche Mann war ein Gentleman in Uniform, groß und blond, der am Stock ging. Auf dem Weg zur Essensausgabe unterhielt er sich mit einem älteren Herrn und schien gar nicht zu bemerken, dass er alle Aufmerksamkeit auf sich zog und mehr als zwei Dutzend Augenpaare jede seiner Bewegungen verfolgten. Einschließlich meines, wie ich bemerkte, woraufhin ich den Blick abwandte.

»Das ist Officer Wilson«, sagte eine Frau, die am übernächsten Tisch saß, und warf sich ihre blondierten Locken über die Schultern. Sie musterte uns eingehend unter ihren stark gezupften Augenbrauen. »Er unterrichtet Navigation. Ich bin früh angekommen und hatte das Glück, ihm in der Stadt über den Weg zu laufen. Er ist hinreißend. Und schlau. Und alleinstehend. Ach, übrigens, ich heiße Hildie. Ich bin in dem Zimmer neben eurem.«

»Privater Umgang mit den Soldaten ist verboten«, sagte Tanya.

Hildie verdrehte die Augen. »Na, was Mrs Cochran nicht weiß …« Zwinkernd drehte sie sich in ihrem Stuhl um.

»Igitt«, sagte Maxine, und wir anderen lachten leise.

»Die wird Ärger machen«, sagte Geraldine. »Das kann ich euch jetzt schon prophezeien.«

Wir beendeten unser Frühstück und stellten die Tabletts und das schmutzige Geschirr in die Ablagen auf der anderen Seite des Raums. Auf dem Weg zum Ausgang flüsterte Sharon Maxine etwas ins Ohr, dann starrten beide zu dem Tisch, an dem Officer Wilson mit drei anderen Männern saß.

»Glotzt nicht so«, mahnte Tanya leise.

In dem Moment schaute Officer Wilson auf, sein Blick streifte uns und blieb an mir hängen, weil ich die Nachhut bildete. Ich wandte den Blick ab und schritt rascher aus. Mir wurde ganz warm.

»Hat noch eine von euch das gesehen?«, fragte Carol Ann, als wir durch die Tür in die Vormittagshitze hinaustraten. »Da hat doch jemand einen neuen Verehrer gefunden.«

Ich gab ihr einen Klaps auf den Arm. Tanya brummelte: »Sagt das nicht Hildie«, und alle lachten.

Nur ich nicht.

Unsere erste Unterrichtsstunde an dem Tag war Geografie. Wir behandelten die amerikanische Westküste mit besonderem Augenmerk auf das jeweilige Gelände und das vorherrschende Klima. Danach kam Mathematik, wo wir anfingen, Routen zu berechnen. In der Flugkartenstunde saßen und standen wir an Tischen oder kauerten auf dem Fußboden, um uns mit Karten von Ländern, Städten und Bundesstaaten vertraut zu machen.

Mittags waren wir froh über die Pause. Uns brummte der Schädel von dem vielen Wissensstoff, den sie uns eingetrichtert hatten.

»Alles in Ordnung?«, fragte ich Carol Ann, als sie mit besorgter Miene neben mir herging.

»Das war zu schnell«, sagte sie. »Ich weiß nicht, ob ich da mitkomme.«

»Abends lernen wir. Du schaffst das schon. Wir helfen uns gegenseitig.«

Nach dem Mittagessen gingen wir aufs Vorfeld. Jetzt begann der Teil des Tages, den wir am gespanntesten erwarteten. Wir wurden nach Erfahrung aufgeteilt, vier Auszubildende pro Ausbilder, was langes Warten bedeutete, denn jede Frau sollte eine Stunde in der Luft verbringen.

Da alle bereits fliegen konnten, übersprangen wir die grundlegende Flugausbildung, aber die meisten von uns hatten noch nie eine Militärmaschine geflogen und mussten mit einem Ausbilder in meinem Lieblingsmodell beginnen, der Fairchild PT-19.

Mir wurde schwer ums Herz, als ich die fünf dort aufgereihten Fairchilds sah. Ich dachte an Roxy und erinnerte mich an das letzte Mal, als ich sie gesehen hatte, die Räder tief im Sand von Haleiwa eingegraben. Ich fragte mich, ob sie wohl noch da stand oder ob sie nach Wheeler gebracht und dort wieder zusammengeflickt worden war. Ohne Bills liebevolle, geduldige Hände befürchtete ich allerdings, dass sie zu den anderen zerstörten Flugzeugen geschleppt worden war.

Wer Erfahrung in der PT-19 hatte, musste eine BT-13 Valiant oder eine AT-6 Texan fliegen. Da ich mit allen drei bereits vertraut war, hob ich mit der zweimotorigen AT-17 Cessna Bobcat ab.

»Was zum Teufel ist denn das?«, fragte Tanya, als sie das aus Sperrholz und Leinwand gebaute Flugzeug sah.

»Die Männer nennen sie den Bambusbomber«, erklärte ich und legte meinen Fallschirm an.

»Na, viel Glück«, wünschte sie mir und bekreuzigte sich.

Wer geflogen war, reihte sich wieder in die Schlange ein und wartete, um ein zweites Mal abzuheben. Es waren immer etwa zehn von uns gleichzeitig in der Luft, jede in einer anderen Höhe, um Zusammenstöße zu vermeiden.

Nach dem Abendessen zogen wir uns in unsere Räume zurück, wo wir unseren Stoff paukten, duschten und uns unterhielten, bis der Zapfenstreich ertönte.

So verlief die ganze erste Woche. Gymnastik, Frühstück, Geografie, Mathematik, Kartenlesen, Mittagessen, Vorfeld und Abendessen. Jeden Abend büffelten wir, unterbrochen von kurzen Pausen auf den grasbewachsenen

Gemeinschaftsbereichen zwischen den Unterkünften, redeten mit den anderen Frauen und tauschten Tipps und Informationen über die unterschiedlichen Klassen aus, denen wir zugeteilt worden waren.

An unserem ersten freien Sonntag folgten wir dem Beispiel der Vorgängerklasse und schleppten unsere Stühle nach draußen, um uns zu sonnen. Wir stellten die Stühle verkehrt herum auf und legten eine Bluse oder ein Tuch über dessen Rücken, um uns anzulehnen. Und so bräunten wir uns zum Klang von Count Basie aus dem Radio, das jemand ins Fenster gestellt hatte.

»Wer ist dran?«, fragte ich, beschattete die Augen vor der Sonne und schaute zu den anderen Frauen, die entspannt herumlagen.

»Ich«, brummelte Carol Ann. »Aber ich kann nicht aufstehen.«

»Ich kann's gar nicht fassen, dass ihr Bekloppten hier draußen seid«, sagte Tanya, die auf dem Weg in unser Zimmer an uns vorbeistapfte.

»Ach, Tanya!«, rief Carol Ann und winkte. »Würdest du bitte, bitte für mich den Kübel in der Kantine mit Eis füllen?«

Ich schaute zu Tanya und unterdrückte ein Lachen. Sie hatte den Nachmittag genutzt, um mehr Flugstunden anzusammeln, und trug noch ihre Kombi, die schweißnass war. Ihr hellblondes Haar klebte ihr am Schädel, sodass sie fast kahl wirkte.

»Ich denk nicht dran«, sagte sie, ging nach drinnen und ließ die Tür knallend hinter sich ins Schloss fallen.

»Ich dachte, weil sie gerade steht …«, sagte Carol Ann.

»Ich gehe«, erbot ich mich. »Ich glaube, ich war sowieso lang genug draußen.« Ich sah zu Carol Ann. »Vielleicht solltest du auch reingehen. Du bist krebsrot.«

Sie beschattete die Augen und blickte zu mir.

»Du auch.«

Wir rappelten uns auf und griffen uns unsere Laken, die Stühle und die Kleidungsstücke, die wir überall verstreut hatten. Auf dem Weg zur Dusche sah ich mich kurz im Spiegel und blieb stehen: Die Hautstellen, die morgens noch weiß gewesen waren, glühten jetzt feuerrot.

»O je«, sagte ich. »Das wird wehtun.«

»Pass auf«, warnte Carol Ann, als ich unter die Dusche trat. »Das Wasser fühlt sich an wie Nadelstiche.«

»Ich habe mir die Fußsohlen verbrannt!«, sagte Maxine und drängte sich nach uns herein. »Habt ihr noch Platz für mich?«

»O Gott, ich habe keine Ahnung, wie ich morgen fliegen soll«, jammerte Sharon und wankte herein, die knallroten Arme vor sich ausgestreckt. »Ich wollte doch bloß ein bisschen Farbe bekommen. Das ist ja grauenhaft.«

»Zumindest hast du dir nicht den Rücken verbrannt«, erwiderte Carol Ann und drehte sich um – die Stellen, die ihr Badeanzug nicht bedeckt hatte, waren ebenfalls rot.

»Autsch«, sagte ich mitfühlend und war froh, dass ich meinen Rücken in weiser Voraussicht bedeckt hatte.

»O je«, sagte Geraldine, als sie uns nach ihrem Ausflug in die Stadt sah. »Ihr glüht ja.«

»Das wissen wir selbst«, stöhnte Carol Ann und warf einen Eiswürfel nach ihr.

Sie wehrte ihn ab, und er flog zu Maxine, die ihn nach Tanya warf, die gerade aus unserem Waschraum ins Zimmer kam.

Mit einem Aufschrei griff sich Tanya eine Handvoll Eiswürfel aus dem Eimer, der am Boden stand.

Unser Sonnenbrand war vergessen, Eis und Wasser flogen durch die Luft, kreischend und lachend schlitterten wir durch den Raum.

Nach der dritten Woche kannten wir jeden Bundesstaat und jede größere Stadt in den USA, und die meisten von uns konnten ohne Verschnaufpause zwanzig armeetaugliche Liegestütze machen. Wir hatten mindestens ein halbes Dutzend Maschinen geflogen und bereits erste getestet, die aus der Produktionshalle kamen, aber auch alte, die repariert worden waren und auf ihre Flugtauglichkeit überprüft werden mussten, bevor sie an Stützpunkte irgendwo in den USA überführt wurden.

Einige Schreckensmomente hatte es gegeben, als bei dem einen oder anderen zusammengeflickten Flugzeug das Triebwerk ausgefallen war oder das Fahrwerk geklemmt hatte. Und einmal waren aus einer fabrikneuen Maschine Bauteile zu Boden gefallen. Aber im Großen und Ganzen waren die Flüge problemlos verlaufen, und niemand war verletzt worden.

Die Abende verbrachten wir nach wie vor mit Lernen, aber wir saßen auch mit anderen Frauen aus unserer Klasse draußen, unterhielten uns, rauchten und tranken

Limo. Ich hielt mich meist an den Bereich vor unserem Zimmer, weil Hildie, unsere Nachbarin, die für unseren Navigationslehrer Officer Wilson schwärmte, offenbar zu Ohren gekommen war, mit welchem Blick er mich an dem ersten Tag bedacht hatte – und bei mehreren anderen Gelegenheiten auch. Sie nahm es alles andere als freundlich auf, dass seine Aufmerksamkeit abgeschweift war, und betrachtete es insgeheim als ihre Aufgabe, mir das Leben schwer zu machen.

»Warum geigst du ihr nicht mal die Meinung?«, fragte Tanya. »Oder erzählst ihr, dass du mit dem Typen auf dem Bild bei dir auf dem Schreibtisch zusammen bist? Außer natürlich, er gefällt dir doch.«

»Quatsch«, fuhr ich auf. »Aber selbst wenn, ginge es sie nichts an. Ich kenne solche Frauen zur Genüge. Frauen, die ohne jeden Grund für Unfrieden sorgen. Ich habe keine Lust, mich auf ihr albernes Spielchen einzulassen.«

»Recht hast du!«, bestärkte Geraldine mich.

Aber ganz ehrlich war ich dabei nicht. Der Offizier hatte etwas an sich, das mich reizte. Nicht sein Aussehen. Ein attraktives Gesicht genügte noch lange nicht, um mein Interesse zu wecken. Womöglich war es der unerklärliche Gehstock oder seine Fähigkeit, die Aufmerksamkeit von sich abzulenken, sobald eine der Frauen versuchte, mit ihm ins Gespräch zu kommen, wenn sie ihm zufällig auf dem Weg zur Kantine begegnete. Außer dass er hinreißend aussah, konnte keine mehr über ihn sagen, als dass er nett und witzig war und sich wirklich sehr gut mit Navigation auskannte.

Wann immer ich merkte, dass er mir im Kopf umging und nicht James – von dem ich immer noch nichts gehört hatte –, bekam ich ein schlechtes Gewissen. Woraufhin ich mich insgeheim tadelte, überhaupt an einen der beiden gedacht zu haben, wo ich doch etwas völlig anderes tun sollte – nämlich lernen oder mir Gedanken zu meinem Flugplatz machen.

Samstags arbeiteten wir meist, aber die Sonntage gehörten uns. Manchmal fuhren wir mit dem Bus in die Stadt oder ließen uns von einer der Frauen mitnehmen, die ein Auto auf dem Stützpunkt hatten. Dann gingen wir ins Kino oder bummelten einfach mit einer Limo in der Hand durch die Straßen und schauten in ein paar Geschäfte. Bisweilen gingen wir ins städtische Schwimmbad, oder wir fuhren an den See, wo wir dem einen oder anderen Offizier begegneten, den wir vom Stützpunkt kannten. Tanya und ich wetteten gern, wer sich mit wem verabreden würde. Meist lag ich richtig.

»Woher weißt du das immer?«, fragte Carol Ann mich eines Tages. »Ich hätte die Frau nie mit dem Kerl zusammengesteckt.«

»Das hat nur etwas mit Selbstbewusstsein zu tun. Hast du nicht gesehen, wie er tat, als wäre sie ihm völlig egal? Das hat sie geärgert, und er ist dadurch umso attraktiver für sie geworden. Es geht bloß ums Jagen.«

»Hmmm … Wenn ich's mir recht überlege, hätte ich Gus ruhig ein bisschen länger um mich werben lassen können«, sagte sie, und ich lachte.

Ganz selten einmal gingen wir am Samstagabend tanzen. In dem Restaurant, wo wir an unserem ersten Abend in Sweetwater gegessen hatten, spielten am Wochenende immer Bands. Wir zogen ein Kleid an, frisierten uns und fuhren mit dem Bus in die Stadt, um zu trinken und mit fremden Männern zu tanzen. Anschließend kehrten wir beschwipst nach Hause zurück und unterhielten uns im lauten Flüsterton, während wir auf Zehenspitzen zu unseren Zimmern schlichen.

Noch seltener schickte die Armee Offiziersanwärter für einen Tanzabend zu uns herüber. In der Kantine wurde mit Musik und Essen aufgewartet, und da es sonst an Ablenkung fehlte, gingen wir alle hin. Meist standen wir grüppchenweise herum und unterhielten uns, bis einer der Männer den Mumm aufbrachte, uns zum Tanzen aufzufordern. Ich hielt mich immer im Hintergrund, um dem Ganzen zu entgehen. Tanya schob eine Knöchelverletzung vor, was ich brillant fand, Sharon allerdings zu der Frage veranlasste, weswegen sie dann überhaupt mitgekommen sei.

»Natürlich wegen dem Nachtisch«, gab Tanya zurück.

An einem dieser Samstagabende ließ Officer Wilson sich blicken, was einen Aufruhr verursachte, als hätte Cary Grant persönlich sich die Ehre gegeben.

»Hildie lässt dich nicht aus den Augen«, flüsterte Carol Ann mir zu.

Tanya trat vor, als wollte sie mich vor deren Blick abschirmen. »Die blöde Hildie kann mich mal …«

»Tanya!«, rief Geraldine, sodass wir in Gelächter ausbrachen.

Belustigt verfolgten wir, wie Hildie sich dem Offizier näherte und zur Tanzfläche deutete. Doch er schüttelte lächelnd den Kopf und hielt entschuldigend seinen Stock hoch.

»Ha!«, sagte Tanya, als Hildie mit eingezogenem Kopf zu ihren Freundinnen zurückschlich. »Das wird ihr eine Lehre sein. Natürlich kann er nicht tanzen, er braucht doch seinen Stock.«

Ich trank von meinem Punsch und sah ihm nach, wie er im Raum umherging und hier und da mit einem Lehrer oder einigen Offiziersanwärtern sprach. Nach etwa einer Stunde zog er sich zurück und bedachte uns auf dem Weg zur Tür mit einem Lächeln.

»Die Damen«, sagte er mit einem Nicken, sein Blick blieb an mir hängen.

Mein Magen machte einen kleinen Satz, und ohne nachzudenken, lächelte ich ihn an.

KAPITEL 14

Im September marschierten die Alliierten in Italien ein, das Land kapitulierte, die Menschen erhoben sich gegen die deutschen Besatzer. Und für uns, die Pilotinnen des Women Airforce Service, begann eine neue Unterrichtseinheit. Jetzt, wo unser Vaterland alles daransetzte, den Krieg zu gewinnen, war unser Dienst notwendiger denn je.

Schießtraining, Navigation und Schwimmen standen in diesem Monat auf dem Lehrplan, und wir stürzten uns mit neuer Entschlossenheit und Begeisterung in die Kurse.

Die Schießausbildung leitete Sergeant J. R. Woodley, ein Marineoffizier a.D. mit Bürstenschnitt, der eine Vorliebe für markige Sprüche hatte und unentwegt einen so großen Priem kaute, dass wir fürchteten, er könnte ihm aus dem Mund fallen und auf einer von uns landen. Eine strenge Frau mit dem passenden Namen Mrs Poole, die mich mit ihren kurzen grauen Haaren an Mae erinnerte, erteilte uns Schwimmtraining. Und in Navigation unterwies uns Officer Wilson.

Einerseits konnte ich es gar nicht erwarten, etwas Neues zu lernen, andererseits war mir unbehaglich zumute, denn jetzt würde ich unter genauer Beobachtung all jener stehen, die von den Blicken wussten, die Officer Wilson mir zuwarf und die Hildies kaum verhohlenen Hass auf mich entfachten.

»Ich komme mir vor, als wäre ich wieder auf der Highschool«, flüsterte ich Carol Ann zu, nachdem Hildie eines Tages absichtlich mit mir zusammengestoßen war und mir dabei fast die Schulter ausgekugelt hätte.

»Vielleicht sollten wir ihr Verhalten melden«, meinte sie.

Außerdem machte mir noch eine Sache zu schaffen. Der Umgang mit einer Waffe war nichts, was ich je für notwendig erachtet hatte, aber die Militärführung hielt diese Fähigkeit für unerlässlich, falls wir bei der Überführung eines Flugzeugs in Feindeshand gerieten. Im Rahmen dieses Kommandos wurden nicht nur Flugzeuge zu allen Stützpunkten in den USA geflogen, sondern auch Mannschaften und geheime Nachrichten befördert. Sollten wir gefasst werden, während wir im Besitz solchen Materials waren, mussten wir in der Lage sein, mit einer 45er Pistole in den Tank zu schießen.

Auch das Schwimmtraining war auf Notsituationen ausgerichtet. Bei einer Notwasserung den Fliegeranzug zu tragen konnte gefährlich sein, ebenso, wenn wir den Schleudersitz betätigten und im Wasser landeten. Die Fähigkeit, unsere Ausrüstung schnell abzulegen, war eine Frage von Leben und Tod.

Auf dem Weg vom Frühstück zu den Schießübungen fragte ich Carol Ann im Flüsterton: »Und was, wenn wir aus Versehen jemanden treffen?«

»Das hängt wohl davon an, ob die fragliche Person tot ist«, antwortete sie, woraufhin Tanya losprustete.

»Das ist wenig hilfreich, Carol Ann«, sagte ich im missbilligendsten Tonfall meiner Mutter.

»Ziel einfach auf die Zielscheibe«, riet Tanya.

»Vielleicht könnten wir die ja so anmalen, dass sie wie Hildie aussieht«, schlug Geraldine vor und brachte uns damit alle zum Lachen.

Eine Stunde später, nach unserer ersten Unterrichtseinheit in Waffenausbildung, gingen wir zum Navigationskurs.

»Bist du nervös?«, fragte Carol Ann.

»Nein«, antwortete ich entschieden, aber ich sagte nicht die Wahrheit. Ich war nervös. Nicht wegen des Unterrichts, sondern wegen des Lehrers.

Ich war es leid, ständig auf Officer Wilson angesprochen zu werden, selbst von Carol Ann, bei der ich wusste, dass sie mich nur aufzog. Und ich war wütend. Auf meinen Körper, weil er auf die Blicke Officer Wilsons reagierte, und auf meinen Kopf, weil er Bilder von ihm heraufbeschwor, während ich mich doch auf meine Ausbildung konzentrieren sollte. Und jetzt, wo ich bei ihm in der Klasse saß, würde es noch schlimmer werden. Ich wusste, dass alle Augen auf ihm und mir ruhen würden, um herauszufinden, ob er mir auch im Unterricht ständig Blicke zuwerfen oder sogar noch deutlicher werden würde. Am meisten allerdings interessierte alle, ob ich mich am Ende darauf einlassen würde. Und um alles noch schlimmer zu machen, geschah das unter den Augen von Hildie, die zu allem Unglück an genau denselben Kursen teilnahm wie ich.

Was mich aber am meisten an Officer Wilson störte: Wenn ich schon an einen Mann dachte, dann sollte dieser Mann James sein und kein anderer. Allerdings waren seine Briefe immer seltener geworden, und ich hatte das Gefühl, dass unsere Freundschaft womöglich ohne mein Wissen zu Ende gegangen war. Allmählich verletzte mich sein Schweigen.

Die meisten Lehrer in Avenger Field, ob Männer oder Frauen, waren Zivilisten – ältere Männer, die nur als Griesgrame bezeichnet werden konnten, und resolute Frauen, die kein Verständnis für Tuscheln während des Unterrichts oder Verspätungen hatten, ja nicht einmal für die Bitte, die Toilette aufsuchen zu dürfen.

Officer Carter Wilson war nicht alt. Und er war auch keine Frau. Er war Soldat gewesen, Navigator in Flugzeugen im Pazifik, wie wir von ihm erfuhren. Aber damit hatte es sich auch schon. Keine Erklärung für seinen Gehstock. Keine Geschichten über seine Zeit im Krieg. Er war da, um uns etwas beizubringen, und er hoffte, dass wir etwas lernen würden.

An allen vier Wänden hingen Weltkarten. Als wir den Unterrichtsraum betraten, erhielt jede von uns eine kleine Karte der Vereinigten Staaten, auf der die Namen der Bundesstaaten fehlten.

»Bitte schreiben Sie die Namen der Ihnen bekannten Staaten hinein«, sagte Officer Wilson. Er ging im Zimmer auf und ab. »Da Sie gerade den Landkartenkurs abgeschlossen haben, dürfte Ihnen das nicht schwerfallen.

Aber glauben Sie nicht, es handle sich um eine Prüfung; es ist vielmehr ein Ausgangspunkt. Wie können Sie eine Route festlegen, wenn Sie nicht wissen, in welchem Bundesstaat Sie sich befinden?«

Die nächsten zwanzig Minuten saßen wir schweigend da. Außer dem entnervten Schnaufen einiger Frauen, die einen Staat nicht identifizieren konnten, und dem leisen Klopfen von Officer Wilsons Stock auf dem Boden, während er umherging und unsere Fortschritte begutachtete, war nichts zu hören. Als er sich meinem Tisch näherte, wurde es noch stiller, mehrere Köpfe drehten sich zu mir.

»Gute Arbeit, Miss …?«

»Coltrane«, sagte ich leise.

»Miss Coltrane«, murmelte er und ging weiter.

Ich blickte zu Tanya, die spöttisch die Brauen hob. Ich verdrehte die Augen und starrte auf mein Blatt. Da ich bereits fertig war, fuhr ich die Umrisse der Staaten nach, damit es aussah, als arbeite ich noch. Ich wollte nicht als Erste aufstehen und zum Pult von Officer Wilson gehen. Alle würden mich anstarren. Einschließlich unserem Lehrer.

Die Sticheleien wegen Officer Wilson gingen den ganzen Tag weiter, sooft ich auch versuchte, das Thema zu wechseln. Selbst Geraldine schloss sich an.

»Du auch?«, fragte ich, als wir uns zum Abendessen hinsetzten.

»Liebe Audrey«, sagte sie ungerührt, »wenn du verheiratet bist und Kinder hast, wirst du feststellen, dass jede Art von Unterhaltung willkommen ist. Tut mir leid, dass es auf deine Kosten geht, aber ehrlich, zu beobachten, wie der Arme sich abmüht, dich nicht ununterbrochen anzustarren, ist einfach zu süß.« Sie seufzte. »Ach, noch einmal jung und verliebt zu sein …«

»Ich bin nicht … Er ist nicht …« Resignierend steckte ich mir ein Stück Kartoffel in den Mund. Es war sinnlos, sie zu bitten aufzuhören. Es war, als würden sie einen Film sehen, der sich vor ihren Augen abspielte, und ich war die unglückselige Hauptdarstellerin.

Ich warf einen Blick zu Carol Ann, die sich vor Lachen ausschüttete.

»Hör auf«, sagte ich, aber daraufhin musste sie nur noch mehr lachen.

Am nächsten Morgen lauerte Hildie mir im Waschraum auf.

»Tja«, sagte sie, »willst du immer noch leugnen, dass zwischen dir und Officer Wilson was läuft? Jetzt ist die Katze doch aus dem Sack.«

»Bloß gibt es keine Katze, die aus dem Sack kommen könnte, Hildie«, antwortete ich, betrat eine der Kabinen und schloss sie hinter mir ab. »Wenn du ihn willst, gehört er dir.«

»Tausend Dank. Wie nett von dir, ihn mir anzubieten, nachdem du ihm so sehr den Kopf verdreht hast, dass er keine andere mehr anschaut. Ich kapiere noch nicht mal, was er in dir sieht. Es ist ja nicht so, als wärst du besonders hübsch.«

»Das stimmt«, sagte ich. »Also nimm ihn und lass mich bitte in Ruhe.«

»Eigentlich sollte ich dich Mrs Cochran melden.«

Jetzt hatte sie den Bogen überspannt. Ich stieß die Tür

auf, womit ich Hildie erschreckte, die aufsprang, und trat so nah an sie heran, dass ich ihr mit der Nase fast in die Augen stach.

»Wenn du mich melden möchtest wegen etwas, das ich nicht getan habe, dann nur zu«, fauchte ich. »Aber in dem Fall sehe ich mich gezwungen, dich ebenfalls zu melden.«

»Ah ja?«, erwiderte sie. »Und weswegen?«

Ich kniff die Augen zusammen und beugte mich noch weiter vor. »Weil du und der Offiziersanwärter – Carlson, hieß er doch, oder? – beim letzten Tanzabend in der Herrentoilette vor der Kantine gesehen wurdet, wobei ihm die Hose um die Knöchel hing.«

Sie holte tief Luft und wollte einen Schritt zurücktreten, doch die Bank hinderte sie daran, und sie landete unsanft auf dem Hintern.

»Ich war nicht die Einzige«, widersprach sie matt.

»Aber du bist die Einzige, die ich verpetze.«

Empört stand sie auf und drückte sich zwischen mir und der Bank vorbei.

»Na gut«, sagte sie und verschwand zur Tür hinaus.

Ich wusch und trocknete mir die Hände und blieb einen Moment stehen, um mich zu beruhigen. Diese Frau wollte mich wegen eines Mannes aus dem Programm werfen lassen. Zumal eines Mannes, für den ich mich keinen Deut interessierte.

Ich blickte zu meinem Spiegelbild.

Lügnerin.

Mit einem Seufzen kehrte ich in unser Zimmer zurück. Als ich eintrat, klatschte eine der Frauen. Dann noch eine, dann eine dritte.

»Ich bin stolz auf dich«, sagte Carol Ann. »Und auf Tanya, dass sie nicht die Beherrschung verloren hat.«

Ich sah zu der kleinen blonden Frau, die mit geballten Fäusten dastand.

»Ich war drauf und dran, reinzustürmen und ihr die Visage zu polieren«, sagte sie.

»Das gilt für uns alle«, stimmte Geraldine zu.

»Danke«, sagte ich leise und sah mich im Kreis um.

Während ich schnell meine Sportkleidung anzog, musste ich unwillkürlich lächeln. Sie mochten mich ja aufziehen, aber sie hatten sich als gute Freundinnen erwiesen. Zum ersten Mal seit meiner Rückkehr von O'ahu fühlte ich mich wieder als Teil einer richtigen Gemeinschaft.

Die ganze nächste Stunde, in der es um optische Navigationshilfen ging, hingen alle außer Tanya und mir an Officer Wilsons Lippen, während er Flugkarten erläuterte. Ich versuchte nach Kräften, den Kopf gesenkt zu halten, und achtete peinlich darauf, nie seinem Blick zu begegnen, sooft ich ihn auch auf mir spürte.

»Ich glaube nicht, dass deine Taktik aufgeht«, sagte Carol Ann, als wir uns am Ende der Stunde auf den Weg zum Schwimmtraining machten.

»Welche Taktik denn?«

»Dass du ihn ignorierst. Das bringt den Mann nur durcheinander.«

»Ich habe keine Ahnung, wovon du sprichst«, sagte ich.

»Hast du nicht gemerkt, wie er den Faden verloren

hat? Das ist mindestens viermal passiert. Wann immer er dich ansah und du den Blick nicht erwidert hast, ist er ins Stocken geraten.«

»Ich habe ihn kein einziges Mal stocken hören.«

»Weil du voll und ganz damit beschäftigt warst, ihn zu ignorieren.«

Die Frauen konnten sich endlos über ihn auslassen. Während wir am Beckenrand warteten, dass wir an der Reihe waren, auf Zeit unsere Bahnen zu schwimmen und Wassertreten zu üben, schwärmten sie von seiner gut sitzenden Kleidung, seinen Haaren, die in der durch die Fenster fallenden Sonne glänzten, und seiner sanften, leisen Stimme. Eine Stimme, die mir ehrlich gesagt zunehmend auf die Nerven ging.

In der Mittagspause wickelte ich mir ein Sandwich in eine Serviette und ging zur Tür.

»Wohin willst du?«, fragte Carol Ann, während sie sich ein Tablett holte und in die Schlange vor der Essensausgabe einreihte.

»Ich esse bei uns. Wir sehen uns nach der Pause.«

Ich stieß die Tür zu unserem Zimmer hinter mir zu, streifte die Schuhe ab und ließ mich mit einem lauten Seufzen auf mein Bett fallen. Das einzig Schöne an diesem Tag war bislang, dass sich Hildie auf dem Weg zu den Unterrichtsräumen nicht ständig an meine Fersen geheftet und ihren Freundinnen Gehässigkeiten über mich zugeflüstert hatte. Aber dass mein Versuch, Officer Wilson davon abzubringen, mich ständig anzuschauen, laut Carol Ann nicht funktionierte, sondern womöglich sogar das Gegenteil bewirkte, ärgerte mich ohne Ende.

Ich starrte zu dem Foto von James und mir auf dem Schreibtisch. Gereizt stand ich auf und holte es.

»Wo zum Teufel steckst du?«, flüsterte ich. Alle Wut fiel von mir ab, als ich sein anziehendes Gesicht betrachtete.

So wütend ich war, nicht von ihm zu hören, ich wusste auch, dass ich kein Recht dazu hatte; dass mein Ärger nur meine eigentlichen Gefühle überdeckte: Traurigkeit, Sorge, Angst.

Es schmerzte mich körperlich, nicht zu wissen, wie es ihm ging. Gleichgültig, womit ich mich beschäftigte und wie sehr ich mich gedanklich und emotional auch auf meine Ausbildung konzentrierte – den Kummer, nicht von ihm zu hören, konnte ich nicht ausblenden.

Ich setzte mich auf den Stuhl und schloss die Augen. Auch wenn ich das Gegenteil behauptet hatte, gingen die Gefühle, die ich für James empfand, vielleicht doch über Freundschaft hinaus. Vielleicht hatte ich mir insgeheim sehr wohl Hoffnungen für unsere Zukunft gemacht. Vielleicht hatte ich aus Dingen, die er gesagt hatte, mehr herausgehört, als er gemeint hatte. Und ja, wir hatten uns geküsst, aber vielleicht hatte auch das nichts bedeutet. Vielleicht war dies einfach nur aus dem Moment heraus geschehen, und James hatte ihn längst vergessen.

Tränen traten mir in die Augen, das Foto von uns beiden verschwamm. Vielleicht war der wachsende zeitliche Abstand zwischen seinen Briefen seine Art gewesen, sich zurückzuziehen. War mir sein Abschied womöglich einfach entgangen?

Wehmütig stellte ich das Foto zurück auf den Schreibtisch. Kurz darauf wurde die Tür aufgerissen, und Carol Ann stand auf der Schwelle. »Alles in Ordnung?«

»Äh, nein, Carol Ann. Du hast mich gerade zu Tode erschreckt.«

»Entschuldige. Ich habe mir Sorgen um dich gemacht.«

»Aber nicht so sehr, als dass du vorher nicht noch gegessen hättest.«

»Natürlich, du Dummchen. Schließlich gab's Hühnchensalat!«

Ich lachte. Auf Carol Ann war Verlass, wenn es darum ging, mich aufzuheitern. Ich deutete auf mein Sandwich, das ungegessen auf meinem Bett lag, und sagte: »Ich weiß.«

Sie setzte sich auf ihren Stuhl, der neben meinem stand, und schaute prüfend in mein Gesicht, bevor sie kurz zu dem Foto auf meinem Schreibtisch blickte.

»Möchtest du darüber reden?«

»Was soll ich schon groß sagen? Ich habe immer noch nicht von ihm gehört und frage mich jeden Tag, ob er nicht tot ist und bloß niemand auf die Idee gekommen ist, mir das mitzuteilen. Entweder das, oder ich bin blind und habe in seinen Briefen etwas, womit er mir sagen wollte, dass unsere Freundschaft zu Ende ist, schlicht nicht erkannt. Ehrlich gesagt komme ich mir ziemlich dumm vor – und das Gefühl kenne ich nicht. Und dann machen alle ständig so viel Wirbel wegen Officer Wilson, der mich nicht die Bohne interessiert … das reicht doch, um einen ganz irrezumachen.«

»Ich weiß wirklich nicht, was ich zu James sagen soll.

Ich bete zu Gott, dass er nicht tot ist. Ich will mir nicht ausmalen, was das für dich bedeuten würde. Nicht dass es viel besser wäre, wenn er eure Freundschaft beendet hätte – aber vielleicht kämst du letztlich doch besser damit zurecht. Und ich mag mich ja täuschen, aber du kommst mir nicht wie die Art Frau vor, die sich über das Gerede anderer aufregt, wenn es nichts zum Aufregen gibt. Meine Tante würde sagen, da läuft jemand mit Scheuklappen herum.«

»Ich sehe sehr gut! Ich blende überhaupt nichts aus!«, blaffte ich.

»Sorry.« Beschwichtigend hob sie die Hände.

Ich lehnte mich im Stuhl zurück und überlegte, ob etwas dran war an dem, was sie sagte.

»Du meinst also, dass er mir auch gefällt?«, fragte ich. »Officer Wilson, meine ich.«

Sie zuckte mit den Schultern. »Sagen wir mal so: Wenn er dir nicht gefallen würde, würdest du gar nicht darauf achten, dass alle dich seinetwegen aufziehen. Genauso wenig, wie du darauf geachtet hast, dass deine Mutter dir das Fliegen ausreden wollte.«

»Er ist nicht mal mein Typ.«

Carol Ann kicherte. »Du hast einen Typ?«, fragte sie.

Ich schaute auf das Bild von James, und mein Herzschlag beschleunigte sich. Doch, ja. Aber wenn er mich nur als bloße Freundin betrachtete, und vielleicht nicht einmal mehr als das …

»Audrey«, sagte Carol Ann. »Du bist die klügste Frau, die ich kenne. Du hast vom ersten Tag an klipp und klar gesagt, dass du zum Fliegen hier bist und dass du, wenn das vorbei ist, nach Hause zurückgehst und dir den Flugplatz kaufst. Du redest praktisch von nichts anderem. Also, ob du und James bloß befreundet seid oder ob dir Officer Wilson gefällt oder nicht – es ist dein Leben. Du darfst einen von ihnen mögen oder keinen oder beide. Hör einfach nicht auf die dummen Frauen. Ihnen ist nur langweilig, weil ihnen ein Mann fehlt.«

»Du hast recht, ich weiß. Ich mag es nur einfach nicht, im Mittelpunkt der Aufmerksamkeit zu stehen. Vor allem nicht solcher Aufmerksamkeit. Selbst wenn er mir gefallen würde, er ist tabu. Und …« Ich blickte wieder zu dem Foto von James.

»Er ist ein Traum.« Carol Ann seufzte. »Aber Schätzchen, ehrlich, wenn er dich links liegen lässt … dann solltest du vielleicht nicht mehr auf ihn warten.«

In dem Moment stürmte Tanya herein, gefolgt von den anderen. Ich drückte Carol Ann die Hand und flüsterte ihr ein Danke zu, dann standen wir auf, um wie die anderen in unsere Fliegerkombi zu schlüpfen.

Während wir auf dem Vorfeld standen, aß ich mein Sandwich und dachte über unser Gespräch nach. Dabei hörte ich mit halbem Ohr den Unterhaltungen der anderen zu, die sich um alles von Insekten bis hin zur Angst vor dem Flugzeug drehten, das wir an dem Nachmittag fliegen sollten.

»Hoffen wir einfach, dass Fifi uns beschützt«, sagte Carol Ann.

Fifinella, das offizielle Maskottchen der WASP, war eine fröhliche kleine Elfe mit Hörnern und Flügeln, die angeblich dafür sorgte, dass keine bösen Kobolde in die

Motoren gerieten. Ich wusste nicht so genau, ob ich an Elfen und Kobolde glaubte, aber ich war überzeugt, dass jedes Flugzeug ein Geschlecht hatte. Also waren Kobolde vielleicht doch nicht so abwegig. Und ich würde mich hüten, meine Zweifel laut zu äußern. Piloten konnten bisweilen sehr abergläubisch sein.

Die B-17, auch »fliegende Festung« genannt, war ein viermotoriger Bomber, dessen Besatzung im Kriegseinsatz aus zehn Mann bestand. Wir würden allerdings jeweils nur zu viert fliegen und uns im Piloten- und Co-Piloten-Sitz abwechseln. Da ich die Einzige aus unserem Zimmer war, die bereits eine B-17 geflogen hatte, musste ich auf dem Weg zum Vorfeld zahlreiche Fragen meiner ängstlicheren Freundinnen beantworten.

»Wie kann sie überhaupt abheben?«, wollte Sharon wissen.

»Ist sie schwer handzuhaben?«, fragte Geraldine.

»Leute, das ist auch bloß ein Flugzeug!«, kam es genervt von Tanya.

Geraldine, Carol Ann, Maxine und ich hoben als erste Gruppe mit dem großen Bomber ab. Als wir eine Stunde später nach einem erfolgreichen Testflug ausstiegen, rief Nola uns zu.

»Bitte alle lächeln!«

Wir nahmen vor dem gewaltigen Flugzeug Aufstellung, legten uns die Arme auf die Schultern, und Nola drückte auf den Auslöser.

»Die Jungs müssen sich warm anziehen!«

Am Sonntag fuhr ich mit Carol Ann und Nola zum Lunch ins Café in die Stadt. Nach dem Essen ging ich zur Toilette, und auf dem Rückweg begegnete ich im schmalen Korridor niemand anderem als Officer Wilson.

»Miss Coltrane«, sagte er überrascht, ein scheues Lächeln huschte über sein Gesicht.

Mir stockte der Atem. Er sah wirklich so gut aus, wie alle behaupteten, und hatte einen jungenhaften Charme, den ich äußerst einnehmend fand. Allerdings kam er mir jung vor und auch etwas unbedarft, zumal für jemanden, der im Krieg gewesen war. Aber vielleicht verglich ich ihn auch immer nur mit James, und die zwei unterschieden sich wie Tag und Nacht.

»Sir«, sagte ich verlegen, als ich zur Seite trat.

Allerdings machte er einen Schritt in dieselbe Richtung, sodass er mir aus Versehen den Weg blockierte.

»Entschuldigung«, sagte er und bewegte sich zur Seite, damit ich an ihm vorbeikam.

Aber aus irgendeinem Grund wollten sich meine Füße nicht in Bewegung setzen.

»Gibt es … Kann ich …« Stotternd suchte er nach Worten, dann steckte er die Hände in die Hosentasche und wartete, dass ich etwas sagte.

Ich wollte ihn fragen, weshalb er mich immer ansah. Ob ihm bewusst sei, welche Reaktionen das bei den anderen hervorrief. Ob er mir etwas sagen wollte. Ob ich im Unterricht etwas falsch machte.

Aber ich schwieg.

»Entschuldigen Sie«, murmelte ich schließlich und zwängte mich an ihm vorbei.

Dabei berührten sich unsere Fingerspitzen, und ich

zögerte einen Moment, dann hastete ich zu den anderen zurück.

»Können wir gehen?«, fragte Carol Ann, als ich mich dem Tisch näherte.

»Ja«, antwortete ich, griff nach meiner Handtasche und steuerte auf den Ausgang zu.

»Warum hast du's denn plötzlich so eilig? Warte doch!«

Erleichtert trat ich auf den Bürgersteig und atmete in der kühlen Herbstluft tief durch.

»Audrey?«, fragte Nola hinter mir. »Ist was nicht in Ordnung?«

Ich schüttelte den Kopf und zwang mich zu einem unbeschwerten Lächeln. »Alles bestens. Sollen wir zum Bus gehen?«

»Ja«, antwortete Carol Ann, runzelte aber besorgt die Stirn. »Hast du zufällig Officer Wilson gesehen?«

»Nein«, sagte ich und wandte den Blick ab.

Mir fiel kein Grund ein, weshalb ich log, außer dass ich noch die Berührung seiner Finger spürte – und mich das nervöse Flattern im Bauch verstörte.

Am nächsten Tag plante ich mit drei anderen Frauen auf einer Karte, die wir auf dem Boden ausgebreitet hatten, eine Route nach Kalifornien. Es kam häufiger vor, dass Officer Wilson sich auf den Boden setzte, um uns zu helfen – aber als er sich neben mir niederließ, erstarrte kurz der ganze Raum. Die Wärme seines Körpers zu spüren brachte mich durcheinander, ebenso wie der Duft seines zitronigen Rasierwassers, der völlig anders war als James' dezenterer, eher erdiger Geruch. Seine Nähe verwirrte mich dermaßen, dass ich schließlich Sharon den

Bleistift in die Hand drückte und sie bat, den Rest der Route zu notieren.

Zwei Tage später zogen wir uns gerade zum Abendessen um, als Sharon mit einem Stapel Post hereinkam, den sie im Hauptbüro abgeholt hatte.

»Da hat jemand einen Brief bekommen«, sagte sie und lüpfte ihre aufgemalten Augenbrauen.

Zuerst verstand ich nicht, was sie meinte, ich unterhielt mich gerade mit Geraldine.

»Audrey«, sagte Carol Ann, packte mich am Handgelenk und deutete zu Sharon, die einen Brief in die Luft hielt. »Da ist ein Brief für dich.«

Im Raum wurde es still, während ich langsam zu Sharon ging und den Brief entgegennahm. Beim Anblick seiner vertrauten Schrift setzte mein Herz einen Schlag aus, ich bekam feuchte Augen.

»Ist er von ihm?«, fragte Carol Ann.

»Ja«, flüsterte ich.

Der Umschlag war ebenso zerknittert und verschmutzt wie der, den ich zwei Monate zuvor bekommen hatte. Ich biss mir auf die Unterlippe und sah mich in dem kleinen Raum um. Den kostbaren Brief, auf den ich so lange gewartet hatte, wollte ich nicht hier lesen, sondern in aller Stille.

»Ich bin gleich wieder da«, sagte ich, zog meine Jacke über meine Fliegermontur und ging in den kühlen Abend hinaus.

Ich schlug die Richtung zu den Hangars ein und drehte beim Gehen den Brief hin und her, fuhr mit dem Finger über die Schrift.

»Miss Coltrane«, sagte eine Stimme.

Ich fuhr zusammen und sah Officer Wilson unter dem Dach eines der Verwaltungsgebäude stehen und rauchen.

»Sir«, antwortete ich und drückte den Brief an meine Brust.

»Sie machen einen kleinen Abendspaziergang?«

»Ich brauche einfach ein bisschen Ruhe«, sagte ich und deutete zu den Unterkünften. »Manchmal wird es da etwas eng.«

»Ich erinnere mich nur zu gut, wie es war, die Stube mit anderen Männern zu teilen. Es wird ziemlich laut. Und der Geruch ist auch nicht der beste.«

Ich lächelte, und er lachte, bevor er wieder ernster wurde. Seine Miene wurde zögerlich, und mit seinen weichen Zügen und dem etwas linkischen Gehabe erinnerte er mich wieder an einen kleinen Jungen.

»Darf ich Sie begleiten?«, fragte er.

»Das wäre nicht klug«, antwortete ich. »Wenn jemand uns sieht … Es wird sowieso schon genug geredet.«

»Ach ja? Worüber denn?«

»Über uns«, erklärte ich leise. »Über Sie. Weil Sie mich ständig anschauen.« Ich war froh um die Dunkelheit, denn ich lief rot an.

»Dabei habe ich gedacht, dass ich es gut verberge«, sagte er. »Es tut mir wirklich leid, sollte ich Ihnen Unannehmlichkeiten eingehandelt haben.«

»Das macht nichts, wirklich nicht.«

»Ich muss zugeben, es fällt mir schwer, Sie nicht anzusehen. Ich bin nur selten einer Frau begegnet, die ihr Handwerk versteht und obendrein wie ein Engel aussieht.«

Wir starrten uns im schwachen Licht an. Auf dem Flugplatz um uns herrschte eine solche Stille, dass ich überzeugt war, er würde das Herz in meiner Brust klopfen hören.

»Ach, Officer Wilson, da sind Sie«, sagte jemand, und wir fuhren beide zusammen.

Ich drehte mich um und sah Hildie, deren Habichtsaugen zwischen mir und unserem Lehrer hin und her schossen. Ihre Freundin Agatha stand dicht hinter ihr.

»Guten Abend, die Damen«, sagte Officer Wilson. »Sind Sie auf dem Weg zum Essen?«

»Ja, aber vorher wollten wir bei Ihnen vorbeisehen und Sie etwas zum Flugsimulator fragen. Wahrscheinlich hatte Audrey auch ein paar Fragen?« Sie verschränkte die Arme vor der Brust und starrte mich herausfordernd an.

»Wie kann ich Ihnen behilflich sein?«, fragte er und richtete seine Aufmerksamkeit ganz auf sie und Agatha, womit er ihre Bemerkung über mich ignorierte. »Ich kann Sie ja zur Kantine begleiten, und unterwegs können Sie mich nach Lust und Laune ausfragen.« Er drehte sich noch mal zu mir und nickte mir mit einem Zwinkern zu. »Guten Abend, Miss Coltrane.«

»Ihnen auch einen guten Abend, Sir«, sagte ich und machte auf dem Absatz kehrt.

Auf dem Weg zum Vorfeld fiel mir ein, weshalb ich überhaupt nach draußen gegangen war, und warf einen Blick auf den Umschlag in meiner Hand. Er war noch zerknitterter als zuvor. Es versetzte mir einen Stich, dass ich ihn völlig vergessen hatte, sobald ich Officer Wilson gesehen hatte.

Mit einem tiefen Seufzen setzte ich mich unter den Flügel einer der PT-19, die dort aufgereiht standen und auf den nächsten Flug warteten. Ich lehnte mich an den Reifen und wappnete mich für das, was mich im Brief erwartete. Widerstreitende Gedanken wirbelten mir durch den Kopf. Freude, dass er am Leben war und geschrieben hatte. Angst, dass die Gründe für sein spätes Schreiben nichts mit dem Krieg, sondern mit mir zu tun hätten.

Bei jedem Brief, den ich in den vergangenen zwei Jahren von ihm erhalten hatte, war es mir vorgekommen, als wäre er bei mir. Ich hörte in den geschriebenen Worten seine Stimme, roch seinen waldigen, sauberen Duft, spürte seine Hand auf meiner und wie er mir mit dem Daumen die weiche Haut zwischen Daumen und Zeigefinger rieb. Aber an diesem Abend war ich hin und her gerissen. Einerseits wollte ich diese Gefühle verdrängen, und andererseits sehnte ich mich danach.

Ich steckte den Finger unter die Lasche des Umschlags und hielt die Luft an, als ich das Blatt Papier auffaltete.

Kleiner Vogel,
laut dem Eintrag in meinem Kalender solltest du mittlerweile zu deinem neuen Abenteuer aufgebrochen sein, streckst wieder deine Flügel und schließt neue Freundschaften. Wie fühlt es sich an, alles ein zweites Mal zu verlassen? Wehmütig? Aufregend? Ich stelle mir vor, dass du das Leben in vollen Zügen genießt. Zwar ein anderes Leben als auf O'ahu (während der guten Zeiten), aber trotzdem wunderbar.
Wir fliegen viele Einsätze. Alles ist wie gehabt, bis auf

meine Kameraden. Ich kann mich nicht erinnern, wann es einen gab, der mir länger als ein paar Monate erhalten blieb. Ich will gar nicht genau wissen, wie viele persönlichen Habseligkeiten ich zusammenpacken, wie viele neue Gesichter ich begrüßen musste, jedes Mal mit noch größerem Grauen, weil ich mich im Stillen frage, wie lange sie wohl überleben werden. Es ist schwer, Freundschaften zu schließen – andererseits sind sie das Einzige, was uns hier bleibt. Das und die Hoffnung, dass wir in nicht allzu ferner Zukunft zu jenen nach Hause können, die wir zurückgelassen haben.

Hast du von Ruby oder Claire gehört? Und was ist mit Erma und Ken? Der kleinen Annie und ihrem Stoffhund? Wenn du ihnen schreibst, richte ihnen bitte aus, dass ich hoffe, es geht ihnen gut.

Und was dich betrifft, meine allerliebste Freundin – ich denke sehr oft an dich, und ich wünsche dir alles Glück der Welt. Ich träume davon, dass dieser Krieg zu Ende ist und ich irgendwo stationiert bin, wo es friedlich und warm ist, wo es Menschen gibt, mit denen ich mich unterhalten kann, und wo jede Menge guter Bücher auf mich warten. Ich träume von deinem kleinen Flugplatz, wo du an den Plänen für dein Hotel arbeitest und Kekse in Flugzeugform bäckst. Ich träume davon, nach Dallas zu fliegen und dich zu überraschen. Ich lade dich zu einem Kaffee oder einem Bier ein – vielleicht sogar zu einem Steak? –, und wir gehen das Rollfeld auf und ab, unterhalten uns über das Leben und die Zukunft und wie wir uns die nächsten zwanzig Jahre vorstellen.

Doch während ich hier sitze und dir schreibe und das

Bett mir gegenüber wieder einmal unbesetzt ist, frage ich mich, ob ich wohl je die Gelegenheit dazu haben werde. Meine Hoffnung schwindet.

Pass auf dich auf, lieber kleiner Vogel. Hör nie auf, deine Flügel zu benutzen. Sie sind stärker und schöner, als du denkst.

Dein Freund

James

Verzweiflung übermannte mich. Seine Distanziertheit war förmlich mit Händen zu greifen. Und seine Gegenwart, die ich beim Lesen seiner Worte sonst immer empfunden hatte, verblasste. Er war verschwunden.

Was ich am meisten gefürchtet hatte, war eingetreten. Er sagte mir unverhohlen Lebwohl.

Erst als ich laut aufschluchzte, merkte ich, dass ich weinte.

KAPITEL 15

Es wurde Oktober, und weitere Kriegsnachrichten trafen ein, unter anderem die Meldung, dass die Japaner auf Wake Island achtundneunzig amerikanische Zivilisten hingerichtet hatten. Doch jede Information, jeder Bericht motivierte uns noch mehr, uns in die Arbeit zu knien und unseren Beitrag zu leisten.

In der zweiten Oktoberwoche kam eine neue Gruppe Auszubildender, und gleichzeitig wurde es kühler. Statt der drückenden 35 Grad herrschten jetzt gerade einmal knapp 25, was uns im Vergleich kalt erschien, auch wenn wir in den Fliegerkombis nach wie vor schwitzten.

Und es wehte fast ständig ein böiger Wind, der alles unter einer Staubschicht begrub, einschließlich dem Boden unseres Zimmers, sodass wir mindestens dreimal am Tag fegen mussten.

Ich hatte den Besen gerade zum zweiten Mal an dem Tag weggestellt und mich an meinen Schreibtisch gesetzt, um mich meiner Flugkarte zu widmen, als Carol Ann von ihrem Navigationslehrbuch aufblickte.

»Alles in Ordnung?«, fragte sie. »Das war ein tiefes Seufzen.«

Ich war derart in meiner Arbeit aufgegangen, dass mir gar nicht bewusst war, auch nur einen Laut von mir gegeben zu haben.

Ich hatte James auf seinen letzten Brief noch nicht geantwortet. Als ich an dem Abend nicht zum Essen erschienen war, hatte Carol Ann sich auf die Suche nach mir gemacht und mich weinend unter dem Flügel der Fairchild gefunden. Wir hatten lange zusammengesessen und darüber gesprochen, wie es wohl für ihn dort drüben sein musste. Welche Spuren es hinterlassen musste, so viele Freunde und Kameraden zu verlieren, in welche Hoffnungslosigkeit man verfallen konnte, wenn man ständig in der Angst lebte, bombardiert oder abgeschossen zu werden – eine Hoffnungslosigkeit, aus der man vielleicht keinen Ausweg mehr sah. Zum ersten Mal fragte ich mich, wo wir uns alle wiederfinden würden, wenn der Krieg vorbei war. Was diejenigen von uns betraf, die ihn am eigenen Leib erfahren hatten – wir mochten überlebt haben, aber würden wir den Krieg auch seelisch überstehen?

Ich starrte auf das Bild von uns auf meinem Schreibtisch.

»Bist du dir sicher, dass du ihm nicht doch schreiben möchtest?«, fragte Carol Ann. Ihre Stimme war sehr sanft.

»Wozu?«

»Weil er unglücklich ist. Außerdem wette ich, dass er sich über Nachrichten von zu Hause freuen würde. Vor allem von dir.«

»Er will nichts mehr von mir wissen. Das hat er überdeutlich klargemacht.«

»Wirklich? Ich glaube, du liest da etwas hinein, das so nicht dort steht.«

»Es ist sein Tonfall, wenn er schreibt: ›Ich wünsche dir alles Glück der Welt.‹ Das ist ein Abschied.«

»Weißt du, manchmal bekomme ich von Gus einen Brief, nach dem ich am liebsten zu ihm fliegen und ihm die Ohren langziehen möchte. Mir ist schon klar, dass es dort drüben grauenhaft ist, aber ich brauche keinen Jammerbrief, damit ich mir noch mehr Sorgen mache als ohnehin schon! Schreib ihm. Erzähl ihm von dem, was du hier machst. Erzähl ihm von deiner tollen neuen Freundin Carol Ann und dass sie die hübscheste, witzigste und schlaueste Frau ist, der du je begegnet bist.«

Ich lachte, und sie tat gekränkt, bevor sie ebenfalls in Lachen ausbrach.

»Ich weiß nicht«, sagte ich. »Es kommt mir sinnlos vor. Und wenn er nicht reagiert …«

»Ehrlich, Audrey – es ist egal, was du sagst. Gus erzählt mir immer wieder, wie abgeschnitten er sich fühlt. Dass er das Gefühl hat, er würde so viel verpassen, und das macht ihn traurig. Bestimmt geht es James genauso. Wahrscheinlich kommt es ihnen vor, als würde dieser Krieg nie zu Ende gehen. Er hat zu viele Tote gesehen. Zu viel Schlimmes. Gib ihm etwas, worüber er lächeln kann. Erzähl ihm von uns. Von Sharon und ihren Augenbrauen und von Tanya mit ihrer Zigarette hinterm Ohr, selbst wenn sie schläft. Dann geht's ihm besser, und vielleicht antwortet er sogar früher.«

»Aber was, wenn er wirklich Lebwohl gesagt hat?«

Carol Ann stieß sich vom Schreibtisch ab, drehte sich

zu mir und nahm mein Gesicht in ihre Hände, sodass ich sie ansehen musste. Meine Augen standen voll Tränen.

»Vielleicht hat er das«, sagte sie. »Vielleicht empfindet er mehr für dich, als er je zugeben wird, und deswegen muss er sich von dir verabschieden, weil es ihn innerlich umbringt. Vielleicht hat er Angst und ist traurig und muss sich von dir entfernen, damit er weiter die entsetzlichen Dinge tun kann, die dieser Krieg von ihm verlangt. Vielleicht liebt er dich, aber es schmerzt ihn zu sehr, zu wissen, dass er jede Minute sterben könnte. Das erlebt er jeden Tag mit seinen Kameraden. Vielleicht macht es ihn ein bisschen glücklich, sich vorzustellen, dass du dein Leben lebst, dass du weiterlebst … wenn auch ohne ihn. Vielleicht musst du dich wirklich von ihm verabschieden. Aber letztlich kannst du nur das tun, was dein Herz dir sagt, Audrey. Und was das ist, weißt nur du allein.«

Die Tränen liefen mir übers Gesicht.

»Ich weiß nicht, ob ich mich von ihm verabschieden kann.«

»Dann tu's nicht. Schreib ihm einen fröhlichen Brief mit lauter Geschichten wie dem Skorpion, den du neulich umgebracht hast. Junge, hat das geknackt, als du draufgetreten bist. Oder der Motor, der vergangene Woche Feuer fing, gerade bevor Tanya abheben wollte. Oder wie viel Spaß das Schwimmtraining in den Overalls macht.«

Ich lächelte. Das Schwimmen war grauenhaft.

»Ich werde es mir überlegen«, antwortete ich und wandte mich wieder meiner Flugkarte zu.

Carol Ann tat ihr Bestes, mich den Oktober über abzulenken. Jeden Tag stapfte ich auf dem Weg vom Schießunterricht zur Navigationskunde und weiter zum Schwimmtraining neben ihr her, wobei ihre Freude über meine Fortschritte mit der Pistole und ihre eigenen im Wasser nicht zu übersehen waren.

Einige Frauen beschwerten sich über das rigorose Ausbildungsprogramm. Drei waren bereits ausgeschieden, weil sie nicht mithalten konnten und mehrere Prüfungen nicht bestanden hatten trotz der langen Abende, die sie sich über die Bücher gebeugt hatten. Carol Ann, die anfänglich befürchtet hatte, der Unterricht würde sie überfordern, schlug sich besser als erwartet, aber in letzter Zeit schwächelte Maxine, und wir taten uns alle zusammen, um ihr zu helfen. Wir hatten uns vorgenommen, dass unser Zimmer geschlossen die Abschlussprüfungen schaffen würde.

»Ich verstehe einfach nicht, warum ich das ganze Zeug wissen muss!«, schrie Maxine eines Tags und schleuderte ihren Bleistift quer durchs Zimmer, sodass er Sharon nur knapp verfehlte. »Wir sind doch gar nicht in der Armee, wir fliegen bloß für sie!«

Ihr Argument leuchtete mir ein, und bisweilen ging mir das Gleiche durch den Kopf. Andererseits würden wir als zivile Pilotinnen Militärflugzeuge fliegen, und dafür mussten wir militärisch ausgebildet sein. Das bedeutete unter anderem, dass wir auf den Treibstofftank schießen konnten, sollten wir in Gefangenschaft geraten, während wir vertrauliche Nachrichten transportierten, dass wir in unseren Fliegeroveralls schwimmen und mit Zielschleppsäcken fliegen konnten sowie Flugkarte, Kompass und geografische Merkmale zu nutzen verstanden, um uns in der Luft zu bewegen. Als zivile Auszubildende mussten wir die gleichen Kurse absolvieren wie die Pilotenanwärter, zudem mussten wir aber auch zusammengeflickte und fabrikneue Flugzeuge testen, damit sie anschließend zu diversen Stützpunkten in den USA überführt werden konnten, um von dort nach Übersee gebracht und im Kriegsgebiet eingesetzt zu werden. Unsere Arbeit entlastete die Männer an der Front. Und diese Verantwortung nahmen wir ernst.

Bald kam die letzte Woche unseres zweiten Ausbildungsmonats, und wir wurden in jedem Kurs geprüft, um unsere Fähigkeiten unter Beweis zu stellen.

Im Schießunterricht überraschte der Ausbilder uns mit einigen witzigen Aufgaben. So hielten wir etwa jeden Tag einen Wettbewerb ab, bei dem der Preis aus einer blauen Schleife und einem Teller selbst gebackener Kekse bestand. Carol Ann gewann zweimal und teilte ihren Gewinn mit uns.

Im Schwimmtraining wurde beim Bahnenschwimmen unsere Zeit gestoppt, zudem mussten wir uns innerhalb einer bestimmten Zeit im Wasser unserer Flugbekleidung entledigen. Am Ende jeder dieser Stunden hievten wir uns erschöpft und ausgehungert mit letzter Kraft aus dem kalten Wasser.

Im Navigationsunterricht übten wir in einem neu entwickelten Flugsimulator, auch liebevoll »blauer Horrorkasten« genannt. Dabei handelte es sich um eine blaue Kapsel, die mit dem runden Rumpf und den kleinen Flügeln wie die Trickfilmversion eines Flugzeugs aussah und einen

Blindflug vortäuschte, wie etwa bei Nachtflügen oder wenn Rauch die Sicht behinderte. Der Pilot setzte sich in die Kapsel, die geschlossen wurde, und musste sich ausschließlich auf die Instrumente vor ihm verlassen, um simulierte Flugbedingungen zu navigieren. Diese Übung diente als Vorbereitung für die nächste Ausbildungsstufe – Fliegen »unter der Haube«. Die Haube war eine Art Schirm, der die Sicht behinderte und bei einem Tagflug auf den Helm gestülpt wurde. Sobald wir in der Luft waren, wurde er heruntergelassen, wir konnten nur noch die Instrumente vor uns sehen. Waren wir in der Lage, unter der Haube zu fliegen, wurden wir für Nachtflüge zugelassen. Doch bevor wir dazu kamen, mussten wir noch einige Stunden im Unterrichtsraum sitzen. Womit die Frauen mehr Zeit hatten, Officer Wilson anzustarren, und ich mehr Zeit hatte zu tun, als bemerkte ich seine Blicke nicht.

»VFR«, sagte Officer Wilson und schritt vor der Klasse auf und ab. »Wofür steht das?«

Ich steckte die Hände unter meine Oberschenkel und richtete den Blick auf Maxines Rücken vor mir.

Nola meldete sich.

»Ja, Miss Jenner?«

»Visual Flight Rules, also Sichtflug«, sagte sie. »Das Wetter ist so gut, dass man nach Sicht navigieren kann. Man muss die Umgebung des Flugzeugs sehen, die Höhe kontrollieren und Hindernissen ausweichen können. Insbesondere anderen Flugzeugen.«

»Gut«, sagte er. »Und wenn das Wetter nicht den Sichtflugwetterbedingungen entspricht, dann fliegen Sie nach den …?«

Sharon meldete sich und wedelte eifrig mit der Hand, aber Officer Wilson rief mich auf.

»Miss Coltrane?«, sagte er.

Sharon ließ die Hand sinken, ihre Unterlippe schob sich zu einem hinreißenden Schmollen vor. Mehrere Köpfe drehten sich zu mir, deren Hand eindeutig nicht in die Luft ragte.

»IFR, den Instrument Flight Rules«, antwortete ich, ohne ihn anzusehen. »Das ist der Instrumentenflug. Man fliegt vorwiegend mit Hilfe von Instrumenten.«

»Korrekt«, sagte er und kehrte zur Tafel zurück.

»Es heißt aber auch ›I Fly by the Railroad‹«, fuhr ich fort. »Ich fliege entlang der Schienen.«

Gedämpftes Kichern, er drehte sich wieder um. Die Klasse wurde still, er zog die Mundwinkel kaum merklich zu einem Lächeln nach oben.

»Sehr gut, Miss Coltrane«, sagte er und ließ seinen Blick auf mir ruhen, bevor er sich an die restliche Klasse wandte. »Wenn Sie sich verirrt haben, halten Sie Ausschau nach einer Bahntrasse.«

»Ich weiß, ich bin verlobt«, sagte Carol Ann am Ende der Stunde, »aber eifersüchtig bin ich trotzdem.«

Am Freitag fanden die Abschlussprüfungen in jedem der drei Kurse statt, an denen wir im vorhergehenden Monat teilgenommen hatten. Im Schießunterricht bestand die Prüfung aus zwei Teilen. Zunächst mussten mindestens fünfzehn unserer zwanzig Schüsse ein statisches Ziel treffen. Der zweite Teil war schwieriger, das Ziel bewegte sich im Zickzack, als wäre es ein fliegendes Flugzeug.

In Navigation bekamen wir ein Blatt Papier, auf dem

ein Ziel, ein Wetterbericht und ein bestimmtes Flugzeugmodell standen. Ausgehend von Fluggeschwindigkeit und Wetterbedingungen mussten wir eine Route berechnen. Anschließend setzten wir uns der Reihe nach ein letztes Mal in den Flugsimulator, wo jede zwei Versuche hatte, ausschließlich mit Hilfe der Instrumente zu navigieren.

»Bereit?«, fragte Martha, die Frau, die die Übungen leitete.

»Ja, Ma'am.«

Ich nahm in der Kapsel Platz und setzte den Kopfhörer auf. Martha schloss die Luke, und ich war allein in dem kleinen Simulator. Ich holte tief Luft und hielt den Blick auf die Geräte gerichtet.

»Hören Sie mich?«, fragte Martha über den Kopfhörer.

»Ja, Ma'am.«

»Dann geht's los.«

Ich brauchte nur einen Versuch, um mein vorgebliches Flugzeug erfolgreich zu fliegen und damit zu landen. Mit einem triumphierenden Lächeln stieg ich aus. Ich war überglücklich, diese Prüfung überstanden zu haben und sowohl dem Navigationsunterricht als auch den Blicken von Officer Wilson endgültig zu entkommen.

Die letzte Prüfung des Tages war in Schwimmen. Wir schwammen Bahnen, mussten uns eine bestimmte Zeit lang über Wasser halten, entledigten uns unserer Flugbekleidung und ließen dabei die tickende Stoppuhr nicht aus den Augen.

»Wenn ich im Wasser lande«, sagte Sharon völlig außer Atem, als sie sich aus dem Becken hievte und auf dem Rand zusammenbrach, »lasst mich einfach ertrinken.«

Irgendwie bestanden wir alle die Prüfungen. Wir waren zwar nicht überzeugt, dass wir eine Notwasserung überleben würden, aber wir wussten, dass wir zumindest eine gewisse Chance hatten.

»Es sei denn, es gibt Krokodile«, sagte Tanya. »Dann sieht's mies aus.«

Wir schleppten uns zu unserem Zimmer zurück, um vor dem Mittagessen zu duschen und uns umzuziehen. Auf dem Weg zur Kantine machten Sharon und Maxine einen Abstecher zum Hauptbüro, um die Post abzuholen.

»Haltet zwei Plätze für uns frei«, rief Sharon.

»Oooh!«, rief Carol Ann, als die beiden ein paar Minuten später einen Berg Briefe in die Mitte unseres Tischs legten.

Wir reichten den Stapel weiter, und jede suchte die an sie adressierten Briefe heraus. Ich hatte drei bekommen: einen von meinem Vater, einen von Claire und den dritten von Ruby.

Den meines Vaters las ich als Erstes und lächelte, als er Evies Aufregung schilderte, nachdem sie ihr letztes Paar Strümpfe ruiniert hatte. Außerdem schrieb er von Tom Barrows, mit dem ich zur Schule gegangen war. Er war groß und sehr schlank, und seine schwarzen Locken hatten ihren eigenen Willen, was seine Mutter auf die Palme trieb. Jeden Morgen war sie ihm mit einem Kamm in der Hand zur Schule nachgelaufen, während er Reißaus vor ihr nahm.

Er ist wieder zu Hause. Vor drei Monaten hat er im Oberschenkel zwei Kugeln abbekommen, und sie dachten, dass er es allein schon wegen des Blutverlusts nicht schaffen würde. Aber er ist munter und fröhlich wie eh und je und hat wieder seine alte Arbeit auf dem Hudson Airfield aufgenommen. Letzte Woche habe ich ihn zufällig getroffen und ihm gesagt, dass du den Flugplatz bald leiten würdest. Er war sehr stolz zu hören, dass du in Avenger bist, und meinte, er hätte immer schon gewusst, dass du zu etwas Großem berufen bist. Außerdem hat er mich gebeten, ein gutes Wort einzulegen, damit er seine Arbeit behält. Das hat er natürlich im Scherz gesagt, aber etwas Sorgen macht er sich doch …

Claires Brief las ich auf dem Weg zurück zu unserem Zimmer, wo wir uns auf den Flugunterricht vorbereiteten. Sie und ich schrieben uns ein-, zweimal im Monat, sie hielt mich auf dem Laufenden über das Leben auf der Insel. Sie wusste, dass ich mir Sorgen um die Menschen machte, die ich dort kennengelernt hatte, allen voran Erma, Ken und ihre Familie.

Claire hielt Wort und kümmerte sich wirklich an meiner statt um sie, manchmal schickte sie auch Fotos von ihnen. Annie war mittlerweile sieben und würde ihre Mutter später einmal eindeutig überragen. Sie zeichnete Bilder von Tieren und Blumen und schrieb mir Briefchen in großen, geschwungenen Buchstaben, die Claire mitschickte, denn von Erma selbst hörte ich nur selten.

Außerdem schickte Claire Fotos von der Insel und schrieb, wie unverändert schön O'ahu sei, es sich im Schatten des Kriegs aber auch verändert habe. Der Stacheldraht an den Stränden, die vielen Soldaten auf den

Bürgersteigen und in den Läden, die zahllosen Jeeps und Panzer auf den Straßen.

»Die hawaiianischen Lebensgeister lassen sich nicht unterkriegen«, schrieb sie, *»aber alle spüren die große Belastung.«*

Rubys Brief hob ich mir für nach dem Abendessen auf. Sie hatte sehr lang gebraucht, um den Überfall auf Pearl Harbor zu verwinden. Das Erlebnis hatte sie bis ins Mark erschüttert, und die Überfahrt zum amerikanischen Festland auf einem Schiff, dessen Fenster ständig verdunkelt waren, hatte seinen Teil noch dazu beigetragen. Die lange Reise war das reine Grauen gewesen, auch wenn ein Zerstörer ihnen Begleitschutz gegeben hatte. Sie hatte ihre Kabine kaum verlassen aus Angst, draußen würde nur der Tod auf sie warten.

»Ich habe ständig gedacht, dass wir jeden Moment von der Dunkelheit verschlungen werden«, hatte sie mir später geschrieben. *»Dass wir mit Mann und Maus untergehen.«*

Nach dem Anlegen war sie schnurstracks zum Bahnhof gegangen und nach Kansas gefahren. Seitdem hatte sie keine Maschine mehr geflogen, und offenbar fehlte es ihr auch nicht. Jetzt war sie glücklich, auf der Farm ihrer Familie zu arbeiten, Kühe zu hüten, Eier einzusammeln und den Hunden nachzujagen.

Ich mag jetzt die Erde unter den Füßen spüren. Ich erneuere die Verbindung mit dem 'aina, wie Erma sagen würde. Nach dem Gottesdienst laufe ich mit den Kindern barfuß durchs Gras, spiele mit ihnen Fangen und höre sie kreischen und lachen. Mittlerweile unterrichte ich in der Sonntagsschule und überlege mir, aufs College zu gehen.

Kannst du dir das vorstellen? Ich glaube, ich könnte eine gute Grundschullehrerin abgeben. Allerdings streife ich auch gern über unsere Farm und frage mich, ob das Leben, vor dem ich Reißaus genommen habe, nicht doch genau das richtige für mich ist.

Es gibt vier Kühe, die gern in einer Gruppe zusammenstehen. Sie erinnern mich an uns vier. Eine hat einen dunklen Fleck ums Auge – das ist Catherine. Eine läuft ständig um die anderen herum und treibt sie zusammen – Jean. Die fülligste, die sich nur ungern zu etwas bewegen lässt, bin ich, und die schmale, die immer in die Ferne schaut, bist du. Aber mein Gott, manchmal habe ich das Gefühl, ohne euch in meiner Nähe keine Luft zu bekommen.

Nachdem ich den Brief wieder in den Umschlag gesteckt hatte, blieb ich lange auf dem Bett sitzen und dachte über das Leben nach und wie unterschiedlich die Menschen auf Ereignisse reagierten. Wie einige von uns sich nicht beirren ließen, während andere davon zerrissen wurden und der Schmerz sie völlig vereinnahmte, und wieder andere fanden einen neuen Weg, der zwar anders verlief als der ursprünglich geplante, aber trotzdem genauso befriedigend war.

Ich schwang die Beine aus dem Bett und holte von meinem Schreibtisch ein Blatt Schreibpapier.

»Wie geht's Ruby?«, fragte Carol Ann.

»Es klingt, als würde sie das, was passiert ist, endlich hinter sich lassen können und etwas Neues beginnen.«

»Das ist schön, Audrey.« Sie lächelte und schaute auf das Blatt in meiner Hand. »Willst du ihr antworten?«

Ich nickte.

Sie holte sich ein paar Seiten ihres Schreibpapiers und setzte sich ebenfalls auf ihr Bett.

»Ich sollte Gus schreiben. Wahrscheinlich hat er nichts als Unsinn im Kopf und muss daran erinnert werden, dass er sich nicht umbringen lässt, weil auf der anderen Seite der Welt seine Verlobte auf ihn wartet.«

Ich saß mit dem Stift in der Hand da, aber anstatt Rubys Name stand plötzlich der von James auf dem Blatt.

Unvermittelt klopfte mir das Herz bis zum Hals, als ich den vertrauten Namen dort las.

In den Wochen seit seinem Brief hatte ich mehrere Versuche unternommen, ihm zu schreiben, aber nie die richtigen Worte gefunden, um meine Gefühle zum Ausdruck zu bringen. Sollte ich gar nicht auf seinen melancholischen Unterton eingehen, wie Carol Ann vorgeschlagen hatte, oder sollte ich seine Distanziertheit akzeptieren und mich still und leise aus der Freundschaft zurückziehen, die mir so viel bedeutete?

Meine Unsicherheit hatte Wut hervorgerufen, der ich in meinen Briefen freien Lauf ließ. Ich warf ihm sein mangelndes Einfühlungsvermögen vor. Wie konnte er es wagen, mich abzuservieren nach allem, was wir gemeinsam durchgestanden hatten? Wie konnte er es wagen, mir alles Gute zu wünschen und mich wegzuschieben? Wie konnte er es wagen, einfach aufzugeben?

Aber diese Briefe schickte ich nicht ab. Ich zerriss sie und warf sie weg.

Darauf folgte Verzweiflung. Traurige Sätze des Kummers, der Qual und der Hoffnungslosigkeit. Hatten wir auf der kleinen Insel wirklich gar nichts gelernt? Welch kostbare Güter Leben und Freundschaft waren? Welches Glück wir hatten, noch am Leben und Freunde zu sein?

Die zerriss ich ebenfalls.

Als ich jetzt auf meinem Bett saß, war mein Kopf klarer. Abstand und Zeit hatten mir zu dem Verständnis verholfen, das mir bis jetzt gefehlt hatte.

Unsere Freundschaft war, wie viele andere Beziehungen, ein Opfer des Kriegs. Und wenn er glaubte, sie beenden zu müssen, würde ich mich nicht dagegen wehren. Aber leicht würde ich es ihm auch nicht machen.

Mein lieber Freund,

Avenger Field ist großartig. Wir arbeiten hart, der Unterricht ist anspruchsvoll, das Fliegen fantastisch. Das Dröhnen eines Kampffliegers hat einfach etwas, das einen morgens aus dem Bett springen lässt.

Manchmal war's sehr knapp. Meine Mitbewohnerin Sharon wurde in unserer zweiten Woche Mitglied des Caterpillar Club, nachdem sie vergessen hatte, das Geschirr anzulegen, und herausfiel, als der Ausbilder eine langsame Rolle flog. Leider muss ich sagen, dass sie nicht die Einzige war, der das passierte. Es war erschreckend mit anzusehen, aber auch komisch. Außerdem weiß ich jetzt erst so richtig zu würdigen, wie gut du an dem Morgen in O'ahu die B-17 im Griff hattest, mittlerweile habe ich nämlich selbst eine beschädigte geflogen. Stell dir das mal vor – ich, so klein, wie ich bin, am Steuer eines solchen Ungetüms.

Ich kann mir gar nicht vorstellen, wie sehr es dich jeden Tag bedrücken muss, wenn du dich fragst, ob du schon wieder die Habseligkeiten eines Freundes zusammenpacken musst oder ob es dieses Mal deine sein werden, die ein anderer zusammensucht. Die Angst, die du empfinden musst. Der Einsatz, den du zeigen musst. Und die Wut, überhaupt daran beteiligt sein zu müssen.

Ich träume auch von dem Tag, an dem dieser Krieg zu Ende ist. Ich träume davon, wie ich Hal mein Geld in die Hand drücke und er mir im Gegenzug die Schlüssel zu meinem Flugplatz überreicht. Wie ich die älteren Gebäude renoviere und mein neues Hotel plane. Und ich träume von dir und dass du nach Dallas fliegst. Dann erinnern wir uns bei einem Bier und einem Essen an den Tag, als wir den Japanern entkamen, und du übernachtest in meinem Hotel und bewunderst meine Fähigkeiten als Bäckerin, und am nächsten Morgen hebst du nach einer Umarmung wieder ab.

Ich möchte dir sagen, dass ich jeden Tag in Gedanken bei dir bin. Und jedes Mal denke ich, wie mutig und liebenswürdig du bist, ein Vorbild für alle. James Hart, du bist ein erstaunlicher Mensch. Ich fühle mich geehrt, mit dir befreundet zu sein.

Immer dein kleiner Vogel,
Audrey

Außer dem Brief steckte ich auch das Bild in den Umschlag, das Nola nach einem Testflug von einigen Frauen und mir vor einer B-17 gemacht hatte. Am nächsten Morgen warf ich den Umschlag mit zitternden Händen in den Briefkasten am Hauptbüro.

KAPITEL 16

Zur Feier auch dieser bestandenen Prüfungen fuhren wir am Samstag in die Stadt, um bei McKay's zu essen und Live-Musik zu hören.

Es herrschte Hochbetrieb, wann immer sich die Tür öffnete, ergossen sich Musik und Menschen auf den Bürgersteig.

»Ist heute Abend die ganze Stadt auf den Beinen?«, fragte Carol Ann, als wir uns hineindrängten.

»Die Offiziersanwärter sind hier«, sagte ich. Die Uniformen waren mir aufgefallen.

»Ich glaube, da drüben geht jemand«, rief Nola und deutete auf eine Nische relativ in unserer Nähe.

Wir zwängten uns durch die Menschenmassen und erreichten den Tisch wenige Sekunden vor einer anderen Gruppe Gäste. Carol Ann stieß mich regelrecht auf die Bank und glitt neben mich, Nola hinter sich her ziehend.

»Lieber Gus«, sagte Carol Ann und ließ den Blick über die zahlreichen Gäste schweifen. »Bitte verzeih mir, aber heute Abend muss ich tanzen.«

Sharon, Maxine und Tanya erschienen, und wir quetschten uns zusammen, um ihnen Platz zu machen.

»Was ist mit Geraldine?«, fragte ich.

»Sie ist lieber zu Hause geblieben«, sagte Maxine. »Meinte, sie wollte die Ruhe genießen.«

»Verdammt, heute Abend sind aber viele attraktive Männer hier«, sagte Sharon und sah sich begeistert um. »Kann eine von euch mir einen Sidecar bestellen? Ich suche mir einen Kerl zum Tanzen.« Und damit verschwand sie in der wogenden Menschenmenge, dicht gefolgt von Maxine.

Ein großer junger Mann in Uniform blieb vor unserem Tisch stehen.

»Möchte eine der Damen tanzen?«, fragte er.

»Sie würde gern«, sagte Nola und deutete auf Sharons sich entfernenden Rücken.

Er sah ihr nach und drehte sich dann wieder zu uns.

»Eine andere?«, fragte er.

»Jetzt noch nicht, Kleiner. Wir sind gerade erst gekommen.« Nola machte eine Geste, als wollte sie eine Fliege verscheuchen, und er schlich davon, während sie fragend in die Runde blickte. »Wer möchte was? Wir müssen doch darauf anstoßen, dass wir den verfluchten Simulator bezwungen haben.«

»Und darauf, dass wir nicht mehr im Wasser rumstrampeln müssen«, ergänzte Carol Ann.

»Darauf stoße ich gern an«, meinte Tanya.

Ich trank von meinem Gin Rickey, und wir unterhielten uns über die Musik hinweg über alles Mögliche, nur nicht über die Ausbildung. Nola zeigte uns ihre neuesten Luftaufnahmen sowie eine Reihe mit Fotos von uns Frauen auf dem Stützpunkt. Zu unserer Verwunderung wurde Tanya immer aufgedrehter, je mehr Alkohol sie trank.

»Tja, und als ich neun war, hab ich meinem Bruder Kipper seinen Laster geklaut«, sagte sie.

»Ich glaube, ich habe sie noch nie so viel reden hören, und so umgänglich habe ich sie auch selten erlebt«, flüsterte Carol Ann mir zu. »Vielleicht sollte sie öfter mal einen heben.«

Ein weiterer Mann erschien an unserem Tisch.

»Meine Damen, hat eine von Ihnen Lust zu tanzen?«

Carol Ann sah sich um. Als keine von uns auf die Einladung einging, sprang sie auf, wobei ihr blassrosa Kleid nur so um sie herumwirbelte.

»Ich!«, sagte sie und folgte ihm zur Tanzfläche.

Ich hatte meinen zweiten Cocktail zur Hälfte getrunken, als die Band eine Nummer von Bing Crosby anstimmte, und die Frauen zogen die Männer auf die bereits gut gefüllte Tanzfläche.

»'tschuldigung, Mädels«, sagte Nola und stand auf. »Bei Bing kann nicht mal ich widerstehen.«

Maxine folgte ihr wie ein eifriger Welpe, und ich sah über den Tisch zu Tanya, die nur mit den Augen rollte. Mir war nach Lachen zumute. So unbeschwert hatte ich mich, außer beim Fliegen, seit dem letzten Abend mit James am Strand nicht mehr gefühlt.

Die Erinnerung ernüchterte mich schlagartig, ich holte tief Luft und lehnte mich zurück. Was dachte ich mir nur dabei, hier wie eine Idiotin rumzukichern, während er in Übersee in einem erbitterten Weltkrieg für die Freiheit kämpfte, die ich hier unbekümmert genoss, und ständig fürchten musste, einen weiteren Freund zu verlieren oder gar selbst ums Leben zu kommen?

Während Tanya weiter irgendeine Geschichte über einen Traktor und eine Flasche Bourbon erzählte, traten mir Tränen in die Augen. Ich überlegte mir, wie rücksichtslos ich gewesen war, nachdem ich von James so lange nichts gehört hatte. Wie wütend ich auf ihn gewesen war. Wie gekränkt.

Dazu hatte ich kein Recht. Was hatte ich mir dabei gedacht, ihm einen Brief zu schreiben, in dem ich kaum auf seine Gefühle einging? Seine Einsamkeit und Angst. Die elenden Umstände. Und das abgrundtiefe Grauen, das er jeden Tag erleben musste.

»Ich bin ein schrecklicher Mensch«, murmelte ich.

»Wie bitte?«, fragte Tanya.

Ich schüttelte den Kopf, und mit einem Achselzucken fuhr sie mit ihrer Geschichte fort, während ich bedrückt in meinen Drink starrte.

Nach ein paar weiteren Songs kehrten die anderen an den Tisch zurück, ihre Tanzpartner blieben in der Nähe stehen.

»Ich gehe zum Abkühlen nach draußen«, verkündete ich und stand auf.

»Soll ich mitkommen?«, erbot sich Carol Ann, die sich mit einer Serviette Luft zufächelte.

»Nein«, sagte ich. »Ich bin gleich wieder da.«

Als ich in die frische Luft trat, atmete ich tief durch, eine kühle Brise ließ mich frösteln.

»Sie sind ein Traum in dem gelben Kleid«, sagte eine Männerstimme.

Ich drehte mich um und sah Officer Wilson wenige Meter von mir entfernt an der Wand lehnen, den Stock neben sich.

»Heiß ist es dort drinnen, nicht wahr?«, sagte er.

Ich verschränkte die Arme vor der Brust, als könnte ich damit meinen wilden Herzschlag beruhigen. Irgendwie kam es mir vor, als könnte ich ihm nicht entkommen, gleichgültig, wo ich mich aufhielt, und auch wenn mir seine Gegenwart auf die Nerven ging, seine Offenheit gefiel mir.

»Das stimmt«, pflichtete ich ihm bei.

Die Tür schwang auf, ein Paar trat heraus, und die sanften Klänge eines langsamen Songs trieben in die Nacht. Die beiden warfen uns ein Lächeln zu, bevor sie über die Straße außer Sicht verschwanden.

»Miss Coltrane, würden Sie mit mir tanzen?«, fragte Officer Wilson.

»Können Sie das mit Ihrer Verletzung denn?«, fragte ich und deutete mit dem Kopf auf den Stock.

»Doch. Der unterstützt mich nur ein bisschen.«

»Darf ich fragen, wie das passiert ist?«

»Natürlich. Ich wurde bei der Schlacht im Korallenmeer verwundet. Sowohl der Pilot als auch ich wurden angeschossen, wir schafften es gerade noch zum Flugzeugträger zurück. Wegen der Schwere der Verletzungen – zwei Kugeln und ein paar Granatsplitter – darf ich nicht mehr fliegen.«

»Das tut mir wirklich leid«, murmelte ich. »Ich weiß nicht, was ich tun würde, wenn ich nicht mehr fliegen dürfte.«

»Na ja, bei mir ist es etwas anders. Ich bin nie Pilot gewesen, trotzdem war ich enttäuscht. Sie haben mir die Wahl gelassen, ob ich lieber eine Bürotätigkeit übernehmen oder Ausbilder werden wollte. Und da ich nicht gern den ganzen Tag sitze …«

Ich nickte und betrachtete seinen durchtrainierten Körper. Die meisten Menschen, die am Stock gingen, wirkten älter und eingefallen. Aber Officer Wilson nahm der Stock nichts von seiner Männlichkeit, wie die Reaktion so gut wie aller Frauen auf ihn bezeugte, ob sie nun verlobt, verheiratet oder sonst was waren.

»Und?«, fragte er und deutete zur Tür. »Tanzen?«

»Lieber nicht«, sagte ich.

»Weil ich auf dem Stützpunkt arbeite oder weil Sie kein Interesse haben?«

Er war die Art Mann, bei dem alle Frauen verrückt spielten, die Art Mann, die Mütter sich als Schwiegersohn erträumten.

Die Art Mann, die ich nie gemocht hatte.

Er war zu glatt. Zu unverfroren und selbstsicher, weshalb ich vermutete, dass ihm sein Leben lang alles in den Schoss gefallen war. Das missfiel mir, und zwar nicht nur, weil es den Menschen davon abhielt, sich zu bemühen und nach etwas Besserem zu streben, sondern auch, weil derjenige gemeinhin ein überzogenes Selbstbild hatte.

Sicher, wenn ich ihn sah, bekam ich Herzklopfen. Und ja, seine Aufmerksamkeit schmeichelte mir. Aber irgendetwas fehlte ihm. Vielleicht eine gewisse Tiefgründigkeit. Hinter seiner glatten Fassade verbarg sich nichts. Manche Frauen mochten so ein schlichtes Naturell schätzen – die Unbefangenheit, mit der er sich in der Welt bewegte –, doch ich gehörte nicht dazu.

Wieder verschränkte ich die Arme vor der Brust. »Officer Wilson …«

»Carter«, unterbrach er mich mit einem kleinen Grinsen und blickte belustigt drein, was mich noch mehr ärgerte.

»Officer Wilson«, wiederholte ich mit fester Stimme. »Wie Sie sehr wohl wissen, ist uns Frauen der private Umgang mit Militärangehörigen untersagt.«

»Das hat mehrere Ihrer Mitschülerinnen nicht davon abgehalten, schamlos mit mir zu flirten.«

»Soll mich Ihre Prahlerei dazu bewegen, meine Meinung zu ändern?«, fragte ich.

»So habe ich das nicht … Ich wollte nicht …« Er geriet ins Stottern, das Lächeln verschwand.

»Was andere tun, interessiert mich nicht, Sir«, sagte ich. »Ich bin nicht bereit, meine Ausbildung aufs Spiel zu setzen.«

Schweigend betrachtete er mich einen Moment. »Ist das der einzige Grund, weshalb Sie nicht mit mir tanzen wollen?«

»Nein«, antwortete ich.

Er schien eindeutig überrascht, dass eine Frau auch noch aus anderen Gründen nicht in seinen Armen liegen wollte.

»Warum dann?«, fragte er.

»Wenn Sie es unbedingt wissen möchten, ich tanze nicht so gern. Vor allem nicht mit Männern, zu denen ich mich nicht hingezogen fühle. Wäre das dann alles, Sir? Können wir die Unterhaltung damit beenden?«

Er brachte mich auf, obwohl ich nicht genau wusste, warum. Es war nicht das erste Mal, dass ein Mann mein Nein nicht akzeptieren wollte und mich bedrängte. Aber aus irgendeinem Grund ließ ich ihn nicht einfach stehen, sondern führte das Gespräch fort. Als wartete ich auf etwas. Vielleicht darauf, dass er mich dazu brachte, meine Meinung zu ändern.

»Gibt es denn etwas, das Sie gern tun, Miss Coltrane?«, fragte er und trat näher.

»Wie meinen Sie das?«, fragte ich zurück.

»Sie wirken immer so ernst. Im Unterricht schauen Sie kaum jemals von Ihrer Arbeit auf.«

»Ich sitze dort, um etwas zu lernen.«

»Natürlich, aber andere im Unterricht haben kein Problem damit, Augenkontakt aufzunehmen. Das ist doch eine natürliche Reaktion, wenn man angesprochen wird. Aber bei Ihnen habe ich den Eindruck, als wollten Sie das um jeden Preis vermeiden. Ich frage mich, weshalb.«

»Das habe ich Ihnen schon gesagt – den anderen ist aufgefallen, dass Sie mich ansehen. Ich wollte ihnen nicht noch mehr Gesprächsstoff liefern, indem ich die Blicke erwidere.«

»Hmm«, sagte er, steckte die Hände in die Hosentaschen und nickte.

Ich funkelte ihn an. »Hmm *was*?«, fragte ich und ärgerte mich im selben Moment über mich selbst.

»Sie halten sich also an die Vorschriften.«

»Natürlich. Dafür sind sie doch da.«

»Tun Sie je etwas, das Ihnen Spaß macht?«

»Ich fliege, Officer Wilson. Mehr Spaß brauche ich nicht.«

»Wirklich nicht?«

»Also gut, ich lese auch gern.« Aber noch im selben Moment waren mir meine Worte peinlich. Was mich noch wütender machte. Weshalb interessierte mich, was er von mir dachte?

Ich starrte auf die Straße. Ich hätte einfach ins Lokal gehen können. Ich brauchte mir das nicht anzutun. Und trotzdem rührten meine Beine sich nicht vom Fleck.

»Haben Sie einen Freund? Einen Mann?«, fragte er.

Ich holte tief Luft, richtete mich zu meiner vollen Größe von eins achtundsechzig auf und stemmte die Hände in die Hüften, wie ich es so oft bei meiner Mutter gesehen hatte, wenn sie von jemandem die Nase voll hatte.

»Ich habe keinen Freund, Officer Wilson, und auch keinen Mann. Ich tanze nur selten. Ich fliege und ich lese gern und gehe flirtenden Männern aus dem Weg.«

»Gut zu wissen. Dann werde ich dafür sorgen, dass Ihnen keiner zu nahe kommt.«

Er nahm Haltung an, beschirmte die Augen mit der Hand und tat, als suche er die Umgebung ab.

»Entwarnung«, sagte er und ließ die Hand sinken.

Ich wandte mich ab, um mein Grinsen zu verbergen.

»Das habe ich gesehen«, sagte er.

»Sie sind eine Landplage, Officer Wilson.«

»Das wurde mir schon öfter gesagt.«

»Von den Heerscharen Ihrer Freundinnen?«

»Sie interessieren sich ja sehr für mein Liebesleben, Miss Coltrane. Sie sollten sich schämen. Sie sind eine Auszubildende, Sie könnten aus dem Programm gefeuert werden.« Er schüttelte den Kopf. »Ich muss Sie enttäuschen – nur meine Mutter und meine ältere Schwester haben mich gelegentlich so genannt. Was vielleicht etwas damit zu tun hatte, dass ich Frösche nach Hause brachte und sie in ihren Schuhen einquartierte. Wer weiß?«

Ich lachte.

»Ist das etwa ein Lachen? Ich fühle mich geehrt.«

Die Tür des Lokals ging auf, und zwei junge Männer, die ich von den zwei oder drei samstäglichen Tanzabenden in der Kantine wiedererkannte, traten auf den Bürgersteig.

»Carter! Da steckst du! Wir haben überall nach dir gesucht«, sagte einer von ihnen. »Wir gehen. Kommst du mit?«

»Noch nicht. Wir sehen uns später auf dem Stützpunkt.«

»Alles klar«, sagte der eine der Männer und musterte mich von Kopf bis Fuß, bevor beide weitergingen.

Ich drehte mich zur Tür, um mich wieder zu den anderen zu gesellen.

»Jetzt verlassen Sie mich auch?«, fragte Officer Wilson.

»Ja.«

»Sind Sie sicher, dass ich Sie nicht zu einem Tanz überreden kann? Nur einen?«

Er streckte die Hand aus, und ich sah sie an. Einen kurzen, verrückten Moment stellte ich mir vor, wie es wäre, mit ihm zu tanzen, seine Hände um meine Taille, meine Arme um seinen Hals. Errötend schaute ich fort.

»Ich kann nicht«, sagte ich. »Aber danke für die Aufforderung.«

»Können Sie nicht, oder wollen Sie nicht?«

Ich blickte zu ihm hoch, und jetzt sah ich es – das, was die anderen Frauen so anzog. Die Intensität, die mir bislang entgangen war oder die ich für etwas anderes gehalten hatte. Wie mein Vater zu sagen pflegte, er hatte nicht alle Karten auf den Tisch gelegt. Eine hatte er zurückgehalten, und die hatte es in sich. Mein Vater hätte sie sein Ass im Ärmel genannt. Meine Mutter hätte gesagt, es sei der Herzkönig.

Ich mochte Kartenspiele nicht. Ich trat einen Schritt zurück.

»Einen schönen Abend noch, Officer Wilson«, murmelte ich und kehrte ins Restaurant zurück.

Schnell ging ich zur Toilette, aus Angst, er könnte mir folgen und mich zurückzuhalten versuchen. Dort spritzte ich mir kaltes Wasser ins Gesicht, aber das genügte nicht, um meine Nerven zu beruhigen und meinen Puls zu verlangsamen. Ich ließ mich auf die kleine gelbe Bank fallen, nicht aus Niedergeschlagenheit, sondern um etwas Solides unter mir zu spüren, denn meine Beine zitterten.

Ohne etwas wahrzunehmen, starrte ich in den Spiegel. Mir schwirrte der Kopf. Ich war wütend auf mich, wunderte mich aber auch, dass Officer Wilson überhaupt diese Gefühle in mir weckte. Warum reizte er mich dermaßen? Warum ließ ich mich von ihm derart aus der Fassung bringen? Warum konnte ich ihn nicht einfach ignorieren, wie schon so viele andere vor ihm? In dem einen Moment, als er mich zum Lachen gebracht hatte, hatte ich ihn beinahe gemocht. Aber aus irgendeinem Grund wollte ich nicht. Es war in Ordnung, einen Mann zu mögen. Mit ihm befreundet zu sein. Aber irgendwie fühlte es sich falsch an. Es fühlte sich an wie … Verrat.

Verrat an James, den ich seit zwei Jahren nicht gesehen hatte. Der nur mit mir befreundet sein wollte. Der in den wenigen Briefen, die er mir im vergangenen Jahr geschrieben hatte, kaum etwas mitgeteilt hatte. Der es mir mehr oder minder freigestellt hatte, mein Leben ohne ihn zu führen.

Irgendwie hatte ich das Gefühl, einen Mann zu hintergehen, der mir keinerlei Versprechungen gemacht hatte. Ich war nicht mit ihm verheiratet. Ich war nicht mit ihm verlobt, und mein Liebhaber war er auch nicht. Er war ein Freund. Das hatte er mehrfach betont. Als wollte er keinerlei Zweifel daran aufkommen lassen. Als wollte er eine Mauer errichten. Als wollte er mich wissen lassen, es sei in Ordnung, die Liebe anderswo zu finden, wenn ich das denn wollte.

Ich war wütend – aber auf wen? Auf Officer Wilson, weil er Interesse an mir zeigte? Auf mich selbst, weil er meine Neugier weckte? Oder auf James, weil er mich nicht wollte?

Meine Augen füllten sich mit Tränen. Er fehlte mir. Aber ich fehlte ihm eindeutig nicht.

»Wo hast du gesteckt?«, fragte Tanya, als ich mich

schließlich wieder in unsere Nische setzte. »Du warst ewig weg.«

»Nur draußen«, sagte ich und trank einen Schluck von meinem Cocktail.

»Alles in Ordnung?«, fragte Carol Ann.

»Mir ist bloß warm«, antwortete ich mit einem Lächeln.

Wir blieben bis Mitternacht, und zu meiner Erleichterung sah ich Officer Wilson nicht wieder. Carol Ann lockte mich auf die Tanzfläche, woraufhin Nola den schlaksigen Kerl, mit dem sie getanzt hatte, stehen ließ und sich zu uns gesellte. Als Sharon und Maxine uns sahen, konnten sie nicht widerstehen.

»Tanya!«, riefen wir alle quer durch den Raum.

Zu unserer Überraschung stellte sie ihr Bier ab und tanzte ausgelassen zu uns herüber, um unseren Kreis zu vervollständigen.

KAPITEL 17

Der dritte Monat des Programms bescherte uns Unterricht in Morsen, unser Ausbilder war ein ehemaliger Marinefunker. Carol Ann liebte Morsen und legte mir oft kleine Nachrichten unters Kopfkissen oder in meine Bücher, die ich dann dechiffrieren sollte. Ich konnte Morsen nicht leiden – die ganzen Punkte und Striche. Ständig gingen wir über den Flugplatz und murmelten »dah dit-dit dah dah«.

»Wir klingen doch wie die letzten Idioten«, schimpfte ich.

»Dit dah«, antwortete Carol Ann.

Sie wiederum fand Meteorologie fürchterlich.

»Warum müssen wir das alles noch mal lernen?«, beschwerte sie sich.

»Atmosphäre, klimatische Veränderungen, Niederschläge – das sind lauter nette Kleinigkeiten, die den Flug beeinflussen.«

»Schlaumeier«, gab sie zurück.

Wie schon in den beiden vorhergehenden Monaten lernten wir abends alle eine Stunde in absoluter Stille. Wer wollte, konnte danach noch weiterlernen, musste sich dann allerdings mit dem Lärm abfinden, der großteils von Sharon stammte, die wortreich über dieses oder jenes jammerte, während sie ihr Gesicht eincremte oder ihre unsichtbaren Augenbrauen zupfte.

Diese Stunde war, abgesehen von nachts, wenn wir schliefen, die einzige Zeit, in der es in unserem Zimmer leise war. Da schaute ich öfter auf und beobachtete lächelnd die einzelnen Frauen. Wenn Geraldine etwas notierte, gab sie leise gluckende Geräusche von sich. Maxine zwirbelte ihren Zopf oder strich sich mit dessen Ende über die Wange. Sharon seufzte gern dramatisch und starrte ins Leere. Tanya hatte ständig die Stirn gerunzelt, sodass sich eine tiefe Falte zwischen ihren Brauen bildete, und Carol Ann beugte sich so weit über das Buch, als wollte sie sich den Lernstoff allein durchs Anschauen einverleiben.

Wie ich gehofft hatte, gab es durch den neuen Stundenplan und das kühlere Wetter weniger Gelegenheiten, Officer Wilson in die Arme zu laufen. In die Stadt fuhren wir nur noch selten, keine hatte Lust, in der Kälte draußen zu sein, und wie ich feststellte, konnte ich dem gut aussehenden Offizier aus dem Weg gehen, wenn ich unser Zimmer erst wenige Minuten vor Unterrichtsbeginn verließ. Denn er stand gern in der Tür seines Schulungsraums, um die Schülerinnen zu begrüßen und den Blick wandern zu lassen – vermutlich auf der Suche nach mir. Ich verließ sogar das Fest zu Thanksgiving frühzeitig, verzichtete auf den Tanzabend, den sie für uns organisiert hatten, und aß den traditionellen Kuchen lieber in meinem Zimmer – alles, um zu verhindern, dass er mich ansprach.

Nach meinem letzten Brief an James hatte ich nichts von ihm gehört, und meine Hoffnung schwand mit jedem Tag, an dem kein Brief von ihm eintraf. Carol Ann beobachtete mich aufmerksam jeden Abend, wenn die Post verteilt wurde. Aber ich wich ihr aus, indem ich lernte oder die Nase in ein Buch steckte. Wenn sie mich direkt fragte, sagte ich, alles sei in Ordnung. Mir gehe es sehr gut. Alles sei bestens, wirklich bestens.

Aber das war gelogen, das wussten wir beide.

In der ersten Dezemberwoche wachten wir mitten in der Nacht auf, weil eine hohe Sirene durch den Stützpunkt gellte.

»Was ist das?«, fragte Sharon, während Tanya aus dem Bett sprang und zum Fenster lief. »Ein Angriff?«

Das war eine verständliche Angst hier auf dem Stützpunkt, so klein er sein mochte.

»Ich weiß es nicht«, antwortete sie. Ihre heisere Stimme klang verschlafen. »Vielleicht eine Drillübung oder …«

Ein schriller Schrei schnitt ihr das Wort ab, eine Detonation war zu hören, das ganze Zimmer bebte.

Wir sprangen alle aus dem Bett, griffen nach Morgenmänteln und Decken und rannten hinaus zu den Frauen aus den anderen Unterkünften. Barfuß liefen wir über den gefrorenen Boden zur Landebahn, an deren Ende ein Flugzeug in Flammen stand.

»O mein Gott«, flüsterte Maxine, als Ausbilder und Mechaniker zum Flugzeug rannten.

Eine Frau begann zu schluchzen, dann eine zweite. Carol Ann nahm meine Hand.

»Meine Damen.« Mrs Mayburn, eine der Ausbilderinnen, kam mit ausgebreiteten Armen rasch auf uns zu. »Bitte kehren Sie in Ihre Zimmer zurück.«

»Wissen Sie, wer …?«, fragte eine.

»Bitte gehen Sie wieder zu Bett«, sagte sie leise. »Sie können hier nichts ausrichten.«

Aber an Schlaf war nicht zu denken. Eine von uns war entweder verletzt – oder tot. Wir blieben draußen auf dem Rasen stehen und unterhielten uns leise, bis das Feuer gelöscht war. Kurz darauf erfuhren wir, was der Frau, die im Flugzeug gesessen hatte, passiert war. Endlich kam jemand, um uns die Nachricht mitzuteilen. Er hatte den Kopf gesenkt, den Stock in der Hand.

»Meine Damen«, sagte Officer Wilson. Seine Stimme war belegt, seine Augen waren gerötet, sein Gesicht mit Ruß und Asche verschmiert, ebenso wie sein Pyjama. »Es tut mir sehr leid, Ihnen sagen zu müssen, dass Miss Walters es nicht geschafft hat.«

Einen kurzen Moment begegnete sein Blick dem meinen in der Menge, dann machte er kehrt und verschwand in der Dunkelheit.

Peggy Walters. Fünfundzwanzig, verheiratet mit einem Marinesoldaten. Bevor sie nach Avenger Field gekommen war, hatte sie in San Diego, Kalifornien, als Friseurin gearbeitet. Witzig und klug, mit einer Vorliebe für ausgefallene Frisuren und Liebesromane, die sie überallhin mitnahm. Alle hatten sie gemocht. Die Lücke, die sie hinterließ, würde keine von uns unberührt lassen.

Ihre Maschine war beim Landeanflug in Brand geraten. In einem Aktenvermerk hieß es, dass der Verschluss der Kabinenhaube manchmal klemmte. Hätte Peggy ihn öffnen können, hätte sie die Haube aufklappen und hinausspringen können. Stattdessen war sie in ihrem Sitz verbrannt.

Einige konnten die Tränen nicht zurückhalten, bis wir schließlich alle in Schluchzen ausbrachen, während die Erkenntnis, dass wir eine der Unsrigen verloren hatten, langsam zu uns vordrang. Ihre Zimmergenossinnen, die auf ihren eigenen Nachtflug gewartet hatten, kehrten nach einer Weile in ihrer Räume zurück. Fassungslos hielten sie einander in den Armen, ihre Gesichter grau vor Schmerz.

Wir saßen bei ihnen, bis die Tränen versiegten, dann kehrten wir allmählich in unsere Betten zurück, trauerten um die Frau, die ihr Leben verloren hatte, und beteten, wir würden nicht die Nächste sein.

In einem der Hangars hielten wir für Peggy eine Trauerfeier ab. Jede ihrer Zimmergenossinnen sagte ein paar Worte, bevor der schlichte Holzsarg, zu dem wir alle beigesteuert hatten, auf einen Lastwagen geladen und zu ihren Eltern überführt wurde.

»Wir sind als Nächstes dran«, murmelte Tanya auf dem Weg vom Gottesdienst zu unserem Zimmer.

Wir waren mit dem Nachtflug an der Reihe. Bislang hatten wir uns darauf gefreut, aber jetzt war uns ziemlich mulmig zumute.

»Wichtig ist die Vorflugkontrolle, Mädels«, sagte Geraldine. »Ich habe keine Lust, eine von euch zu verlieren, also seid bitte gründlich.«

Ich saß auf meinem Bett, streifte mir die Schuhe ab und sah zu den Frauen rings um mich. Sie alle hatten viel zu verlieren. Geraldine hatte eine Familie, Carol Ann einen Verlobten, ich einen Flugplatz, und die anderen drei waren gerade dabei herauszufinden, was sie mit ihrem Leben anfangen wollten. Den Tod hatte niemand von uns auf der Rechnung. Aber Peggy würde vermutlich nicht die Einzige bleiben, die bei dieser Arbeit ums Leben kam.

»Wenn ich hier sterbe«, flüsterte Carol Ann, »dann dürft ihr nicht zulassen, dass sie irgendwelche hochtrabenden Reden schwingen, als wäre ich eine Heldin oder so was. Versprecht ihr mir das? Ich bin nämlich nur hier, weil mich das viele Geld und der Ruhm gelockt haben. Und beim Abstürzen werde ich die ganze Zeit fluchen, was das Zeug hält.« Dann grinste sie. »Aber eine bessere Art zu sterben gibt's nicht, oder?«

Ich umarmte sie. Sollte ich hier ums Leben kommen, wäre es mir eine Ehre, dass es im Kreis von Frauen passierte, die ich liebte und achtete, in einem Flugzeug, im Einsatz für mein Land.

Unserer neuen Vorbehalte gegen Nachtflüge zum Trotz fanden wir die Erfahrung großartig. Selbst Sharon, die die Ausbildung aus Angst beinahe abgebrochen hätte – ihre Taschen waren schon halb gepackt, als wir sie gerade noch davon abbringen konnten –, liebte die Ruhe und Entspanntheit, die das Fliegen bei Nacht mit sich brachte. Im tiefblauen Himmel zu schweben hatte etwas nahezu Magisches an sich, wenn über einem die Sterne funkelten, die kühle Luft übers Gesicht strich und der Mond einem den Weg wies. Und auch wenn es bedeutete, zu ausgefallenen Zeiten aufzustehen und zu schlafen und auf bestimmte Mahlzeiten und einigen Spaß zu verzichten, waren wir alle der Ansicht, dass es sich lohnte.

In der Woche, in der die Nachtflüge anstanden, frühstückten wir abends, aßen morgens zu Abend, ließen das Mittagessen ausfallen, schliefen den Tag über, wobei wir Decken vor die Fenster hängten, und unterhielten uns und paukten, bis es zehn Uhr abends war und wir zum Vorfeld aufbrachen. Und als die Woche zu Ende ging, waren wir erschöpft, aber unversehrt und überglücklich. Wir hatten nicht nur überlebt und damit unsere Ängste überwunden, sondern unsere Erwartungen weit übertroffen und einige der besten Noten unseres Jahrgangs bekommen.

In der darauffolgenden Woche standen Überlandflüge auf dem Programm. Wir flogen zwei Stunden auf einer Flugroute, die wir selbst erstellt hatten, berechneten die Höhe und berücksichtigten dabei Luftströmungen und Windgeschwindigkeit. Wir achteten im Wetterbericht auf Störungen, dann hoben wir ab, landeten auf einem uns unbekannten Flugplatz und flogen zurück.

Weihnachten rückte näher, und wir wurden unruhig. Unsere Ausbilder mussten uns ständig ermahnen, im Unterricht nicht zu tuscheln, nicht zu trödeln und nicht vor uns hin zu träumen. Wir fuhren wieder häufiger in die Stadt, denn alle wollten Geschenke besorgen, um sie nach Hause oder Übersee zu schicken. Viele von uns würden die Feiertage auf dem Stützpunkt verbringen, schließlich hatten wir nur zwei Tage frei.

»Fährt jemand von euch zu Weihnachten nach Hause?«, fragte Sharon eines Tages beim Mittagessen.

»Die Jungs würden mir nie verzeihen, wenn ich nicht käme«, sagte Geraldine. »Aber wir wohnen ja auch ganz in der Nähe, also ist es kein Problem. Was ist mit euch?«

»Ich nicht«, sagte Carol Ann.

»Ich auch nicht«, sagte Maxine.

Sharon, Tanya und ich schüttelten alle den Kopf. Einige Frauen erwarteten Freunde oder ihre Familien, die im Bluebonnet übernachten und eine Führung durch den Stützpunkt bekommen würden. Meine Mutter hatte ebenfalls vorgeschlagen, mich zu besuchen, aber ich konnte mir nicht vorstellen, dass sie ihr Fest an Heiligabend, das sie seit Juli plante, wirklich absagte.

»Mach dir keine Sorgen, Mama«, hatte ich sie am Telefon beruhigt. »Es ist nur ein Weihnachten. Nächstes Jahr bin ich bestimmt wieder zu Hause.«

»Aber was ist mit Geschenken?«, hatte sie gefragt. Meine Mutter war eine ausgewiesene Expertin im Schenken.

»Ich brauche nichts, und wirklich, hier ist kein Platz. Aber vielleicht kannst du mir helfen, für jede der Frauen in meinem Zimmer Handschuhe mit Monogramm zu besorgen. Die Temperaturen hier sind nicht wie in Dallas, und beim Fliegen können wir alle ein oder zwei zusätzliche Schichten gut gebrauchen.«

Am nächsten Samstag fuhren Carol Ann und ich wieder in die Stadt. Sie brauchte noch ein Geschenk für ihren Onkel, ich war auf der Suche nach etwas für Evie.

»Sollen wir uns trennen und uns bei McKay's zum Essen treffen?«, schlug sie vor. »Sagen wir, in einer Stunde?«

»Perfekt«, antwortete ich.

Ich überflog die Liste, die meine Mutter mir mit dem letzten Brief geschickt hatte. Darauf standen Evies neueste Wünsche, die zu erfüllen meine Mutter sich allerdings weigerte.

»Wofür in Gottes Namen braucht eine anständige junge Dame ein blassrosa Negligé?«, hatte sie geschrieben. *»Aber sei's drum, ich will es ohnehin nicht wissen.«*

Auf der Liste standen auch Parfüm, Rouge, Nagellack und Schmuck. Warum meine Mutter meinte, ich wäre die Richtige für derartige Geschenke, war mir zwar schleierhaft, aber ich wollte gern versuchen, mindestens zwei oder drei davon zu finden. Evie würde bestimmt begeistert sein, dass ich sie nicht schon wieder mit einem Buch oder einer vernünftigen Strickjacke bedachte.

Eine Stunde später, noch ganz benommen vom Schnuppern an zahllosen Parfümflakons und mit einer Tasche in der Hand, in der drei eingepackte Geschenke lagen, eilte ich durch den Schnee zu McKay's.

»Himmel noch mal«, sagte ich zur Kellnerin und stapfte zum Aufwärmen mit den Füßen auf, »wann ist aus dem bisschen Schnee ein Blizzard geworden?«

Ich schaute mich nach Carol Ann um, aber sie war offenbar noch nicht da, also bestellte ich mir eine Tasse Kaffee und wartete. Als ich meine weißen, mit Pelz besetzen Handschuhe auszog und den dazu passenden Hut abnahm, wurde jemand an den Nachbartisch platziert.

»In dem Hellblau mit dem weißen Pelz sehen Sie bezaubernd aus, wie immer«, sagte eine tiefe, mir mittlerweile sattsam bekannte Stimme. »Wie ein Schneeengel. Ihnen fehlen nur noch die Flügel.«

Ich starrte zu Officer Wilson, attraktiv wie eh und je. Sein blondes Haar stand in allen Richtungen ab, er wirkte wie ein kleiner Junge, der gerade vom Spielen hereingekommen war.

Ich lächelte. »Officer Wilson, ich sage es Ihnen ja ungern, aber Ihre Haare sind völlig zerzaust.«

»Und das in so illustrer Gesellschaft«, erwiderte er und fuhr sich durch die widerspenstigen Haarbüschel. »Essen Sie allein?«

»Nein«, antwortete ich und hoffte, er würde nicht fragen, ob er sich zu mir setzen dürfe.

Er deutete auf den leeren Stuhl mir gegenüber. »Wollen Sie mir damit sagen, dass in diesem Moment jemand dort sitzt?«

»Ja. Und es gefällt ihr gar nicht, dass Sie mit dem Zeigefinger auf sie deuten.«

Sofort ließ er die Hand sinken, und ich lachte.

»Ich warte auf Carol Ann«, erklärte ich. »Essen Sie allein?«

»Ja. Samstags esse ich fast immer hier zu Mittag, und sonntags meist auch.«

»Das erklärt, weshalb wir Sie an den Wochenenden selten in der Kantine sehen.«

»Meine Abwesenheit ist Ihnen aufgefallen?«

»Viele der anderen Frauen unterhalten sich gerne über Ihren Verbleib. Soweit ich weiß, ist eine Wette in Gang, ob Sie ein Verhältnis in der Stadt haben.«

»Und? Wetten Sie mit?«, fragte er.

»Ich wette grundsätzlich nicht, Officer Wilson.«

Er musterte mich so lang, dass ich unbehaglich auf dem Stuhl hin und her rutschte. »Woher kommen Sie denn, wenn ich fragen darf?«

»Dürfen Sie. Ich bin in Dallas aufgewachsen.«

»Und was haben Sie in Dallas gemacht, bevor Sie nach Sweetwater gekommen sind?«

Sein durchdringender Blick blieb an der dünnen Goldkette um meinen Hals hängen.

»Ich habe ehrenamtlich gearbeitet und bin geflogen.«

»Und was werden Sie machen, wenn dieses Programm eines Tages zu Ende ist?«

Ich rutschte wieder auf dem Stuhl herum. »Ich habe vor, einen Flugplatz zu kaufen.«

Er hob die Augenbrauen. »Einen ganzen Flugplatz? Nicht bloß ein Flugzeug oder den Platz, um ein Flugzeug zu parken?«

»Der Flugplatz ist klein. Ich spare schon mein Leben lang darauf.«

»Das ist nicht sehr lang, Miss Coltrane. Es sei denn natürlich, Sie sind wesentlich älter, als Sie aussehen.«

Lächelnd trank ich einen Schluck Kaffee.

»Was haben Sie vor dem Krieg gemacht? Als es noch keine ehrenamtliche Arbeit gab?«

Ich setzte die Tasse lauter ab als beabsichtigt.

»Ist das ein Verhör, Officer Wilson?«

»Ich heiße Carter. Und nein. Verzeihen Sie«, sagte er, und ein kleines Lächeln umspielte seine Lippen, sie waren weich und rosa und voll. Ich runzelte die Stirn und begegnete wieder seinem Blick. »Ich möchte einfach mehr über Sie erfahren. Sie sind interessant.«

»Wie kommen Sie darauf?«

»Sie sind still, distanziert und unglaublich klug. Aber man könnte Sie auch als Draufgängerin bezeichnen, weil Sie Kampfflugzeuge fliegen. Das finde ich spannend.«

»Alle Frauen in Avenger fliegen Kampfflugzeuge. Finden Sie die auch spannend?«

»Nicht so spannend wie Sie«, meinte er. »Erzählen Sie mir doch, was Sie vor dem Krieg gemacht haben.«

»Warum?«

»Es interessiert mich. Waren Sie auf dem College?«

»Ja.«

»Und danach?«

Ich seufzte. »Nach dem College war ich Fluglehrerin. Sehen Sie? Gar nichts Spannendes.«

»Wo?«

Ich legte den Kopf schief und sah ihn an. »Ich habe das Gefühl, dass Sie die Antwort auf die Frage schon kennen.«

»Ich habe Gerüchte gehört. Einige Ausbilder haben etwas aufgeschnappt, und ich bin neugierig.«

»Ich habe auf Hawaii Flugschüler unterrichtet.« Ich zuckte die Achseln, als wäre das keine große Sache.

»Und Sie waren dabei?« Er senkte die Stimme. »Als es passierte?«

Es lag etwas in der Art, wie er fragte. Ein Wissen, über das nur diejenigen verfügten, die den Krieg am eigenen Leib erfahren hatten. Ein Mitgefühl für das, was ich gesehen, empfunden und gefürchtet haben musste.

»Ja«, antwortete ich leise.

»Aber jetzt sind Sie darüber hinweg?«

Ich sah über den Gang zu ihm, schaute ihm tief in die

babyblauen Augen und stellte fest, dass sich dort mehr verbarg, als ich ihm je zugetraut hätte.

»Mehr oder minder«, sagte ich.

Er nickte. »Das freut mich zu hören.« Nach einem sehr kurzen Schweigen fragte er: »Vielleicht kann ich Sie ja kommende Woche zum Abendessen einladen. In Abilene etwa?«

»Sie geben nicht auf, was, Officer Wilson?«

»Was soll ich dazu sagen? Ich kann nicht anders.«

»Und weshalb nicht? Was denken Sie?«

»Sie sind intelligent, schön und geistreich. In meinen Augen eine unwiderstehliche Mischung.«

»Meine Mutter wäre hingerissen von Ihnen. Sie würde Sie einen Schwerenöter nennen.«

»Bitte nennen Sie mich Carter. Und ich freue mich schon darauf, sie kennenzulernen.«

Ich lachte. »Sie sind unverfroren, schamlos und …«

»Gut aussehend?«

»Eingebildet.«

»Verdammt.« Er schnalzte mit den Fingern. »Miss Coltrane, verraten Sie mir doch was.«

Misstrauisch sah ich zu ihm. »Was?«

»Was war Ihr Lieblingsspielzeug als Kind?«

»Warum?«

»Reine Neugier.«

»Ein Modellflugzeug«, antwortete ich, ohne nachzudenken. »Ein Doppeldecker aus Pressstahl von Marx.«

Er nickte lächelnd. »Ich wette, Sie haben so viel damit gespielt, dass die Farbe abgeblättert ist.«

»Das stimmt.«

»Wenn Sie nicht bei diesem Programm fliegender Draufgängerinnen wären, würden Sie dann mit mir ausgehen?«

»Warum beschreiben Sie keine hypothetische Situation, in der Sie kein Ausbilder sind? Warum müsste *ich* das, was mir Spaß macht, aufgeben?«

»Touché. Und eine interessante Antwort.«

»Wieso?«

»Nun ja, Sie haben nicht sofort abgelehnt, was mich glauben lässt, Sie würden zusagen.«

»Ich wollte damit nicht …«

»Nein, das habe ich mit eigenen Ohren gehört.« Er deutete mit dem Kopf zur Tür des Restaurants, durch die Carol Ann gerade getreten war, ihr Unmut über den Schnee und den Wind war ihr deutlich anzusehen.

»Ich sag dir, der Wind pfeift einem ganz schön um die Ohren«, sagte sie, ließ ihre Taschen auf den Boden fallen und zog den Mantel aus. »Ach! Officer Wilson. Wie geht's Ihnen?«

»Sehr gut, danke. Und Ihnen, Miss Bixby?«

»Ich bin nass«, sagte sie und lächelte entschuldigend, als sie sich setzte. »Tut mir leid, dass ich so spät komme. Aber du hattest ja offensichtlich Gesellschaft.«

»Miss Coltrane war so freundlich, mich beim Warten zu ertragen«, sagte er.

»Sie sollten sich zu uns setzen«, sagte Carol Ann. Ich hätte ihr ans Schienbein treten mögen.

»Danke für das Angebot«, sagte er und erhob sich, »aber mir ist gerade eingefallen, dass ich für die kommende Woche noch Unterricht vorbereiten sollte. Da muss ich mich wohl mit einem Sandwich aus der Kantine bescheiden. Aber trotzdem danke. Vielleicht ein anderes Mal.« Er verabschiedete sich mit einem Nicken und fügte mit einem Blick zu mir hinzu: »Es war mir ein Vergnügen, Sie beide zu sehen. Einen schönen Nachmittag noch, die Damen.«

»Auf Wiedersehen«, sagte Carol Ann.

Ich lächelte, als er ging, und beobachtete kopfschüttelnd, wie er mit der Kellnerin scherzte, sich an die Mütze tippte, als er an der Empfangsdame vorbeikam, und zur Tür hinaus in den Schnee marschierte.

Nach dem Mittagessen erledigten wir noch weitere Besorgungen und fuhren dann mit dem Bus zurück zum Stützpunkt, beladen mit unseren Tüten, die Nasen rot von der Kälte. Als wir nach dem Abendessen in unser Zimmer kamen, lag auf meinem Bett ein kleiner, schlichter brauner Karton mit meinem Namen darauf.

»Von wem ist der denn?«, fragte Carol Ann.

»Den Karton hatte vorhin jemand vor der Tür abgelegt«, sagte Maxine.

In der Schachtel lag ein gefalteter Zettel. Ich öffnete ihn.

Dieses Modell ist eine wahre Schönheit. Genau wie die neue Besitzerin.

**C*

Unter dem Zettel lag ein in Zeitungspapier gewickeltes Päckchen. Ich nahm es heraus und entfernte das Papier. Zum Vorschein kam ein Modellflugzeug.

KAPITEL 18

Ich hatte gehofft, zu Weihnachten von James zu hören. Immerhin war es ein Fest, zu dem man allen seinen Mitmenschen Gutes wünschte, mit freundlichen Gedanken aufs vergangene Jahr zurückblickte und an Familie und Freunde dachte. Doch die Feiertage rückten näher, ohne dass ich von ihm hörte. Keine Karte. Kein Brief. Kein kleines Geschenk wie die vergangenen zwei Jahre.

Meine Enttäuschung und Mutlosigkeit zeigten sich unter anderem daran, dass ich an fast allem außer Fliegen das Interesse verlor, und zwar in einem Maße, dass ich bei einer Prüfung zum ersten Mal nur ein B bekam, dass ich unser Zimmer eines Morgens ohne Stiefel verließ und beinahe die letzte Gelegenheit versäumte, meine Weihnachtsgeschenke auch tatsächlich abzuschicken. So sehr quälte mich der Gedanke, ich bedeute ihm nichts und sei vergessen. Ich hatte nicht einmal Officer Wilson für das Modellflugzeug gedankt, als ich ihm an einem der folgenden Tage zufällig über den Weg gelaufen war.

Wie übellaunig ich geworden war, wurde mir erst bewusst, als Tanya eine Bemerkung darüber fallen ließ. In meiner Verzweiflung rief ich sogar freiwillig meine Mutter an.

»Seit wann hast du nichts mehr von ihm gehört?«, fragte sie.

»Seit ihr mir den letzten Brief, der nach Dallas ging, nachgeschickt habt.«

»Das ist eine ganze Weile her. Und du hast ihm sofort geantwortet? Und hast ihm auch keine Vorwürfe gemacht, sich so lang nicht gemeldet zu haben? So etwas können Männer nicht leiden.«

»Natürlich nicht, Mama.«

»Hast du ihm etwas geschickt?«

»Eine Karte und ein ledergebundenes Notizbuch.«

»Tja, mein Schatz, ich glaube, mehr kannst du im Moment nicht tun.«

Ich seufzte. »Danke, Mama. Ist Dad zu Hause?«

»Nein. Ich schwöre dir, seitdem du in der Ausbildung bist, arbeitet der Mann dauernd bis spät in die Nacht. Als wäre die Unterhaltung beim Abendessen ohne dich unerträglich. Ich weiß, ich bin, was die Nachrichten betrifft, nicht immer so auf dem Laufenden wie du, aber mein Konversationsgeschick ist legendär.«

»Das hat bestimmt nichts mit dir zu tun, Mama. Im Moment sind doch alle angespannt. Wer kann schon sagen, ob der Krieg in diesem späten Stadium nicht doch noch zu uns herüberkommt?«

»Wenn, dann stehen wir das durch. Wir sind mit der Großen Depression fertiggeworden, dann werden wir auch mit diesem verdammten Krieg fertig.«

Heiligabend war ein Freitag. Die Armee organisierte in der Kantine ein festliches Dinner mit anschließendem Tanz. Eigens zu dem Anlass wurden Offiziersanwärter mit Bussen zum Stützpunkt gefahren, und es wurde ein Menü serviert, bei dem ich mich fragte, ob andere leer ausgingen, damit wir so üppig speisen konnten.

Als ich zusah, wie Bratensoße über den Berg Kartoffelpüree in die Truthahnscheiben auf meinem Teller rann, stieß Carol Ann mich mit dem Ellbogen an. »Ich glaube, da sucht jemand nach dir«, flüsterte sie.

Ich schaute kurz hoch und sah Officer Wilson im Gespräch mit zwei anderen Ausbildern; sein Blick schweifte alle paar Sekunden zu mir.

»Na, toll«, brummelte ich und sah wieder auf meinen Teller. »Er hat mich entdeckt. Und jetzt?«

»Audrey, ist alles in Ordnung? Ich weiß, du hast immer noch nichts von James gehört, aber … langsam mache ich mir Sorgen um dich.«

Ich ließ meine Gabel auf den Teller fallen und seufzte. »Ich verstehe es einfach nicht. Angeblich sind wir Freunde«, sagte ich mit hängenden Schultern.

Sie legte den Arm um mich. »Auf jeden Fall weiß er nicht, was ihm entgeht. Du bist die beste Freundin, die ich je hatte.«

Tränen traten mir in die Augen. Ich drehte mich zu ihr und drückte sie an mich.

»Danke, Carol Ann. Du bist für mich auch die beste Freundin, die ich je hatte.«

Ich richtete mich auf, atmete tief durch und beschloss, dass ich hier und jetzt eine Entscheidung treffen musste.

Entweder ließ ich James ziehen, oder ich wartete und hoffte immer weiter ... um schließlich doch enttäuscht zu werden.

Ich sah mich im Saal um und betrachtete die Anwesenden, die mir mittlerweile so vertraut waren, dass ich sie mit geschlossenen Augen an ihren Stimmen erkennen konnte. Diese Frauen hatten ihr Zuhause verlassen, um hier zu sein. Um ihren Beitrag in diesem Krieg zu leisten. Um Teil von etwas Besonderem zu sein.

Wenn James nicht mehr Teil meines Lebens sein wollte, dann würde ich mich damit abfinden und aufhören zu warten. Vielleicht war es ohnehin das Beste. Ich hatte mir vorgenommen, mich nie von einem Mann ablenken zu lassen, und jetzt war mir genau das passiert. Nein, er hatte mich nicht davon abgehalten zu tun, was ich wollte, aber er hatte viel zu lang meine Gedanken beherrscht.

Es war Zeit, ihn ziehen zu lassen.

Nach dem Nachtisch blieben wir nur lang genug, damit Sharon und Maxine ein paarmal tanzen konnten, dann gingen wir. Carol Ann schmuggelte unter ihrem Mantel einen Kuchen aus der Kantine, Maxine hatte irgendwie aus der Küche einen Krug Milch beschafft. Ständig stibitzte sie Leckerbissen für uns – wie, das wussten wir nicht, aber wir fragten auch nicht. »Bestimmt biegt sie sich um die Ecken«, mutmaßte Carol Ann.

Nachdem wir in unsere Pyjamas geschlüpft waren, bauten wir in einer Zimmerecke aus Decken und Kissen ein Nest. Dort machten wir es uns gemütlich, aßen Kuchen, erzählten uns Geschichten von früheren Weihnachten und sangen Weihnachtslieder.

»Wie schade, dass Geraldine nicht dabei ist«, sagte ich.

»Aber ihre Jungs freuen sich bestimmt, dass sie zu Hause ist«, meinte Carol Ann.

Maxine schlief mit dem Kopf auf Sharons Schulter ein, und gemeinsam hievten wir sie ins Bett, bevor auch wir uns hinlegten und das Licht löschten.

Am nächsten Tag, nach einem Frühstück mit Pfannkuchen, feierten wir Bescherung. Sharon hatte für jede von uns ein Lipgloss in einem auf unseren Teint abgestimmten Farbton besorgt. Maxine schenkte uns exotisch duftende Seifen, die sie in der Stadt entdeckt hatte. Von Tanya bekamen wir warme Socken in unterschiedlichen Farben. Geraldine hatte jeder von uns eine Mütze gestrickt, die sie verpackt auf unsere Schreibtische gelegt hatte mit der ausdrücklichen Anweisung, sie nicht vor dem Morgen des ersten Weihnachtstages zu öffnen.

Mit Hilfe meiner Mutter hatte ich für jede der fünf Lederhandschuhe mit Monogramm besorgt, wie James sie mir vor zwei Jahren geschenkt hatte. Da ich so oft auf sie angesprochen wurde, hatte ich sie für das perfekte Geschenk gehalten.

»Sie tragen sogar unsere Initialen!«, rief Sharon und wedelte mit den behandschuhten Händen durch die Luft.

Anschließend duschten wir, zogen uns an und besuchten Freundinnen in den anderen Zimmern, bevor wir zum Mittagessen in die Kantine gingen. Als wir danach zurückkehrten, deutete Carol Ann auf etwas, das auf meinem Schreibtisch lag – und das vor unserem Aufbruch noch nicht dort gewesen war.

Ein kleiner Karton, eingepackt in braunes Papier mit grüner Schleife, daneben ein Umschlag.

Ich zitterte, mein Herzschlag beschleunigte sich.

»Ist es … von ihm?«, fragte Carol Ann.

Doch auf dem Karton stand nichts als mein Name in einer mir unbekannten Schrift. Keine Absenderadresse, keine Briefmarke.

»Unmöglich«, antwortete ich und ging damit zu meinem Bett. »Kein Absender.«

Die Schachtel war nicht größer als ein Schuhkarton und unglaublich leicht. Ich entfernte das schlichte braune Papier und hob den Deckel hoch.

Unter einer Lage weißem Satin lag die zarteste Kostbarkeit, die ich je gesehen hatte. Ich steckte den Finger durch die weiße Schlaufe und hob das Band an. Daran hing ein Paar schimmernder Engelsflügel aus hauchdünnem Mosaikglas, besetzt mit daunenweißen Federn.

»Wow«, hauchte Carol Ann.

Ich brauchte die beiliegende Karte nicht zu lesen, um zu wissen, dass das Geschenk von Officer Wilson stammte.

Wie ein Schneeengel, hatte er an dem Tag in McKay's gesagt. *Ihnen fehlen nur noch die Flügel.*

Ich legte das Geschenk wieder in den Karton, den ich zusammen mit der Karte in meinen Schrank stellte, ohne auf den Blick zu achten, den Carol Ann mir zuwarf.

Andere konnten mein bitteres Gefühl von Verlust, das James' Schweigen in mir auslöste, nicht verstehen, das wusste ich. Schließlich, so meinten sie, hatten wir uns kaum gekannt. Vor dem Angriff auf Pearl Harbor hatten wir wenig miteinander unternommen. Aber für mich war unsere Verbindung außergewöhnlich. Einzigartig. Und obwohl ich an meiner Entscheidung festhielt, mich auf keine engere Beziehung einzulassen, schmerzte mich der Verlust seiner Freundschaft mehr als alles andere zuvor. Der Gedanke, dieses Gefühl auszublenden und durch die Aufmerksamkeit eines anderen Mannes zu ersetzen, kam mir schäbig vor. Als Verrat an unserer Freundschaft. Zwar kannte ich Officer Wilson nicht gut, aber ich hielt ihn für nett und rücksichtsvoll, er verdiente keine Frau, die sich nur von dem Schmerz ablenken wollte, den ein anderer Mann ihr zufügte.

Allerdings musste ich zugeben, dass die Aufmerksamkeit Officer Wilsons mir in gewisser Hinsicht guttat, so wenig ich sonst für Schmeicheleien empfänglich war. Er kannte mich kaum, trotzdem hatte er sich die Mühe gemacht, ein wunderschönes und überlegtes Geschenk für mich auszuwählen. Und nicht nur einmal, sondern gleich zweimal. Und obwohl mehrere Frauen ihn auf höchst ungebührliche Weise anschmachteten, war er, soweit ich gehört hatte, auf keines der verführerischen Angebote eingegangen. Im Gegenteil, zum Leidwesen aller, die um seine Zuwendung buhlten, und trotz meiner Weigerung, seinem Charme zu erliegen, machte er mir weiterhin den Hof. Würde ich wirklich mehr als eine Freundschaft erwägen, würden seine Ergebenheit und Beharrlichkeit mich zweifellos für ihn einnehmen. Aber zumindest im Moment stand das nicht zur Debatte, und dabei würde es vermutlich auch bleiben.

KAPITEL 19

Als das neue Jahr eine Woche alt war, standen wir in der Schlange und warteten, bis unser Flug an die Reihe kam. Wir sollten die notdürftig zusammengeflickten Maschinen testen, bevor sie zum Kriegseinsatz überführt wurden.

»Warum müssen wir das machen?«, fragte Maxine in einem seltenen Anflug von Missfallen. Überrascht drehten wir uns zu ihr. »Was ist?« Sie zuckte mit ihren schmalen Schultern. »Wäre das nicht die Aufgabe der neuen Mädels? Haben wir nicht schon unseren Teil getan?«

»Ich glaube, das gehört zum Job dazu«, sagte Geraldine, ohne von ihrem Buch aufzublicken. »Und das wird womöglich woanders genauso weitergehen. Je nachdem, an welchen Stützpunkt wir geschickt werden, müssen wir das eventuell ständig machen.«

Maxine seufzte, als Sharons Name aufgerufen wurde.

»Meine Damen«, sagte sie und machte einen förmlichen Knicks.

Fröstelnd hüpfte ich auf und ab, während Carol Ann mit den Füßen aufstampfte im Versuch, warm zu werden. Geraldine gab ihre Lektüre auf, die ständigen Windböen verblätterten ihr die Seiten, sodass sie immer wieder ihre Stelle verlor und fluchte, woraufhin Maxine kicherte. Tanya hockte neben uns und nutzte uns als Windschutz.

»Mist!«, sagte sie unvermittelt und sprang auf.

»Was?«, fragte Carol Ann und sah sich hektisch um.

Tanya deutete nach oben, und alle Wartenden auf dem Vorfeld sahen zum Himmel.

»O nein!«, flüsterte Maxine, während Carol Ann mich am Arm packte, ihre Finger bohrten sich durch den dicken Stoff meiner Montur.

Geraldine ließ ihr Buch fallen und rannte auf der Suche nach unserem Fluglehrer in den Hangar.

Rauch stieg aus der Valiant, mit der Sharon abgehoben hatte, graue Schwaden umhüllten das kleine einmotorige Flugzeug.

»Komm, Sharon«, murmelte ich, »komm runter. Du schaffst das.«

Mein Herz klopfte zum Zerspringen, das Keuchen meines Atems mischte sich mit den Geräuschen der Frauen um mich, als wir voller Entsetzen auf das Flugzeug starrten, das etwas absackte, ehe es sich fing. Der Rauch verzog sich ein wenig, ein erleichtertes Seufzen ging durch die Menge, doch gleich darauf hallte ein lautes Krachen über den Himmel, die Valiant kippte stark zu einer Seite, ehe sie heftig zur anderen schlingerte.

Geraldine stürmte aus dem Hangar, gefolgt von unserem Ausbilder und drei anderen Männern, und im selben Augenblick gellten die Martinshörner eines Löschfahrzeugs und eines Sanitätswagens Richtung Stützpunkt.

Mehrere Frauen hatten sich abgewandt, sie konnten den Anblick nicht ertragen. Andere liefen aus Schulungsräumen und Unterkünften zum Flugfeld.

Mein Blick fiel auf Officer Wilson, sein Atem ging schwer, als er hektisch die Menge mit den Augen absuchte. Dann sah er mich, und die Anspannung fiel von ihm ab.

Über uns spielte sich Grauenhaftes ab, aber wir waren zur Untätigkeit verdammt, konnten nur zusehen, wie Sharon blind zu landen versuchte.

»Das Fahrwerk!«, rief jemand, und wir schauten wieder alle nach oben zu der Stelle, wo die Räder sein sollten, doch sie waren nur teilweise ausgefahren.

»Audrey«, flüsterte Carol Ann.

Ich schlang meinen Arm um sie, zog sie an mich und schloss die Augen.

Dann hörten wir, wie Metall auf Beton auftraf, das Kreischen ging mir durch Mark und Bein. Carol Ann vergrub ihr Gesicht an meiner Schulter, während ich hilflos auf das kleine silberne Flugzeug starrte, das über die Piste schlingerte, bis es zum Glück langsam zum Stehen kam.

Einen Moment hielt alles die Luft an, dann rannten wir los.

Tanya erreichte die Valiant als Erste und schrie auf, als ein Funke aus dem Rumpf aufstieg und auf ihr landete.

»Mach die Haube auf!«, brüllte sie und hämmerte auf den Flügel des Flugzeugs.

»Steig aus!«, riefen mehrere Frauen.

Vier Feuerwehrmänner drängten sich durch die Menge zum Flugzeug vor.

»Bitte treten Sie zurück!«, brüllte einer.

Zwei von ihnen sprangen auf die Flügel, einer auf jeder Seite, und klopften auf die Haube.

»Miss«, sagte einer, »öffnen Sie die Haube. Miss?«

Sharon saß wie versteinert da, die Augen weit aufgerissen, während vor ihr Rauchwolken aus dem vorderen Teil des Flugzeugs aufstiegen.

»Was macht sie bloß?«, fragte Carol Ann.

»Sie ist starr vor Angst«, flüsterte ich und beobachtete unsere Freundin, die reglos hinter dem Glas sitzen blieb.

»Was ist das für ein Geräusch?«, fragte jemand, und wir verstummten und lauschten.

Ein leises Zischen war vom Flugzeug zu hören, mehrere Frauen wichen hastig zurück, dann bedeuteten auch Officer Wilson und zwei weitere Ausbilder uns, sich von der Valiant zu entfernen.

»Miss!«, schrie einer der Feuerwehrmänner wieder und hämmerte aufs Glas. Er schaute auf die Frauen unter ihm. »Wie heißt sie?«

»Sharon«, antwortete Tanya.

»Sharon!«, rief er, sie zuckte zusammen und schaute hoch, ihr verwirrter Ausdruck ging rasch in Panik über. »Öffnen Sie die Haube!«

Mit einem Nicken folgte sie der Aufforderung. Einen Moment später zogen sie sie aus der Valiant.

Aus einem Schnitt auf der Stirn lief ihr Blut über das Gesicht, und sie hielt sich den Arm, als die Feuerwehrmänner sie auf den Boden hoben und zum wartenden Sanitätswagen brachten. Maxine drängte sich durch die Umstehenden und sprang zu ihrer Freundin in den

Wagen. Zwei Mechaniker vom Stützpunkt eilten zur Maschine, um festzustellen, was passiert war, während die Feuerwehrmänner einsatzbereit mit ihren Schläuchen danebenstanden.

Abgesehen von einer aufgeschürften Nase und ein paar Schnitten im Gesicht, einer Gehirnerschütterung und einem verstauchten Handgelenk fehlte Sharon nichts, aber sie war ziemlich mitgenommen. Sie musste zwei Nächte auf der Krankenstation verbringen, und fast alle in Avenger besuchten sie und brachten ihr Blumen.

»Hier sieht's ja aus wie in einem Blumenladen«, sagte Geraldine und zeigte ihr den Strauß, den sie in der Hand hielt.

»Hab nicht den Eindruck, als wärst du fast gestorben«, meinte Tanya, als sie Sharons Verletzungen inspizierte.

»Meine Nase ist geschwollen«, widersprach Sharon.

»Was? Wo?«

Seufzend griff Sharon nach der pinkfarbenen Puderdose aus Email, die neben ihr auf dem Tischchen stand, öffnete sie und musterte ihr Gesicht.

»Überall da!«, sagte sie und deutete auf den Nasenrücken, der genauso aussah wie vor der Notlandung.

»Ich kann nichts sehen.«

»Du brauchst gar nicht so enttäuscht zu klingen«, sagte Sharon und klappte die Puderdose lautstark zu.

»Was macht dein Handgelenk?«, fragte ich und warf einen Blick zu Tanya, die grinsend in der Ecke saß.

»Das tut furchtbar weh«, sagte sie und hob den Arm, um uns den bandagierten und geschienten Unterarm zu zeigen. »Aber ich werd's überleben. Allerdings darf ich eine Woche nicht fliegen, und diese hässliche Schiene muss ich sogar drei Wochen lang tragen. Wie soll ich mich mit dem Ding frisieren?«

Maxine setzte sich neben ihre Freundin und strich ihr das Haar aus dem Gesicht.

»Das mache ich für dich«, sagte sie.

»Darf ich dir die Augenbrauen nachziehen?«, fragte Carol Ann, woraufhin Tanya leise auflachte.

»Das darfst du nicht«, fuhr Sharon auf. »Meine Zeichenhand funktioniert einwandfrei.«

»Ach, aber ich würde dir so gern tückische Brauen aufmalen. Oder vielleicht überraschte …«

Wider Willen musste ich laut lachen, was zuerst Tanya und dann Geraldine ansteckte. Carol Ann kicherte, und dann gab auch Maxine ihren verzweifelten Versuch auf, nicht loszuprusten.

»Ihr seid alle unausstehlich«, sagte Sharon, und dann stimmte sie in unser Gelächter ein.

In den Tagen nach Sharons Begegnung mit dem Tod herrschte auf dem Stützpunkt eine gedämpfte Stimmung. Zwar hatten wir zu Beginn der Ausbildung alle die Verzichterklärung wegen möglicher Verletzungen mit oder ohne Todesfolge aufgrund eines schadhaften Fluggeräts gelesen und unterschrieben, doch einen Todesfall und einen fast tödlichen Unfall miterlebt zu haben, führte uns unsere Sterblichkeit noch deutlicher vor Augen, stärkte aber auch unser Zusammengehörigkeitsgefühl. Jetzt waren wir wirklich eine Familie, Schwestern im Geiste durch die gemeinsame Liebe zum Fliegen. Und unabhängig davon, wohin es uns nach dem Ende dieses

Programms verschlagen würde, diesen Ort und unsere Erfahrungen hier würde uns keiner mehr nehmen können. Beides unterschied sich so grundlegend von allem Bisherigem in unserem Leben, und wir würden immer voll Freude daran zurückdenken.

Leider war Sharons Unfall der Beginn einer längeren Pechsträhne. Zwei Tage später setzte der Motor eines Flugzeugs aus, das eine Frau aus Zimmer 10 flog, und sie musste in einem Feld in rund fünfzehn Kilometer Entfernung landen. Zu ihrem Glück hatte ein Farmer ihre Bruchlandung bemerkt und fuhr sie zurück. Sie hatte noch nicht mal einen Kratzer abbekommen.

Eine Woche später musste eine Frau aus Zimmer 15 den Schleudersitz betätigen und mit dem Fallschirm aus einer zweimotorigen Maschine aussteigen, deren linker Motor aussetzte; das Flugzeug war ins Trudeln geraten und hatte sich nicht mehr abfangen lassen.

Aber dann folgte eine richtige Tragödie: Mary aus Zimmer 11 kam ums Leben, als der Motor ihres Flugzeugs explodierte und sie in einen See stürzte.

Wieder hielten wir eine Trauerfeier ab, wieder gab es Tränen, und einige Frauen stiegen aus dem Programm aus, ihre Angst war zu groß geworden. Doch wir anderen kehrten am nächsten Tag zur Arbeit zurück. Es gab Flugzeuge, die getestet, und Soldaten, zu denen sie überführt werden mussten.

Im fünften Ausbildungsmonat standen Übersichtskarten und weitere Überlandflüge auf dem Lehrplan. Unser Navigationsvermögen war entscheidend, und so saßen wir wieder im Unterricht bei Officer Wilson und zeigten, wie sehr sich unsere Fähigkeiten im Umgang mit Luftfahrtkarten, Kompass und Uhr gebessert hatten.

»Darauf verstehen Sie sich wirklich sehr gut«, sagte er und blieb neben dem Tisch stehen, über den ich mich beugte, während mein Blick rasch zwischen Karte, Kompass und Uhr hin und her wanderte.

»Danke, Sir. Aber Sie lenken mich ab.«

»Und ich dachte, Sie wären nicht aus der Ruhe zu bringen. Eher zielstrebig wie ein Vogel.«

Erschrocken setzte ich mich auf.

»Auch Vögel lassen sich bisweilen aus der Ruhe bringen«, stieß ich schließlich hervor und schob die Route, die ich geplant hatte, zu ihm. »Bitte sehr, Sir.« Ich packte meine Sachen und ging schnell hinaus.

Ich saß auf einer der beiden Bänke in unserem Waschraum, als ich eine Weile später Carol Anns Stimme hörte.

»Da bist du ja«, sagte sie und ließ sich neben mir nieder. »Ich habe überall nach dir gesucht. Was ist denn los?«

»Ich glaube, ich mag ihn«, murmelte ich.

»James?«

»Nein, nicht James!«, antwortete ich, und meine Stimme hallte von den Wänden wider. Ich zog die Knie an und schlang die Arme darum. »Warum sollte ich James mögen? Er hat ein Versprechen gebrochen … oder etwas in der Art. Wer würde jemanden, der so etwas getan hat, noch mögen?«

»Also gut«, sagte Carol Ann, »dann meinst du Officer Wilson?«

»Ja«, flüsterte ich und sah meine Freundin mit großen

Augen an. »Carol Ann, was passiert mit mir? Männer sind mir egal. Immer schon. Und jetzt gibt es innerhalb von zwei Jahren zwei, die mir nicht egal sind.«

Carol Ann lachte amüsiert. »Die meisten Frauen, die ich kenne, mögen in zwei Jahren zwanzigmal so viele Männer«, sagte sie. »Aber mir ist schon klar, dass das alles für dich Neuland ist, deswegen bringt es dich auch so durcheinander.«

Stöhnend ließ ich den Kopf auf die Knie sinken. »Er ist einfach so … nett. Und fröhlich. Wie ein kleiner Hund. Das ärgert mich. Gar nicht so wie …«

»Wie wer? Wie James? James, der so nett ist, dass er ein Versprechen oder etwas in der Art gebrochen hat? Vielleicht ist nett genau das, was du brauchst.«

Ich schloss die Augen. »Es spielt keine Rolle.«

»Offenbar spielt es sehr wohl eine Rolle. Außerdem, was ist an James so besonders, mal abgesehen davon, dass er wirklich gut aussieht? Ich weiß, er war für dich da – er war bei dir –, als Pearl Harbor bombardiert wurde. Ich weiß, ihr versteht beide das Bedürfnis des anderen, mehr als nur verheiratet zu sein. Aber was ist das Besondere an ihm, dass du jetzt alle anderen Männer mit ihm vergleichst?«

In gewisser Hinsicht wusste ich das selbst nicht mehr so genau. Mehr als zwei Jahre hatten wir uns nicht gesehen, seitdem hatten wir uns nur schriftlich ausgetauscht. Und die Briefe hatten sich während seiner Zeit in Übersee verändert. Der James, von dem ich mich in San Antonio verabschiedet hatte – der, an den ich mich aus O'ahu erinnerte –, war nicht der James, der mir vor ein paar

Monaten Lebwohl gesagt hatte. Der Mann, der mir so gefallen hatte auf der kleinen Insel, wo Gut und Böse spektakulär aufeinandergeprallt waren, was das Leben aller, die wir kannten, auf den Kopf gestellt hatte, war in Übersee verschwunden. Allerdings konnte ich zwar verstehen, dass sein Leben aus Unsicherheiten und Grauen bestand und dass wir nur befreundet waren, nicht aber, weshalb er die Verbindung mehr oder minder wortlos kappen wollte.

»Er war ruhig«, sagte ich und erinnerte mich, wie ich am Strand in Haleiwa neben ihm saß, wo sich die Wellen am Ufer brachen, der milde hawaiianische Passatwind über uns strich und sanft durch mein Haar wehte. »Und intelligent. Er drängte nicht, deswegen habe ich ihm freiwillig etwas von mir offenbart und wollte mehr von ihm erfahren. Das machte mir Angst.« Mir stockte die Stimme. »Und ich fand es aufregend. Das war alles so fremd für mich … Ich hatte das Gefühl, wenn ich es zuließ, mich in ihn zu verlieben, würde ich als Nächstes meinen Traum aufgeben, und dann würde ich wie jede andere Frau enden, würde heiraten und Kinder bekommen. Ein Haus auf dem Land, einen gepflegten Garten, ein oder zwei Autos in der Auffahrt.«

»Das klingt himmlisch«, sagte Carol Ann, und ich stieß ihr mit dem Ellbogen in die Rippen. Das war genau das, wovon sie als junges Mädchen geträumt hatte.

»Für dich vielleicht«, antwortete ich, »aber für mich war es schrecklich.«

»Und deswegen seid ihr übereingekommen, nur befreundet zu sein.«

»Ja.«

»Dabei war eindeutig mehr dran.«

Ich zuckte mit den Schultern.

»Süße, das kannst du dir so lange einreden, wie du magst – es stimmt nicht. Und im tiefsten Inneren wisst ihr beide das auch. Deswegen verletzt es dich so, dass er nicht geschrieben hat. Wäre er nur ein Freund, wärst du sauer, aber du würdest darüber hinwegkommen. Liebe macht die ganze Sache schwieriger.«

»Ich habe ihn nicht geliebt«, erwiderte ich entschieden, konnte ihr dabei aber nicht in die Augen sehen.

»Natürlich nicht, kleiner Vogel«, sagte sie und stupste mit dem Finger auf den winzigen Kolibri an der zarten Kette um meinen Hals.

Tränen traten mir in die Augen. »Deswegen bin ich rausgegangen«, flüsterte ich.

»Wegen der Kette?«

»Nein. Officer Wilson – er hat mich mit einem Vogel verglichen. Ich …«

Ich sackte in mich zusammen, und sie schloss mich in die Arme.

Ich war erschöpft von Gefühlen, die ich bislang nicht gekannt hatte. Müde, weil ich alles unterdrückt hatte, das sich so dringend Bahn brechen wollte. Und ich war wütend auf James. Wütend, weil er mich hatte gehen lassen – und gleichzeitig wütend über mich selbst und meinen Ärger auf einen Mann, der in einem Krieg kämpfte, den er nicht begonnen hatte, für den er sich aber trotzdem opferte. Und zwar für mich und alle anderen in diesem Land. Und ich war traurig. Die Freundschaft mit ihm, die mir im Lauf der Zeit zunehmend mehr bedeutet hatte, war vorbei. Der erste Mann mit Ausnahme meines Vaters, dessen Gesellschaft ich schätzte, dem ich vertraute und den ich respektierte – er hatte mir nichts mehr zu sagen. Und deswegen fühlte ich mich schwach. Ich wünschte, ich könnte loslassen und in die Zukunft blicken – um unser beider willen –, aber es gelang mir einfach nicht, ihn aus meinem Denken zu verbannen. Erschwerend kam jetzt noch hinzu, dass ein anderer Mann mein Interesse weckte, was meine Gefühlswirren noch vergrößerte. Ich wollte Carter nicht mögen, und ganz bestimmt wollte ich nicht, dass er mich mit einem Vogel verglich. Ich verstand nicht, weshalb er sich so auf mich kapriziert hatte, wo es auf dem Stützpunkt so viele andere hinreißende Frauen gab, die um seine Aufmerksamkeit warben. Aber vielleicht war genau das der Grund – ich hatte ihm nicht geschmeichelt, nicht mit ihm geflirtet. Hatte ich das nicht bei zahllosen Liebeleien anderer beobachtet? Durch mein Desinteresse wurde ich geheimnisvoll. Das nicht Greifbare faszinierte.

Seufzend stand ich auf und spritzte mir Wasser ins Gesicht. Carol Ann stand neben mir und drehte den Kopf hin und her, während sie ihr Spiegelbild betrachtete.

»Ich weiß, dass du den Flugplatz haben willst …«, sagte sie.

»Und den werde ich auch bekommen«, fiel ich ihr ins Wort.

»Natürlich.« Sie lächelte. »Aber in ferner Zukunft, wenn du ihn zehn Jahre lang erfolgreich führst, wenn alles glattläuft und du dich ganz zu Hause dort fühlst –

glaubst du nicht, dass du dir dann etwas mehr wünschen wirst? Jemanden, mit dem du dich austauschen kannst?«

»Ich werde Freunde haben. Und Mitarbeiter auf dem Flugplatz«, sagte ich achselzuckend.

»Das ist aber nicht dasselbe wie jemand, der zu Hause auf dich wartet«, widersprach sie leise. »Vertrautheit. Jemand, dem du von deinem Tag erzählen kannst und der dir von seinem erzählt. Für jemanden da zu sein, der auch für dich da ist. Ich erinnere mich, wie oft ich bei meiner Tante und meinem Onkel am Tisch saß und wir über etwas Albernes gelacht haben. Oder wir haben gemeinsam abgespült oder auch nur Musik gehört. Dann haben sie manchmal miteinander getanzt, und ich habe ihnen zugesehen, bis einer von ihnen mich zu ihnen gezogen hat. Kannst du mir wirklich sagen, dass du jeden Abend lieber allein an deinem Küchentisch sitzt, als so etwas zu haben?«

Ich starrte zuerst sie und dann mich im Spiegel an. Nein, das konnte ich ihr nicht sagen. Denn so hatte ich mir das noch nie überlegt. Bis jetzt.

Und das machte mir noch mehr Angst als alles andere.

KAPITEL 20

Drei Wochen vor den Abschlussprüfungen suchten Carol Ann, Nola und ich in der Stadt nach Schals, als wir Officer Wilson begegneten.

»Guten Tag, Miss«, sagte er.

»Sir«, antwortete ich. Mein Herzschlag beschleunigte sich, ich bemühte mich, nicht zu lächeln.

»Audrey«, sagte Nola, die zu mir trat. »Ach, Officer Wilson. Guten Tag. Audrey, Süße, wir haben Hunger. Hast du alles?«

»Nein, das hat sie nicht«, sagte Carter. »Sie hat sich gerade bereiterklärt, mir zu helfen, das richtige Geschenk für meine Mutter zu finden.«

Ich öffnete den Mund, um zu widersprechen, zuckte dann aber nur lächelnd mit den Schultern.

»Es dauert nicht lang«, sagte ich zu Nola, die ein erstauntes Gesicht machte und davonging.

»Haben Sie etwas dagegen?«, fragte er.

»Wahrscheinlich nicht, sonst hätte ich ihr gesagt, dass Sie lügen.«

Er lachte und bedeutete mir, ihm zu folgen.

»Danke für Ihre Hilfe«, sagte er eine halbe Stunde

später, als er die Geschenke bezahlte, die ich für seine Mutter, seine Schwester und seine Großtante Edna ausgesucht hatte. »Jetzt weiß ich, weshalb Männer heiraten. Wegen des Einkaufens.«

Die Frau hinter dem Tresen kicherte, und ich widerstand dem Drang, die Augen zu verdrehen.

»Es hat mich gefreut, Ihnen behilflich sein zu können«, sagte ich. »Einen schönen Tag noch, Officer Wilson.«

»Audrey!«, rief er, als ich das Geschäft verließ und die Straße hochging.

Ich drehte mich um. »Brauchen Sie noch etwas?«

»Darf ich Sie zum Mittagessen einladen? Zum Dank?«

»Nicht nötig«, antwortete ich.

Er steckte seine freie Hand in die Tasche und schaute zu mir hinunter.

»Ich muss Ihnen angemessen danken, dass Sie mir Ihre Zeit geschenkt haben. Sonst wäre meine Mutter entsetzt.« Er warf mir ein Lächeln zu, bei dem die Hälfte der Frauen in Avenger dahingeschmolzen wäre, und um ehrlich zu sein, machte auch mein Herz einen Satz.

»Ich esse mit den anderen Frauen.«

»Abendessen?«

»Man kann nicht behaupten, dass Sie leicht aufgeben.«

»Ich weiß, was ich will«, antwortete er und sah dabei aus wie ein großes Kind, verschmitzt und unverfroren.

Ich schüttelte den Kopf. »Wenn jemand das herausfinden würde …«

Er grinste. »Das heißt, Sie überlegen es sich also. Wir gehen dahin, wo niemand anderes ist. Versprochen. Ich möchte doch nicht riskieren, dass Sie Ärger bekommen.

Was hätte ich denn davon, wenn Sie aus dem Programm ausgeschlossen würden?«

Es gab so viele Gründe abzulehnen – ich hatte sie mir bis zum Erbrechen vorgebetet. Aber es gab einen Grund, Ja zu sagen: das Flattern in meinem Magen, wann immer sich unsere Blicke trafen.

»Also gut«, sagte ich.

Er riss die Augen auf. »Wirklich?«

»Ja. Aber nur Abendessen. Sonst nichts. Und wenn ich sage, dass ich zurückmuss, dann müssen Sie mich zurückfahren.«

»Natürlich.«

»Wo treffe ich Sie?«, fragte ich zögernd. Mein Herz hämmerte wie wild in meiner Brust, während ich erfolglos versuchte, die Stimme in meinem Kopf auszublenden, die entschieden protestierte.

»Ich parke ein Stück unterhalb von McKay's. Sagen wir um sechs?«

»Also um sechs.«

Ein paar Stunden später ging ich panisch in unserem Zimmer auf und ab. Um auf keinen Fall erwischt zu werden, hatte ich Carol Ann gebeten vorzugeben, wir würden den Abend zu zweit im Zimmer verbringen, anstatt mit den anderen auszugehen. Sie hatte nichts dagegen, meinetwegen zu lügen, solange ich ihr hinterher in allen Einzelheiten Bericht erstattete.

»In allen Einzelheiten«, sagte sie und hob mahnend den Finger. »Untersteh dich, irgendwas auszulassen.«

Ich rollte mit den Augen und ging weiter auf und ab. »Was erzählst du den anderen, wenn sie nach mir fragen?«

»Dass es dir nicht so gut geht und du dich hingelegt hast. Ich werde sogar einen Teller mit Essen mitnehmen, damit es echt aussieht.«

»Gut.« Ich blieb vor ihrem Bett stehen. »Wie sehe ich aus?«

»Na ja, ein bisschen mehr Haut könntest du schon zeigen. Du hast den Kragen fast bis zur Nase zugeknöpft.«

»Carol Ann.« Ich funkelte sie an.

»Du siehst gut aus. Sehr adrett. Wie eine Dame. Deine Mutter wäre stolz auf dich.«

»Ich bin vor neun wieder da«, sagte ich. »Wenn jemand früher heimkommt …« Ich rang die Hände.

»Das passiert nicht. Und jetzt geh, sonst verpasst du noch den Bus.«

Der Bus setzte mich vier Minuten vor sechs Uhr einen Block vor McKay's ab. Kurz schaute ich zum Restaurant, machte dann kehrt, ging die Straße in die andere Richtung hinunter und bog um die Ecke. Lieber nahm ich einen Umweg in Kauf, als am Fenster vorbeizugehen und gesehen zu werden.

Ich machte Officer Wilson in der Dämmerung aus, wie er an einem Wagen lehnte, mit seinem Stock auf den Randstein klopfte und unentwegt Richtung McKay's blickte. Als er meine Schritte hörte, drehte er sich um und machte ein überraschtes Gesicht.

»Da sind Sie ja.« Sein Lächeln wirkte fast nervös. »Ich dachte, Sie hätten es sich vielleicht anders überlegt.«

»Ich bin hinten um den Block gegangen. Ich fand es

keine gute Idee, vorn am Restaurant vorbeizuspazieren, wo alle meine Freundinnen sitzen.«

»Sie sind wirklich schlau, Miss Coltrane – Audrey, meine ich.« Er öffnete die Beifahrertür. »Sollen wir?«

Wir fuhren rund eine halbe Stunde nach Abilene, dort parkte er vor einem kleinen weißen Haus.

Ich sah ihn fragend an, aber er lächelte nur, stieg aus und öffnete mir die Tür.

»Wo sind wir?«, fragte ich und betrat die Auffahrt.

»An einem Ort, wo niemand uns sieht«, antwortete er und ging mir voraus zur Haustür. »Hier wohnt meine Großtante Edna. Das ist der andere Grund, weshalb ich die Stelle hier angenommen habe. So kann ich mich ein bisschen um sie kümmern. Ich mähe für sie auch den Rasen und erledige Einkäufe.«

»Das ist wirklich nett von Ihnen. Ist sie zu Hause?«

Er lachte. »Nein. Wäre das in Ihrem Sinne?«

Ich lachte ebenfalls. »Es wäre auf jeden Fall interessant.«

»Hmm … mich mit einer Frau unterhalten und bei ihr Eindruck schinden wollen, während meine alte Tante in ihrem lila Morgenrock im Esszimmer ein und aus geht … Undenkbar.« Er grinste. »Sie spielt samstags immer mit einer Gruppe anderer Frauen Karten in einem Haus in der Nähe.«

»Sie klingt witzig.«

»Sie ist famos.«

Zum Essen gab es Pasta und einen Salat, dazu eine Flasche Wein; das alles hatte er zuvor schon besorgt.

»Ich koche nicht«, erklärte er, stellte seinen Stock ab

und holte die Kartons mit dem Essen heraus. »Und ich wollte Ihnen an unserem ersten gemeinsamen Abend nicht meine kläglichen Versuche zumuten.«

»Dem ersten?«, fragte ich, während er das Essen auf die Teller verteilte.

»Ich hoffe doch, dass Sie, wenn dieser Abend ein Erfolg ist, einen weiteren mit mir verbringen werden. Wein?«

»Gern«, sagte ich. Alles, um meine Nerven zu beruhigen.

So seltsam es war, im Haus seiner Tante zu sein, so liebenswert war es auch. Sie hatte das Zimmer in den letzten zwanzig Jahren eindeutig nicht renoviert. Die Einrichtung war sauber, aber abgewohnt und verblichen, die Ausstattung altmodisch. Auf dem Kaminsims standen Familienfotos, auf mehreren war ein blonder Junge zu sehen, in dem ich den jungen Carter erkannte. Über dem Sofa hing eine große Aufnahme eines attraktiven Paares.

»Ist das Ihre Tante?«, fragte ich und deutete auf das Bild.

»Ja. Mit meinem Onkel Frederick. Er ist vor sieben Jahren gestorben. Er war in Abilene aufgewachsen und lernte meine Großtante auf einer Geschäftsreise nach Seattle kennen. Sie ist ihm hierher gefolgt und nie wieder fortgezogen.«

»Keine Kinder?« Mir war aufgefallen, dass die einzigen Fotos mit kleinen Kindern diejenigen mit Carter und zwei anderen Kindern waren, die ihm so ähnlich sahen, dass es sich um seine Geschwister handeln musste.

»Nein. Sie sind gern gereist, und sie hat immer ehrenamtlich für eine Unzahl von Hilfsorganisationen gearbeitet. Aber sie hat uns sehr geliebt. Tut sie immer noch.« Er lächelte und deutete auf die Teller, die er auf den kleinen Esstisch gestellt hatte. »Das Menü ist aufgetragen.«

Etwas steif stellte er die üblichen Fragen einer ersten Verabredung – wer meine Eltern waren, wie alt meine Schwester, wo ich aufs College gegangen war. Ich gab knappe Antworten, bevor ich den Spieß umdrehte in der Hoffnung, ein unbehagliches Schweigen zu vermeiden. Aber Carter war ein guter Gesprächspartner, sobald er sich nicht mehr bemühte, der perfekte Kavalier zu sein, und als wir fertig gegessen hatten, wusste ich, dass er in Seattle aufgewachsen, dass sein Vater Professor und seine Mutter Hausfrau war und er zwei ältere Geschwister hatte, Winston und Adelaide.

»Möchten Sie Dessert?«, fragte er, während er die Teller abräumte.

»Sehr gern.«

Er verschwand in die Küche, ich hörte das Klappern von Geschirr, und mein Herzschlag begann wieder heftiger zu schlagen. Was würde nach dem Dessert passieren? Wir waren ganz allein im Haus. Würde er versuchen, mich zu küssen? Würde ich ihn abwehren müssen? Wie lang konnte seine Großtante Karten spielen? Ich verschränkte die Hände im Schoß und betete, sie möge früh heimkommen, damit Carter mich nach Sweetwater zurückfahren musste.

»Ich hoffe, Sie mögen Schokoladenkuchen«, sagte er, als er wieder ins Esszimmer kam.

»Sehr gern«, antwortete ich und griff nach meiner Gabel, während mein Magen Purzelbäume schlug.

»Der Schokoladenkuchen meiner Mutter ist absolut köstlich«, erzählte er. »Drei Schichten. Die üppigste Glasur, die Sie sich vorstellen können. Er ist dekadent und preisverdächtig. Einmal setzte meine Schwester es sich in den Kopf, den Kuchen zu backen, zum ersten Mal. Das war für eine große Familienfeier. Sie war so stolz, als sie ihn auf dem Tablett hereintrug, sie hatte es eigens mit Blumen aus dem Garten geschmückt. Mein Vater übernahm das Aufschneiden, während meine Schwester die Teller herumreichte. Niemand nahm einen Bissen, bis alle ein Stück bekommen hatten.« Er lachte kurz, und ich wartete lächelnd. »Leider hatte sie den Zucker mit dem Salz verwechselt. Sie war am Boden zerstört.«

Bei der Erinnerung schüttelte er amüsiert den Kopf, und ich blickte über den Tisch hinweg zu ihm und sah ihn mit neuen Augen. Das war kein Mann, vor dem eine Frau Angst zu haben brauchte. Er war liebenswürdig und zuvorkommend und hatte eine sehr positive Einstellung zum Leben. Vielleicht hatte Carol Ann recht. Sollte ich überhaupt einen Mann brauchen, wäre ein nettes Exemplar vielleicht genau das Richtige.

»Also«, sagte ich und deutete mit der Gabel auf den Kuchen, der vor mir stand. »Wer hat den gemacht? Ihre Mom oder Ihre Schwester?«

»Keine von beiden«, sagte er. »Ich habe ihn gebacken, gestern Abend.«

»Für …« Ich runzelte die Stirn. Er konnte unmöglich gewusst haben, dass wir uns heute zufällig in der Stadt begegnen würden und ich seine Einladung annehmen würde.

»Eigentlich war er für das Kartenspiel meiner Tante gedacht. Sobald ich wusste, dass Sie kommen, bin ich hergefahren und habe noch einen gebacken. Er war etwas schief und nicht halb so schön glasiert. Sie hat den mitgenommen, um mir die Blamage zu ersparen.«

»Das ist sehr nett von ihr«, sagte ich. »Jetzt bin ich gespannt, wie er schmeckt.«

Er verfolgte, wie ich mit der Gabel ein kleines Stück abschnitt und mir in den Mund steckte.

»Zucker, kein Salz, stimmt's?«, fragte ich.

»Stimmt.«

Der Kuchen war so köstlich, wie er versprochen hatte, unsere Unterhaltung verlief beim zweiten Glas Wein entspannt und angenehm. Carter war der perfekte Gastgeber, ein wunderbarer Mann für einen Abend und der Traum einer jeder zukünftigen Schwiegermutter. Doch so verlockend er auch sein mochte, im Hinterkopf beschäftigten mich zwei Gedanken: Zum einen war er eine Ablenkung, die ich nicht brauchte, und zum anderen fragte ich mich, was James denken würde. Der erste Gedanke ärgerte mich, weil ich die Einladung überhaupt angenommen hatte, der zweite ärgerte mich, weil ich überhaupt über so etwas nachdachte. Und genau aus dem Grund blieb ich länger als eigentlich beabsichtigt.

Da hatten wir uns schon auf das geblümte Sofa im kleinen Wohnzimmer gesetzt, wo er mich mit Geschichten aus seiner Kindheit in Seattle unterhielt. Sie musste traumhaft gewesen sein. Seine Mutter war offenbar eine zupackende Frau und stets für die Kinder da gewesen, seine Geschwister fürsorglich – sie hatten ihren kleinen Bruder überallhin mitgenommen –, und sein Vater besaß offenbar eine starke Ausstrahlung, war fröhlich und großzügig.

»Das klingt geradezu märchenhaft«, sagte ich.

»Es war schön«, bestätigte er. »Wir hatten zwar nicht viel Geld, aber meine Mutter ist sehr kreativ. Ständig gab es Sachen zu färben und zu bemalen und Geschichten, die im Flüsterton unter der Decke erzählt wurden. Im Sommer zelteten wir draußen im Garten. Und im Winter bauten wir Schneemänner und hängten unsere Socken zum Trocknen vors Feuer. War es in Dallas sehr anders?«

Ich biss mir auf die Unterlippe. Ich sprach nicht gern vom Vermögen meiner Eltern, und bestimmte Details verrieten einfach, wie wohlhabend wir waren.

»Nicht so sehr anders«, sagte ich. »Im Sommer machten wir abends Lagerfeuer, und meine Schwester und ich haben Glühwürmchen in Einmachgläsern gefangen. Die haben wir auf die Veranda vor unsere Zimmer gestellt und zugesehen, wie sie geblinkt haben, bis wir eingeschlafen sind. In Dallas schneit es nur selten, aber es gab im Winter trotzdem viel zu unternehmen. Um ehrlich zu sein, sobald ich mit dem Fliegen anfing, war mir alles andere nicht mehr so wichtig.«

»Ich habe den Eindruck, dass es vielen Frauen in Avenger genauso geht.«

Als er den Flugplatz erwähnte, schaute ich auf meine Uhr und sprang erschrocken auf, sodass ich Wein über mich verschüttete.

»O je«, sagte ich, doch Carter lief schon in die Küche, um einen feuchten Lappen zu holen.

»Hier«, sagte er und tupfte den Fleck auf meinem Bauch ab.

Erschreckt holte ich Luft, er trat einen Schritt zurück.

»Entschuldigen Sie«, sagte er, »ich hätte nicht ... Hier.« Er drückte mir den Lappen in die Hand, unsere Finger berührten sich.

An diesen Moment dachte ich später zurück. Hätte ich den Wein nicht verschüttet, hätten sich unsere Hände nicht berührt, wären sich unsere Blicke nicht begegnet ... hätten wir uns trotzdem geküsst? Doch in dem Augenblick dachte ich nicht nach, sondern wollte nur umarmt und berührt werden. Begehrt werden.

Seine Lippen auf meinen waren weich, seine Hand um meine Taille fest. Er trat nach vorn, ich wich zurück, bis ich gegen die Wand stieß und nicht weiter ausweichen konnte, es sei denn, ich wollte das, was gerade passierte, beenden. Und das wusste ich nicht so genau.

»Sie sind so schön«, flüsterte er und vergrub eine Hand in mein Haar, um mich noch näher an sich zu ziehen.

Ich wollte mich ganz in dem Moment verlieren, nicht daran denken, wie merkwürdig sich sein Mund auf meinem anfühlte, wie fremd seine Hände waren, wie überwältigend sein Rasierwasser roch. Seine Lippen waren fordernd, und ich öffnete meine und genoss sein Stöhnen, während ich mich fragte, ob er wohl versuchen würde, mich zu berühren – und ob ich es zulassen würde.

Ich bemühte mich, meinen Verstand zum Schweigen

zu bringen und alles um mich her auszublenden. Weil ich es durfte. Weil James fort war. Weil …

Ich entzog mich Carters Umarmung und wich zur Seite.

»Zu schnell?«, fragte er heiser.

Ich schüttelte den Kopf und nickte dann.

»Tut mir leid«, sagte er und trat einen Schritt auf mich zu.

»Ist schon in Ordnung«, sagte ich.

Ich ging in den kleinen Flur, nahm meinen Mantel von der Stuhllehne, über die er ihn vor einigen Stunden so sorgsam gelegt hatte, stellte mich vor die Haustür und verschränkte schützend die Arme.

»Ich sollte jetzt wirklich zusehen, dass ich zum Stützpunkt zurückkomme.«

»Natürlich«, sagte er. »Ich hole schnell die Schlüssel.«

Die Fahrt zum Stützpunkt dauerte vierzig Minuten. Vierzig Minuten, die wir bis auf wenige Worte in angespanntem Schweigen verbrachten.

Er parkte ein Stück vom Einfahrtstor entfernt, und wir blieben einen Moment still sitzen. Das Unbehagen lastete schwer zwischen uns.

»Es tut mir leid, wenn ich Ihnen zu nahe getreten bin oder Sie missverstanden habe«, sagte er aufrichtig bedrückt.

»Es ist nicht Ihre Schuld«, sagte ich. »Ich hätte Ihre Einladung nie annehmen dürfen. Nicht dass es nicht sehr schön war. Aber es ist einfach so, dass ich nicht mit Männern ausgehe.«

»Warum nicht?«

»Ich habe kein Interesse an dem, wozu es normalerweise führt.«

»Sex?«

Errötend sah ich zum Fenster hinaus. »Eine Ehe«, sagte ich. »Kinder.«

»Ich verstehe«, sagte er schnell. Und dann: »Wirklich nicht?«

Ich schüttelte den Kopf. »Das war nie mein Plan.«

»Wie sieht Ihr Plan denn dann aus?«, fragte er, lehnte sich an die Fahrertür und drehte sich zu mir.

»Früher wollte ich, sobald ich das Geld dafür verdient hatte, den kleinen Flugplatz kaufen, auf dem ich gelernt habe. Aber dann wurde dieses Programm ins Leben gerufen, also ist mein Plan jetzt, hier gute Arbeit zu leisten, beim Überführungskommando zu arbeiten, solange ich gebraucht werde, und dann nach Hause zu fahren und meinen Flugplatz zu kaufen.«

»Und das war's?«

»Das war's.«

»Der ganze Plan?«

Ich seufzte. »Ja, der ganze Plan.«

»Und was ist mit dem Rest? Wo bleibt da der Spaß?«

»Das ist mein Spaß, Carter.«

Ich lächelte. Offenbar konnte das niemand verstehen. Selbst mein Vater hatte seine Vorbehalte, aber zumindest hatte er es akzeptiert. Und dann natürlich James. James hatte es genau verstanden, weil er ähnliche Vorstellungen hatte. Keiner von uns hatte Angst vor einem Leben als Einzelgänger. Im Gegenteil, das beflügelte uns. Die Vorstellung, zu tun, was uns gefiel, und zwar wann immer wir wollten, war beglückend. Allerdings hatte ich erkennen müssen, dass die meisten Leute sich ein solches Leben nicht vorstellen konnten. Es entsprach nicht der Norm und war damit verdächtig.

»Mehr will ich nicht«, sagte ich. »Fliegen und mir damit meinen Lebensunterhalt verdienen.«

»Aber im Leben geht es doch nicht nur um die Arbeit.«

»Für mich ist es keine Arbeit, meinen Flugplatz zu leiten«, widersprach ich und reckte das Kinn ein Stück vor. »Es ist ein Privileg.«

»Und wenn Sie am Abend nach Hause fahren? Was machen Sie dann? Wem werden Sie von Ihrem Tag erzählen? Mit wem werden Sie lachen?«, fragte er und wiederholte damit Carol Anns Argumente. »Wenn Sie nachts ins Bett gehen, wer flüstert Ihnen ins Ohr, dass er Sie liebt, wer streicht Ihnen das Haar aus dem Gesicht und gibt Ihnen einen Gutenachtkuss? Wer kocht Ihnen einen Kaffee und pflückt Ihnen einen Blumenstrauß und albert mit Ihnen durch die Küche? Mit wem teilen Sie Ihre Erinnerungen?«

»Nicht jeder braucht eine Beziehung, um erfüllt zu sein«, sagte ich.

»Vielleicht nicht«, stimmte er zu. »Aber jeder braucht Vertrautheit.«

Wieder dieses Wort. »Freunde genügen.«

»Freunde sind großartig. Aber das machen Freunde nicht.«

Er beugte sich vor und drückte seinen Mund auf meinen. Den Bruchteil einer Sekunde wollte ich ihn wegschieben, aber dann überrollte mich eine Woge von Gefühlen, und anstatt zurückzuschrecken, suchte ich in seiner Umarmung Trost. Vielleicht war er doch die Antwort auf das, was mich quälte. Auf die Wunde, die James gerissen hatte. Vielleicht könnte ich, wenn ich mich in Carter verlor, diese winzige Idee loswerden, die sich ganz hinten in meinem Hinterkopf eingenistet hatte. Die Fantasie, dass James eines Tages auf meinem kleinen Flugplatz landete – und nie wieder abflog.

Ich schlang die Arme um Carters Hals und zog ihn an mich, öffnete meine Lippen, seine Hand wanderte von meinem Hals über meine Brüste und die Taille und Hüfte zum Saum meines Kleids. Seine Finger glitten unter den Stoff, ich keuchte auf, als seine kühle, glatte Hand meinen Oberschenkel hinauffuhr und sich dort festhielt, als müsste er sich gewaltsam daran hindern, sich noch weiter vorzutasten.

»Audrey«, flüsterte er an meinem Mund, dann löste er sich stöhnend von mir, stieß die Tür auf und stieg aus. Er ging zur Beifahrertür, öffnete die Tür, zog mich an der Hand hinaus und drückte mich gegen den Wagen.

Ich spürte sein Drängen, die Anspannung in seinem Körper, als er mich mit der Hand im Rücken enger an sich presste, während die andere sich wieder unter mein Kleid und über meinen Schenkel zum Rand meiner Unterwäsche vorarbeitete. Ein Teil von mir wollte ihn daran hindern, aber überrumpelt von den unbekannten Empfindungen ignorierte mein Körper jeglichen Einspruch meines Kopfes.

»Komm mit mir mit«, flüsterte er.

»Wohin?«, fragte ich und vermutete, er spreche von seinem Quartier. Ich hatte einen solchen Vorschlag gar nicht in Erwägung gezogen, stellte jetzt aber verwundert fest, dass ich die Idee nicht völlig abwegig fand. Also überraschte mich das, was er als Nächstes sagte, umso mehr.

»Seattle.«

Ich runzelte die Stirn und rückte von ihm fort, meine Hand an seiner Brust, während ich verwirrt zu ihm hochsah.

»Wie bitte?«, fragte ich.

»Ich mag dich. Ich glaube, du magst mich auch, auch wenn du dich dagegen gesträubt hast … bis jetzt.« Er grinste, ein Anflug seiner gewohnten Forschheit. »Komm mit mir nach Seattle. Wir können warten, bis du die Abschlussprüfung gemacht hast, oder wir gehen früher. Ich finde eine Stelle, wo ich Navigation unterrichte, und du suchst dir einen Flugplatz, wo du fliegen und vielleicht Flugstunden geben kannst. Wir kaufen uns ein kleines Haus, bekommen Kinder … Es wird wunderbar. Das verspreche ich dir.«

Mir schwirrte der Kopf. Wovon sprach er da? Wir küssten uns doch nur, wir planten nicht ein gemeinsames Leben. Wir warfen nicht meine ganzen Zukunftspläne über den Haufen.

Ich schlüpfte zwischen ihm und dem Fahrzeug hinaus, brauchte Platz um mich, Luft. Um wieder zur Besinnung zu kommen.

»Nein, Audrey, nicht«, sagte Carter rasch und legte mir eine Hand auf den Arm. »Überleg's dir. Du und ich in

Seattle. Es ist eine tolle Stadt. Warst du schon mal da? Es gibt dort so viel zu unternehmen, und es ist wunderschön. So grün, und ringsum sind Berge. Du wärst begeistert, sie aus der Luft zu sehen.«

»Ich kann nicht weg«, sagte ich so leise, dass ich nicht wusste, ob er mich gehört hatte.

»Dann nach den Prüfungen.«

»Aber das Programm«, sagte ich zweifelnd. Meinte er das ernst?

»Du möchtest Flugzeuge überführen. Ich verstehe. Dann bleibe ich und unterrichte, während du im Programm arbeitest. Aber dann vielleicht in einem Jahr?«

»Ich verstehe Sie nicht.« Ich sah unverwandt zum Stützpunkt. »Wovon reden Sie da, Carter?«

»Ich sage, komm mit. Wir bauen uns ein gemeinsames Leben auf. Wir heiraten und finden ein Haus, das dir gefällt.«

»Aber … wir kennen uns doch kaum. Und ich lebe in Dallas.«

Ich war völlig durcheinander. Wie konnte er bei unserer ersten Verabredung von solchen Dingen sprechen? Ich hatte ihm von meinen Plänen erzählt. Wie war er auf die Idee gekommen, ich hätte meine Meinung geändert und würde mit ihm nach Seattle ziehen? Ihn heiraten? Ich hatte ihm gesagt, dass ich eine Ehe nie in Erwägung gezogen hatte, und er stellte sie mir als verlockendes Angebot in Aussicht?

»Ich muss zurück«, sagte ich.

»Bist du wütend auf mich?«, fragte er.

»Ich bin verwirrt. Ich habe Ihnen gesagt, wie ich mir

mein Leben vorstelle. Daran hat sich durch einen Schokoladenkuchen, eine Autofahrt und einen Kuss nichts geändert.«

»Ich dachte nur … Du sagtest, du würdest nicht mit Männern ausgehen. Und dass du kein Interesse hast, mit einem Mann mehr als nur befreundet zu sein. Aber dann hast du mich geküsst.«

»Durch einen Kuss ändere ich doch nicht meine Meinung«, widersprach ich. »Es ist bloß ein Kuss.«

»Ich weiß, es geht alles sehr schnell. Du musst mich für völlig übergeschnappt halten. Aber das bin ich nicht. Ich weiß einfach, was ich will – nämlich dich. Das wusste ich, sobald ich dich sah, und jeden Tag weiß ich es mehr. Deswegen muss ich dich auch unentwegt ansehen, sobald wir zusammen in einem Raum sind. Ich weiß, was du gesagt hast, wie du dir dein Leben vorstellst … aber manchmal ist das, was wir uns vorstellen, etwas anderes als das, was uns schließlich glücklich macht. Du kannst immer noch fliegen. Solange du willst. Natürlich bis die Kinder kommen. Und dann …«

Ich hob die Hand und holte tief Luft. »Danke für das Essen, Carter«, sagte ich. »Gute Nacht.«

Ich machte auf dem Absatz kehrt und ging zum Tor des Stützpunkts.

»Wirst du's dir überlegen?«, rief er mir nach.

Ich blieb abrupt stehen. Natürlich konnte ich verstehen, weshalb manche Frauen verrückt nach ihm waren – er hatte sehr viel Liebenswertes an sich. Er verströmte Lebensfreude. Selbst seine Küsse waren eine Lektion in glücklicher Hingabe. Und hingegeben hatte ich mich.

Aber er glaubte, ein Kuss genügte, damit eine Frau ihre Meinung änderte. Und vielleicht stimmte das ja auch. Irgendwo gab es sicher eine Frau, die bereitwillig alles, was das Leben ihr bislang geboten hatte, aufgeben würde für einen Kuss und ein Versprechen von einem Mann wie Carter. Nur wusste ich nicht, ob ich diese Frau war. Oder je sein würde. So verführerisch er auch war.

Ich drehte mich zu ihm. Gab es eine Zukunft, die ich mir mit diesem Mann vorstellen konnte? Würde ich allein wegen seiner Liebe nicht bedauern, meine Ziele aufgegeben zu haben für etwas, das ich nie in Betracht gezogen hatte? Würde ich Glück darin finden, Hand in Hand mit ihm durch den Park zu schlendern, während unsere Kinder vor uns her liefen? Wenn ich für ihn kochte und seine Kleidung zusammenfaltete? Würde es mich glücklich machen, als seine Frau vorgestellt zu werden und Dinnerpartys für seine Freunde und deren Frauen zu veranstalten? Würde ich, wenn ich nachts im Bett lag, glücklich sein mit der Wahl, die ich getroffen hatte?

Oder würde ich in den kurzen Momenten der Stille, nachdem alle anderen zu Bett gegangen waren, am Küchentisch sitzen und vom Fliegen träumen, mir mit geschlossenen Augen den kühlen Wind im Gesicht und das Gefühl von Freiheit vorstellen, nach dem ich mich immer gesehnt hatte? Würde ich mich bis ans Ende meines Lebens fragen, ob wohl James je auf dem kleinen Flugplatz gelandet war und nach mir gesucht hatte, ohne mich dort zu finden, wo zu sein ich versprochen hatte?

Ich hatte immer nur eines gewollt, andere Möglichkeiten waren für mich nie infrage gekommen. Aber jetzt war hier dieser liebenswerte Mann, der mir etwas anbot, das zu wünschen ich in meinen kühnsten Träumen nie geglaubt hatte. Und ich wusste nicht, ob es so furchtbar sein würde, wie ich es mir immer ausgemalt hatte – oder so aufregend, wie er sagte.

»Ja, ich überlege es mir«, antwortete ich, drehte mich um und ging auf mein Zimmer.

Nachts, während Carol Ann neben mir leise schnarchte, träumte ich, ich würde in einem kleinen Haus wohnen. Ich saß am Küchentisch, Carter mir gegenüber, neben ihm ein Hochstuhl. Durchs Fenster waren Berge zu sehen. Es klopfte an der Tür, ich stand auf, um zu öffnen. Ich schaute nach oben, sah aber nicht sein Gesicht, nur die dunklen Haare. Und ich hörte seine Stimme.

»Hi, kleiner Vogel.«

KAPITEL 21

Am Montag kam der Brief von James. Der Umschlag lag auf meinem Schreibtisch, wo jemand ihn hingelegt hatte, als wäre es ein x-beliebiger Brief, völlig unbedeutend.

Ich starrte ihn an, mein Körper bebte mit jedem Herzschlag, die Stille in meinem Kopf war ohrenbetäubend.

Die Stubentür wurde aufgerissen, die anderen stürmten herein und unterhielten sich, während sie sich auszogen und in die Fliegerkombi schlüpften, bevor wir zum Vorfeld aufbrachen.

»Ich dachte, du musst zur Toilette«, sagte Carol Ann, als sie die Schuhe abstreifte und aus ihrer Hose stieg.

Das war der Grund, warum ich den anderen ins Zimmer vorausgegangen war. Aber dann hatte ich den Brief gesehen und jedes andere Bedürfnis vergessen.

Mein Blick richtete sich auf den Absender in der oberen linken Ecke. Nordafrika. Er war in Nordafrika.

»Was ist …«, sagte Carol Ann und kam zu mir. »Oh. Ach so. Das ist ja …«

»Meine Damen, fünf Minuten!«, rief Geraldine.

»Machst du ihn auf?«, fragte Carol Ann.

Ich starrte sie an, ihre Worte drangen nur von Ferne zu mir durch.

»Die Zeit reicht nicht«, sagte ich schließlich und legte den Umschlag auf den Schreibtisch zurück. Carol Ann sah den Brief an, als wäre er etwas Seltsames, Verzaubertes.

»Leute, kommt ihr?«, drängte Tanya und sauste an uns vorbei. »Ich hab gehört, dass wir heute einen Jäger fliegen dürfen. Das wollt ihr euch doch nicht entgehen lassen, oder?«

Ich sah zu Carol Ann, und sie erwiderte meinen Blick. Dann schaute ich wieder auf den Namen in der oberen linken Ecke des Umschlags. *J. Hart.* Ich bildete es mir nicht ein.

»Was denkst du denn, was drinsteht?«, fragte sie, als wir zum Vorfeld gingen, nachdem ich auf der Toilette gewesen war.

Ich hatte keine Ahnung. Aber ich hatte große Angst davor, den Brief zu öffnen. Was konnte James nach all der Zeit denn schreiben? Sich für sein Schweigen entschuldigen? Seine früheren Gefühle bekräftigen?

»Warum müssen wir das schon wieder machen?«, stöhnte Maxine und riss mich aus meinen Gedanken.

Wir flogen keinen Jagdflieger – das schnellste Flugzeug, das das Militär hatte –, sondern eine Curtiss Helldiver, einen Sturzkampfbomber, der auf Flugzeugträgern eingesetzt wurde, und führten damit Zielschleppübungen durch.

»Damit wir auch genau wissen, was wir tun«, brummte Tanya. »Habt ihr schon gehört? Einige von uns werden zu Zielschleppprogrammen versetzt.«

»Hoffentlich nicht ich«, sagte Sharon und zog die Nase kraus.

»Dich nehmen sie dafür garantiert nicht«, sagte Tanya. »Du würdest die Kerle zu sehr ablenken. Wenn du in der Luft bist, würden sie glatt die Flieger abschießen anstatt die Schleppziele.«

»Du bist wirklich ein Goldstück«, sagte Sharon.

Ich schaute zu den beiden Frauen. Seit Sharons Unfall war Tanya wesentlich nachsichtiger ihr gegenüber geworden und staunte vor allem darüber, dass sie viel schneller wieder geflogen war, als alle erwartet hatten. Sharon war nervös gewesen und hatte, als sie zum ersten Mal wieder in eine Maschine stieg, sichtlich gezittert, aber sie war tapfer entschlossen gewesen, und das hatte uns alle beeindruckt, einschließlich Tanya. Seit dem Unglückstag hatte Sharon auch ihr striktes tägliches Schönheitsprogramm heruntergefahren, sah jetzt natürlicher und zugänglicher aus und gefiel sich sogar selbst besser. Keine platinblonden Strähnen und kein roter Lippenstift mehr, sondern ein warmer Goldton im Haar und ein rosaroter Gloss, den meine Mutter billigen würde. Die Augenbrauen waren noch aufgemalt, aber ohne sie sah sie aus, als wäre sie dauerhaft überrascht.

James' Brief hatte mich derart durcheinandergebracht, dass ich gar nicht gemerkt hatte, wie die anderen Frauen sich in die hinteren Reihen verdrückten und ich als Erste auf dem Vorfeld stand.

»Coltrane, Sie sind dran!«, bellte der Ausbilder.

Überrascht sah ich mich um, Tanya kicherte. Ich warf einen wütenden Blick zu Carol Ann, die sich unbemerkt von meiner Seite fortgestohlen hatte und jetzt als Vierte in der Reihe stand.

»Zielschlepp kann ich nicht leiden«, entschuldigte sie sich.

Kopfschüttelnd stieg ich in die Maschine.

»Bei der ist der Flügel repariert worden«, sagte der Ausbilder. »Schauen Sie mal, ob er was aushält.«

»Na, toll«, sagte ich.

Ich schnallte mich fest. Als der Motor heulend zum Leben erwachte, sah ich wieder den Umschlag vor mir, der in unserem Zimmer auf mich wartete.

»Mistkerl!«, fluchte ich und raste die Startbahn hinunter.

Aus Wut, dass er sich genau in dem Moment wieder meldete, als ich begann, die Verbindung zu lösen, flog ich die Helldiver so, als wollte ich wirklich, dass der Flügel abbrach.

Ich erreichte meine Flughöhe und stürzte auf die wartenden Soldaten hinunter, täuschte Tieffliegerangriffe und Bombenabwürfe vor, peitschte durch den Wind, während unter mir die Flugabwehrgeschütze donnerten im Versuch, meinen Schleppsack zu treffen. Immer und immer wieder ging ich in den Sturzflug, fing die Maschine ab und stieg wieder auf, rollte durch den Himmel, ehe ich erneut angriff. Dann sah ich den Briefumschlag wieder vor mir, und schreiend vor Wut flog ich so tief, dass die Männer dieses Mal nicht losfeuerten, sondern hektisch auseinanderstoben. Staub wirbelte auf, der Geruch von Erde und Kerosin stieg mir in Nase. Lachend zog ich wieder in die Höhe.

Als meine Zeit um war, setzte ich mit dem Flugzeug ohne auch nur ein Holpern auf und sprang auf die Landebahn.

»Tja«, sagte der Ausbilder und kratzte sich am Kinn. »Das war beeindruckend.«

»Ich glaube, der Flügel ist in Ordnung«, sagte ich und marschierte ans Ende der Reihe.

Schließlich kehrten wir auf unser Zimmer zurück, um uns zum Abendessen frisch zu machen. Ich trödelte den anderen hinterher, um das Unvermeidliche noch etwas hinauszuzögern. Sicher, ich hatte die Wahl, den Brief nicht zu öffnen – ihn in den Papierkorb zu werfen und zu versuchen, mich nie zu fragen, was darin gestanden hatte. Die Option hatte ich den ganzen Nachmittag erwogen und dabei mit der Kette um meinen Hals gespielt, an der der Kolibri hing. Aber ich würde es bedauern – würde den Brief nie aus dem Gedächtnis löschen können –, und die Vorstellung war noch entsetzlicher als die Möglichkeit, ihn zu öffnen und dort etwas zu lesen, das mich noch tiefer verletzen würde.

Die anderen zogen rasch ihre Monturen aus und schlüpften in Pullover, Hosen oder Röcke, während ich mit dem Brief in der Hand auf meinem Bett saß und ihn hin und her wendete.

Carol Ann setzte sich mir gegenüber, fast berührten sich unsere Knie. »Möchtest du beim Lesen Gesellschaft haben?«

Ich biss mir auf die Lippe und schüttelte den Kopf. Um James' Worte zu lesen, musste ich immer seine Stimme hören. Sie war im Lauf der Zeit zwar schwächer geworden, aber ich hatte sie noch im Ohr, allerdings nur wenn ich allein war.

»Soll ich dir etwas zum Essen mitbringen?«

»Das wäre nett«, sagte ich mit einem kleinen Lächeln. »Danke, Carol Ann.«

Sie drückte mir die Hand und verschwand mit den anderen zur Tür hinaus. Ich wickelte mir einen Schal um den Hals, setzte eine Mütze auf und streifte mir Handschuhe über, dann ging ich noch einmal nach draußen in die kühle Abendluft.

Wenn ich Ruhe und Abgeschiedenheit suchte, ging ich unweigerlich an denselben Ort – das Vorfeld. Ich setzte mich mit dem Rücken ans Rad einer AT-6, des Flugzeugs, das dem Strahl der Außenlampe von Hangar 3 am nächsten war.

Dann betrachtete ich James' Schrift, fuhr mit den Fingerspitzen über seinen Namen. Ich zitterte vor Anspannung und spürte einen Kloß im Hals. Die Angst vor diesem einfachen Brief überwältigte mich. Ich hatte seit Monaten nichts von ihm gehört, trotzdem hatte ich mir immer wieder eingeredet, dass er sich melden würde. Es konnte gar nicht anders sein. Er konnte nicht einfach so verschwinden. Und trotzdem hatte ein Teil von mir mit jedem Tag, der verstrich, mit jeder Nacht, die ich im Bett lag, in der Dunkelheit zur Decke starrte und betete, er würde sich melden, mehr geglaubt, ich werde nie wieder von ihm hören. Zuversicht wandelte sich in Hoffnungslosigkeit, und die löste ein nagendes Grauen in mir aus, das mich innerlich aushöhlte, das Gefühle bloßlegte, die einzig für ihn vorbehalten waren, und mich als leere Hülle zurückließ.

Ich hatte versucht, meinen Gefühlen mit vernünftigen Argumenten beizukommen. Ich hatte mit meinem Herzen und mit meinem Kopf debattiert. James und ich hatten beide von unseren Träumen und unseren Zielen gesprochen und davon, dass wir uns von nichts und niemandem davon abbringen lassen würden – und er hatte Wort gehalten. Das musste ich jetzt genauso verstehen wie damals. So schwierig es auch war. Sosehr es mich auch schmerzte.

Ich vermutete, dass in dem Brief der lang erwartete Dank für mein Geschenk stehen würde. Vielleicht ein paar Zeilen über das Leben auf dem Stützpunkt und ein paar freundliche, aber unmissverständliche Worte zum Abschied, mit denen er mir alles Gute wünschte und mich in meinen Plänen für die Zukunft bestärkte.

Ich fasste mir ein Herz und riss den Umschlag auf.

Mein geliebter kleiner Vogel,
in den dunkelsten Stunden höre ich immer dich. Wenn die Albträume mich heimsuchen, weckt mich deine Stimme, zieht mich aus dem Abgrund, sodass ich wieder klar sehen kann. Und ach, die Albträume … sie kommen jetzt jede Nacht. Ohne Erbarmen und ohne Rücksicht darauf, welchen Schaden sie beim Erwachen anrichten. Gott sei Dank gibt es die Gedanken an dich. Sie sind die glücklichsten, die ich habe. Ich kann mir nicht vorstellen, wie andere Männer das Grauen des Kriegs überleben. Das letzte halbe Jahr bestand aus nichts als Angst und Verzweiflung. Wie kann ich meine Zurückhaltung entschuldigen? Die Funkstille? Mein absolutes Versagen als

Freund? Wärst du nur hier, um es mit eigenen Augen zu sehen – aber zum Glück bist du das nicht. Das wünsche ich niemandem, selbst meinem ärgsten Feind nicht, und ganz bestimmt nicht der Frau, die mir auf dieser Welt am meisten bedeutet.

Liebe Audrey, wie sehr du mir fehlst. Ich bitte dich aus tiefstem Herzen um Verzeihung und kann nur hoffen, dass du mir vergibst. Der Verlust so vieler Männer, das Gefühl von Hilflosigkeit, von Scheitern und Trauer – wegen all dessen habe ich mich von allen Menschen zurückgezogen, die mir wichtig sind. Ich fühlte mich zu betäubt, um Sätze bilden zu können, die einen Sinn ergaben oder auch nur meine Niedergeschlagenheit vermittelten.

Weihnachten. Dein Geschenk und deine Karte waren wunderschön und wurden mit Liebe empfangen. Zu meiner Schande muss ich gestehen, ich habe vergangenes Jahr kein einziges Geschenk besorgt. Nicht für dich, nicht für meine Schwester, für keinen einzigen Freund. Ich verkroch mich in meinem Zimmer, blendete alles aus, zog mich völlig zurück. Ich wollte nur, dass die Feiertage vergehen, drückte mir das Kissen auf die Ohren, um keine Festgeräusche zu hören.

Mir graut davor zu erfahren, was du jetzt von mir denkst. Aber du sollst wissen, mein distanziertes Verhalten und meine Unfähigkeit zu schreiben hatten nichts mit meinen Gefühlen für dich zu tun – die, wenn ich ehrlich bin, sehr viel tiefer sind, als ich je zu äußern gewagt habe. Aber jetzt ist es mir sonnenklar, und ich frage mich mindestens ein Dutzend Mal am Tag, weshalb. Warum habe ich dir nicht einfach gesagt, dass du mir wichtig bist? Aber ich

kenne die Antwort. Ich hatte zu große Angst, dass du ganz schnell das Weite suchen würdest. Zu große Angst, wie all die anderen Männer zu sein, die du zurückgewiesen hast. Und so musste ich mich damit zufriedengeben, dein Freund zu sein. Und das werde ich bis zum Ende meines Lebens bleiben, sofern ich darf. Aber wenn nicht – wenn zu viel Zeit vergangen ist, wenn du zu wütend bist wegen meines langen Schweigens in den vergangenen Monaten –, werde ich das notgedrungen verstehen und dich ziehen lassen.
Es fällt mir schwer, die richtigen Worte zu finden, um dich zu fragen, was ich jetzt fragen muss – ich fürchte mich vor der Antwort. Vielleicht kommt keine – was die schlimmste von allen wäre. Aber ich bin dafür gewappnet.
In einem Monat komme ich mit ein paar Untergebenen in die Staaten, um einige Flugzeuge abzuholen. Ich werde in Fort Myers in Florida sein. Meine Hoffnung ist, dass du es dir womöglich einrichten kannst, mich dort zu treffen. Ich werde dafür sorgen, dass ein Hotelzimmer für dich da ist und alles andere, was du brauchst, einschließlich Hin- und Rückflug. Auch wenn es nur für eine Stunde ist, würde ich dich gern wiedersehen. Auch wenn du alles hinter dir gelassen hast und es nur für einen letzten Abschied ist.
Morgen kehre ich zurück zum Stützpunkt in England. Wenn du mir wie ersehnt schreibst, schick den Brief an dieselbe Adresse wie zuvor.
Ich hoffe, bald von dir zu hören, kleiner Vogel.
Alles Liebe,
James

Ich las den Brief mindestens noch ein Dutzend Mal, während ich dort in der Kälte saß. Durch den eisigen Beton unter mir fror ich bis auf die Knochen, ich zitterte. Ich las den Brief, bis die Wörter zusammenflossen und meine Tränen die Tinte verwischten.

Er war nicht fort. Er war noch bei mir. Und er kam in die Staaten.

Ich berührte den kleinen Goldanhänger um meinen Hals. Ich war noch sein kleiner Vogel.

»Ich verstehe trotzdem nicht, warum er nicht schreiben konnte«, sagte Carol Ann später, nachdem sie den Brief gelesen hatte. »Damit du wenigstens weißt, dass er noch am Leben ist. Es muss ihm doch klar gewesen sein, dass du wartest und dir Sorgen machst.«

Wir standen vor unserem Zimmer und steckten flüsternd die Köpfe zusammen, damit die anderen Frauen, die rauchend auf den Stufen saßen und sich unterhielten, uns nicht hörten. Vor allem nicht Hildie, die immer die Ohren spitzte, sobald ich in die Nähe kam.

»Er hat nicht geschrieben, weil es ihm nicht besonders gut ging.«

»Aber wenn du ihm wirklich wichtig bist …«, sagte Carol Ann.

Ich lächelte meiner Freundin zu. Für manche Menschen war das Bedürfnis, allein zu sein, schwer nachzuvollziehen, sie wollten ganz im Gegenteil ständig jemanden um sich haben – bisweilen spielte es nicht mal eine Rolle, wer es war. Aber ich verstand den Wunsch nach Ruhe und Einsamkeit nur zu gut. Deswegen hatte ich, den Befürchtungen vieler anderer zum Trotz, immer gewusst, dass ich gut allein leben konnte. Es war ja nicht so, als würde ich nie eine andere Menschenseele zu sehen bekommen. Ich würde meine Familie haben, Freunde und Freundinnen, meine Mitarbeiter und die vielen Leute, die auf dem Flugplatz landeten und starteten. Es musste nicht das vereinsamte Leben sein, das meine Mutter sich vorstellte – höchstwahrscheinlich würde es alles andere als das sein, nämlich erfüllt und befriedigend. Nur weil mich zu Hause niemand erwartete und es keinen Menschen gab, mit dem ich reden konnte, wenn ich nachts zu Bett ging, würde ich noch lange nicht einsam sein. Ich würde einfach allein sein.

»Er und ich sind eben anders gestrickt: Wir wollen die Dinge auf unsere Art machen«, erklärte ich Carol Ann. »Das haben wir immer schon gewusst. Wir haben keine Angst davor. Uns ist es so lieber.«

Sie umarmte mich. »Ich mache mir Sorgen um dich«, sagte sie. »Das sagst du jetzt, aber was, wenn du eines Tages deine Meinung änderst, Carter längst verschwunden ist, aber James seine Meinung nicht geändert hat? Dann sitzt du vielleicht ganz allein auf deinem Flugplatz und hast niemanden, der sich um dich kümmert.«

»Dann lege ich mir einen Hund zu.«

Sie grinste und gab mir einen Schubs.

»Vergiss den Hund. Ich komme und schleppe dich mit zu mir nach Hause.«

»Gus wird begeistert sein.«

»Da wird er es schon längst satthaben, dass ich ihm ständig die Ohren vollquatsche, und dankbar sein, dass jemand anderes das meiste abbekommt.« Sie legte mir den Arm um die Schultern und seufzte. »Und was ist mit Carter? Ist er … Denkst du jetzt, nach James' Brief, gar nicht mehr an ihn?«

»Wer ist James?«

Wir fuhren beide zusammen – Hildie hatte sich von hinten angeschlichen.

»Das geht dich gar nichts …«, begann ich, aber Carol Ann unterbrach mich, die Hände in die Hüften gestemmt.

»James ist Audreys fester Freund. Siehst du? Deine ganzen Gehässigkeiten ihr gegenüber wegen Officer Wilson waren völlig für die Katz, weil sie nämlich schon vergeben ist.«

Ich zuckte zusammen, und Carol Ann drehte sich erschrocken zu mir.

»Na ja«, sagte Hildie abschätzig. »Nur weil sie in festen Händen ist, heißt das noch lange nicht, dass sie sich nicht auch unseren Ausbilder geangelt hat.«

»Gute Nacht, Hildie«, sagte ich und zog Carol Ann mit mir in unser Zimmer.

»Das tut mir so leid«, flüsterte sie. »Ich weiß nicht, was mich geritten hat. Sie treibt mich auf die Palme.«

»Mach dir keine Sorgen«, beruhigte ich sie. »Vielleicht behält sie es ja für sich.«

Aber Carol Ann schüttelte den Kopf. »Hildie nicht. Sie erzählt es ihm brühwarm. Ach, Audrey …« Tränen traten ihr in die Augen. »Kannst du mir je verzeihen?«

»Natürlich«, sagte ich. »Ich muss mir nur überlegen, was ich tun soll – und was ich ihm sage, wenn er mich fragt, weshalb ich ihm nie von dem Freund erzählte, den ich eigentlich gar nicht habe.«

Ich schlief unruhig und wälzte mich im Bett hin und her, während meine Gedanken wilde Kapriolen schlugen. Meine Zukunft, die mir so klar vor Augen gestanden hatte, war nun vollkommen ungewiss.

Ich konnte das, was ich mir immer vorgestellt hatte, nach wie vor haben. Aber wollte ich das auch noch? Carter wollte, dass ich mit ihm nach Seattle zog und ihn heiratete, wir ein Haus kauften und Kinder bekamen. Lauter Dinge, die ich nie angestrebt hatte, die mir jetzt aber überraschenderweise in den Sinn kamen. Und dann James …

James war das größte Geheimnis von allen. Was bedeutete es, dass ich ihn in Florida treffen sollte? Ein freundschaftliches Wiedersehen? Oder mehr? Was sollte unsere Begegnung bewirken? Würden wir uns unserer Freundschaft versichern und wieder unserer Wege gehen, um uns die nächsten Jahre oder Jahrzehnte zu schreiben? Oder steckte mehr dahinter, würden wir schließlich irgendwo ankommen, wo wir bereit waren, es zuzulassen?

Ich drehte mich auf den Rücken und starrte zur Decke. Am liebsten hätte ich geschrien: »Was will ich denn?« Aber es war mitten in der Nacht, und ich wusste, dass die anderen wenig begeistert wären. Stattdessen begann ich zu weinen, Tränen liefen mir über die Wangen, meine Haare und das Kissen wurden feucht.

»Was will ich denn?«, flüsterte ich.

Schließlich schlief ich ein, ohne eine Antwort gefunden zu haben.

Ich wachte früh auf und wagte mich mit den anderen in die Kantine. Maxine und ich hielten nach Carter Ausschau, Carol Ann und Sharon nach Hildie. Als wir uns mit unseren Tabletts an den Tisch setzten und noch keinen der beiden gesehen hatten, wusste ich, dass es Ärger geben würde.

»Vielleicht ist sie einfach verschwunden«, sagte Carol Ann. »Sie lässt doch sonst keine einzige Mahlzeit aus.«

Nola setzte sich uns gegenüber. »Nach wem sucht ihr denn?«

»Hildie«, sagte ich leise.

»Die habe ich vor zehn Minuten Richtung Schulungsraum gehen sehen«, sagte sie.

Ich schloss die Augen.

»Bist du dir sicher?«, fragte Carol Ann mit erstickter Stimme.

»Ja. Ehrlich gesagt hat mich das gewundert. Normalerweise ist sie doch eine der Ersten hier in der Kantine. Aber vielleicht schwänzt sie eine Stunde und hofft, sich eine bessere Note erbetteln zu können.«

»Das glaube ich nicht«, murmelte ich.

Ich war mit dem Frühstück fast fertig, als ich Carol Ann fluchen hörte und ihrem Blick folgte.

Die hintere Tür zur Kantine schwang auf, herein trat Officer Wilson gefolgt von Hildie. Sie hatte ein triumphierendes Lächeln im Gesicht, das sie auf mich richtete, während Carter sich noch im Saal nach mir umschaute.

»Verdammt«, brummelte ich.

»Ach, Audrey«, sagte Carol Ann, »es tut mir so schrecklich leid.«

Ich leerte mein Wasserglas und stand auf.

»Das bringe ich besser gleich hinter mich«, sagte ich. »Bis später im Unterricht.«

Ich spürte seinen Blick auf mir, als ich mein Tablett abstellte.

»Kann ich kurz mit Ihnen reden, Miss Coltrane?« Er stand hinter mir.

»Natürlich, Officer Wilson«, antwortete ich und zwang mich zu einem freundlichen Lächeln. »Wie kann ich Ihnen helfen?«

»Draußen«, sagte er und machte auf dem Absatz kehrt.

Ich holte tief Luft, zögerte kurz und folgte ihm.

»Wer ist James?«, knurrte er, sobald sich die Schwingtür hinter uns geschlossen hatte.

Ich sah mich um, drei Frauen waren auf dem Weg in die Kantine.

»Vielleicht können wir uns irgendwo unterhalten, wo man uns nicht zusammen sieht?«, schlug ich vor.

»Meinetwegen.« Er ging um die Ecke zu dem schmalen Gang zwischen der Kantine und einem der Verwaltungsgebäude. »Besser?«

»Nicht ganz, aber es geht schon.«

»Wer ist James?«, wiederholte er.

»James ist ein Freund«, antwortete ich.

»Ich habe gehört, dass er mehr ist als bloß ein Freund.«

»Hat Ihnen Hildie das erzählt?«

»Sie sagte, Carol Ann habe das von … diesem James behauptet.«

»Das hat Carol Ann tatsächlich gesagt, das gebe ich zu«, räumte ich ein. »Aber nur damit Hildie mich in

Ruhe lässt. Sie hat mich gedeckt wegen meiner, äh … Verbindung zu Ihnen.«

»Ach«, sagte er ruhiger, seine Angespanntheit ließ nach. »Ich verstehe. Das heißt, er ist wirklich nur ein Freund?«

»Na ja … Ja. Das war er immer. Darauf hatten wir uns geeinigt – dass wir Freunde sind.«

»Aber?« Er verspannte sich wieder.

Seufzend ließ ich die Arme sinken und schaute zu Boden. »Aber.«

»Es ist mehr dahinter, oder?«, fragte er leise.

Es war an der Zeit, ehrlich zu sein. Vor allem mir selbst gegenüber. Aber in diesem Moment verdiente Carter zumindest einen Teil der Wahrheit, auch wenn ich mir nicht sicher war, wie genau sie lautete.

»Ich weiß es nicht«, sagte ich. »Aber ich glaube schon. Zumindest für mich.«

»Das verstehe ich nicht.«

»Ich glaube, ich empfinde mehr als Freundschaft für ihn.«

»Du *glaubst* es?«, sagte er. »Das klingt nicht sehr vielversprechend. Hat er denn gesagt, dass er mehr für dich empfindet?«

»Nein«, flüsterte ich.

»Audrey, ich möchte ja nicht arrogant klingen, aber ich habe in meinem Leben ziemlich viele Frauen kennengelernt, und ich hatte nie das geringste Interesse, mit einer von ihnen eine feste Bindung einzugehen. Ich wusste, dass ich eines Tages würde heiraten wollen. Ich wusste, dass ich Vater werden möchte. Und ich wusste, das bedeutete, dass ich früher oder später der Richtigen dafür begegnen würde. Und wenn es nach mir geht, dann habe ich sie gefunden. Und du sagst mir – was? Dass du möglicherweise Gefühle für einen Mann hegst, der dir nie gesagt hat, dass er mehr als nur mit dir befreundet sein möchte?« Er kratzte sich am Kopf. »Aber vor dir steht ein Mann, der dich wirklich liebt. Du magst im Moment vielleicht noch nicht das Gleiche für mich empfinden, aber ich glaube, wenn du mir eine Chance gibst, könntest du das auch.«

»Carter«, sagte ich, »Sie können mich unmöglich lieben.«

»Warum nicht? Warum solltest du darüber entscheiden, was ich empfinde? Was weißt du überhaupt von der Liebe?« Er baute sich vor mir auf, die Arme vor der Brust verschränkt. »Nicht viel nach allem, was du mir erzählt hast.«

»Ich kann verstehen, dass Sie wütend sind …«

»Ich bin nicht wütend, ich bin verwirrt. In meinen Ohren klingt das unsinnig. Du weißt nicht, ob dieser James mehr will, als nur mit dir befreundet zu sein. Und unabhängig davon, wobei ich ja nicht gefühllos klingen möchte, aber wer weiß, wann und gar ob du ihn überhaupt je wiedersiehst? Wer weiß, ob er nach Hause zurückkehrt? Aber ich bin jetzt hier, Audrey. Ich biete dir ein Leben mit einem Zuhause, einer Familie und Sicherheit. Er kann dir nichts bieten. Er kann dir nicht einmal sagen, dass er dich liebt. Ich kann's. Ich tu's auch. Ich liebe dich.«

Vor Tränen verschwamm mir der Blick. Er hatte nicht unrecht. Im Gegenteil, es stimmte alles, was er sagte. Trotzdem sagte mir mein Gefühl etwas anderes. Ich empfand etwas für James – und ich wollte herausfinden, was das bedeutete. Wenn es zu nichts führte, wenn meine Gefühle nicht auf Gegenseitigkeit beruhten, würde es mir vielleicht das Herz brechen und mich in meinem Selbstwertgefühl tief verletzen, aber das wäre nur ein weiteres Zeichen dafür, dass das, was ich mir von Anfang an für mein Leben vorgenommen hatte, für mich der richtige Weg war. Und wie mir in diesem Moment klar wurde, war es in Ordnung, wenn ich dabei Carter verlor.

»Sie haben recht«, erwiderte ich heiser. »Ich kann das, was Sie sagen, nicht abstreiten. Er mag nichts für mich empfinden. Womöglich sehe ich ihn nie wieder. Aber zwischen uns gibt es etwas – etwas, das auf Hawaii begann und das ich nicht vergessen kann. Sosehr ich es auch versuche und so viel Zeit auch vergeht. Und ich muss herausfinden, ob es ihm genauso viel bedeutet wie mir.«

»Und wenn nicht?«

»Dann kaufe ich mir den Flugplatz und führe das Leben, von dem ich immer geträumt habe.«

»Und was ist mit mir?«

»Carter, das, was Sie sich wünschen, ist nichts für mich. Ich habe versucht, es mir vorzustellen. Das Haus, die Kinder, das glückliche kleine Heim. Es ist ein schönes Bild. Aber ich brauche meine Freiheit. Ich brauche das Fliegen. Und ich brauche etwas, das nur mir gehört. Ich habe keine Angst davor, allein beim Abendessen zu sitzen oder wenn mir nachts im Bett lediglich ein gutes Buch Gesellschaft leistet. Aber ich habe sehr wohl Angst davor, etwas einem Mann zuliebe zu tun, nur weil ich ihn für einen netten Kerl halte.«

»Wahrscheinlich ist es besser, das jetzt herauszufinden als später, wenn Kinder im Spiel sind«, sagte er und sah mich mit einem traurigen Lächeln an. »Ich kann dich verstehen. Wirklich. Der Mann hat großes Glück. Hoffentlich weiß er das. Und wenn nicht, dann sag es ihm bitte. Ich verliere nicht gern, Audrey, aber deinetwegen … deinetwegen dann doch, Audrey.«

Er ging den schmalen Gang von mir fort und verschwand um die Ecke. Meinen bis jetzt mühsam zurückgehaltenen Tränen ließ ich jetzt freien Lauf.

Ich sah ihm nach. Ich glaubte nicht, dass er mich liebte, selbst wenn er das meinte. Aber er fühlte sich fehl am Platz. Unsicher. Aus dieser Unsicherheit heraus hatte er sich an das geklammert, was ihm seiner Ansicht nach als der Anker dienen würde, nach dem er sich sehnte. Und das war ich. In mir sah er wieder eine Zukunft – ein Leben jenseits dieses schrecklichen Kriegs. Unglücklicherweise war ich die falsche Frau dafür. Ich wünschte ihm, dass er die richtige fand.

Um nicht zu den neugierigen Blicken Hildies und aller anderen in der Kantine zurückzukehren, die mich mit dem gut aussehenden Offizier hatten verschwinden sehen, ging ich in unser Zimmer.

Es war nicht zu leugnen, ich fühlte mich erleichtert. Was ich Carter gesagt hatte, war schließlich die Wahrheit. Meine Wahrheit.

Ich setzte mich an meinen Schreibtisch und holte einen Briefbogen heraus.

»Lieber James«, schrieb ich.

KAPITEL 22

Die Abschlussfeier der Klasse 43-W-2 fand an einem eisigen Samstag im Februar statt. Wir trugen weiße Blusen und sandfarbene Hosen, hatten uns das Haar gebürstet und strahlten vor Stolz. Eine Militärkapelle spielte, als wir zum letzten Mal zum Hangar 3 marschierten.

Während ich an meinen Platz ging, ließ ich den Blick über das Publikum schweifen und lächelte, als ich meine Eltern und Evie entdeckte. Dann drehte ich mich wieder um, denn General Arnold hielt eine Ansprache.

»Sie kamen als gute Fliegerinnen hierher«, sagte er. »Als Frauen, die unserer Heimat dienen wollten. Sie verlassen Avenger als herausragende Pilotinnen – so gut wie und in manchen Fällen besser als Ihre männlichen Gegenstücke. Die Armee und die Vereinigten Staaten von Amerika danken Ihnen. Herzlichen Glückwunsch Ihnen allen, Sie haben Großes geleistet. Wir würdigen Ihre harte Arbeit, Ihre Entschlossenheit und insbesondere Ihren Mut.«

Jacqueline Cochran erhob sich und strich sich über ihre makellose Frisur. »Hier zu stehen erfüllt mich mit großem Stolz«, sagte sie. »Sie haben etwas errungen, was einige für unmöglich hielten. Sie haben nicht nur der Armee, sondern auch sich selbst bewiesen, dass Sie bemerkenswerte und furchtlose Pilotinnen sind. Pilotinnen, die den Anforderungen des Militärs entsprechen. Herzlichen Glückwunsch, meine Damen.«

Wir wurden namentlich aufgerufen, und eine nach der anderen gingen wir auf die Bühne, wo General Arnold uns mit einem Händedruck unser Zeugnis überreichte, während Mrs Cochran jeder von uns ein silbernes Flügelpaar mit einer Raute in der Mitte anheftete.

»Glaubt ihr, dass das Militär die bezahlt hat?«, fragte Carol Ann, als sie das Abzeichen an ihrem Revers betrachtete.

»Darauf kannst du lange warten«, sagte Tanya.

Als alles vorbei war, folgten wir der Tradition, die die Klasse vor uns begonnen hatte, und sprangen in den Brunnen vor der Hauptverwaltung. Dann liefen wir bibbernd und lachend zu unseren Unterkünften, um uns umzuziehen.

In der Kantine erwartete uns nicht nur ein Büfett, sondern auch ein riesiger Kuchen mit den Armeeinsignien in einer Ecke, einer amerikanischen Flagge in einer zweiten und in der Mitte »Herzlichen Glückwunsch der Klasse 43-W-2«.

»Gut gemacht, Vögelchen«, sagte Dad, nahm mich in den Arm und küsste mich auf den Scheitel.

»Danke, Dad«, sagte ich und schaute zu dem starken Mann hinauf, der mich immer unterstützt hatte.

»Du siehst so erwachsen aus«, sagte Mama und gab mir einen Kuss auf die Wange.

Als Nächstes umarmte mich Evie.

»Kommst du wirklich nicht nach Hause?«, jammerte sie.

»Du hast mir auch gefehlt«, sagte ich und drückte sie noch fester an mich.

Ich stellte meine Familie meinen Mitbewohnerinnen vor und lernte ebenfalls deren Freunde und Familien kennen.

Geraldines Mann und ihre Söhne waren gekommen, sie fühlten sich sichtlich unbehaglich in Hemd und Krawatte, obwohl Geraldine sie immer wieder umarmte und sagte, wie gut sie aussähen.

Einer von Tanyas Brüdern war auch da. Sie standen etwas abseits und unterhielten sich.

»Sie sehen aus wie Zwillinge«, flüsterte Carol Ann, als wir zu ihnen hinübersahen.

Er war so feingliedrig wie seine Schwester, hatte das gleiche blonde Haar und die gleichen Augen, den gleichen unsteten Blick und gab sich genauso schroff und wortkarg.

Carol Ann hatte ihren Onkel und ihre Tante eingeladen, aber sie konnten sich die Reise nicht leisten.

»Das ist schon in Ordnung«, sagte sie, nachdem sie die beiden telefonisch eingeladen hatte. »Ich habe nicht damit gerechnet, dass sie kommen. Aber ich weiß, dass sie stolz auf mich sind, ob sie hier sind oder nicht.«

Während ich durch den Saal ging und mich mit den anderen Frauen in unserer Klasse unterhielt, bemerkte ich, dass mir jemand folgte.

»Ich glaube, da versucht jemand, deine Aufmerksamkeit zu gewinnen«, flüsterte Nola mir zu. »Der arme Kerl. Ich glaube, ich habe noch nie jemanden gesehen, der so unglücklich wirkt.«

»Ich glaub dir kein Wort«, antwortete ich lachend. »Du hast garantiert zahllosen Männern das Herz gebrochen.«

»Stimmt«, sagte sie und ging weiter.

Ich schaute quer durch den Raum und begegnete Carters Blick. Ich hatte erwartet, dass wir an diesem Tag aufeinanderstoßen würden. Alle Ausbilder waren zur Abschlussfeier eingeladen. Allerdings hatte ich irrigerweise angenommen, er würde Abstand wahren wie seit dem Tag, als ich seinen Antrag zurückgewiesen hatte. Seitdem hatte ich ihn nur zweimal in der Kantine gesehen und nie mehr in der Stadt oder auf dem Stützpunkt. Einerseits war ich froh darüber, andererseits tat es mir leid, keine Gelegenheit zu haben, noch einmal unter vier Augen mit ihm zu sprechen. Ich hätte ihm zumindest gern gedankt, sowohl für seine Ausbildung als auch für sein Verständnis.

»Wer ist das?«, fragte eine erstaunte Stimme neben mir.

Evie stand mit großen Augen da und starrte zu Carter.

»Officer Wilson«, antwortete ich. »Unser Ausbilder in Navigation.«

»Ich hätte nichts dagegen, wenn er mir beibringen würde, das eine oder andere zu navigieren«, sagte sie.

»Evie!«, tadelte ich, und sie ging lachend davon.

Dann fiel mein Blick wieder auf ihn, doch er unterhielt sich mit einer der Absolventinnen und ihren Eltern.

»Umso besser«, sagte ich mir. Doch als ich mich fortdrehte, schaute er auf, als wollte er mich ansprechen.

Ich winkte ihm kurz zu, ehe ich wieder zu meinen Eltern ging.

»Tja«, sagte Dad, »wir fahren jetzt wohl. Deine Mutter muss morgen früh raus. Hast du alles, was du brauchst?«

»Ja.«

»Werdet ihr jetzt alle am selben Ort eingesetzt?«, wollte Evie wissen.

»Nein. Einige von uns kommen zum Überführungskommando, andere absolvieren noch eine Spezialausbildung, und manche kommen zu Programmen wie dem Zielschlepp oder der Bombensimulation.«

»Und du?«

»Ich gehe mit Carol Ann und Nola nach San Antonio. Zum Überführungskommando.«

Ursprünglich war ich für eine weitere Ausbildung auf Jagdflugzeugen in Long Beach, Kalifornien, ausgewählt worden, hatte aber gebeten, stattdessen zum Überführungskommando versetzt zu werden. Es hätte mir zwar gefallen, Jagdmaschinen zu testen und zu fliegen, aber Carol Ann und ich hofften, so lange wie möglich zusammenzubleiben. Mrs Cochran hatte meine Bitte nicht allzu wohlwollend aufgenommen, ihr aber trotzdem stattgegeben. Anstatt also fabrikneue Jäger auf ihre Manövrierfähigkeit und Geschwindigkeit hin zu testen, würde ich Flugzeuge irgendwo in Amerika abliefern und wieder andere abholen, damit die Soldaten sie zum Kriegseinsatz nach Übersee fliegen konnten. Ich fand die Aussicht ausgesprochen aufregend.

»Schön«, sagte Evie. »Ich möchte nicht, dass jemand dich wieder abschießen kann.«

Lächelnd tätschelte ich ihr den Rücken. Seit meiner Rückkehr aus O'ahu quälten sie Albträume, dass ich während eines Flugs abgeschossen würde. Ich erzählte ihr also nichts von den Zielschleppübungen, die ich hier in Avenger gemacht hatte, und dass manche Flugzeuge in der Luft diverse Teile verloren hatten. Und erst recht erzählte ich ihr nicht von den Frauen, die ums Leben gekommen waren. Wozu noch Öl ins Feuer ihrer Fantasie gießen?

Ich umarmte meine Eltern ein letztes Mal, winkte ihnen nach und ging mit den anderen in unser Zimmer, um unsere Sachen zu holen und uns zu verabschieden.

Tanya fuhr nach Moore Field in Mission, Texas, wo sie beim Zielschlepp eingesetzt werden würde – was ihr tatsächlich Spaß machte. Sharon würde in Newark, New Jersey, stationiert sein, und zwar als Teil des Überführungskommandos, Maxine in der Romulus Air Base in Michigan. Und Geraldine würde, wie sie gehofft hatte, in ihrer Heimatstadt Abilene bleiben. Der dortige Flugplatz war noch relativ neu, es gab keine Unterkunft für die einzige Pilotin, also durfte sie zu Hause wohnen.

»Mein eigenes Bett«, hatte sie gesagt, als sie davon erfuhr. »Ich kann's fast nicht erwarten.«

»Kaum zu glauben, dass es jetzt vorbei ist«, sagte Geraldine jetzt. Sie saß auf ihrem Bett, Tränen in den Augen. »Ihr Mädels … ihr werdet mir alle schrecklich fehlen. Als ich herkam, hatte ich solche Angst. Ich dachte, ich würde nicht reinpassen. Ich würde mir alt und fehl am Platz vorkommen. Aber ihr habt mir das Gefühl gegeben, dass ich hierhergehöre. Für mich war das die schönste Zeit meines Lebens.«

Maxine setzte sich neben sie und griff nach ihrer Hand. »Für mich auch.«

»Für mich auch«, sagte Sharon.

Tanya brummelte etwas Unverständliches und stopfte weiter eine Fliegerkombi in ihre Tasche.

»Was war das, Tanya?«, fragte Carol Ann grinsend.

»Hätte schlimmer sein können«, sagte Tanya. »Seid ihr jetzt zufrieden?«

Wir brachen in Lachen aus, Carol Ann sprang auf und drückte die sich sträubende Tanya an sich.

Nachdem wir uns doppelt und dreifach vergewissert hatten, dass wir in unseren Räumen auch wirklich nichts vergessen hatten, nachdem wir Adressen ausgetauscht und versprochen hatten, in Verbindung zu bleiben, umarmten wir uns alle noch einmal zum Abschied.

»Passt auf euch auf«, sagte Geraldine. »Und benehmt euch!« Sie deutete auf Sharon, die tat, als wäre sie die Unschuld in Person.

Carol Ann und ich winkten ihnen nach, als sie das Zimmer verließen, wir warteten noch auf Nola. Wir drei würden mit dem Bus in die Stadt fahren und dort übernachten, um am nächsten Tag mit dem Zug nach San Antonio zu fahren.

»Haben sie schon auf deinen Antrag reagiert?«, fragte Carol Ann. Sie lag auf dem Bett, die Hände im Nacken verschränkt.

Ich schüttelte den Kopf. »Ich erkundige mich, sobald wir ankommen.«

Ich hatte ein Urlaubsgesuch für das dritte Wochenende im März eingereicht, um James in Florida zu besuchen. In meinem Antwortbrief an ihn hatte ich geschrieben, ich würde kommen, falls ich freibekäme. Viel Hoffnung machte ich mir nicht. Als frisch Angestellte des Überführungskommandos war ich im Gegenteil ziemlich sicher, dass sie meinen Antrag ablehnen würden. Aber wie Carol Ann gesagt hatte: Wir waren im Krieg, vielleicht würden sie ja Verständnis haben.

Ich war mir da nicht so sicher. Sobald ich etwas erfuhr, würde ich James Bescheid geben.

»Seid ihr fertig?«, fragte Nola und stieß die Tür zu unserem Zimmer auf.

Beim Hinausgehen blickte ich mich ein letztes Mal um, sah die sechs Betten, den langen Tisch in der Mitte.

»Wir hatten hier eine gute Zeit, oder?«, fragte Carol Ann.

Ich legte ihr einen Arm um die Schultern.

»Die schönste Zeit überhaupt«, sagte ich und schloss die Tür.

KAPITEL 23

Am folgenden Nachmittag meldeten wir uns im Hauptbüro in Fort Sam. Während Carol Ann und Nola sich den Weg zu unserer Unterkunft beschreiben ließen, erkundigte ich mich beim diensthabenden Offizier nach meiner Aussicht auf Urlaub.

»Normalerweise wird ein solches Gesuch in den ersten Dienstmonaten abgelehnt«, sagte er und sah mich über den Rand seiner Brille hinweg an. »Aber ich gebe ihm statt. Dieses Mal. Bitte missbrauchen Sie das Privileg nicht.«

»Jawohl, Sir. Nein, Sir.«

»Unter einer Bedingung. Sie müssen Ihren Auftrag vom Donnerstag auf jeden Fall zu Ende führen, auch wenn Sie dann Freitag erst spät zurückkommen. Und Sie müssen am Sonntagabend wieder hier sein.«

»Jawohl, Sir.«

»Wenn Sie sich Montagmorgen um sieben Uhr nicht zur Arbeit melden, wird das Konsequenzen haben, die sich nicht auf Startverbot und eine eventuelle Kündigung beschränken.«

»Jawohl, Sir.«

»Sie haben die Wegbeschreibung zu Ihrer Unterkunft erhalten?«

»Sie wird meinen Zimmerkameradinnen gerade mitgeteilt.«

»Gut. Zwei Frauen sind bereits hier stationiert. Meines Wissens ist eine gerade im Einsatz. Die andere sollte Ihnen alles zeigen können. Drüben im Erholungsraum gibt es jeden Freitagabend ein Barbecue. Das ist immer ein großer Spaß.« Seinem nüchternen Ton konnte ich nicht entnehmen, ob er es nicht womöglich sarkastisch meinte.

»Danke, Sir«, sagte ich und verließ den Raum.

»Wie viel weiter denn noch?«, jammerte Carol Ann, als wir unsere Koffer über den Stützpunkt schleppten.

»Wir sind gleich da«, antwortete Nola keuchend.

Wir waren in einem dreistöckigen Gebäude untergebracht, in dem jeder Raum für vier Männer eingerichtet war – oder, in unserem Fall, vier Frauen. Leider waren wir zu fünft, deshalb hatten sie unter das einzige Fenster ein Einzelbett und neben die Tür zum Waschraum einen fünften Schrank gestellt, sodass jeder Weg durch das Zimmer zu einem Hindernislauf geriet.

Als wir eintraten, sah eine Frau, die auf der unteren Liege eines Stockbetts saß, zu uns hoch. Sie hatte braune Augen, ihr rundes Gesicht wurde von sehr lockigem karamellfarbenem Haar umrahmt.

»Guten Tag.« Sie hob eine Katze von ihrem Schoß und stand auf. »Ich bin Beatrice.«

»Du hast ja eine Katze«, sagte Nola tonlos und starrte das orangefarbene Tier an.

»Magst du Katzen nicht?«, fragte Beatrice und legte beschützend eine Hand auf sie.

»Solange ihr klar ist, dass meine Sachen nicht ihr gehören, werden wir uns bestens verstehen.«

»Also, ich liebe Katzen«, sagte Carol Ann, setzte sich aufs Bett und streichelte der Katze über den Rücken. »Übrigens, ich bin Carol Ann. Das sind Audrey und Nola.« Sie deutete auf uns und richtete ihre Aufmerksamkeit dann wieder auf die Katze. »Wie heißt sie?«

»Sie ist ein Kater und heißt Captain. Schön, euch kennenzulernen. Die oberen Betten und das am Fenster sind noch frei.«

Carol Ann und ich entschieden uns für die oberen Stockbetten, Nola nahm das verbleibende. Dann führte Beatrice uns herum und erklärte uns den Tagesablauf.

»Wir arbeiten rund um die Uhr. Sobald ihr zurückkommt, müsst ihr euch im Büro melden und nachfragen, für wann euer nächster Flug geplant ist. Wenn ihr am Nachmittag ankommt, kann es sein, dass ihr sofort im Anschluss wieder losfliegen müsst. Wenn ihr nachts zurückkommt, dürft ihr etwas essen und duschen und euch dann schlafen legen. Wenn ihr für den folgenden Morgen für nichts eingetragen seid, steht ihr trotzdem auf und erkundigt euch, ob nicht über Nacht etwas reingekommen ist.«

»Haben wir auch mal frei?«, fragte Carol Ann.

»Ja, ungeplant. Wie gesagt, wir arbeiten rund um die Uhr. Wenn ihr einen freien Tag habt, dann nutzt ihn. Geht einkaufen, schwimmt im Pool, geht zum Friseur – was immer euch wichtig ist. Ihr könnt solche Sachen nicht wie sonst im Voraus planen.«

»Wer ist unsere fünfte Mitbewohnerin?«, fragte Nola.

»Sie heißt Anna. Sie ist schon fast eine Woche unterwegs.«

»Eine Woche?«, rief Carol Ann entsetzt.

»Das kommt schon mal vor.« Beatrice zuckte mit den Schultern. »Man überführt ein Flugzeug, und dort steht ein anderes, das wohin geflogen werden muss, aber nicht zum Heimatstützpunkt, das heißt, man fliegt woanders hin, und dann haben die wieder ein Flugzeug, das überführt werden muss. So geht es weiter, bis man entweder wieder zu Hause landet, oder es gibt nichts zu überführen, dann nimmt man einen Linienflug oder springt in einen Zug.«

»Was ist mit Kleidung?«, fragte ich.

»In den Maschinen ist so gut wie kein Platz für Gepäck. Ich zeige euch, wie wir alles Zusätzliche packen, aber viel dürft ihr nicht mitnehmen. Wenn ihr länger als einen Tag unterwegs seid, wascht das Notwendigste mit der Hand und legt es zum Trocknen auf die Heizung. Wenn nötig, könnt ihr es am nächsten Morgen bügeln.«

»Du meine Güte«, sagte Nola.

Wir aßen in der Kantine und unterhielten uns zu viert, während Offiziere ein und aus gingen und die Neuzugänge mit Interesse musterten.

»Hi, Bea«, sagte ein junger Mann mit rabenschwarzem Haar und stützte sich auf den Tisch auf. »Wer sind denn Ihre neuen Freundinnen?«

»Verziehen Sie sich, Bradley.«

»Sie können eine ganz schöne Kratzbürste sein, wissen Sie das?«

Sie rollte genervt mit den Augen.

»Schon gut. Willkommen die Damen. Ich bin Officer Bradley. Ich freue mich, Sie kennenzulernen. Wir sehen uns sicher noch häufiger.« Er beugte sich vor und zwinkerte. »Glauben Sie kein Wort von dem, was Miss Bea über mich erzählt. Ich bin viel netter, als sie behauptet.«

Nachdem er gegangen war, sagte Beatrice leise: »Eins hab ich ganz vergessen zu erwähnen – in unserer Unterkunft liegt neben dem Telefon eine Namensliste. Mit wem man ausgehen kann und mit wem nicht. Ihr werdet sehen, Bradleys Name steht ganz oben auf der Nein-Liste, doppelt unterstrichen.«

»Die schaue ich mir ganz genau an!«, sagte Carol Ann.

»Dabei bist du noch nicht mal zu haben«, erwiderte ich lachend.

»Das macht doch nichts! Ich möchte bloß sehen, wer alles auf der Liste steht.«

Der Waschraum war nicht sehr viel größer als in Sweetwater, aber immerhin.

»Wohin führt die?« Ich deutete auf eine Tür am anderen Ende des Waschraums.

»Das ist das Zimmer für Pilotinnen auf Durchreise«, erklärte Beatrice. »Bis jetzt hatten wir aber noch kaum welche. Zumindest keine, die übernachten mussten.«

Beatrice war nett, wenn auch etwas eigen. Tagsüber trug sie eine Art Anglerhose, und ihr Schlafanzug bestand aus einer langen Herrenunterhose und einem passenden langärmligen Unterhemd, die für ihren kleinen, wenn auch untersetzten Körper zwei Nummern zu groß waren, sodass die Wäsche an ihren Knöcheln und Handgelenken Falten warf.

»Mein Dad ist Fischer«, erklärte sie, als sie Carol Anns fragenden Blick bemerkte. »Genauso wie mein Onkel, meine Brüder, mein Opa und eigentlich jeder Mann, den ich je gekannt habe. Und da meine Ma vor mir nur lauter Jungs bekommen hat, ist ihr entgangen, dass ich vielleicht ganz gern etwas Weiblicheres hätte.«

»Trägt sie denn keine Frauenkleidung?«, fragte Nola.

Beatrice runzelte die Stirn. »Wenn ich's mir recht überlege – nein«, antwortete sie, und wir lachten. »Sie arbeitet mit den Männern zusammen. Ich glaube, sie kann einkaufen nicht leiden, wenn also die Männer neue Kleidung brauchen, legt sie einfach zwei Stück für uns dazu. Ich hab mich nie beschwert, ich bin dran gewöhnt. Aber als ich in der Ausbildung die Frauen gesehen habe, die manche Männer zu den Barbecues und Tanzabenden mitbringen … Ein Kleid oder zwei wäre schon schön. Und vielleicht auch mal etwas anderes als Stiefel an den Füßen.«

»Fast traue ich mich nicht zu fragen, in was du schwimmst?«, erkundigte sich Carol Ann. Zuvor hatte Beatrice erwähnt, dass sie abends gern im Pool schwimme.

»T-Shirt und Shorts«, sagte sie.

»O je«, sagte Nola. »Süße, bei nächster Gelegenheit schleppen wir dich auf einen Einkaufsbummel.«

Aber die Gelegenheit ließ erst mal auf sich warten. Am folgenden Morgen gingen wir nach dem Frühstück ins Büro, um unsere Einsätze zu erfragen.

»Wohin fliegst du?«, fragte Carol Ann und schaute auf meinen Zettel.

»Newark. Und du?«

»Michigan. Nola?«

»Igitt«, sagte sie und hielt ihren Zettel mit spitzen Fingern von sich, als wäre er ansteckend. »Nevada.«

Beatrice musste nach Oklahoma.

»Ich wette, ich bin vor euch allen wieder da«, sagte sie mit funkelnden Augen.

»Ha!«, sagte Carol Ann und lief zur Tür. »Die Wette gilt.«

Beatrice zeigte uns, wie wir unsere Sachen falten mussten, damit sie flach genug waren, um in unsere Fliegertasche zu passen.

»In einigen Flugzeugen gibt es zwar mehr Stauraum, aber in Jägern nicht. Und da man nie weiß, ob man nach dem Landen nicht gleich in die nächste Maschine steigen muss, darf man immer nur wenig mitnehmen.«

»Solange ich Platz für Lippenstift und Kamm habe, komme ich gut klar«, sagte Nola.

Wir schlossen das Zimmer hinter uns ab und gingen zum Flugplatz.

»Tja«, sagte Carol Ann aufgeregt. »Jetzt geht's los!«

Wir drei umarmten uns, Beatrice sah uns zu, dann stiegen wir in unsere Maschinen und reihten uns zum Start auf.

Ich warf einen Blick auf die Flugkarte, die ich mir um den Oberschenkel gebunden hatte, und schaute auf die Uhr. Ich flog eine Grumman F6F Hellcat, deren silbriger Rumpf im frühen Morgenlicht glänzte. Wie ein Blitz raste ich über die Startbahn und hob geschmeidig ab, der Geruch von Kerosin stieg mir in die Nase.

In Newark meldete ich meine Ankunft und bekam ein anderes Flugzeug, das überführt werden musste, allerdings nicht nach Fort Sam, sondern nach South Carolina. Dort wurde ich nicht eben herzlich begrüßt, im Gegenteil, der Empfang war ausgesprochen unfreundlich.

Man hatte uns gewarnt. Mrs Cochran hatte uns vom diskriminierenden Verhalten einiger Männer erzählt.

»Nicht alle sind so, vergessen Sie das nicht«, hatte sie betont. »Aber die, die Sie als Bedrohung betrachten, werden es darauf anlegen, Ihnen das Leben zur Hölle zu machen. Bleiben Sie höflich. Bleiben Sie professionell. Machen Sie Ihre Arbeit. Sie haben jedes Recht, sich auf dem Stützpunkt aufzuhalten. Die Armeeführung hat es erlaubt.«

Auch von Frauen der vorhergehenden Klasse hatten wir Geschichten gehört; sie hatten uns von Männern erzählt, die sie angeherrscht, belästigt, entmutigt und kritisiert hatten, weil sie »Männerarbeit« machten. Sie warfen ihnen vor, den Männern den Job wegzunehmen, unbenommen der Tatsache, dass wir sie entlasteten, damit sie im Krieg kämpfen konnten. In den Augen einiger waren wir ebenfalls Feinde. Eine Bedrohung ihrer gewohnten Lebensweise.

»Der befehlshabende Offizier hat höhnisch gegrinst und mich in seinem Büro in die Ecke gedrängt«, hatte eine Frau erzählt, nachdem sie ein Flugzeug zu unserem Stützpunkt geflogen hatte. »Er hatte die Hände schon auf meinem Po, als ein anderer Offizier hereinkam. Ich habe so schnell wie möglich das Weite gesucht und mich ins Zimmer der Krankenschwester zurückgezogen, wo ich übernachtete, und als ich am Tag darauf mein nächstes Flugzeug abholte, habe ich darauf geachtet, mindestens zwei Meter Abstand zu ihm zu halten.«

Eine andere Frau berichtete von einem Stützpunkt, wo ihr wegen der feindseligen Blicke der Männer so unbehaglich war, dass sie lieber in der Stadt übernachtet hatte.

Andere Frauen aus dem Programm wiederum hatten nur Nettes erlebt. Und zum Glück hatte es den Anschein, als wären die negativen Geschichten in der Minderzahl. Zumindest hofften wir das.

Doch als ich aus dem Flugzeug stieg, das ich nach South Carolina geflogen hatte, hörte ich einen der Männer auf dem Rollfeld zu einem anderen sagen: »Hast du das gesehen? Schon wieder eines dieser verdammten Mädels.«

»Dämliche Weiber«, erwiderte der. »Für wen halten die sich, dass sie unsere Maschinen fliegen? Ich sag dir, eine von denen macht noch 'ne Bruchlandung, weil sie sich zwischendurch die Lippen anmalt. Dann hat der Spuk ein Ende.«

»Solang sie sich nicht einbilden, dass es nach dem Krieg so weitergeht …«

Sofort war ich auf der Hut. Ich packte meine Sachen und marschierte mit raschen Schritten zum Büro.

»Ja?«, fragte ein junger Mann, der mit gerunzelter Stirn hinter dem Schreibtisch saß.

»Ich heiße Coltrane. Ich bin beim Überführungskommando«, sagte ich und verkniff mir das freundliche Lächeln, das ich sonst bei solchen Gelegenheiten aufsetzte.

Dieser Stützpunkt verlangte offenbar einen härteren Umgangston, und ich war mir nicht sicher, ob ich das hinbekommen würde.

»Pardon«, sagte der Offizier grinsend und senkte den Blick zu meiner Brust, bevor er mir wieder ins Gesicht sah. »Was soll das Überführungskommando sein? Nie gehört.«

Ich holte meine Unterlagen und meinen Pilotenschein aus der Tasche und schob sie über den Schreibtisch zu ihm.

»Ich bin Pilotin der Women Airforce Service Pilots«, sagte ich. »Womöglich haben Sie davon schon mal gehört? General Arnold hat ihre Gründung gebilligt. Vielleicht möchten Sie bei ihm anrufen?«

»Äh, nein, Miss«, sagte er und schob die Dokumente nach einem kurzen Blick wieder zu mir.

»Also gut«, sagte ich. »Ich habe gerade eine P-51 Mustang zu Ihrem Stützpunkt überführt. Haben Sie für mich ein Flugzeug zum Weiterfliegen?«

»Sie haben eine Mustang geflogen?«, fragte er. Jetzt sah er beeindruckt aus.

Ich setzte das Lächeln auf, das ich mir vorher verkniffen hatte. »Ja. Ihr Vorgesetzter erwartet die Maschine, um sie in dem Krieg einzusetzen, den wir gerade führen. Aber wenn Sie sie nicht haben wollen, fliege ich sie gern nach Texas zurück.«

Ich machte auf dem Absatz kehrt und ging zur Tür.

»Warten Sie!«

Ich blieb stehen.

»Coltrane?«, fragte er.

»Ja, das bin ich.« Ich drehte mich zu ihm.

»Da stehen Sie ja«, sagte er.

Mit einem betretenen Lächeln deutete er auf ein Notizbuch, das aufgeschlagen vor ihm lag.

Ich ging zum Schreibtisch zurück und beugte mich darüber. Neben seinem Finger waren ein Flugzeugmodell und mein Name eingetragen. Über der Seite stand »Überführungskommando«.

»Nie gehört, ah ja«, sagte ich, und er lief rot an. »Haben Sie ein anderes Flugzeug für mich oder nicht?«

»Doch.«

Ich ging zu der wartenden P-40 Warhawk und schaute kurz zu den beiden Männern, die zuvor über mich gesprochen hatten. Einer stand stirnrunzelnd am Heck eines kleinen Ausbildungsflugzeugs, einer Stinson Reliant, in die der andere gerade stieg.

»Guten Flug, Jungs«, wünschte ich ihnen. »Wenn ihr mit der zurande kommt, lassen sie euch vielleicht auch an die Mädchenflugzeuge.«

Wütend sahen sie mich an, sagten aber kein Wort.

Von South Carolina flog ich zu meinem Heimatstützpunkt in San Antonio. Nach der Landung meldete ich mich müde und zufrieden um 23 Uhr im Hauptbüro.

»Guten Abend«, sagte der Offizier. »Wie kann ich Ihnen behilflich sein?«

»Haben Sie morgen früh einen Einsatz für mich?«

Nach einem Blick in ein großes Logbuch reichte er mir einen Zettel.

»Danke«, sagte ich und ging zu den Unterkünften. Mir schmerzten die Knochen, ich war erschöpft, aber innerlich aufgeregt. Am nächsten Tag würde ich nach Long Beach fliegen.

Beatrice schlief schon, als ich ins Zimmer kam. Nolas Bett war leer. Aber auf Carol Anns Bett herrschte ein Durcheinander, und aus der Dusche drangen Geräusche, also wusste ich, dass sie noch auf war. Mit meinem Pyjama und dem Waschbeutel in der Hand ging ich zu ihr in den Waschraum.

»Du warst je ewig unterwegs!«, sagte sie, sobald sie mich sah. »Ist was Schlimmes passiert?«

Ich erzählte ihr von meinem angefüllten Tag. Sie hatte nur den einen Flug gehabt, wo sie eine andere Maschine abgeholt und damit gleich zurückgekommen war.

»Das ging alles ganz schnell. Ich war vor Beatrice wieder da.« Sie grinste. »Die Kerle haben ganz schön gestaunt, als ich aus dem Flugzeug gestiegen bin. Deren Gesicht … als wäre ich nackt gewesen!«

Ich lachte zustimmend.

»Wohin musst du morgen?«, fragte ich.

»Kalifornien. Long Beach.«

»Ich auch.«

Im Bett flüsterten wir aufgeregt weiter bis Mitternacht, dann schliefen wir ein.

Als wir am nächsten Morgen aufwachten, war Nola immer noch nicht zurück.

»Entweder haben sie sie von Pontius zu Pilatus geschickt, oder sie hatten kein Flugzeug für sie, und sie muss den Zug nehmen«, meinte Beatrice beim Frühstück. »Wie ich schon sagte, Anna ist jetzt seit einer Woche unterwegs. Das habe ich auch schon erlebt. Und wenn man dann endlich wieder hier ist, isst man etwas, duscht und steht am nächsten Tag wieder auf, und dann geht alles wieder von vorn los.«

Carol Ann und ich flogen zwei SBD Dauntless nach Long Beach, die von dort im Pazifik eingesetzt werden sollten. Der Flug verlief ereignislos, bis ich unter mir etwas bemerkte, das wie ein Militärstützpunkt aussah.

»Welcher Stützpunkt ist denn das?«, fragte ich Carol Ann über Funk. »Auf meiner Karte ist er nicht verzeichnet.«

»Auf meiner auch nicht«, sagte sie.

»O mein Gott«, flüsterte ich erstickt, ein kalter Schauer lief mir über den Rücken.

»Was ist es denn?«, drang mir Carol Anns Stimme aufgeschreckt ans Ohr.

»Ich glaube, das ist …«

Ich schaute auf die langgezogenen Gebäude, die in zahllosen Reihen angeordnet waren. Es gab keine Pisten, keine Flugzeuge, keine Hangars.

»Das ist ein Lager«, sagte ich.

In der Zeitung hatten wir zwar Bilder der Internierungslager gesehen, aber über eins hinwegzufliegen war eine völlig andere Sache. Dadurch wurden sie erst real für uns. Unter mir waren Hunderte Amerikaner japanischer Abstammung, die aus ihrem Zuhause gerissen worden waren, um unter wer weiß welchen Bedingungen zu leben, nur weil unsere Regierung befürchtete, unter ihnen könnte sich ein Spion befinden. Zwar hatte dieser Krieg mich gelehrt, dass sich unsere schlimmsten Befürchtungen bewahrheiten konnten, trotzdem fand ich die Entscheidung, Tausende Unschuldige einzusperren, um keinen Deut besser als das, was auf der anderen Seite der Welt Hitler tat. Das bedrückte mich zutiefst.

»Das ist ja ein Gefängnis«, sagte Carol Ann und sprach damit meine Gedanken aus.

Ernüchtert landeten wir eine Dreiviertelstunde später und erfuhren im Anmeldebüro, dass wir am folgenden Tag zwei Jagdflugzeuge – P-51 Mustangs – zum Flugplatz Langley in Virginia bringen sollten, von wo sie nach Europa überführt würden. Doch bis zum Abflug hatten wir frei. Wir verbrachten die Zeit am Strand.

Am nächsten Tag beim Anflug auf Langley, ich als Rottenführerin, funkte ich dem Tower, dass ich landen wollte, erhielt aber keine Erlaubnis.

Ich griff nach dem Funkgerät. »Carol Ann, sie lassen mich nicht landen.«

»Wie bitte?«, fragte sie aufgebracht. »Lass mich mal versuchen.«

Keine Minute später hatte ich sie wieder im Ohr. »Das verstehe ich nicht«, sagte sie. »Das ist doch der richtige Stützpunkt, oder?«

»Natürlich«, sagte ich. »Ich versuch's noch mal.«

Aber wieder wurde mir die Landung verweigert.

Wir flogen schweigend einen weiten Bogen. Wenn ich Maschinen zum Hudson Airfield überführt hatte, hatte ich bisweilen keine sofortige Landeerlaubnis bekommen, allerdings nur weil auf der Rollbahn zu viel Betrieb herrschte. Vielleicht war das jetzt auch der Fall. Wenn nicht – wir hatten nicht genug Treibstoff, um noch sehr viel weiter zu fliegen, und würden zum

Landen einen anderen nahegelegenen Flugplatz oder ein Feld finden müssen. Wir konnten nicht ewig in der Luft bleiben.

Ich erinnerte mich an meinen Empfang in South Carolina. Vielleicht ging es hier nicht um eine belegte Landebahn, sondern um etwas völlig anderes.

»Carol Ann«, fragte ich, »kennst du einen anderen Flugplatz hier in der Nähe?«

»Nein. Warum? Glaubst du, wir werden woanders landen müssen?«

»Vielleicht«, sagte ich. »Ich versuch's noch mal.«

Ich holte tief Luft, meine Hand zitterte, als ich wieder die Sprechtaste betätigte.

»Tower, hier ist …«

»Ma'am!«, herrschte eine Männerstimme mich an. »Stören Sie nicht den Funk! Hier kreisen zwei Mustangs über den Flugplatz, und wir bekommen keinen Kontakt zu denen. Wenn Sie die Frequenz nicht freigeben …«

Zwei Mustangs?, dachte ich stirnrunzelnd. Ich schaute auf den Bug meiner Maschine und warf über die Schulter einen Blick auf Carol Anns.

Ich schürzte die Lippen, holte wieder tief Luft und drückte erneut die Taste.

»Tower«, sagte ich mit lauter, fester Stimme. »*Wir* sitzen in den Mustangs.«

»Was?«

Zehn Minuten später, nach einem Wortwechsel mit dem Tower, über den ich hätte lachen müssen, wäre er nicht so entnervend gewesen, waren wir am Boden.

»Du meine Güte«, sagte ein Offizier, als wir aus den

Jagdfliegern sprangen. »Das waren Frauen in den Maschinen?«

Auf dem Weg zum Anmeldebüro fragte ich mich, ob wir wohl jemals nicht unterschätzt werden würden. Ob Männer uns irgendwann einmal ansehen und nicht stutzen oder überrascht reagieren würden, weil wir Aufgaben erfüllten, von denen sie geglaubt hatten, nur sie allein könnten sie bewältigen. Ob man uns jemals Anerkennung zollen würde für unsere Fähigkeiten und unseren Mut. Oder ob wir in ihren Augen immer »nur Mädels« sein würden, die sich an etwas versuchten, für das sie uns eigentlich völlig ungeeignet hielten.

Die nächsten beiden Wochen verliefen ohne Zwischenfälle, jedes Flugzeug war in gutem Zustand, jeder Stützpunkt empfing mich wohlwollend, jede geplante Abholung und Überstellung klappte wie am Schnürchen.

Wenn ich zwischen den Einsätzen bisweilen in Fort Sam war, freute ich mich, zur Abwechslung einmal eine Mahlzeit mit einer oder zwei der Frauen, selten aber mit mehreren in unserer Unterkunft zu essen. Nola war, als wir aus Virginia zurückgekehrt waren, wieder da gewesen, voll Geschichten von den munteren Krankenschwestern, bei denen sie in Nevada untergekommen war, und wir hatten schließlich unsere fünfte Mitbewohnerin kennengelernt, Anna, eine ernst wirkende junge Frau mit glänzendem braunem Haar und auffällig blauen, fast lavendelfarbenen Augen, die aber nicht am WASP-Programm teilgenommen hatte, sondern an Nancy Harkness Loves WAFS-Programm – dem Women's Auxiliary Ferrying

Squadron. Die Mitglieder dieser Staffel nannten sich die »Originale« und überführten seit fast zwei Jahren Flugzeuge, ohne wie wir die Grundschulung durchlaufen zu haben, da Mrs Love eine Gruppe bereits auf Militärmaschinen ausgebildeter Frauen zusammengestellt hatte; die Frauen beim WASP-Programm hatten ja anfangs vielfach keinerlei Erfahrung mit Militärflugzeugen gehabt.

»Hast du manchmal die Nase voll davon?«, fragte Carol Ann sie eines Abends beim Essen.

»Manchmal schon«, antwortete Anna. »Wenn ich zu lange unterwegs bin, ohne einen einzigen freien Tag. Aber es macht mir großen Spaß. Außerdem bin ich nicht mehr lange hier.«

»Verlässt du das Programm?«, fragte ich.

»Nein. Sie schicken uns zur Offiziersausbildung.«

»Fürs Militär?« Carol Ann machte große Augen.

»Ja.«

»Wir sollen tatsächlich in die Armee aufgenommen werden?«

Das Militär hatte uns zwar unter seine Fittiche genommen, aber offiziell waren wir nicht Teil der Armee. Wir hatten eine militärische Ausbildung erhalten, wir unterlagen den Vorschriften des Militärs und waren als Teil des Militärprogramms anerkannt, hatten aber keinen offiziellen Status als Militärangehörige. Wir legten keinen Eid ab, wir erhielten keine Beihilfen oder Vergünstigungen. Der Staat betrachtete uns nicht als Teil der Streitkräfte, obwohl er uns erlaubte, Militärmaschinen zu testen und zu Stützpunkten im ganzen Land zu fliegen und militärisches Personal zu transportieren.

»Das ist die Hoffnung. Noch ist es nicht durch, aber Nancy Love und Jackie Cochran machen sich dafür stark, und General Arnold reicht einen Antrag ein.«

»Wow«, sagte Carol Ann und sah über den Tisch zu mir. »Bist du dabei?«

Ich schob die Kartoffeln auf meinem Teller hin und her. Es schien, als würde alles, was ich in letzter Zeit machte, meinen kleinen Flugplatz in immer größere Ferne rücken. Was, wenn ich zum Militär ginge? Dann würde ich irgendwo stationiert werden, und es wäre meine Pflicht, meinem Land zu dienen.

Ich schüttelte den Kopf. »Nein, das ist nichts für mich.«

»Wegen deinem Flugplatz?«, fragte sie, und ich nickte. »Das muss ja ein ganz besonders toller Flugplatz sein.«

Ich lachte. »Er ist winzig. Aber mein Herz hängt daran. Den möchte ich haben, solange ich zurückdenken kann.«

»Ich kann's nicht erwarten, ihn eines Tages endlich zu sehen. Bekomme ich das Hotelzimmer umsonst?«

»Du kriegst Rabatt.«

Während sich die Frauen über die Offiziersausbildung unterhielten, war ich in Gedanken weiter beim Hudson Airfield. Mein Vater hatte mir vor Kurzem am Telefon gesagt, dass Hal langsam nervös wurde. Würde ich je zurückkommen? Wollte ich den Flugplatz immer noch kaufen? Um ihn zu beruhigen, hatte mein Vater ihm eine Anzahlung gegeben.

»Vögelchen, ich weiß, was du gleich sagen wirst«, hatte er am Telefon gemeint, »aber Hal wird langsam alt. Er möchte sich in den nächsten ein, zwei Jahren zur Ruhe setzen. Ohne die Anzahlung hätte er den Platz öffentlich zum Verkauf angeboten. Du kannst mir das Geld später zurückzahlen. Jetzt ist er für dich reserviert.«

»Danke, Dad«, hatte ich gesagt. »Ich zahle es dir zurück, das verspreche ich dir.«

»Um das Geld mache ich mir keine Sorgen, Vögelchen. Das weißt du auch. Und jetzt hast du den Kopf frei und kannst deine Arbeit machen, ohne Angst zu haben, dass dir jemand den Flugplatz vor der Nase wegschnappt. Früher oder später wirst du wiederkommen und dich mit Begeisterung in die Aufgabe stürzen, die baufälligen Hangars herzurichten. Und sollte Hal früher als gedacht aufhören wollen, stelle ich jemanden ein, der ihn leitet, bis du wieder hier bist.«

Aber ich wollte nicht, dass jemand anderes meinen Flugplatz leitete. Der Gedanke bereitete mir Sorgen, ich fragte mich, ob ich wirklich beim Überführungskommando bleiben oder doch lieber kündigen und jetzt nach Hause zurückgehen sollte. Aber als ich zwischen Carol Ann und Anna hin und her schaute, während über uns Militärflugzeuge hinwegdonnerten, wusste ich, dass die Zeit dafür noch nicht reif war. Es gab noch zu viel anderes, was ich tun wollte.

KAPITEL 24

Hast du alles, was du brauchst?«, fragte Carol Ann. Sie stand neben mir, während ich zum x-ten Mal überprüfte, ob ich auch wirklich alles eingepackt hatte.

Ich nickte, schloss widerstrebend den Reißverschluss meines kleinen Koffers und stellte ihn auf den Boden.

Eineinhalb Wochen nachdem ich James geschrieben hatte, dass ich ihn treffen würde, hatte er mir ein Telegramm geschickt. Er hatte so dankbar geklungen, dass ich fast geweint hätte. Wie hatte ich ihm je unterstellen können, ich wäre ihm gleichgültig?

»Wo wohnst du gleich noch mal?«, fragte Carol Ann.

»In einem Hotel beim Stützpunkt. Ich fliege zum Buckingham Army Airfield, da gibt es keine Frauenunterkünfte. Und da ich keine Militärangehörige bin, darf ich nicht auf seinem Stützpunkt übernachten. Er sagte, er würde sich darum kümmern.«

»Wirst du ihm von Carter erzählen?«, fragte sie leise.

»Ich weiß es nicht.«

»Tu's nicht«, riet sie. »Es bringt nichts. Es könnte ihn verstören, und das kann er jetzt nicht brauchen.«

»Aber ich komme mir schäbig vor.«

Seit ich Avenger Field verlassen hatte, machte ich mir ständig Vorwürfe, dass ich Carter geküsst hatte. Carol Ann und Nola versuchten allerdings, mir das auszureden.

»Audrey, er hat dir nicht geschrieben«, hatte Carol Ann gesagt. »Was hättest du tun sollen? Keinen Mann je wieder küssen?«

Ich lächelte verhalten. »Das war immer mein Plan gewesen.«

»Männer machen unseren Plänen grundsätzlich einen Strich durch die Rechnung. Hast du das nicht längst begriffen?«

»Darum habe ich sie mir auch immer vom Leib gehalten.«

»Ich weiß«, sagte sie. »Aber deswegen hast du dir ja auch eine Menge Spaß entgehen lassen.«

Ich gab ihr einen scherzhaften Klaps auf den Arm. »Das stimmt nicht.«

»In Ordnung, Oma. Du hast deinen Spaß gehabt. Ich glaube dir. Und bevor du dich versiehst, strickst du Schals für deine Freundinnen und lädst sie zum Kartenspielen ein.«

Wir brachen in schallendes Gelächter aus.

Am nächsten Morgen gab ich mir mit meinen Haaren besonders große Mühe, drehte sie fester als sonst zusammen in der Hoffnung, dass sie immer noch gut aussehen würden, wenn ich den Helm abnahm. Mit zitternden Händen steckte ich eine Klemme nach der anderen hinein und schrie auf, als ich mich aus Versehen ins Ohr stach.

»Nach dem Flug hast du noch die ganze Busfahrt, um

dich wieder herzurichten«, sagte Carol Ann, die auf leisen Sohlen in den Waschraum geschlichen war. »Komm, lass mich das machen.« Sie nahm mir die letzten Haarklemmen ab und steckte sie fest.

»Danke«, flüsterte ich. »Ich bin so nervös. Das hatte ich nicht erwartet.«

»Das ist doch klar. Es ist lange her«, sagte sie. »Aber er wird sich so freuen, dich zu sehen. Vergiss nicht, er ist im Krieg gewesen. Du wirst ihm vorkommen wie ein Traum. Der schönste Traum, den er je hatte.«

»Und was, wenn ich mir meine Gefühle nur eingeredet habe und sie alle nicht mehr da sind?«

»Vielleicht werdet ihr beide nicht mehr dasselbe empfinden wie auf Hawaii. Dann seid ihr eben das, was zu sein ihr immer behauptet habt – gute Freunde. Und wenn es doch mehr ist, dann gönnt euch diesen kurzen Moment des Glücks, solange ihr zusammen seid. Es sind nur zwei Tage. Genieß sie. Wer weiß, wann ihr euch wiederseht.«

Ich umarmte sie, und sie drückte mich fest an sich.

»Du bist die beste Freundin, die ich je hatte – weißt du das?«, sagte ich, als ich die Umarmung löste.

»Natürlich«, antwortete sie mit einem Grinsen. »Und du übrigens auch die meine, falls du das nicht wissen solltest. Ich habe keine Ahnung, wie ich jeden Tag überstehen würde, wenn ich mich nicht bei dir ausheulen könnte. Apropos, habe ich dir schon den letzten Brief von Gus gezeigt?«

Ich folgte ihr wieder in unser Zimmer, wo sie mir das zerknitterte Blatt Papier gab, das am Tag zuvor gekommen war. Ich überflog die Zeilen und reichte es ihr zurück.

»Eine Hochzeit im Sommer?«, schimpfte sie leise. Nola hatte den Tag frei und durfte morgens ausnahmsweise einmal ausschlafen. Anna und Beatrice waren von ihren letzten Einsätzen noch nicht zurück. »Wer möchte in Alabama im Sommer heiraten? Ich auf jeden Fall nicht, das kann ich dir flüstern. Die ganzen Mücken und die schwüle Luft? Ich würde aussehen wir eine getaufte Maus. Was schütten sie den Jungs da drüben bloß ins Essen? Er weiß doch ganz genau, dass wir im Winter heiraten müssen. Ich habe das Kleid doch schon vor Ewigkeiten besorgt – es hat lange Ärmel, verdammt noch mal!«

Sie beschwerte sich den ganzen Weg zum Vorfeld und verstummte erst, als ich mit Helm und Fliegerbrille neben meiner Maschine stand und sie ansah.

»Also«, sagte ich. »Ich bin jetzt weg.«

»Was?«, fragte sie. »Ach so, natürlich.« Sie setzte ebenfalls den Helm auf und drückte mich noch mal an sich. »Lass es dir gut gehen, Audrey. Ich freue mich schon zu hören, wie's war.«

Mit einem letzten Winken stieg ich in die Warhawk, die ich überführte, und reihte mich zum Abheben ein.

Mehrere Stunden später landete ich auf dem Buckingham Army Airfield und ging schnell ins Büro, um mich anzumelden und nach der nächsten Bushaltestelle zu erkundigen.

Ich war schrecklich aufgeregt, meine Hände waren

schweißnass. James und ich hatten uns seit über zwei Jahren nicht gesehen. Würden wir uns noch verstehen? Würde das leise Gefühl von etwas mehr als Freundschaft noch da sein? Oder würden wir jetzt, wie Carol Ann gesagt hatte, die Freunde sein, als die wir uns immer bezeichnet hatten? Wie auch immer, mir war mulmig zumute.

Ein Glöckchen am Türgriff läutete, als ich das Büro betrat und zum Empfang ging. Der diensthabende Offizier sprach gerade am Telefon, und während ich wartete, dass er das Gespräch beendete, klopfte ich mit den Fingern auf den Tresen.

»Ja?«, sagte er, nachdem er aufgelegt hatte. »Kann ich Ihnen behilflich sein?«

»Ich bin Audrey Coltrane vom Überführungskommando. Ich habe gerade eine Curtiss P-40 Warhawk von Fort Sam Houston hergebracht.«

Er holte ein Logbuch und fuhr mit einem Finger langsam die Seite hinunter, dann spähte er um mich herum zum Fenster hinaus.

»Wahnsinn«, sagte er und machte eine Notiz.

»Haben Sie einen Busfahrplan für mich?«, fragte ich. Da läutete das Türglöckchen wieder.

»Sicher«, sagte er und öffnete eine Schublade. »Irgendwo schon.«

»Ich bin in Eile. Vielleicht können Sie mir einfach sagen, wo die nächste Haltestelle ist?«

»Einen Moment«, sagte er und wühlte in seinen Unterlagen.

Seufzend schloss ich die Augen und versuchte, meinen Unmut zu unterdrücken. Jetzt war ich endlich im selben Bundesstaat wie James, und dieser Mann konnte den verdammten Busfahrplan nicht finden.

Um mich zu beruhigen, holte ich tief Luft, und dabei stieg mir ein vertrauter erdiger Geruch in die Nase. Ich atmete aus im Versuch, ihn zuzuordnen – und als ich mich umdrehte, schien die Welt stillzustehen.

Er war schmaler als früher und sah blendend aus in seiner Uniform. Und in seinen grünen Augen lag etwas, von dem ich wusste, dass er es auch in meinen Augen sehen konnte.

Es war die richtige Entscheidung gewesen, hierherzukommen.

»James«, flüsterte ich und fiel ihm in die Arme

Wortlos zog er mich an sich und vergrub seinen Kopf an meinem Hals, sein Schnurrbart kratzte wunderbar an meiner Haut, und sein Herz klopfte wie wild, als er mich noch enger an sich drückte.

Eine ganze Weile blieben wir so stehen, ohne auf den jungen Offizier zu achten, der hinter dem Schalter in seinen Unterlagen blätterte. Wir gingen ineinander auf, nahmen uns wahr … erinnerten uns.

Er löste sich von mir und betrachtete mein Gesicht, als suchte er nach dem Ärger, den er bei diesem Wiedersehen erwartete. Aber aller Groll über sein Schweigen war von mir abgefallen, sobald ich beschlossen hatte herzukommen.

»Mein Gott«, sagte er. »Jetzt wird mir erst klar, wie sehr du mir gefehlt hast.« Er ließ den Kopf sinken. »Es tut mir wirklich leid, Audrey, ich hätte nie … Es war so viel …«

»Du brauchst dich nicht zu entschuldigen«, unterbrach ich ihn und legte die Wange an seine Brust. »Ich kann's verstehen.«

Er strich mir eine Strähne aus dem Gesicht und steckte sie hinters Ohr, was mich an eine andere Zeit und einen anderen Ort erinnerte.

»Hi, kleiner Vogel«, flüsterte er, und ich lächelte, während sich Tränen in meinen Augen bildeten.

»Ähm …«, sagte der Offizier am Tresen und zeigte uns ein zerknittertes Blatt. »Brauchen Sie noch die Wegbeschreibung zur Bushaltestelle?«

Ich grinste James an.

»Ich glaube, wir kommen zurecht«, sagte er und nahm die Tasche von meiner Schulter.

»Trotzdem vielen Dank«, sagte ich und ergriff die Hand, die James mir reichte.

Auf dem Weg zum Jeep, den er geliehen hatte, konnten wir nicht den Blick voneinander lösen.

»Das kommt mir bekannt vor«, sagte ich, als ich auf den Beifahrersitz stieg.

Er sah sich um, die Palmen, der blaue Himmel, die schwül-feuchte Luft, die uns umfing. »Das stimmt«, sagte er und setzte sich neben mich.

Dann saßen wir da und sahen uns an, nahmen einander wahr, tasteten den anderen mit den Augen ab, suchten nach vertrauten und neuen Zügen.

Durch den Krieg war er älter geworden. Das Jungenhafte, das ich aus Hawaii kannte, war von den grauenhaften Erlebnissen ausgelöscht und durch etwas Abgeklärteres, Zurückhaltenderes ersetzt worden. Er war immer noch jung, aber wacher, seinem Blick entging nichts. Sein Körper war ständig unter Spannung, seine Bewegungen waren nüchterner, präziser geworden, als hätte er keine Zeit für Überflüssiges oder Lässiges.

Ich hörte ihn erstaunt einatmen und sah, dass er auf meinen Hals starrte.

»Du trägst die Kette«, sagte er heiser, und seine Augen wurden feucht.

Ich berührte den Kolibri, der an der zarten Kette um meinen Hals hing. »Ich lege sie nie ab«, erklärte ich.

»Ich war mir nicht sicher, ob sie dir gefallen würde«, sagte er, und ein Ausdruck von Unsicherheit huschte über sein Gesicht. »Ich habe sie im Vorübergehen in einem Geschäft gesehen. Du solltest etwas von mir immer bei dir haben. Aber das klingt vermutlich lächerlich …«

Ich legte ihm eine Hand aufs Knie. »Ich finde sie wunderschön. Sie ist perfekt.«

Er ging mit mir in ein Restaurant, aber wir stocherten nur auf unseren Tellern herum, mussten uns immerzu ansehen und vergaßen darüber völlig zu essen. Er erzählte mir von den Männern unter seinem Befehl, von denen einige die Highschool verlassen hatten, um zu dienen, andere waren zum ersten Mal Vater geworden, ohne je ihr Kind gesehen zu haben. Er sprach von den Orten, an denen er gewesen war, und von der Zerstörung, die er gesehen hatte. Dass selbst Hawaii nichts war im Vergleich zu den vom Krieg geschundenen Ländern, über die er geflogen war.

»Ganze Städte sind ausradiert«, sagte er. »Nicht nur die Gebäude, auch die Menschen.«

Ich betrachtete ihn, während er erzählte. Sein Blick schoss ständig durch den Raum, sein Rücken und die Schultern waren angespannt. Er hatte einige graue Strähnen im Haar, die früher nicht da gewesen waren, neue Falten um die Augen – dennoch war er immer noch unglaublich gut aussehend. Und auf unangestrengte Art charismatisch.

»Entschuldige«, sagte er unvermittelt. »Jetzt sehe ich dich nach Jahren zum ersten Mal wieder und kann nur reden über … Erzähl mir von dir und deiner Ausbildung. Wie war es in Sweetwater? Und erzähl mir von Carol Ann.«

»Das ist schon in Ordnung«, sagte ich und griff nach seiner Hand. »Ich möchte es doch hören. Ich möchte alles wissen.«

»Das kann ich dir alles schreiben – und ich schreibe dir jetzt wieder öfter, versprochen.« Er lächelte verlegen. »Ich möchte alles von dir erfahren. Nicht zu glauben, dass ich tatsächlich mit dir hier sitze.« Er legte die Gabel auf den Teller und lehnte sich zurück. »Du bist noch schöner, als ich dich in Erinnerung habe. Als ich dich vorhin im Büro sah – die Haare und deine Figur, fast majestätisch. Atemberaubend. Ich bin knapp Geschossen und Bomben entkommen, aber was mein Herz wirklich zum Stocken brachte – das ist deine Zuneigung. Deine Bereitschaft, dich überhaupt mit mir abzugeben.«

Als er mich jetzt ansah, errötete ich, so intensiv war sein Blick und derart voll Gefühl – ein Gefühl, das ich nur zu gut kannte und zu lange geleugnet hatte.

»Fast fürchte ich, mich zu bewegen oder Luft zu holen«, fuhr er fort. »Aus Angst, dass ich dann aus diesem Traum aufwache, wie schon so oft zuvor – und dass du dann weg bist.«

»Ich gehe nicht. Aber bitte, James, versprich mir, dass du nicht wieder abtauchst. Ich kann es nicht …« Ich schüttelte den Kopf und senkte den Blick. »Ich könnte es nicht ertragen. Ich wusste nicht, ob du tot warst, und hatte keine Möglichkeit, etwas herauszufinden. Es gab niemanden, den ich fragen konnte. Jeder Tag war schrecklich, weil ich nicht wusste, ob du aus meinem Leben verschwunden warst – oder aus dem Leben insgesamt. Mit dem einen hätte ich mich früher oder später abfinden können, aber mit dem anderen …«

Er nahm meine Hand und drückte sie.

»Ich müsste schon ganz von dieser Welt verschwinden, um dich jemals wieder zu verlassen. Es tut mir wirklich leid, kleiner Vogel. Ich wollte dir keinen Kummer bereiten.«

Ich starrte auf meinen Schoß, blinzelte die Tränen fort und holte mehrmals tief Luft, meine Finger umklammerten seine. Als ich den Blick wieder hob, lief mir eine Träne über die Wange.

»Wie wichtig du mir bist, habe ich erst gemerkt, als ich nichts von dir hörte«, sagte ich. »Ich wusste nicht, wie sehr ein gebrochenes Herz schmerzt …« Mir versagte die Stimme.

Er drehte seinen Stuhl so, dass er neben mir saß, legte seine Stirn an meine Schläfe, seine Lippen streiften meine Wange.

»Audrey Fitzgerald Coltrane, ich verspreche dir, ich werde dich nie wieder verlassen. Niemals wieder.«

Nach dem Essen kaufte er zwei Eistüten, und Hand in Hand schlenderten wir bei Sonnenuntergang über eine Promenade am Wasser.

»Müde?«, fragte er, als er mich gähnen sah.

Ich nickte und schmiegte mich an ihn, legte den Kopf auf seine Schulter.

»Möchtest du in dein Hotel?«, fragte er. »Es ist nicht weit. Ich kann uns Bier oder Wein besorgen, und dann könnten wir uns noch ein bisschen unterhalten. Es sei denn, du möchtest lieber schlafen. In dem Fall hole ich dich morgen gleich vor dem Frühstück ab. Was immer dir lieber ist.«

»Bier und noch ein bisschen reden«, sagte ich.

Er seufzte erleichtert. »Ich hatte gehofft, dass du das sagen würdest.«

In einem kleinen Laden besorgten wir Bier und ein paar Snacks. Wir kicherten wie zwei Jugendliche, die sich trotz des Verbots der Eltern aus dem Haus gestohlen hatten. Dann fuhr er mit mir zu einem kleinen dreigeschossiges Hotel, in dessen Garten Palmen und tropische Pflanzen wuchsen, um den Pool standen blau-weiß gestreifte Deckstühle.

»Das ist ja zauberhaft«, sagte ich, als wir zu meinem Zimmer gingen. Es war ebenerdig, die Schiebetür führte auf die Terrasse und den Pool hinaus.

Ich öffnete die Tür, James gab mir eine Flasche Bier, und wir streiften die Schuhe ab und setzten uns auf zwei Deckstühle.

»Vielleicht bleibe ich einfach hier«, sagte James leise, trank einen Schluck und schloss die Augen.

»Ich auch. Glaubst du, man kann dauerhaft hier einziehen?«

»Als Gegenleistung biete ich ihnen an, den Pool zu reinigen.«

»Und ich fege die Terrasse«, sagte ich.

»Du solltest die Butterkekse mit Schokolade machen«, sagte er. »Das würde sie überzeugen.«

Ich lächelte. »Du erinnerst dich an die Kekse?«

Er öffnete die Augen und sah zu mir. »Ich erinnere mich an alles von dir.«

Während es endgültig dunkel wurde, unterhielten wir uns über unsere Familien, das WASP-Programm und meine neue Arbeit beim Überführungskommando.

»Ich habe eine Mustang geflogen«, sagte ich. »Zwei sogar.«

»Und?«

»Ich glaube, Roxy hat Konkurrenz bekommen.«

»Roxy«, sinnierte er. »Ob die arme Maschine wohl noch im Sand feststeckt, oder hat jemand sie ausgebuddelt und fliegt mit ihr über die Insel?«

»Das hoffe ich«, sagte ich lächelnd und sah das kleine gelb-blaue Flugzeug vor mir.

»Und was noch?«, fragte James und kippte seinen Deckstuhl nach hinten, streckte sich seitlich darauf aus und stützte den Kopf in der Hand auf. »Was ist mit dem Flugplatz? Steht der immer noch auf deinem Programm?«

»Natürlich. Warum? Suchst du Arbeit?«

»Vielleicht. Stellst du denn ein?«

»Es gibt bestimmt viele Stellen, die ich werde besetzen müssen. Hausmeister, Mädchen für alles …«

Er warf seinen Kronkorken nach mir, und ich wehrte ihn lachend ab.

»Es gibt nur eine Stelle, die ich annehmen würde«, sagte er.

»Ach ja?«, fragte ich mit tiefer Stimme und hob eine Augenbraue.

Diese kleine Geste berührte ihn sichtlich. »Ich habe den Eindruck, das Zusammenleben mit tollkühnen fortschrittlichen Frauen hat auf Sie abgefärbt, Miss Coltrane. Flirten Sie etwa mit mir?«

Ich senkte den Kopf und lief hochrot an.

»Das soll dir nicht peinlich sein«, sagte er, setzte sich auf und stellte sein Bier auf den Boden. »Bitte nicht.«

Ich setzte mich ebenfalls auf und schwang die Beine über den Stuhlrand, jederzeit bereit aufzuspringen – und notfalls zu flüchten.

»Ich will nicht …« Mein Blick wanderte über die Terrasse, ohne seinem zu begegnen. »Auf dem Weg hierher wusste ich nicht, was ich denken soll. Als wir uns kennenlernten, wollte ich nie … Ich meine …« Die Worte sprudelten nur so aus mir heraus, ohne dass ich sie daran hindern konnte. Ich kann mir dumm vor. Naiv. Warum waren wir hier? Ich hatte gedacht, ich wüsste es, aber vielleicht … »Aber jetzt weiß ich es nicht mehr. Ich bin mir nicht sicher, weshalb du mich sehen wolltest. Nur um dich zu entschuldigen? Um unsere Freundschaft zu erneuern? Oder ist mehr dabei? Und wenn, dann was?

Ich weiß nicht, was ich davon halten soll. Davon, dass wir Händchen halten. Uns küssen.« Ich war völlig durcheinander und wich nach wie vor seinem Blick aus. »Ich will nur …« Einen Moment schloss ich seufzend die Augen und sah dann schließlich doch zu ihm. »... dich.«

Die Stille war wie ein Vakuum. Ich stand auf, mir war ganz flau vor Scham. Am liebsten wäre ich in den Pool gesprungen und auf den Boden gesunken. Ich stellte die Flasche fester als beabsichtigt auf den Tisch und ging ins Zimmer, um mich aufs Bett zu setzen.

»Audrey«, sagte James und folgte mir. Er stand in der Terrassentür, das Licht einer Gartenlaterne strahlte ihn von hinten an, sodass er aussah wie nicht von dieser Welt, umweht vom dünnen weißen Vorhang, der sich sanft in der Brise bauschte. »Ich weiß, was wir ausgemacht haben. Aber du warst für mich immer mehr als nur eine Freundin.«

Hand in Hand schliefen wir in unseren Kleidern ein, mein Kopf auf seiner Brust. Als ich am nächsten Morgen aufwachte, hatten wir uns nicht bewegt. Ich sah zu ihm und seufzte, glücklicher und zufriedener als je zuvor im Leben. Dann drehte ich mich auf den Rücken.

»Nicht«, sagte er und zog mich wieder an sich. »Geh nicht.«

Ich lächelte an seiner Brust. Aber als ich ihm in die Augen sah, erstarrte ich. Er meinte es nicht im Scherz.

Ich erinnerte mich an die Träume, von denen er mir erzählt hatte, als wir am Abend zuvor nebeneinandergelegen hatten. Die Albträume, die er wegen mir gehabt hatte. Schaurige Bilder, die er nicht mehr aus dem Kopf bekam, von herabfallenden Bomben, die mich unter sich begruben. Ich hatte mich an ihn geschmiegt, ein Bein zwischen seinen, sein Herzschlag an meiner Wange, und versucht, ihn zu beruhigen, während er von dem Grauen erzählte, das ihn fast jede Nacht heimgesucht hatte.

Ich richtete mich auf und gab ihm einen leichten Kuss auf die Lippen. »Ich bin da. Aber ich muss wirklich zur Toilette.«

Er legte sich auf mich und küsste mich fest. »Ich glaube, den Mumm bringe ich gerade noch auf, dir das zu erlauben«, sagte er und ließ mich los.

»James Hart, du bist der tapferste Mann, den ich kenne«, sagte ich und setzte mich auf. Aber seine Miene verfinsterte sich.

»Früher einmal vielleicht«, sagte er leise und wandte sich ab. »Jetzt bin ich mir nicht mehr so sicher.«

Ich verschränkte meine Finger mit seinen.

»Selbst wenn du dir nicht mehr so vorkommst«, sagte ich, »durch dein Pflichtgefühl bist du es. Und weil du bleibst und kämpfst, unabhängig von den entsetzlichen Dingen, die du gesehen hast.«

»Und die ich getan habe«, flüsterte er.

Das war die andere Seite des Kriegs. Das Schuldgefühl, Menschen getötet zu haben, bisweilen Unschuldige. Alles aus einem Grund. Um diejenigen zu schützen, die sich nicht selbst verteidigen konnten. Das zeugte von Edelmut, aber es lastete auch auf den Männern, die ihren Finger am Abzug hatten.

Er hob mein Kinn, damit ich ihm in die Augen sah.

»Eins möchte ich dir sagen – ich werde diese zwei Tage für den Rest des Krieges nie vergessen.«

»James …«

»Es bedeutet mir sehr viel, dass du hergekommen bist«, sagte er. »Ganz egal, was passiert, ich möchte dir sagen, dass ich für keine Frau jemals das empfunden habe, was ich für dich empfinde. Ich liebe dich, Audrey. Schon seit ich dich das allererste Mal sah.«

Das Einzige, was ich in meinem ganzen Leben mit diesem Moment vergleichen konnte, war, als ich das erste Mal geflogen war. Mir stockte der Atem, das Herz schlug mir bis zum Hals, Arme und Beine wurden schwerelos, mein Kopf war leer. Es gab nur ein Gefühl. Dasselbe, das ich damals beim Abheben von der Piste empfunden hatte.

»Ich liebe dich auch«, flüsterte ich.

Kein Mann hatte mich je so angesehen wie James in diesem Moment.

Wir verbrachten den Tag damit, uns Dinge zu erzählen, von denen wir bislang nie gesprochen hatten. Gedanken, Träume und Erinnerungen, die wir immer für uns behalten hatten. Und immer wieder sahen wir uns an, streichelten einander und lächelten uns verschämt an.

Unser Essen rührten wir fast nicht an. Wir vergaßen, das Wasser zu trinken, das wir bestellt hatten, den Kaffee, das Bier. Wir spazierten kilometerweit, ununterbrochen redend, bis wir feststellten, dass wir keine Ahnung hatten, wo wir waren, und James uns ein Taxi besorgte, das uns zum Hotel zurückbrachte. Dort merkten wir, dass wir am Verhungern waren, und bestellten etwas aufs Zimmer, setzten uns im Schneidersitz aufs Bett, und immer noch sahen wir uns an, lächelten und erröteten wieder.

Als wir fertig gegessen hatten, gingen wir nach draußen, um den Sonnenuntergang zu beobachten.

»Setz dich zu mir«, sagte er und rutschte zur Seite, um auf seinem Deckstuhl Platz für mich zu machen.

Ich schmiegte mich an ihn, den Kopf an seiner Schulter. Jetzt schwiegen wir, gaben uns unseren eigenen Gedanken hin. Eine Schwere legte sich über den schönen Tag. Es war unser letzter gemeinsamer Abend. Wer wusste schon, wann und sogar ob wir uns wiedersehen würden.

»Möchtest du, dass ich bleibe?«, fragte James.

Ich nickte, und wir hielten uns noch fester umfasst.

Da wir nicht gewusst hatten, was wir an dem Tag unternehmen würden, hatte er morgens ein paar persönliche Sachen und frische Kleider in eine Tasche gepackt, die er vor dem Frühstück hinten in den Jeep geworfen hatte. Die holte er nun, während ich in das Nachthemd schlüpfte, das ich auf Carol Anns Drängen hin gekauft und mitgenommen hatte. Es war kein Hemdchen mit Spitzen und Rüschen wie diejenigen, in denen meine Schwester schlief, sondern eher schlicht, aus marineblauer Baumwolle mit dünnen Trägern, abgesetzt mit Satin und einem kleinen Schlitz auf einer Seite.

»Es sagt viel, aber nicht zu viel«, hatte Carol Ann gemeint, woraufhin ich ihr einen bösen Blick zugeworfen hatte.

»Was soll das heißen?«, hatte ich gefragt.

»Vertrau mir einfach und pack's ein.«

Das hatte ich auch, und jetzt, während ich wartete, dass James zurückkam, betrachtete ich unzufrieden mein Spiegelbild. Es war wirklich sehr schlicht. Enttäuschend schlicht. Aber bevor ich die Chance hatte, in meinem Koffer nach etwas anderem zu wühlen, war er wieder da.

»Wow«, sagte er, sobald er den Raum betrat. »Das ist … Du bist … hinreißend.«

Ich schaute auf den schlichten Ausschnitt. Carol Ann hatte recht. Es sagte offenbar wirklich sehr viel.

Die Leichtigkeit, die den ganzen Tag zwischen uns geherrscht hatte, verflog, sobald er aus dem Bad kam. Eine mir völlig unbekannte Spannung lag im Raum, plötzlich wurden wir beide scheu.

»Bist du dir sicher, dass ich bleiben soll?«, fragte er.

Ich wartete, ob sich ein Zögern in mir regte. Ein Zeichen, dass es keine gute Idee wäre, wenn er blieb. Aber da war nichts dergleichen. Es gab keine Bedenken. Ich wünschte mir mit jeder Faser meines Herzens, dass er bei mir war.

»Ich bin mir sicher«, sagte ich.

Er setzte sich auf die Bettkante und fuhr sich durchs Haar, eine Geste, die mir nur allzu vertraut war. Ich setzte mich neben ihn und spielte mit dem Ohrstecker in meinem Ohrläppchen. Lachend stupste er mich an, sodass ich ebenfalls lachen musste.

Es war erstaunlich, wie gut wir uns kannten, obwohl wir nur wenig Zeit miteinander verbracht hatten. Kleine Gesten, Gerüche oder allein der Anblick von Palmen entführten mich in eine andere Zeit. Einen Moment später aber, als mein Bein seines streifte, war aller Unernst vergessen, ein Stromschlag durchfuhr mich, er holte scharf Luft.

Wir wandten uns einander zu, wie magisch voneinander angezogen. Was ich Carter gesagt hatte, entsprach absolut der Wahrheit – es tat nichts zur Sache, dass James mir womöglich nie etwas Handfestes bieten würde. Alles, was ich von ihm wollte, war das Gefühl, das ich in diesem Moment empfand. Ich brauchte kein Versprechen. Ich brauchte weder die Sicherheit einer Ehe noch ein Haus mit Garten. Ich brauchte keine Kinder von ihm, um mich an ihn zu binden. Ich war auch so an ihn gebunden. Vielleicht dessentwegen, was wir auf Hawaii erlebt hatten. Vielleicht auch nur, weil er der Mann war, der er war, und ich die Frau, die ich war. Selbst wenn wir uns nur gelegentlich sahen, um zu lachen, uns an der Hand zu halten und dem anderen zu sagen, dass wir ihn liebten. Das Einzige, was ich brauchte, war das Wissen, dass er mich liebte und an mich dachte. Und in vielen Jahren, während er durch die USA flog und ich meinen kleinen Flugplatz leitete, würde ich an dieses Wochenende zurückdenken. An diesen Moment, als wir einander mit so viel Liebe ansahen, dass ich glaubte, mir würde das Herz zerspringen. Dieses Gefühl würde mich tragen. Es würde die Luft sein, in der ich meine Flügel ausbreitete.

Wir streckten die Arme im selben Moment nacheinander aus, seine Lippen begegneten meinen, seine Hände vergruben sich in meinem Haar, während ich ihn noch enger an mich zog.

Sein Mund war weich und hart zugleich, fordernd und gebend, seine Zunge neckte meine. Meine Hände wanderten unter sein Hemd und über seine Haut. Meine Erfahrung mit Männern war sehr begrenzt, und meine kurze Nähe mit Carter hatte sich fremd und unbehaglich angefühlt. Doch mit James gab es keine Fremdheit, das Berauschende seiner Körperlichkeit überwältigte mich. Zum ersten Mal in meinem Leben fühlte ich mich durch und durch als Frau, und die Mauern, die ich so vehement verteidigt hatte, fielen sang- und klanglos in sich zusammen. Die Angst, dass ich so gut wie keine Ahnung davon hatte, einen Mann zu befriedigen, löste sich in Luft auf. Was einzig und allein zählte, war, in diesem Moment aufzugehen. Hier war ich sicher. Und ich wollte ihn.

Mit einem Stöhnen riss er das Hemd über den Kopf und warf es zu Boden, dann zog er mich wieder an sich, seine Haut war heiß an meiner, während seine Hände auf mir nach unten wanderten und den Saum meines Nachthemds anhoben. Keinen Moment später lag es neben seinem Hemd.

»Mein Gott, Audrey«, hauchte er und verschlang mich mit seinen grünen Augen.

Etwas verschämt lehnte ich mich an ihn, um mich in der Sicherheit seiner Arme zu verstecken. Aber dann hielt ich inne, stand auf, richtete mich zu voller Größe auf und sah ihm in die Augen. Wenn ich ihm gehören sollte, wollte ich mich nicht scheu verstecken. Ich wollte ihn sehen, ich wollte, dass er mich sah und dass wir jede Sekunde miteinander erlebten.

Er stand ebenfalls auf, und ich knöpfte seine Shorts auf und schob sie ihm über die schmalen Hüften.

»Audrey«, flüsterte er.

»Ich liebe dich«, sagte ich.

Als ich am nächsten Morgen aufwachte, lag James dicht an mich geschmiegt neben mir; sein Atem war warm auf meiner Haut. Jetzt gehörte ich ihm. Und er gehörte mir.

Ich rekelte mich, lächelte, als ich sein schlafendes Gesicht betrachtete, und stöhnte einen Moment später auf, als er mich an sich zog, sein Schnurrbart kratzte meine zarte Haut am Hals.

»Guten Morgen«, sagte er verschlafen.

»Guten Morgen.«

Er küsste sich über meinen Körper nach unten vor, hielt immer wieder inne und genoss es, wenn ich mich unter seiner Berührung wand, dann wanderten seine Lippen wieder nach oben, bis sie meinen Mund erreichten. Er küsste mich derart leidenschaftlich, dass es mir den Atem nahm und sich wieder eine kribbelnde Anspannung in meinem Bauch ausbreitete.

»Ich liebe dich«, sagte er.

Tränen traten mir in die Augen.

»Audrey?«, fragte er besorgt. »Ist alles in Ordnung?«

»Ich …« Mein Atem ging stoßweise. »Ich glaube, ich bin überwältigt.«

Dann musste ich über die Absurdität lachen, wodurch ich noch mehr weinen musste, er betrachtete mich liebevoll, und auch seine Augen wurden feucht. Leise lachend drehte er sich auf den Rücken und zog mich an sich.

»Ich hätte die Flucht ergreifen sollen«, flüsterte er.

Erstarrt sah ich zu ihm. »Was?«, fragte ich.

»Sobald ich dich sah, hab ich's gewusst«, sagte er. »Ich hätte mir die nächstbeste Maschine schnappen und so schnell wie möglich wegfliegen müssen. Wie soll ich dich jetzt je wieder verlassen?«

Tränen liefen ihm über das Gesicht und fielen aufs Kissen.

»James«, flüsterte ich und legte mich auf ihn. »Es wird alles gut werden. Das verspreche ich dir.«

Er nahm mein Gesicht in seine Hände.

»Ganz egal, was passiert, ich werde keine Sekunde dieser Tage vergessen«, sagte er. »Ich werde sie bis nach England und wieder zurück mitnehmen.«

Und dann schliefen wir wieder miteinander, überließen uns der ganzen Angst, der Sorge, die uns umtrieben, und der Liebe, die wir füreinander empfanden.

Wir frühstückten auf der Veranda und versuchten zu verdrängen, dass dies unser letzter gemeinsamer Tag war und wir am Abend in getrennten Betten schlafen würden.

Danach packten wir unsere Sachen, und James fuhr uns zum Strand. Wir schlenderten barfuß im Sand, hielten uns an den Händen, planschten in der Brandung und sahen einander immer wieder in die Augen.

Zu Mittag aßen wir in einem kleinen Café, wir zögerten es hinaus, es war unsere letzte gemeinsame Mahlzeit. Am Nachmittag besuchten wir einige der kleinen Läden, die es in dem Viertel gab. Er schenkte mir einen Vogel mit blauen Federn, den er in einem Schaufenster sah, und ich kaufte ihm Briefpapier, das ich ihm mit einem strengen Blick überreichte.

Als es Abend wurde, fuhr er uns zum Stützpunkt. Wir schwiegen, als er auf den Parkplatz fuhr und den Motor abstellte.

»Wir könnten uns über die Grenze absetzen«, sagte er mit einem traurigen Lächeln.

»Das würdest du dir nie verzeihen«, widersprach ich.

»Verdammter Stolz«, sagte er und stieg aus dem Jeep.

Ich folgte ihm ins Büro und blieb wartend hinter ihm stehen, während er sich mit einem anderen Offizier unterhielt.

»Miss Coltrane«, sagte eine Stimme hinter mir, und ich drehte mich um.

Ich runzelte die Stirn. Ich erkannte den jungen Mann vor mir nicht.

»Ich bin Hurst, Miss. Vom Wheeler Airfield.«

»Officer Hurst«, sagte ich nach einem Blick auf die Abzeichen auf seinem Fliegeroverall. »Du meine Güte. Wie geht es Ihnen? Wie schön, Sie zu sehen.«

Ich erinnerte mich an den etwas arroganten jungen Mann, mit dem ich an dem schicksalshaften frühen Dezembermorgen in die Luft aufgestiegen war. Aber die Jahre und der Krieg hatten ihn verändert. Die jugendlichen Rundungen waren verschwunden, sein Kinn war kantig, seine Gestalt kräftig geworden. Er war kein Junge mehr, sondern ein Soldat und ein Mann.

»Ich freue mich auch sehr, Sie wiederzusehen, Miss Coltrane. Ich hatte immer gehofft, dass es eines Tages dazu kommt. Damit ich Ihnen danken kann.«

»Mir danken? Wofür?«

»Sie haben mir das Leben gerettet.«

»Das stimmt nicht«, antwortete ich und schüttelte den Kopf.

»Doch. Sie sind zu bescheiden. Der 7. Dezember '41 war der Tag, an dem ich wirklich das Fliegen gelernt und erfahren habe, was es bedeutet, ein Militärpilot zu sein. Das habe ich nur Ihnen zu verdanken. Ich stehe in Ihrer Schuld. Und wenn ich Ihnen irgendwann einmal einen Gefallen tun kann, lassen Sie es mich bitte wissen.«

»Sie sind wirklich zu freundlich, Officer Hurst. Ich habe nur versucht, uns aus dem Gefecht herauszuhalten.«

»Sie haben an dem Tag mehr als nur ein Leben gerettet. Das werde ich nie vergessen.« Er warf einen Blick zu James, der immer noch mit einem anderen Offizier sprach. »Ich erzähle jedem, der es hören will, von der Frau, die mir das Leben gerettet und mir das Fliegen beigebracht hat. Es ist mir eine Ehre, dass ich Sie heute Abend zu Ihrem Stützpunkt zurückfliegen darf. Ich hoffe, ich werde Sie nicht enttäuschen.«

Erstaunt hob ich die Augenbrauen. »Sie fliegen mich nach Hause?«

»Ja. Und Sie brauchen sich keine Sorgen zu machen. Wie gesagt, ich habe bei den Besten gelernt.«

»Wie ich sehe, hast du deinen Piloten schon gefunden«, sagte James und trat zu uns.

»Ja«, sagte ich.

»Officer Hurst gehört zu meiner Staffel. Er ist bei mir, seit wir Hawaii verlassen haben. Er fliegt die Bomber, während ich ihm die Kugeln vom Leib halte.«

Die beiden tauschten ein Lächeln.

»Wir haben einiges hinter uns«, sagte Officer Hurst und sah auf die Uhr. »Wir heben in dreißig Minuten ab«, sagte er zu mir. »Wir sehen uns auf der Piste, Miss Coltrane?«

»Ich werde da sein.«

Er salutierte James und machte zackig kehrt, ehe er davonging. Wir folgten ihm in einem langsameren Tempo, kosteten die letzten Minuten unseres Zusammenseins aus.

»Wann fliegst du?«, fragte ich. Ich wusste es zwar, aber mir fiel nichts anderes zu sagen ein, so aufgewühlt war ich.

»Um neunzehn Uhr. Eine Stunde nach dir.«

Wir standen da und starrten auf das Flugzeug, das mich nach Hause bringen würde, eine silberne B-26 Marauder mit schwarzen Streifen über den Flügeln und, der Anzahl der Männer nach zu urteilen, die in der Nähe warteten, einer Besatzung von fünf.

»Ich schreibe dir, sobald ich gelandet bin«, sagte James und nahm meine Hand. »Und am Tag darauf. Und dem darauf.«

Ich lächelte. »Jetzt hast du keine Ausrede mehr. Das Papier reicht dir ein Jahr.«

»Ich werde es zu nutzen wissen.«

»Fertig?«, fragte Officer Hurst.

Ich klammerte mich an James' Hand, Panik stieg in mir auf.

»Eine Minute noch«, sagte James, und Hurst nickte und bedeutete den anderen, an Bord zu steigen.

James hob meinen Kopf, wir sahen uns in die Augen.

»Ich liebe dich, Audrey Fitzgerald Coltrane«, sagte er. »Ich habe nie eine andere geliebt und habe es auch künftig nicht vor. Ich komme zu dir zurück, wenn dieser entsetzliche Krieg vorbei ist. So lange das auch dauern mag. Und unsere Träume … Wir kriegen das hin. So, dass wir beide glücklich sind.«

»Ich liebe dich, James«, flüsterte ich. »Wenn du nicht zu mir kommst, suche ich dich und schleppe dich nach Hause.«

Wir grinsten uns an, dann gaben wir uns einen langen letzten Kuss.

»Pass auf dich auf«, sagte ich.

»Und du auf dich, kleiner Vogel.«

»Er ist ein guter Mann«, sagte Officer Hurst, als ich mich anschnallte.

»Er ist der beste«, flüsterte ich.

Wenige Sekunden später donnerten wir die Piste hinunter, dann hob die Marauder ab.

KAPITEL 25

»Himmel, ist das heiß«, sagte Carol Ann. Wir standen am Empfangsschalter und warteten auf unsere Einsätze. Unter unseren neuen blauen Kostümen, die Jackie Cochran für uns hatte entwerfen lassen, klebten uns die Blusen am Rücken und unter den Achseln. Jetzt sahen wir zwar aus, als gehörten wir dazu, aber wir badeten auch in unserem eigenen Schweiß.

»Coltrane. Bixby.« Der Offizier reichte jeder von uns einen Zettel.

»Wohin fliegst du?«, fragte Carol Ann.

»Seattle. Und du?«

»Du Glückspilz, da regnet's immer. Ich habe North Dakota. Garantiert haben sie da gerade eine Hitzewelle *und* einen Tornado.«

Ich hängte mich bei ihr ein und zog sie zur Tür hinaus.

In Seattle regnete es nicht, im Gegenteil, es war warm und grün, und ich hatte gar nichts dagegen, dass ich erst am folgenden Tag eine Maschine zurück nach Fort Sam überführen sollte.

Es kam mir seltsam vor, in der Stadt zu sein, in die Carter mit mir hatte ziehen wollen. Als ich durch die

Innenstadt spazierte, fragte ich mich, ob er wohl noch in Sweetwater war oder hier. Bei der Vorstellung, er könnte mir über den Weg laufen, verkrampfte ich mich, und ich erschrak, wann immer ich einen großen, blonden Mann sah.

Abends dachte ich manchmal an ihn und war verstört. Weshalb war es ihm gelungen, mir so schnell so nah zu kommen? Wie hatte er mich fast dazu gebracht, mit ihm zu gehen?

Ich schaute an den Gebäuden hoch. Was, wenn ich mich für ein Leben mit ihm entschieden hätte? Hätte es mir gefallen, hier zu leben? Wäre es ein schönes Leben geworden? Es wäre wohl voll liebevoller Gesten und Freundlichkeiten gewesen – und kleiner blonder Kinder, die ihn geliebt, mich aber misstrauisch beäugt hätten.

Hätten wir Spaß miteinander gehabt? Hätte er mein Herz noch Jahre später zum Klopfen gebracht? Hätte ich je aufgehört, ihn mit James zu vergleichen?

Ich betrat ein Warenhaus namens Bon Marché, von dem ich noch nie gehört hatte. Während ich durch die Gänge schlenderte, betrachtete ich die wunderschönen Schals und Hüte, bis von der Straße der köstliche Geruch aus einem Restaurant hereintrieb.

Zum Essen saß ich allein in einem Lokal direkt am Wasser und beobachtete Soldaten beim Kommen und Gehen. Immer wieder wurden mir merkwürdige Blicke zugeworfen, die Menschen waren nicht daran gewöhnt, Frauen in Uniform zu sehen. Außerdem musste ich die Einladung einer Gruppe lärmender Seeleute ablehnen, die mich an ihren Tisch bat.

Am Flugplatz wurde mir ein eigenes Zimmer zugewiesen, und das ständige Dröhnen abhebender und landender Maschinen lullte mich in den Schlaf.

Am Morgen wurde mir mitgeteilt, dass die Maschine, die ich nach San Antonio überführen sollte, nicht gekommen war. Stattdessen musste ich eine nach Long Beach überstellen, wo ich den Nachmittag mit einigen der Frauen verbrachte, die ich bei meinem Aufenthalt dort mit Carol Ann kennengelernt hatte.

Und so landete ich erst eine geschlagene Woche später wieder in San Antonio. Meine Uniform war speckig, mein Gepäck doppelt so voluminös wie beim Aufbruch. Ich hatte mir mehrere persönliche Gegenstände besorgen müssen sowie eine weitere Hose und Bluse, da die Kleidung, in der ich abgeflogen war, zu riechen begonnen hatte und ich sie nicht richtig waschen konnte.

»Da bist du ja!«, rief Carol Ann, als ich unser Zimmer betrat. »Ich dachte schon, du wärst mit einem flotten Matrosen nach Kanada durchgebrannt.«

»Es hätte nicht viel gefehlt«, sagte ich. »Wer ist noch da?«

Während meiner Abwesenheit waren Beatrice und Anna von ihrer Offiziersausbildung zurückgekommen, ihre zerwühlten Betten bewiesen, dass sie im Lande waren. Die Möglichkeit, offiziell in die Streitkräfte einzutreten, hatte sie in helle Aufregung versetzt. General Arnold war überzeugt, dass wir aufgenommen werden würden, und sowohl Jackie Cochran als auch Nancy Love hatten dafür gesorgt, dass uns allen die Offiziersausbildung offenstand, sofern wir das wollten.

Anfang Juni sah es aus, als ginge es mit allem bergauf. Die Alliierten hatten an den Stränden der Normandie den größten Angriff zu Wasser und zu Land gestartet. Es hatte unzählige Verwundete und Tausende Tote gegeben, die Deutschen wurden massiv zurückgedrängt, das Blatt wendete sich zunehmend zu unseren Gunsten.

Nola, Beatrice und ich gingen in die Kirche, um Kerzen für die tapferen Soldaten anzuzünden. Als wir zurückkamen, erwartete uns an der Tür ein Offizier mit einem eigens adressierten Brief für jede von uns.

»Mir schwant Übles«, sagte Nola und riss ihren auf.

In dem Schreiben wurde uns mitgeteilt, dass die Militärausbildung, die einige der Frauen bereits abgeschlossen hatten und mit der andere demnächst beginnen sollten, umsonst gewesen war – wir würden nicht in die Armee aufgenommen werden. Sie wollten uns letztendlich doch nicht haben.

»Das verdammte Militär«, tobte Nola. »Wir setzen unser Leben für die Vereinigten Staaten aufs Spiel, aber um die uns zustehenden Leistungen will sich die Armee drücken? Einen sicheren Arbeitsplatz können wir also vergessen. Ich hab gute Lust, meine Sachen zu packen und auf der Stelle zu verschwinden!«

»Zumindest hast du keine Zeit auf die Ausbildung vergeudet«, sagte Beatrice und ließ sich aufs Bett fallen. Verschreckt sprang Captain hinunter und versteckte sich im Waschraum.

»He«, sagte Carol Ann, »ich weiß, wie enttäuschend die Nachricht ist. Vor allem für euch drei.« Sie sah zu Beatrice, Anna und Nola, die alle damit gerechnet hatten, als nächster Schritt in ihrer Karriere vom Militär übernommen zu werden. »Aber was bringt es, uns wegen Sachen zu ärgern, die wir nicht ändern können? Gehen wir doch lieber zusammen essen. Denken wir an das Gute. Wir haben immer noch einen Job. Wir fliegen immer noch Flugzeuge.«

»Mir steht nicht der Sinn danach«, brummte Anna.

»Dann sorg dafür, dass dir der Sinn danach steht. Ausnahmsweise einmal sind wir alle hier. Lasst uns doch ausgehen. Audrey? Essen und tanzen?«

»Für ein Essen bin ich zu haben«, sagte ich und sah auf die betretenen Mienen um mich. »Die Getränke gehen auf mich.«

Es war schön, zur Abwechslung einmal gemeinsam auszugehen. Besonders freute ich mich, dass Nola dabei war. Aufgrund unserer Einsatzpläne verpassten wir einander oft und begrüßten uns nur kurz im Vorbeigehen auf dem Weg zum Bett, zum Flugfeld oder zum Waschraum … Wir hatten uns mindestens einen Monat lang nicht mehr richtig unterhalten.

»Ich habe einen Mann kennengelernt«, berichtete sie, sobald die Drinks serviert waren. »Er ist Bombenschütze, dürr wie eine Bohnenstange und irrsinnig witzig.«

Carol Ann sah mich vielsagend an, und ich trat sie gegen das Schienbein. Wenn wir allein waren, ließ sie sich ständig über Nolas Männergeschmack aus, der jenseits von Gut und Böse sei.

»Die meisten Frauen stehen auf große Männer mit Muskeln. Du weißt schon, den Quarterback«, hatte sie einmal gesagt, als wir beobachtet hatten, wie sie eben einem solchen Mann einen Korb gab, um stattdessen mit einem spindeldürren Kerl mit großer Nase zu tanzen. »Aber sie interessiert sich immer für den Witzbold.«

»Wo ist er stationiert?«, fragte ich Nola und wich Carol Anns süffisantem Blick aus.

»Jetzt ist er in Kalifornien. Ich hoffe, bald wieder dorthin fliegen zu müssen. Wenn eine von euch eine Maschine dorthin überführen muss, würde ich gern tauschen. Ich lege auch fünf Dollar obendrauf.«

»Topp«, sagte ich.

»Das muss ich mir gut überlegen«, meinte Carol Ann. »Wenn ich Kalifornien bekomme und du einen Stützpunkt im höllisch heißen Nirgendwo, irgendwo mitten in Nevada … Ich weiß nicht so recht.«

»Zehn Dollar?«

»Überredet.«

Wir beschlossen, anschließend nicht tanzen zu gehen; alle waren so müde, dass wir auf der Heimfahrt kaum die Augen offen halten konnten. Es war noch nicht mal sieben Uhr.

Langsam gingen wir die Stufen zu unserem Zimmer hinauf, Nola und Anna voraus, Carol Ann und ich bildeten die Nachhut.

»Kann ich Ihnen helfen?«, hörten wir Nolas Stimme auf der Treppe.

»Ich suche nach einer Miss Coltrane. Miss Audrey Coltrane.«

Abrupt blieb ich auf der obersten Stufe stehen und packte Carol Anns Arm. Wir starrten den jungen Mann an, dessen schlichte braune Uniform um seine schlaksige Gestalt hing. Nola, Beatrice und Anna drehten sich zu uns, sie wussten nicht, was sie sagen sollten.

»Ist das ein Telegramm für mich?«, fragte ich, als ich endlich ein Wort hervorbrachte.

»Kein Telegramm, nein«, sagte er. »Ein Einschreiben.«

Ich schluckte. Jeder wusste, dass schlechte Nachrichten in Telegrammen übermittelt wurden. Nicht dass ich eins wegen James bekommen würde, als seine nächste Verwandte hatte er seine Schwester angegeben. Was also stand in dem Schreiben? Etwas von meinen Eltern?

Der junge Mann hielt mir das Klemmbrett hin.

»Ich bräuchte bitte noch Ihre Unterschrift«, sagte er.

Ich unterschrieb, dann gab er mir den Brief. Einen Moment starrte ich ihn nur an, dann griff ich danach.

»Die Damen«, sagte er und ging.

Ich schaute auf die Absenderadresse.

Ava Hart. James' Schwester.

Mit schreckgeweiteten Augen sah ich zu Carol Ann hoch.

»Gehen wir doch rein«, murmelte Nola, und Anna öffnete die Tür.

Die Frauen bewegten sich leise durchs Zimmer, räumten ihre Sachen auf, während ich auf Nolas Bett gleich bei der Tür sank.

Nola setzte sich neben mich, Carol Ann nahm auf meiner anderen Seite Platz und legte mir den Arm um die Schultern.

»Es könnte völlig harmlos sein«, sagte Carol Ann. »James hat ihr doch bestimmt von dir erzählt. Vielleicht möchte sie einfach die Frau kennenlernen, in die ihr Bruder sich verliebt hat.«

Das war denkbar, aber unwahrscheinlich. Der Brief hatte eine unsichtbare Schwere an sich. Ich reichte ihn Carol Ann.

»Soll ich ihn lesen?«, fragte sie beklommen. Ich nickte.

Schweigend saß sie neben mir, während sie die Zeilen überflog und Nola mir beruhigend den Rücken streichelte. Nach ein paar Minuten holte Carol Ann tief Luft und legte den Brief auf ihren Schoß.

»Audrey«, flüsterte sie.

Mein Herz raste, ich nahm das Blatt in die Hand. Mir war übel.

Liebe Audrey,
es tut mir sehr leid, dass unsere erste Korrespondenz eine derart schreckliche Nachricht enthält. James wurde als vermisst gemeldet. Ich bekam ein Telegramm, dass sein Flugzeug bei einem Einsatz über Deutschland abgeschossen wurde. Laut dem Bericht glaubte er offenbar, es zum Stützpunkt zurückzuschaffen. Allerdings geriet er in Schwierigkeiten und musste in der Nähe von Luxemburg notlanden. Sie haben ihn und sein Flugzeug nicht geborgen und es auch nicht versucht. Es ist zu gefährlich. Sofern er nicht beim Aufprall ums Leben kam, wurde er vermutlich gefangen genommen.

Der Rest verschwamm mir vor den Augen, ich schluchzte laut auf. Carol Ann und Nola umarmten mich, während

Anna vor mir hockte und mir die Hand aufs Knie legte, Beatrice neben ihr.

Nach einer Weile stand ich auf zittrigen Beinen auf und stellte mich unter die Dusche, ließ das heiße Wasser auf meine Haut prasseln, bis sie so rot und wund war, wie ich mich innerlich fühlte.

Ich kletterte auf mein Bett und starrte zur Decke. Dann bemerkte ich eine Bewegung im Bett neben mir und sah zu Carol Ann hinüber. Sie streckte ihre Hand zu mir aus, und ich ergriff sie und ließ sie erst los, als am nächsten Morgen die Sonne aufging.

Den ganzen folgenden Monat schleppte ich mich wie in Zeitlupe vom Bett zur Dusche und weiter zu welchem Flugzeug auch immer ich überführen sollte. Meine Gedanken schweiften ab, sobald die Menschen um mich her sich unterhielten, und ich aß nur aus Gründen der Vernunft. Nachts starrte ich in der Dunkelheit zur Decke und ging in Gedanken immer wieder das letzte Wochenende mit James durch. Seine liebevollen Worte, seine Haut auf meiner, unsere Gefühle, die wir einander offenbart hatten.

Ich flehte darum einzuschlafen, aber dann begannen die Albträume, noch schlimmer als diejenigen, die mich nach Pearl Harbor gequält hatten.

Mein ganzer Körper tat mir weh. Meine Brust schmerzte wie unter einer zentnerschweren Last. Mein Magen war ständig drauf und dran, das Wenige, was ich aß, von sich zu geben. Der Druck auf der Brust, mit dem ich Avas Brief gelesen hatte, war nicht verschwunden. Ich hatte das Gefühl, jeden Moment zusammenzubrechen. Wenn ich immer nur den nächsten Schritt bedachte, wenn ich pflichtgemäß meine Einsätze flog und nicht zusammenklappte – dann würde ich es vielleicht überstehen, aber nur vielleicht.

»Hast du was Neues gehört?«, fragte Nola, als sie eines Abends Ende August von einer Überführung zurückkam.

Ich schüttelte den Kopf. Ava hatte versprochen zu schreiben, sobald sie etwas erfuhr, aber bis jetzt hatte ich nichts gehört.

»Es tut mir so leid, Audrey.« Sie umarmte mich, und ich tätschelte ihr apathisch den Rücken.

Carol Ann kam hinter ihr ins Zimmer. »O mein Gott, Audrey …«

Ich löste mich aus Nolas Umarmung und schüttelte den Kopf. »Keine neue Nachricht«, sagte ich.

»Ich dachte … Du hast sie getröstet …« Sie sah zwischen mir und Nola hin und her. »Ist Stu etwas zugestoßen?« Stu war Nolas Bombenschütze.

»Nein«, sagte Nola, »Stu fehlt nichts.«

»Ach so«, sagte sie und legte sich die Hand aufs Herz. »Also wirklich, ihr dürft mir doch keinen solchen Schreck einjagen. Kein Umarmen mehr!«

Ich lachte, und die beiden schauten mich an. Ich bekam ein schlechtes Gewissen.

»Du darfst lachen, wirklich«, beruhigte Nola mich. »Ich weiß, es kommt dir nicht so vor, aber du darfst lachen. Du solltest sogar. Das könnte dir helfen, diese quälende Warterei zu überstehen.«

Aber ich wollte nicht lachen. Also begann ich stattdessen zu weinen.

»Ich wünschte, ich müsste nicht fort«, sagte Carol Ann am nächsten Morgen.

»Ich komme schon zurecht«, antwortete ich.

Ich lag in meiner Ausgehuniform auf dem Bett. Das Flugzeug, das ich hatte überführen sollen, war mit einem Schaden liegen geblieben, und deswegen hatte ich den Tag frei. Normalerweise wäre ich überglücklich gewesen, aber jetzt bedeutete es nur, mehr Zeit zu haben, um an James zu denken, der vielleicht vermisst war, vielleicht in Gefangenschaft geraten oder tot.

»Lass uns zum Essen gehen, wenn ich nicht zu spät zurückkomme, ja?«, schlug sie vor und schlang sich eine kleine Tasche über die Schulter.

»Okay.«

»Schaffst du's wirklich ohne mich?« Sie trat auf Annas Bett und legte ihren Kopf neben meinen.

Sacht zog ich sie an einer Haarsträhne. »Ich werde noch leben, wenn du zurückkommst«, sagte ich. »Das verspreche ich dir. Vielleicht liege ich dann zwar noch genauso hier, in diesen Klamotten, aber ich werde noch am Leben sein.«

»Ich mache mir Sorgen um dich.«

»Ich weiß. Danke. Aber ich komme schon zurecht.« Ich drehte mich auf den Rücken. »Ich wünschte, ich könnte meine Gedanken abschalten. Was, wenn er gefangen genommen wurde? Oder wenn er vermisst ist? Oder …« Ich schloss die Augen. Die dritte Möglichkeit auch nur in Erwägung zu ziehen war mir unerträglich.

»Ich bete jeden Abend für ihn«, sagte Carol Ann. »Bevor ich darum bete, dass Gus endlich aufhört, von einer Hochzeit im Sommer zu reden, und, bitte lieber Gott, um ein Urinal für Frauen in diesen verdammten Flugzeugen. Könnte jemand so was schnellstmöglich erfinden? Mädels müssen auch mal pinkeln!«

Ich konnte mir ein kurzes Lachen nicht verkneifen und gab ihr einen Klaps, während sie schnell von Annas Bett sprang.

»Ich hab dich lieb, Audrey Coltrane«, rief sie, als sie die Tür aufriss. »Du bist die beste Freundin, die man sich wünschen kann. Jetzt gib dir einen Ruck und mach dir einen schönen Tag. Das ist ein Befehl.«

»Ich hab dich auch lieb. Einen sicheren Flug wünsch ich dir, du Verrückte.«

»Könnt ihr beide bitte mal die Klappe halten?«, sagte Beatrice. Sie versuchte noch zu schlafen, nachdem sie am vergangenen Abend erst sehr spät gelandet war.

Die Tür fiel hinter der ausgelassen lachenden Carol Ann ins Schloss.

KAPITEL 26

Ich war erschöpft bis auf die Knochen, als ich dem Wachposten am Tor meinen Ausweis zeigte. Mein Einsatz war zu einem Albtraum ausgeartet, als das zweite Flugzeug, das ich von Arizona überführen sollte, nicht eintraf, wodurch alle anderen geplanten Flüge hinfällig geworden waren. Da ich einen Linienflug erst für den nächsten Tag bekommen hätte, hatte ich den Zug nehmen müssen, und die Fahrt hatte zwei Tage gedauert. Außerdem war er überfüllt gewesen, sodass ich bis San Antonio auf meiner Fliegertasche und meinem Fallschirm sitzen musste, beim Schlafen hatte ich den Kopf auf den Koffer eines anderen Reisenden gelegt.

Ich meldete mich im Büro, um zu erfahren, welche Aufgabe mich am nächsten Tag erwartete.

»Wissen Sie, ob eine meiner Zimmerkameradinnen hier ist?«, fragte ich den Offizier am Schalter.

Sosehr ich mich freute, wieder hier zu sein und ihre vertrauten Gesichter zu sehen – es war nach sieben Uhr abends, und ich wollte nur ins Bett fallen und bis zum nächsten Morgen durchschlafen.

Er warf einen Blick in seine Unterlagen. »Wie's aussieht,

sind alle über Nacht unterwegs, nur Miss Bixby sollte später noch zurückkommen. Und was Ihren Einsatzplan betrifft«, fügte er hinzu, »so haben Sie morgen frei.«

»Großartig«, sagte ich.

Als ich mich zur Tür drehte, erschütterte ein lautes Donnern das Gebäude, ein Fenster zerbarst, Glasscherben flogen durch die Luft.

»Runter!«, rief der Offizier und stieß mich zu Boden.

Ich lag flach auf dem Bauch, die Arme über dem Kopf, der junge Mann über mir. Von draußen hörten wir Schreie, eine weitere kleine Detonation und dann Sirenen.

»Ein Absturz!«, rief jemand im Büro.

Der Offizier richtete sich auf und half mir aufzustehen, während andere an uns vorbei nach draußen liefen. Meine Erschöpfung war verflogen, ich folgte den anderen mit rasendem Herzen, die Augen zum Himmel gerichtet. War das Flugzeug abgestürzt? Oder war es abgeschossen worden? Aber die einzig andere Maschine dort oben war eine der unseren, und so richtete ich den Blick wieder auf den rauchenden, schwarz verbrannten Rumpf einer P-47 Thunderbolt, die beim Landen über die Rollbahn geschrammt und in einen Militärlaster gerast war, der daneben auf dem Vorfeld stand.

Flammen stiegen auf, Funken stoben aus dem Motor, dicke schwarze Rauchschwaden verbargen die Haube des Flugzeugs, auf das die Feuerwehrmänner zustürmten in der Hoffnung, den Piloten zu retten. Das Wasser zweier Schläuche ergoss sich über das Wrack. Immer mehr Soldaten kamen hinzu und sprachen leise über den Kameraden, der dort wohl ums Leben gekommen sein musste.

Unvermittelt fiel mir auf, dass mehrere Männer zu mir sahen und dann rasch wieder fortschauten. Ich bemerkte den Blick des jungen Offiziers, der mich bei der Explosion mit seinem Körper geschützt hatte und dann schaudernd wegsah.

In meinem Magen krampfte sich alles zusammen, blankes Entsetzen packte mich.

Ich trat einen Schritt vor, dann einen weiteren. Die Männer wichen zurück, ohne ein Wort zu sagen.

»Miss«, sagte einer der Feuerwehrleute, als ich mich dem Wrack näherte. »Bitte treten Sie zurück. Es kann jederzeit hochgehen.«

»Wer sitzt dort drin?«, fragte ich.

Stirnrunzelnd sah er zu einem seiner Kollegen. »Ich weiß es nicht genau«, antwortete er.

Ich schaute hinter mich. Der Offizier vom Empfangsschalter, wo ich mich gemeldet hatte, starrte keine zwei Meter von mir entfernt zu Boden. Gerade wollte ich die Frage an ihn richten, als ich die Landegeräusche eines anderen Flugzeugs hörte.

Ich verfolgte, wie es zum Ende der Landebahn rollte, wendete und vor einem der Hangars stehen blieb. Meine Augen waren auf das Flugzeug geheftet, bis sich die Haube öffnete, der Pilot ausstieg und seinen Helm absetzte. Da drehte ich mich zitternd wieder zu dem brennenden Haufen und dann zu dem jungen Offizier vom Schalter.

»Wer hat die Maschine geflogen?«, fragte ich.

Mehrere der Männer um mich her senkten den Kopf. Ich trat näher zu dem Offizier.

»Wissen Sie das?«, fragte ich und deutete auf den rauchenden Metallrumpf.

»Ich bin mir nicht sicher«, murmelte er. »Aber ich glaube … Ich habe gehört, dass eine Thunderbolt von Savannah reinkommen sollte.«

»Und wer ist nach Savannah geflogen?«

»Miss Bixby«, flüsterte er.

Meine Beine wollten unter mir nachgeben.

»Sind Sie sicher?«, fragte ich.

»Ja, aber … bei euch Frauen verändern sich die Einsatzpläne doch ständig. Da könnte jeder drin sitzen.«

Aber es war nicht irgendjemand. Das wusste ich. Das spürte ich im tiefsten Inneren.

Ich trat näher an das brennende Flugzeug.

»Miss«, sagte jemand warnend, aber ich achtete nicht darauf. Wenn Carol Ann in dem Wrack war, musste ich sie rausholen. Ich musste sie retten.

Ich lief weiter.

»Carol Ann!«, schrie ich. Der Rauch stach mir in der Lunge, das Löschwasser durchnässte mich.

Ich gelangte zur Haube, legte die Hände auf das Glas, schrie auf, als es mir die Haut verbrannte, versuchte aber trotzdem, sie mit der anderen Hand zu öffnen, als wäre das mir allein möglich. Zwei Arme packten mich und hoben mich fort, mehrere andere hielten mich fest, sosehr ich mich auch wehrte. Noch war Zeit. Noch konnte sie gerettet werden. Aber einen Moment später zersprang das Glas der Haube mit einem Knall, mehr Rauch stieg auf.

Das konnte niemand überleben.

Ich erinnerte mich nicht, wie ich in unser Zimmer kam. Ich erinnerte mich nicht, dass ich in den Waschraum ging und mich bekleidet auf den Boden der Dusche setzte. Das Wasser war nicht aufgedreht, aber ein Hahn tropfte. Irgendwann merkte ich, dass sich das Licht veränderte, während ich die Fliesenwand mir gegenüber anstarrte, ohne etwas wahrzunehmen.

Ich war wie gelähmt. Mein Verstand war nicht willens oder nicht bereit, das Geschehene aufzunehmen. Bisweilen drang ein Bild des brennenden Wracks durch den Nebel in meinem Kopf zu mir vor, und ich holte keuchend Luft, als hätte ich sie unwillkürlich angehalten. In den Momenten schoss mein Blick umher, ich nahm meine rot verbrannten Handflächen wahr, meine von Asche verdreckte, nasse Kleidung, die nach Rauch stank. Und dann schloss ich die Augen wieder und überließ mich dankbar der Dunkelheit.

Anna fand mich eine ganze Weile später, wie ich vorgebeugt dort kauerte, das Gesicht auf dem Boden.

»Audrey?«, sagte sie und berührte mich zaghaft am Bein. »Bist du …?«

Ich starrte sie aus leeren Augen an und schloss sie wieder.

»Audrey? Liebes?« Ich öffnete die Augen wieder, aber jetzt saß Nola vor mir, das Gesicht tränenüberströmt. Von Anna war nichts zu sehen.

Mittlerweile war es Abend geworden, im Fenster war der dunkle Himmel zu sehen.

Ich hievte mich hoch, zuckte wegen der Schmerzen in den Händen zusammen, während ich mein Gesicht von den Fliesen schälte.

»Audrey«, wiederholte sie, dann stockte ihre Stimme. »Ich kann nicht … Ich weiß nicht …«

Ich begegnete ihrem kummervollen Blick, und wir schlangen die Arme umeinander, fühlten uns untröstlich und gleichzeitig taub und benommen.

Als ich wieder aufwachte, lag Nola neben mir. Ihr hübsches Gesicht war im Schlaf gerunzelt. Auf ihrer Nase hatte sie lauter helle Sommersprossen, die mir nie zuvor aufgefallen waren, und durch ihre langen, dunklen Haare zogen sich vereinzelte rote Strähnen.

»Hi.«

Vorsichtig drehte ich mich um und begegnete Beatrices besorgtem Blick.

»Anna musste vor ein paar Stunden losfliegen. Sie hat mir erzählt …« Ihre Augen wurden feucht, sie schniefte und fuhr sich mit dem Arm übers Gesicht, dann zeigte sie mir eine Papiertüte. »Deine armen Hände. Ich habe vom Sanitäter Salbe und Verbandszeug bekommen. Wenn du möchtest, kann ich sie dir verbinden. Vielleicht, nachdem du geduscht hast?«

Ich nickte. Gemeinsam weckten wir Nola, die zu ihrem Bett taumelte und dort weiterschlief. Ich stellte mich unter die Dusche, meine Tränen vermischten sich mit dem Wasser, mein Schluchzen hallte von den Fliesen wider. Als ich mich abgetrocknet hatte, verarztete Beatrice meine Wunden.

In der Nacht schlief ich in Annas Bett. Ich wollte nicht von meinem zu Carol Anns leerem Bett hinüberblicken müssen. Nola stand einmal auf, um zur Toilette zu gehen, und legte sich immer noch angekleidet wieder hin. Beatrice bewegte sich leise durch den Raum, sah nach uns beiden, ehe sie das Licht löschte, und als es still wurde, durchlebte ich noch einmal den Albtraum vom Tod meiner besten Freundin.

Ich hatte keine Schreie gehört, nicht wie in den grauenvollen Minuten, bevor Peggy Walters in Avenger Field gestorben war. Nur die lodernden Flammen des brennenden Flugzeugs waren zu hören gewesen, das meine Freundin einschloss, sie in Rauch hüllte und bei lebendigem Leib verbrennen ließ, während ich hilflos zusehen musste.

Als die Sonne mehrere Stunden später aufging, lag ich noch in derselben Position, mein Kissen nass vor Tränen. Die Taubheit, dank der ich die Nacht überstanden hatte, war verschwunden und durch den schrillen Schmerz von Verlust ersetzt, der mich körperlich zerriss und mir die Luft zum Atmen nahm.

Carol Ann war tot.

James war vermisst.

Jean.

Catherine …

Bill und Mae.

Wie viele Menschen, die mir am Herzen lagen, würde ich in diesem Krieg noch verlieren?

Ich ballte die verbundenen Hände und brüllte, die qualvollen Schreie eines verwundeten Tiers.

»Audrey!« Nola kam zu mir gelaufen.

Meine Verzweiflungsschreie gellten durch den Raum, während sie und Beatrice mich tröstend umarmten und wiegten.

Auf Nolas Drängen hin beantragte ich eine Woche Urlaub, den ich auch bekam. Sieben Tage. Nicht mehr, nicht weniger. Das Militär brauchte mich.

»Soldaten bekommen zum Trauern keinen Urlaub«, sagte mein Vorgesetzter, aber seine Stimme klang freundlich, was seinen Worten ihre Schärfe nahm.

Die meiste Zeit verbrachte ich auf meinem Bett, wo ich zu Carol Anns Seite hinüberschaute und mir ihr Gesicht vorstellte. Wenn niemand da war, unterhielt ich mich manchmal mit ihr, erzählte ihr im Flüsterton, wie sehr sie mir fehlte, dass ich mir nicht sicher war, ob ich jemals wieder fliegen konnte, und wie unendlich leid es mir tat, dass ich sie nicht hatte retten können.

Zwei Tage nach dem Unglück hörten wir inoffiziell, der Absturz sei Carol Anns Schuld gewesen.

»Was haben sie gesagt?«, fragte ich entsetzt, als Anna uns die Nachricht brachte.

»Nur, dass sie die Jug nicht richtig im Griff hatte«, sagte sie und verwendete den Spitznamen des Flugzeugs. »Sie sei zu klein gewesen.«

»Das ist gelogen«, fuhr Nola auf. »Sie konnte mit noch viel größeren Flugzeugen umgehen!«

»Nichts als miese Ausreden«, sagte Anna. »Sie kennen den Grund nicht, also ist es die Schuld der Frau.«

Ich drehte mich im Bett um, wandte dem Gespräch den Rücken zu. Undenkbar, dass das Flugzeug abgestürzt war, weil Carol Ann nicht damit hatte umgehen können. Irgendetwas hatte versagt.

Wie sich herausstellte, stimmte das auch. Drähte im Zündsystem hatten sich gelockert und an einem der Metallteile gescheuert. Heißes Metall und funkensprühende Drähte wirkten in einem ohnehin glühend heißen Motor wie Brandbeschleuniger. Dazu die verklemmte Haube, ein bei Thunderbolts bekanntes Problem – Carol Ann hatte keine Chance gehabt.

Am nächsten Morgen starrte ich mit verweinten Augen zu ihrem Bett hinüber. Es war mir völlig egal, ob ich je wieder flog. Das Fliegen hatte mich früher immer aufgerichtet und mich jeden Tag mit neuer Hoffnung erfüllt, aber jetzt, da James als vermisst galt und meine beste Freundin tot war, graute mir davor, wieder in eine Maschine zu steigen. Nicht aus Angst, sondern wegen dessen, was mir das Fliegen genommen hatte. Ich war wütend, verzweifelt, untröstlich. All meiner guten Absichten zum Trotz konnte ich mich zu nichts aufraffen. Welchen Sinn hatte es weiterzumachen? Warum hatte ich überhaupt noch Träume, wenn sie sich doch nur in Albträume verwandelten?

»Ich gebe auf«, flüsterte ich Carol Anns Kissen zu.

Und was machst du stattdessen?, hörte ich sie fragen.

»Das ist egal«, antwortete ich und drehte mich von ihrem Geist fort.

Drei Tage lang verließ ich unser Zimmer nicht. Die anderen brachten mir, wenn sie von einem Einsatz zurückkamen, oft einen Teller mit Essen, den sie aus der Kantine geholt hatten, zu welcher Tageszeit auch immer. Sie verarzteten auch meine Hände und erinnerten mich daran zu duschen.

Am dritten Tag führte Nola mich zum Büro, damit ich zu Hause anrief.

»Du musst ihnen sagen, was passiert ist«, forderte sie mich auf.

»Wieso?«, fragte ich tonlos, ohne ihre Gründe wirklich hören zu wollen.

»Weil sie deine Familie sind. Und weil du helfen kannst, damit sie nach Hause kommt.«

Da wir offiziell nicht dem Militär angehörten, waren bei Verletzungs- und Todesfällen wir und unsere Familien zuständig.

Wie wir wussten, hatten Carol Anns Tante und Onkel wenig Geld. Sie hatte Geschichten erzählt, wo es an Geburtstagen und zu Weihnachten Geschenke nur für sie, Carol Ann, gab; ihre Tante und ihr Onkel verzichteten, um ihre einzige Nichte zu verwöhnen. Unvorstellbar, dass sie es sich leisten konnten, Carol Anns sterbliche Überreste nach Hause zu überführen und obendrein die Beerdigung zu bezahlen. Aber meine Eltern schon. Und das würden sie auch tun.

»Mama?«, sagte ich.

»Audrey?«, sagte meine Mutter, und allein der Klang ihrer Stimme ließ mich schlucken. »Mein Schatz, ist alles in Ordnung?«

Mehr brauchte ich nicht, um wieder in Tränen auszubrechen. »Ach, Mama.«

Wie erwartet kümmerte sich meine Mutter um alles. Sie rief Carol Anns Tante an, um ihr ihr Beileid auszusprechen, schickte Blumen und organisierte, was mit den sterblichen Überresten meiner Freundin geschehen sollte. Sie wählte eine Urne für die Asche, buchte meinen Hin- und Rückflug nach Tuscumbia, Alabama, und beauftragte einen dortigen Caterer für die Trauerfeier und einen Floristen für den Blumenschmuck.

Sie bot an, mich zu begleiten, aber ich lehnte ab. Carol Ann war meine Freundin gewesen, und wenn ich mich von ihr verabschiedete, wollte ich das allein durchstehen.

Sechs Tage nach der Tragödie, die Carol Ann das Leben gekostet hatte, saß ich in einem Linienflug mit ihrer Asche in einer weiß-blauen Keramikurne, auf die eine fliegende Taube gemalt war. Am Flughafen erwartete mich ein Wagen, der mich zum Haus ihrer Tante und ihres Onkels brachte.

Am Anfang des Kieswegs blieb ich stehen und betrachtete das kleine blaue Haus. Hier und da war die Farbe abgeblättert, von der Dachtraufe hing ein halbes Dutzend Windspiele. Ich ging die Stufen zur Tür hinauf und lächelte, als die oberste knarrte, genau wie Carol Ann gesagt hatte.

»Ziemlich unmöglich, unbemerkt aus dem Haus zu schleichen«, hatte sie lachend erzählt.

Auf einem Schild neben der Eingangstür stand: »Gott schütze dieses Haus und alle, die da gehen ein und aus.«

Ich klopfte und schaute, während ich wartete, auf den großen Garten vorm Haus, wo überall Wildblumen blühten, ihre rosa, gelben und orangefarbenen Gesichtchen alle zur Sonne gewandt.

»Sie müssen Audrey sein«, sagte eine Frau, als sie die Fliegengittertür öffnete.

»Ja, Ma'am«, sagte ich und trat beiseite.

»Ich bin Nan, Carol Anns Tante. Aber das haben Sie sich wahrscheinlich schon gedacht, nicht?«

»Doch, Ma'am.«

»Dann kommen Sie doch rein. Der Trauergottesdienst ist erst in zwei Stunden. Darf ich Ihnen ein Glas süßen Tee bringen?«

»Gern.«

Ich folgte ihr durch ein dunkles Wohnzimmer, bemerkte die liebevoll gepflegten Möbel und die vielen Pflanzen, manche in Blüte, andere rankten sich empor und klammerten sich an welche Stütze auch immer sich ihnen bot.

In der Küche, die nach Osten ging und in die jetzt das Sonnenlicht fiel, konnte ich die Frau, die meine Freundin großgezogen hatte, zum ersten Mal richtig betrachten. Nan war eine kräftige Frau mit abgearbeiteten Händen und einer sanften Stimme. Ihr dünnes rotblondes Haar war von grauen Strähnen durchsetzt und zu einem ordentlichen Dutt zurückgebunden, was sehr hübsch aussah. Sie trug ein schlichtes schwarzes Kleid, keinen Schmuck und war barfuß.

Ich hielt die Urne weiter im Arm, weil ich nicht wusste, wohin ich sie stellen sollte, aber auch weil ich noch nicht bereit war, sie loszulassen.

»Ist das unser Mädchen?«, fragte sie, als sie mit dem Rücken zu mir Tee aus einem Glaskrug einschenkte.

»Ja«, sagte ich leise.

»Die Urne ist etwas ganz Besonderes. Haben Sie sie ausgesucht?«

»Nein, meine Mutter.«

»Ein guter Mensch, Ihre Mutter«, sagte sie und reichte mir ein randvoll gefülltes grünes Glas. »Sie hat angerufen und mir ihr Beileid ausgesprochen, von Mutter zu Mutter.« Sie schniefte, ihre Augen wurden feucht. »Ich hab ihr gesagt, dass Carol Ann meine Nichte ist, aber sie wusste Bescheid. ›Wenn man sie aufzieht, dann sind sie die eigenen Kinder‹, hat sie gesagt. Eine feine Dame ist das. Sie haben Glück.«

Ich nickte und trank einen Schluck Tee.

»Darf ich?«, fragte Nan und deutete auf die Urne.

Ich holte tief Luft. »Natürlich.«

Vorsichtig drückte sie sie sich an die Brust und schloss die Augen.

»Sie war eine Draufgängerin, stimmt's nicht?«, sagte sie.

»Doch.«

»Bei jedem Anruf hat sie von Ihnen erzählt. Hat gesagt, dass Sie sehr hübsch sind und hart im Nehmen. Es tat mir sehr leid, das von Ihrem Kavalier zu hören. James heißt er?«

Ich nickte, Tränen traten mir in die Augen.

Sie streckte die Hand aus, und ich legte meine in ihre.

»Gott mutet uns nicht mehr zu, als wir ertragen können.« Sie hob die Urne ein wenig an. »Das sage ich mir auch selbst immer wieder. Aber ich weiß, Sie haben in kurzer Zeit sehr viel verloren. Was Sie erlebt haben, trifft einen jungen Menschen wie Sie besonders schlimm. Aber ich sehe auch, was Carol Ann in Ihnen gesehen hat. Sie sind aus härterem Holz als die meisten anderen geschnitzt. Sie überstehen das, so schwer es jetzt gerade auch sein mag. Und was immer mit Ihrem Soldaten passiert, na, das werden Sie auch überstehen.«

Sie stellte die Urne ab und strich sanft darüber, dann zog sie mich an sich. Eine ganze Weile hielten wir uns in den Armen, keine wollte die andere loslassen.

Ich war schon beim zweiten Glas Tee angelangt, als schließlich Kurt, Nans Ehemann, den Raum betrat.

»Ist das so in Ordnung?«, fragte er, dann erst bemerkte er mich. »Oh, entschuldigen Sie. Mir war nicht klar, dass wir Besuch haben. Sie müssen Audrey sein. Carol Ann hat in den höchsten Tönen von Ihnen gesprochen. Und ich weiß, dass sie Sie sehr mochte. Danke, dass Sie gekommen sind.« Er warf einen Blick zur Urne. »Und danke, dass Sie unser Mädchen nach Hause gebracht haben.«

Der Trauergottesdienst für Carol Ann Bixby fand in einer kleinen Kirche oben auf dem Hügel statt. Ich saß hinter ihrer Tante und ihrem Onkel, die beide leise weinten. Dann schaute ich zu dem gerahmten Foto einer weiteren Freundin, die ich durch den Krieg verloren hatte.

Hinterher setzte ich mich, von Nan dazu aufgefordert, auf das Bett in Carol Anns Zimmer und betrachtete die Wände, an denen lauter Bilder von Flugzeugen hingen. Von der Decke baumelten Mobiles mit kleinen Vögeln.

Ich nahm ein Modellflugzeug in die Hand und drehte es um. Als ich Carol Anns Schrift auf der Unterseite eines Flügels sah, musste ich lächeln. »Carol Ann, 11 Jahre«, hatte sie geschrieben.

»Sie sollten etwas mitnehmen«, sagte Nan, die in der Tür stand. »Zur Erinnerung. Das hätte sie sich gewünscht.«

Ich sah mich um. Ich wusste nicht, was ich nehmen sollte, das nicht fehlen würde.

»Hier«, sagte sie und trat in den Raum, öffnete eine Holzschachtel, die auf der Spiegelkommode stand, und nahm eine weiße Haarspange heraus. Bei näherem Hinschauen erkannte ich, dass sie einen Vogel darstellte.

»Die ist ja wunderschön«, flüsterte ich und nahm sie vorsichtig in die Hand.

»Die wollte sie zur Hochzeit mit Gus tragen.«

Ich schüttelte den Kopf. »Dann sollten Sie sie behalten. Oder sie ihm geben.«

»Ach, Kindchen.« Nans Augen wurden wieder feucht. »Augustus ist zwei Tage vor Carol Ann gefallen. Sie hat es nicht mehr erfahren. Seine Familie bekam die Nachricht am selben Tag, an dem wir von ihrem Tod hörten.«

Ich sank auf das Bett und starrte auf die handgearbeitete Quiltdecke mit den Quadraten in Rosa und Gelb und den aufwändig genähten Flugzeugen.

Dieser Krieg hatte so viele Leben gekostet. Junge, Alte, Schuldige … und so viele Unschuldige. Der Reigen der Toten spannte sich über mehrere Meere und alle Kontinente hinweg. Niemand war verschont geblieben, die langen Finger der Zerstörung und des Kummers hatten fast jeden auf die eine oder andere Art berührt, ob sie nun ein Familienmitglied, einen Freund oder einen Nachbarn verloren hatten. Leid und Schmerz hielten unsere Welt umfangen, verdunkelten unsere Tage und erstickten alle Hoffnung.

Aber natürlich berührten meine eigenen Verluste mich am meisten. Der Tod der großartigen, starken und mutigen jungen Frauen, die meine Freundinnen geworden waren, meine Schwestern am Himmel, hatte mich im tiefsten Inneren getroffen. Die Nachricht, dass James vermisst wurde, hatte mir das Herz gebrochen; der Verlust des einzigen Mannes, den ich je geliebt hatte, war ein abgrundtiefer Schmerz.

Wenn ich nachts im Bett lag und sich Stille um mich her ausbreitete, sah ich ihre Gesichter und hörte ihre Stimmen. Ich schlief mit der Erinnerung an ihr Lachen ein. Dort fand ich Trost – in meinen Träumen lebten sie weiter. Wir tobten in der Brandung von Hawaii und jagten uns in den Militärmaschinen über den weiten Himmel von Texas. Ich lag neben James, der mit dem Finger mein Schlüsselbein nachfuhr zu dem kleinen Vogel in meiner Halskuhle. Und in diesen Träumen fand mich auch Carol Ann, unterhielt sich über den Abstand zwischen unseren Betten flüsternd mit mir, bis etwas mich weckte und ich erschreckt feststellte, dass sie nicht mehr da war.

Nachts fanden mich aber auch meine Albträume. Dann raubten Feuer und Rauch und Geschützdonner mir diese Menschen ein weiteres Mal. Wenn ich an solchen Tagen aufwachte, war mein Kissen nass von Schweiß und Tränen.

Und unter all der Qual lagen Wut und Angst. Wut, dass überhaupt jemand sterben musste. Dass so viele ihr Leben verlieren mussten. Und Angst. Wer konnte mir noch genommen werden? Würde ich die Nächste sein?

Nun betrachtete ich die auf dem Vorfeld in Fort Sam aufgereihten Flugzeuge eher mit Unbehagen als mit Aufregung. Hatte meine Liebe zum Leben inmitten der Wolken mich gezeichnet? Sollte es auch mein Schicksal sein zu sterben, wie ich lebte?

Aber wenn ich nicht flog … was blieb mir dann?

Ich erinnerte mich an eines der letzten Gespräche mit Carol Ann. Wie üblich hatten wir in unseren Betten gelegen und uns im Flüsterton unterhalten, während die Frauen unter uns schliefen.

»Was meinst du?«, hatte sie gefragt. »Werden wir, wenn wir alte Omas sind, auf der Veranda im Schaukelstuhl sitzen, süßen Tee trinken und über die alten Zeiten reden, während unsere Enkel im Garten herumlaufen? Dass wir nur Mädels in Flugzeugen waren, die ihre Arbeit erledigt haben, als wäre es eine wie jede andere? In der Zeit, als die Männer fort waren und die Welt endlich gezwungen war, uns eine Chance zu geben? Damals, als wir Flügel hatten?«

Ich hatte gelächelt, als ich die Szene vor mir gesehen hatte. Und dann hatte sie weitergesprochen.

»Ehrlich gesagt glaube ich nicht, dass ich je mit dem Fliegen aufhören werde. Sie werden mich mit den Füßen zuerst aus einem Flugzeug tragen müssen.«

Jetzt sah ich mich in Carol Anns Jugendzimmer um. Wie grausam poetisch es war, dass sie sie tatsächlich aus dem Flugzeug hatten tragen müssen. Und auch wenn es viel zu früh passiert war, ich war mir sicher – genau so hatte sie sterben wollen.

Ich warf Nan ein kleines Lächeln zu.

»Sie war mir eine wunderbare Freundin. Wie eine Schwester. Wir hatten so viel Spaß miteinander.« Ich schaute auf die kleine weiße Vogel-Haarspange und blinzelte die Tränen fort. »Es tut mir so weh, dass sie nicht mehr da ist.«

»Sie haben ihr viel bedeutet«, sagte Nan. »Eine so enge Freundin wie Sie hatte sie früher nie gehabt. Bitte, nehmen Sie den Vogel. Sie würde sich wünschen, dass Sie die Spange bekommen. Sie können sie tragen, wenn Sie eines Tages Ihren Kavalier heiraten. Dann ist es, als wäre sie dabei.« Sie lächelte traurig und ging zur Tür. Auf der Schwelle blieb sie noch einmal stehen. »Und fliegen Sie weiter.«

»Wie bitte?«, fragte ich.

»Sie hat mir erzählt, dass Sie in Pearl Harbor waren und dass es Ihnen danach eine Zeit lang nicht gut ging. Sie wusste, sollte ihr während der Ausbildung – oder auch danach – etwas zustoßen, würden Sie sich überlegen, ob Sie sich wirklich wieder in ein Flugzeug setzen sollten. Sie hat mir das Versprechen abgenommen, Ihnen für den Fall, dass ihr etwas zustieß, zu sagen, dass Sie weiterfliegen sollen.« Sie zögerte. »Haben Sie daran gedacht aufzuhören?«

Ich nickte, ohne ihr dabei in die Augen zu sehen.

»Was würden Sie stattdessen tun?«

Ich zuckte die Achseln. Etwas anderes als Fliegen war mir nie in den Sinn gekommen.

»Tun Sie es mit Liebe?«

Ich begegnete ihrem Blick. »Ja, doch, sehr sogar.«

»Dann, Kindchen, dürfen Sie jetzt nicht aufhören. Wie ich Carol Ann immer sagte, obwohl ich jedes Mal, wenn sie abhob, Angst hatte – warum soll man leben, wenn man nicht tut, was man am meisten liebt?«

Eine Stunde später verabschiedete ich mich mit einer langen Umarmung, der Vogel-Haarspange und einem von Carol Anns Windspielen in einer Papiertüte, dazu ein Stück Kuchen »für die Heimfahrt«, wie Nan sagte. Ich versprach, mich wieder zu melden, und ging über den langen Kiesweg zum bereitstehenden Wagen.

Am Ende der Straße mussten wir warten, um einen Traktor vorbeifahren zu lassen, und ich sah zum Fenster hinaus. In einem blühenden Busch flatterte ein Kolibri. Ich dachte an James und den Vogel, den er mir in dem Laden in Florida gekauft hatte.

»Sie erinnern einen daran, das Schöne im Leben zu sehen«, hatte er gesagt.

Seufzend lehnte ich mich zurück und schaute in den hellen Nachmittagshimmel. Die Woche war entsetzlich gewesen, und es hatte mir davor gegraut herzukommen. Aber irgendwie hatte der Tag auch eine Unbeschwertheit gehabt, eine Leichtigkeit in den Unterhaltungen, beim gemeinsamen Essen, in den Blicken, die sich verständnisvoll begegneten. Und das war nur Carol Anns wegen gewesen, die wie ein Kolibri in mein Leben hinein- und wieder hinausgeflogen war, wie der kleine Vogel neben dem Wagenfenster, der gerade davonschwirrte.

TEIL 3

OKTOBER 1944

KAPITEL 27

Ich lag auf meinem Bett, einen Stapel Briefe neben mir auf dem Kissen. Ich war drei Tage unterwegs gewesen, war von Texas nach New Jersey, Michigan, North Carolina, Nevada und dann nach Texas zurück geflogen. Mein Nacken und mein Rücken schmerzten, mein Hintern war taub, meine Beine steif. Es war erst sechs Uhr, aber ich fühlte mich erledigt. Ich wollte nicht mal ein Abendessen.

»Schwere Tage hinter dir?«, fragte Anna, als sie ins Zimmer kam und mich im Pyjama antraf, ein Handtuch um die gewaschenen Haare.

»Allerdings«, sagte ich, sah rasch die Briefe durch und stellte mit Erleichterung fest, dass keiner von James' Schwester Ava dabei war.

Bei jedem Brief bildete sich in meinem Magen ein Knoten. Bei einer guten Nachricht wegen James würde ich von ihm selbst hören, sei es per Telefon, Telegramm oder Brief. Ein Brief von Ava aber würde schlechte Nachrichten bedeuten. Nachrichten, die ich mir nicht vorstellen wollte. Also betete ich jeden Tag, nicht von ihr zu hören. Bislang hatte es funktioniert.

»Möchtest du etwas aus der Kantine?«, fragte Anna.

Trotz der Rationierungen verstanden es die Köchinnen, aus den einfachsten Zutaten etwas Köstliches zuzubereiten. Viel Süßes gab es nicht, aber bisweilen zauberten sie selbst gebackene Hafer-Rosinen-Kekse oder einen Süßkartoffelkuchen auf den Tisch, je nachdem, was die Lebensmittellage hergab. Aber seit Carol Anns Tod hatte ich so gut wie keinen Appetit mehr, die Kleider hingen mir gefährlich lose um meine schmale Figur. Trotzdem konnte ich mich selten zu mehr als ein paar Bissen überwinden.

»Vielleicht ein Brötchen«, sagte ich.

»Und wenn sie Kuchen haben?«

Meine Zimmergenossinnen machten aus ihrer Sorge um mich keinen Hehl und versuchten immer, mich zum Essen zu verlocken. Oft brachten sie, eingewickelt in einer Serviette, ein Stück Huhn oder eine kleine Portion Ofenkartoffeln mit und taten, als hätten sie es für sich selbst mitgenommen, jetzt aber keine Lust mehr darauf.

Ich seufzte. »Wenn's Kuchen gibt, dann nehme ich ein Stück«, sagte ich, mehr, um sie zu beruhigen, als aus Appetit.

»Das kriegst du.«

Ich warf noch einmal einen Blick auf die Absender. Claire, Erma und mein Vater hatten geschrieben. Der vierte Umschlag trug den offiziellen Stempel von Mrs Jacqueline Cochran – vermutlich die neueste Liste mit unseren anstehenden Aufgaben. Den Brief legte ich erst einmal beiseite und öffnete den von Claire.

Es ging ihr gut. Da die Arbeit sie nicht mehr ganz so

sehr in Anspruch nahm, war sie zu einem kurzen Urlaub auf eine der anderen Inseln gefahren. Sie hatte eine Gehaltserhöhung bekommen und überlegte sich, im neuen Jahr in eine schönere Wohnung zu ziehen.

Erma berichtete in ihrem Brief vorwiegend von den Kindern. Alle machten in der Schule gute Fortschritte, auch wenn ihnen mehrere Klassenkameraden und Freunde fehlten, die in Internierungslager gesteckt worden waren. Annie fragte immer noch nach mir und wollte wissen, ob ich je zurückkommen würde. Erma hatte ein Bild beigelegt, das ihre Tochter für mich gemalt hatte. Es zeigte uns beide unter einer Palme, mich mit gelbem Haar, sie mit schwarzem, und eine große gelbe Sonne über uns. Gerührt dachte ich an meine kleine Freundin und ihren Stoffhund, die mich immer an den Beinen festgehalten und mir am Tag meiner Abreise hinterhergewinkt hatte.

Mein Vater schrieb, wie immer, viel von seinen Gedanken zum Krieg, erzählte aber auch von der Familie und baute mich auf. Mama hatte den Garten noch einmal auf jetzt zweitausend Quadratmeter vergrößert. Evie war mit der Arbeit und ihren Freundinnen beschäftigt. Sie ging seit einigen Monaten mit einem Offizier aus, was offenbar sehr gut lief. Er verbrachte jede freie Minute mit ihr, und wenn sie nicht zusammensteckten, kannte sie kein anderes Thema als ihn. Aber er würde bald nach Europa versetzt werden, und sie machte sich Sorgen, »nicht zu Unrecht«, fügte mein Vater hinzu.

Wie immer schloss er mit einer aufmunternden Bemerkung, schrieb von den Härten, die man nicht nur im

Krieg, sondern im Leben insgesamt ertragen müsse. Und dass wir die Menschen, die vor uns starben, nicht ehren konnten, wenn wir uns erlaubten, gefühllos zu werden.

Ich hoffe, du trauerst, mein Schatz. Nicht weil ich dir den Kummer wünsche, sondern weil du durch den Schmerz geheilt wirst.

Ich schaute zu Carol Anns leerem Bett und erinnerte mich, wie sie mir Geschichten zugeflüstert hatte, sodass ich leise ins Kissen gelacht hatte, während die anderen schliefen. Durch ihre Unverkrampftheit, ihr heiteres Gemüt und ihre entwaffnende Aufrichtigkeit war ich offener geworden, nicht nur anderen, sondern auch mir selbst gegenüber.

Mir wurde weh ums Herz. Ich zwang mich, mir den letzten Brief vorzunehmen, den von Mrs Cochran.

Ich überflog die Zeilen und las sie dann ein zweites Mal, jetzt gründlicher. Mit einem Ruck setzte ich mich auf und stieß fast mit dem Kopf an der Decke an, im selben Moment ging die Tür auf.

»Er gab Kuchen!«, sagte Anna, als sie hereinkam. »Ich habe dir zwei Stück mitgebracht.«

»Hast du den schon gelesen?«, fragte ich und wedelte mit dem Brief.

Sie stellte den Kuchenteller ab und runzelte die Stirn. »Was ist denn das?«

»Ein Brief von Jackie Cochran.«

Rasch durchsuchte sie den Stapel ungeöffneter Briefe in ihrem Schrank, dann hielt sie einen Umschlag hoch.

»Lies ihn«, sagte ich.

Ich kletterte von meinem Bett, während sie den Brief, genau wie ich, zuerst überflog und dann eingehender las. Schließlich schaute sie mich verständnislos an.

Darin wurde uns mitgeteilt, dass das WASP-Programm am 20. Dezember 1944 eingestellt würde.

Zu meinem großen Leidwesen sah ich mich gezwungen, die Beendigung des gesamten Programms zu empfehlen, schrieb Mrs Cochran. *Wir sehr Sie es bedauern werden, nicht mehr fürs Militär zu fliegen. Wie dankbar wir sein können zu wissen, dass die Einstellung eine Folge der unerwartet niedrigen Verluste ist.*

»Das verstehe ich nicht«, sagte Anna leise. »Es ist vorbei? Was sollen wir denn dann machen?«

»Noch ist es nicht vorbei«, sagte ich. »Bis Dezember sind wir noch hier.«

»Aber …«

»Wir werden vermutlich wohl oder übel das machen müssen, was wir gemacht haben, bevor wir ins Programm aufgenommen wurden«, sagte ich.

Ich hängte mich bei Anna ein, und sie ließ sich gegen mich fallen. So schade ich es auch fand, dass das Programm endete, für mich war es doch leichter als für viele andere. Zwar würde es mir fehlen, verschiedene Flugzeugtypen zu fliegen, mit meinen Kameradinnen zu reden und im ganzen Land herumzukommen, aber zu Hause gab es einen Flugplatz, der auf mich wartete. Ich hatte Pläne, die ich umsetzen würde, wollte Leute einstellen und endlich loslegen. Bald war die Zeit gekommen, dann würde es wirklich so weit sein. Aber für die anderen …

Anna starrte wieder auf den Brief. »Ich will nicht nach Hause. Da gibt es nichts für mich.«

Nola kam ein paar Stunden später zurück und las das Schreiben mit großem Missmut. Während Captain, Beatrices Kater, von Schoß zu Schoß wanderte, streichelten wir ihn geistesabwesend und unterhielten uns über die Benachrichtigung und unsere Möglichkeiten.

»Da heißt es, wir können eine Stelle beim Militär bekommen, aber nicht mehr fliegen?«, sagte Nola. »Überhaupt nicht mehr?«

Nach Rückfragen zur Einstellung des Programms erfuhren wir schließlich, dass wir zwar Arbeit im militärischen Bereich bekommen könnten, aber nach wie vor keine Armeeangehörigen sein würden. Abgesehen davon standen uns lediglich Stellen im Büro, in der Fabrik und Ähnliches offen. Entscheidend war, dass wir nach dem 20. Dezember keine Militärmaschinen mehr fliegen durften. Diese Aufgabe würden die Piloten übernehmen, die aus dem Krieg zurückkehrten, und wir würden entweder auf Kosten des Militärs oder auf unsere eigenen nach Hause geschickt werden. Über diese Frage sollte jeder Stützpunkt selbst entscheiden.

»Kein Fliegen mehr«, sagte ich. »Einerseits ist das eine gute Nachricht für das Land. Das heißt, sie gehen davon aus, dass der Krieg bald zu Ende ist. Aber andererseits …«

»… sind wir arbeitslos.« Nola verzog das Gesicht. »Dabei ist das doch Unsinn. Wer soll die Flugzeuge denn überführen, wenn wir nicht mehr da sind? Sie können sie nicht alle selbst fliegen! Und die Hälfte der neuen Rekruten kann den Bug nicht vom Heck unterscheiden.

Und das Militär möchte, dass die für ihre kostbare Fracht und ihre hohen Offiziere verantwortlich sind?«

»Haben wir es uns denn nicht verdient, bleiben zu dürfen?«, fragte Anna. »Wir haben doch unter Beweis gestellt, dass wir genauso qualifiziert sind wie sie, wenn nicht noch mehr.«

»Nicht wenn es nach der Armee geht«, brummte Nola. »Oder nach der Regierung. In den Augen der Männer, die die Welt beherrschen, sind wir Bürger zweiter Klasse.«

Sie stand auf und schaute zu mir. »Suchst du Leute?«

»In einer Weile sicher.«

»Sag Bescheid, wann ich mich bewerben kann«, sagte sie und knallte die Tür hinter sich ins Schloss.

Ich sah zu Anna, die meinen Blick erwiderte, Tränen standen ihr in den Augen. »Ich verlange auch nicht viel Lohn«, sagte sie, und ich lächelte.

»Es wird noch eine Zeit lang dauern.«

»Das ist schon in Ordnung. Ich kann warten.«

KAPITEL 28

Die nächsten zwei Monaten vergingen buchstäblich wie im Flug. Wir freuten uns über jeden Einsatz, jedes Flugzeug, jede Landung in einer anderen Stadt. Und wann immer wir anderen Frauen aus dem Programm begegneten, tauschten wir ein wehmütiges Lächeln. Wir waren Teil von etwas Besonderem gewesen, und selbst wenn niemand davon wusste außer dem Militär, unseren Familien und uns, erfüllte uns das mit Stolz. Und wir würden es jederzeit wieder tun. Die Ausbildung, die langen Arbeitstage, der Kummer – alles, um diese Maschinen zu fliegen.

Im November bekam ich einen Brief von James' Schwester, in dem sie mir ein schönes Thanksgiving wünschte.

Entschuldigen Sie, dass ich mich nicht früher gemeldet habe. Ich befürchtete, der Anblick eines Briefs von mir könnte Sie erschrecken. Aber jetzt steht Thanksgiving vor der Tür, ein Fest, das James und ich immer geliebt haben, und deswegen ist es mir ein Bedürfnis, Ihnen zu schreiben, Sie wissen zu lassen, dass ich an Sie denke, dass ich hoffe,

es möge Ihnen gut gehen und dass Sie trotz allem zuversichtlich sind.
Ich habe bezüglich James nichts mehr gehört, und so dumm es klingen mag, unser Vater sagte immer, keine Nachrichten seien gute Nachrichten. Mein größter Wunsch in diesem Moment ist, dass dies jetzt tatsächlich der Fall sein möge.
Ich bete jeden Tag, dass James irgendwo in Sicherheit ist, den richtigen Moment abwartet und sich auf den Weg zu uns beiden nach Hause macht.

An Thanksgiving arbeiteten wir nicht, also fuhren wir Frauen vor dem Fest, das der Stützpunkt veranstaltete, in die Stadt. Vielleicht hatte eines der Geschäfte ja auf, außerdem wollten wir ins Kino.

Als wir uns in der letzten Reihe niederließen und ich meine Dose M&M öffnete, dachte ich an den Abend mit James, damals auf Hawaii, und musste lächeln.

Den ganzen Abend aßen wir, bis wir keinen Bissen mehr hinunterbrachten, spielten Gesellschaftsspiele und unterhielten uns mit einigen Soldaten und ihren Gästen. Um zehn gingen wir Arm in Arm in unser Zimmer zurück.

»Ich kann's gar nicht glauben, dass das der letzte Feiertag ist, den wir miteinander verbringen«, sagte Nola.

»Mir kommt es auch merkwürdig vor«, stimmte ich zu.

»Weißt du noch, letztes Weihnachten in Avenger? Wie Carol Ann den Kuchen aus der Kantine geschmuggelt hat? Ich werde nie vergessen, wie sie ihn sich unter den Mantel gesteckt hat.«

»Und das Tolle war, er war noch ganz, als sie im Zimmer angekommen ist«, sagte ich. »O mein Gott.« Ich legte mir die Hand aufs Herz. »Sie fehlt mir so.«

Nola umarmte mich. »Ich hätte sie nicht erwähnen dürfen.«

»Nein, im Gegenteil. Es ist gut, an sie zu denken. Es macht mich traurig, aber auch glücklich. Danke, dass du mich an den Moment erinnert hast. Es war wirklich zu komisch anzusehen, aber der Kuchen hat köstlich geschmeckt.«

Am nächsten Morgen hielt der Alltag wieder Einzug, ich stieg in eine zusammengeflickte Grumman, die im Pazifik einiges abbekommen hatte.

Ich flog nach Virginia, und von dort überführte ich ein anderes Flugzeug nach Kalifornien, auf der anderen Seite des Landes. Das machte ich zusammen mit einer Frau namens Mac, die zwei Klassen unter mir gewesen war, wie ein Schlot rauchte und eine Haut wie Leder hatte.

»Hoffentlich sind die nicht geladen«, sagte sie mit ihrer Reibeisenstimme und deutete nach hinten ins Flugzeug. Dort stapelten sich Waffenkisten, die für den Pazifikkrieg bestimmt waren. »Wär nicht so toll, wenn eine aus Versehen hochgeht.«

Bei dem Gedanken schauderte mich.

Die Nacht verbrachte ich in Long Beach, und am nächsten Morgen übernahm ich meinen ersten Personalflug für zwei Offiziere, die in Houston erwartet wurden.

»Sie sind unser Pilot?«, fragte der größere der beiden Männer. Er hatte eine Knollennase, und es fiel mir schwer, sie nicht ständig anzustarren, während er seinem Kameraden einen nervösen Blick zuwarf.

»Jawohl, Sir«, sagte ich. »Ich versichere Ihnen, ich bin ein erstklassiger Pilot.«

»Aber … Sie sind eine Frau«, sagte er.

Ich blinzelte und lächelte standhaft weiter. »Das stimmt, Sir.«

»Ich habe davon gehört«, sagte der Kleinere und musterte mich von oben bis unten. »Entlasten die Männer, stimmt's?«

»Jawohl, Sir«, sagte ich und blickte zum Größeren der beiden. »Wenn Sie möchten, kann ich Ihnen mein Logbuch zeigen. Ich habe fast zwei Dutzend unterschiedliche Militärmaschinen geflogen.«

Ich reichte es ihm, nach kurzem Zögern nahm er es und blätterte darin.

»Sie haben eine B-17 geflogen?«, fragte er.

»Mehrmals, Sir.«

»Und Jäger?«

»Jawohl, Sir.«

Seufzend gab er mir das Buch zurück. »Dann wollen wir mal.«

Der Flug verlief problemlos, und nach anfänglichem nervösem Schweigen unterhielten sich die beiden.

Zwei Stunden später setzte ich uns sanft auf, parkte und öffnete die Tür. Bevor sie ausstiegen, gaben beide Männer mir die Hand.

»Sie sind ein guter Pilot, Miss.«

»Erstklassig.«

»Danke«, sagte ich.

Nachdem sie gegangen waren, lachte ich leise. Immer unterschätzten die Männer uns Frauen.

Der 20. Dezember war unerbittlich näher gerückt, und schließlich war es so weit.

»Seht ihr die ganzen Maschinen da draußen, die überführt werden müssen?«, fragte Nola und ging erregt im Zimmer auf und ab. »Wie zum Teufel wollen sie das ohne uns hinkriegen?«

Es war für uns alle frustrierend. Pilotinnen durften keine Flüge mehr übernehmen, unabhängig davon, dass Flugzeuge überstellt werden mussten und nicht genügend Männer dafür zur Verfügung standen.

»Das ist doch lächerlich«, schimpfte Anna und legte einen Stapel Blusen in ihren Koffer. »Wie soll das dem Krieg nützen? Sie könnten uns doch wenigstens weiterarbeiten lassen, bis wirklich Männer da sind, die das übernehmen.«

Beatrice saß auf ihrem Bett und streichelte Captain den Kopf. »Ich habe keine Ahnung, was ich jetzt tun soll.«

»Ich dachte, du hättest eine Stelle in dem Warenhaus, in dem du früher gearbeitet hast«, sagte Nola.

»Das stimmt auch. Aber spannend ist es nicht, Damenkleidung zu falten und in Kabinen aufzuräumen.«

»Bei Weitem nicht so spannend, wie Militärmaschinen zu fliegen«, pflichtete Anna ihr bei. »Aber die Sekretärin eines alten Stinkstiefels zu sein, der nichts von Mittagspausen hält, ist auch nicht besser.«

»Dein Großvater klingt grandios«, sagte Nola.

»Er ist entsetzlich«, widersprach Anna. »Ich habe das nur gemacht, damit meine Mutter mir nicht ständig in den Ohren liegt. Sie hat Angst, dass er den Löffel abgibt, ohne dass jemand es mitbekommt. Sie möchte nicht, dass er anfängt zu vermodern, bis jemandem auffällt, dass er nicht nach Hause gekommen ist.«

»Aber würde deine Großmutter denn nicht merken, wenn er nicht am Esstisch sitzt?«, fragte Beatrice.

»Nicht unbedingt«, antwortete Anna, woraufhin wir alle in Lachen ausbrachen.

»Ein Jammer, dass wir nicht alle einen eigenen Flugplatz zum Herrichten haben«, sagte Nola und zwinkerte mir zu.

»Ihr dürft jederzeit vorbeischauen und mir beim Renovieren helfen«, bot ich an.

»Vielen Dank. Aber wenn das Ganze dann mal steht – wenn du eine gute Pilotin brauchst …«

»Ich kenne drei, die ich als Erstes anrufe«, versprach ich.

Nachdem wir nochmals überprüft hatten, ob wir auch nichts vergessen hatten, sahen wir uns in dem Zimmer um, das wir fast ein Jahr geteilt hatten. Ich bekam einen Kloß im Hals, als mein Blick zu Carol Anns Bett wanderte.

»Ich kann's nicht fassen, dass jetzt wirklich Schluss ist«, flüsterte Beatrice. »Versprecht ihr zu schreiben?«

Wir hatten am Abend zuvor unsere Adressen und vorgezogene Weihnachtsgeschenke ausgetauscht und dabei eine verbotene Flasche Wein kreisen lassen.

»Es war schön mit euch«, sagte Anna. »Beatrice und ich dachten ja, dass wir es zu zweit richtig gut hatten, aber nachdem ihr gekommen seid, ist mir klar geworden, dass es manchmal doch ein bisschen einsam war. Wenn ich nach Hause kam, hatte ich zu oft nur den launischen alten Kater zur Gesellschaft.«

»Er ist nicht launisch!«, widersprach Beatrice.

»Es war schön«, sagte Nola. »Eigentlich habe ich mir nie viel aus Freundinnen gemacht, aber jetzt weiß ich, wozu Freundschaften gut sind. Es geht einfach nichts über ein spätnächtliches Plauderstündchen unter Mädels. Ich werde euch nie vergessen.«

»Ich euch auch nicht«, sagte ich.

»Und du meldest dich auch, wenn du etwas von James erfährst, ja?«, fragte Anna.

»Ich werde jeden Abend für ihn beten«, versprach Beatrice. »Wie bislang.«

»Das rührt mich.«

»Tja«, sagte Nola. »Meine Lieben, sollen wir?«

Wir schauten ein letztes Mal im Büro vorbei, um die Busfahrkarten abzuholen, die der Stützpunkt uns spendierte, dann gingen wir zur Haltestelle, um unsere Heimfahrt anzutreten. Wir setzten uns nebeneinander auf die Bank – vier Frauen, die sich gefreut hatten, den richtigen Platz für sich gefunden zu haben. Und jetzt wurden wir in eine Welt hinausgeschickt, die offenbar unser Bedürfnis nicht verstand, anders zu sein. Unabhängig zu sein und auf eigenen Füßen zu stehen.

»Wirst du zurechtkommen?«, fragte Nola, nachdem die beiden anderen abgefahren waren.

»Ja. Und du?«

»Was bleibt einem anderes übrig?«

Es war Abend, kurz vor dem Essen, als ich die lange Kiesauffahrt zum Haus meiner Eltern hinaufging. Als ich mich der Treppe näherte, schwang die Tür auf.

»Audrey«, sagte Mama. »Warum in aller Welt hast du nicht von der Bushaltestelle angerufen? Dein Vater wollte dich doch abholen.«

Ich zuckte mit den Schultern. »Ich hatte Lust, zu Fuß zu gehen.«

»Komm, lass dir mit deinen Sachen helfen.« Sie eilte die Stufen hinunter, gab mir einen Kuss auf die Wange und griff nach meiner Fliegertasche. »Wie geht es dir? Du siehst gut aus. Sehr dünn, aber gut. Vielleicht etwas müde.«

Ich lachte. »Ich bin gerade aus dem Bus gestiegen, Mama. Klar bin ich müde.«

»Wie auch immer, leg zum Essen etwas Lippenstift auf, ja? Du willst doch niemandem einen Schreck einjagen.«

»He, hör mal, wem soll ich schon groß einen Schreck einjagen? Wir sind doch bloß unter uns.«

»Ich sehe schon, deine Ausdrucksweise hat im vergangenen Jahr etwas gelitten. Das kommt sicher vom Umgang mit lauter ungebildeten Frauen.«

Ich prustete, und sie verdrehte ihre hübschen blauen Augen und ging mir voraus die Treppe hinauf.

Vater kam nach Hause, als ich mich gerade mit einem Glas süßem Tee am Küchentisch niedergelassen hatte.

»Audrey«, dröhnte er, und ein Lächeln zog über sein

attraktives Gesicht. »Wie schön, dass du wieder zu Hause bist, Vögelchen.«

»Hi, Dad.« Ich stand auf und umarmte ihn. »Ich freue mich auch.«

»Ist dir der Abschied schwergefallen? Sie haben aber nicht an der Tür gestanden und euch einzeln nach draußen geführt, oder?«

»Nein, es ist alles sehr gesittet zugegangen. In Fort Sam waren sie nett zu uns.«

»Das freut mich zu hören. So, und was kommt jetzt? Brauchst du jemanden, der dich zu Hal fährt? Seitdem er weiß, dass du nach Hause kommst, scharrt er mit den Hufen.«

»Christian«, sagte Mama. »Lass das Mädchen erst einmal richtig ankommen und sich wieder ins Leben hier einfinden.«

»Ist schon in Ordnung, Mama«, sagte ich. »Ich war doch nicht krank. Ich bin einsatzbereit.«

»Und du bist dir wirklich sicher, dass du das möchtest?«, fragte sie. »Einen Flugplatz leiten?«

Vater und ich grinsten uns an.

»Einen Flugplatz besitzen«, verbesserte ich sie. »Doch, da bin ich mir sicher.«

Sie seufzte. »Nun denn, wenn du bei irgendetwas Hilfe brauchst, könnte ich schon Zeit dafür finden.«

»Danke, Mama.«

Am nächsten Morgen fuhr ich mit einem breiten Lächeln, das nicht aus meinem Gesicht verschwinden wollte, einem rasenden Puls und voller Elan zum Flugplatz.

Als ich die Anhöhe erreichte, auf der das Schild »Hudson Airfield« stand, stieg ich aus. Der Kies knirschte unter meinen Schritten.

Wie oft hatte ich genau hier gestanden und auf die Gebäude geblickt, die Hangars und die Piste, und den Flugzeugen zugesehen, die sich am anderen Ende aufstellten, bevor sie mit unbekanntem Ziel über meinem Kopf hinweg abhoben? Wie oft hatte ich die Sonne über der einen Seite der üppig grünen Wiesen aufgehen und hinter der anderen untergehen sehen?

Ich strich über das Flugplatzschild. Jede Delle und jeder Kratzer war mir vertraut. Alle wollten wissen, ob ich den Fliegerhorst umbenennen würde, aber ich war mir nicht sicher. Ich hatte ihn mein Leben lang als Hudson Airfield gekannt. Ihn jetzt Coltrane zu nennen kam mir fast blasphemisch vor. Als würde er dadurch den Zauber verlieren, den er für mich immer gehabt hatte. Aber eines Tages vielleicht …

Ich stieg wieder in den Wagen und fuhr durchs Tor zum Büro. Mein Herz klopfte zum Zerspringen, als ich den Scheck, den ich gerade mal eine Stunde zuvor ausgestellt hatte, aus der Handtasche holte und in meine Hosentasche steckte.

Die Glocke an der Tür verkündete mein Eintreten. Missmutig schaute Hal auf, dann machte sich Verlegenheit auf seinem Gesicht breit.

»Na, da ist sie ja«, sagte er. »Wurde aber auch allmählich Zeit. Ich war drauf und dran, deinem Vater sein Geld zurückzugeben und diesen Schrottplatz den Brüdern Leary anzubieten.«

Ich lachte. Die Brüder Leary waren stadtbekannt dafür, gewinnbringende Unternehmen aufzukaufen und in den Sand zu setzen. Und immer noch gab ihr wohlhabender Vater ihnen Geld, damit sie weiterhin ihr Glück versuchten in der Hoffnung, eines Tages würde sich eine ihrer Ideen endlich auszahlen, und sie würden von Zuhause ausziehen und ein eigenes Leben führen.

»Würdest du die guten Menschen von Dallas und die Besucher, die hierherfliegen, wirklich derart bestrafen wollen?«, sagte ich.

»Von irgendwas muss man doch leben«, erwiderte er augenzwinkernd.

»Was für ein Glück, dass ich noch rechtzeitig zur Rettung gekommen bin«, sagte ich und legte den Scheck über die restliche Summe auf den Schreibtisch.

Er starrte ihn an und dann wieder zu mir. »Bist du dir wirklich sicher?«, fragte er. »Es ist viel Arbeit.«

»Das erzählst du mir seit dem Tag, als ich sagte, dass ich ihn kaufen will«, antwortete ich. »Hal, ich kann's gar nicht erwarten.«

»Das ist eine Stange Geld«, sagte er immer noch misstrauisch und beäugte mich, als könnte ich jederzeit meine Meinung ändern. Den Scheck hatte er noch nicht angerührt.

Es war in der Tat eine hohe Summe, und ich besaß das Geld dank einer Erbschaft von meinen Großeltern mütterlicherseits und dem, was ich in den vergangenen Jahren gespart hatte.

»Etwas anderes will ich nicht«, sagte ich.

»Na dann«, meinte er, öffnete eine Schreibtischschublade und reichte mir den Schlüsselbund, der an einem kleinen Messingring hing.

Jetzt schließlich stand er auf und nahm den Scheck in die Hand, prüfte ihn sorgfältig, faltete ihn zusammen und steckte ihn in die Hosentasche. Er trat um den Schreibtisch herum und reichte mir die Hand. Während ich sie nahm, drückte er mir den Schlüsselbund in die andere.

»Herzlichen Glückwunsch, Audrey. Jetzt bist du die stolze Besitzerin von Hudson Airfield. Oder wie immer du ihn nennen willst.«

Ich strahlte von einem Ohr zum anderen. »Danke, Hal. Ich verspreche dir, ich werde nicht alles, was du geschaffen hast, wieder kaputtmachen.«

»Ich vertrau dir«, sagte er. »Aber selbst wenn – mich geht's nichts mehr an!«

Lachend gingen wir nach draußen und schlenderten zum Rollfeld. Zu *meinem* Rollfeld.

»Wir müssen noch den ganzen Papierkram erledigen«, sagte er, als ein rot-weißes Flugzeug vorbeiraste und abhob. »Aber was mich betrifft, gehört der Flugplatz jetzt dir. Die rechtliche Übergabe machen wir in den nächsten Wochen, und wenn du Rat brauchst, kannst du jederzeit zu mir kommen.«

Ich grinste ihn an, und er lächelte.

»Es gibt sowieso niemandem, dem ich den ganzen Kram lieber überlassen würde«, sagte er barsch, um seine Gefühle zu überspielen. »Du bist die Tochter, die ich nie hatte. Und auch nie haben wollte – aber trotzdem gern gehabt hätte.«

Ich lachte, und er stieß mich mit dem Ellbogen an – seine Art, Zuneigung zu zeigen. Und damit ging er.

Lange Zeit blieb ich dort stehen und ließ alles auf mich wirken. Ich hatte es geschafft. Ich hatte meinen Flugplatz gekauft, genau wie ich es immer gesagt hatte. Wie ich es meinen Eltern gesagt und James geschworen hatte.

Ich seufzte.

James. Nichts wünschte ich mir jetzt mehr, als ihm davon erzählen zu können. Ihm an einem Tisch gegenüberzusitzen, aufgeregt von meinen Plänen zu berichten und mir die ganzen Möglichkeiten vorzustellen.

Mein Glücksgefühl verflog schlagartig, als mir bewusst wurde, dass ich vielleicht nie mehr die Gelegenheit dazu haben würde. Womöglich würden wir niemals die Chance bekommen, einen Weg zu finden, damit wir beide das Leben führen konnten, das wir uns erträumt hatten – gemeinsam.

Mit einem wehmütigen Lächeln blickte ich das Rollfeld hinunter. Ich hatte alles, was ich mir immer gewünscht hatte, bis auf das eine, wonach mich zu sehnen ich erst gelernt hatte. Ich konnte mich davon innerlich zerreißen lassen, oder ich konnte weiter der Zukunft entgegengehen.

Ein metallisches Klappern war zu hören, ich drehte mich um und sah, dass sich ein Teil des Hangars, der mir am nächsten stand, gelöst hatte und jetzt im Wind schlug. Das musste ich Hal sagen.

Dann schüttelte ich lächelnd den Kopf. Der Flugplatz gehörte jetzt mir.

»Dann sollte ich mich wohl mal an die Arbeit machen«, sagte ich.

KAPITEL 29

Mitte Februar kam ein langer Brief von Claire. Sie hatte sich mit einem Offizier verlobt, den sie auf der Insel kennengelernt hatte, und im Juni wollten sie heiraten.

»Er würde dir gefallen, das weiß ich«, schrieb sie. *»Er ist ein guter Mensch, witzig, und er macht mich unendlich glücklich. Ich würde mich so freuen, wenn du zur Hochzeit kämst. Ich weiß, dass es eher unwahrscheinlich ist, aber lass es dir durch den Kopf gehen.«*

Sie hatten sich ein Haus gekauft, in dem sie jetzt wohnte; er würde nach der Hochzeit einziehen.

»Es ist klein, aber gemütlich«, schrieb sie. *»Ringsum stehen viele Obstbäume, und vom Fenster aus sieht man den Diamond Head. Ich kann es immer noch nicht fassen, dass aus so viel Leid so großes Glück entstehen kann – hätten die Japaner die Insel nicht überfallen, wären Carl und ich uns womöglich nie begegnet.«*

Zwei Tage später erhielt ich einen Brief von Erma. Der Familie gehe es gut, aber es fehle ihr immer noch, dass ich abends manchmal zum Essen vorbeikäme. Im Umschlag lag auch ein Foto der Kinder. Annie erkannte ich kaum wieder, sie war mittlerweile neun, wie ich mir überlegte, und hübscher denn je.

»Das Leben geht wohl weiter«, sagte ich und stellte das Bild auf meine Kommode.

Meine Pläne für die Neubauten waren fertig und lagen auf dem Schreibtisch, den mein Vater für mich gekauft und im Arbeitszimmer seinem gegenüber gestellt hatte. Dort saßen wir abends oft und sprachen über den Umbau der Hangars, über neue Anschaffungen und welche Gerichte ich auf der Speisekarte des Cafés zusätzlich anbieten sollte.

»Biscuits mit Fleischsoße«, sagte er eines Abends.

»Das gibt es jetzt schon.«

»Ja, sicher, aber doch nur zum Frühstück, oder? Den ganzen Tag wäre besser.«

Da wollte ich nicht widersprechen.

Im März lag auf dem Silbertablett, das immer auf dem Flurtischchen stand, ein Brief für mich. Der Absender war Ava Hart. Mein Herz begann zu rasen, ich fürchtete mich davor, den Umschlag in die Hand zu nehmen.

Mama kam gerade die Treppe herunter und blieb stehen. »Ist alles in Ordnung, mein Schatz?«

»Ava hat geschrieben.«

»Oh«, sagte sie und stellte sich neben mich. »Ist …?«

»Ich weiß es nicht. Ich habe den Brief noch nicht geöffnet.« Mit einem Blick zu ihr flüsterte ich: »Ich habe Angst.«

Es war kein Feiertag, also konnte ich mir nur einen Grund vorstellen, weswegen sie sich meldete: Es gab eine Nachricht. Eine schlechte Nachricht.

»Möchtest du lieber allein sein?«, fragte Mama.

Ich schüttelte den Kopf. »Würdest du dich bitte zu mir setzen?«

»Natürlich, Audrey.«

Wir gingen zur Verandaschaukel und ließen uns nebeneinander nieder. Das einzige Geräusch war das leise Quietschen der Ketten, als wir leicht vor und zurück schwangen.

Nach einer Weile holte ich tief Luft und öffnete den Umschlag, langsam … zögernd … Ich wollte den Moment hinausschieben, in dem ich eine Nachricht las, mit der ich womöglich nicht umgehen konnte.

James' Flugzeug sei aufgespürt worden, durch reinen Zufall: Ein alliierter Pilot habe es beim Überfliegen der Absturzstelle entdeckt, gleich hinter der deutschen Grenze, sodass es schwer sei, direkt hinzugelangen. Allerdings hätten sie einen Trupp abgestellt, die Gegend zu durchkämmen. Ihn selbst hätten sie weder im Flugzeug noch in der Umgebung gefunden, und es sei zwar Blut zu sehen, aber nicht so viel, als dass man davon ausgehen müsse, er sei dort gestorben. Irgendwie sei es ihm offenbar gelungen zu entkommen, ob allein oder mit fremder Hilfe, wisse man nicht, möglicherweise hätten ihn auch die Deutschen festgenommen.

Angeblich gebe es Gerüchte, schrieb Ava. Gerüchte von Soldaten, die sich in Scheunen, auf Dachböden oder wo immer möglich versteckten, um abzuwarten – bis sie erfuhren, dass sie sich gefahrlos bewegen konnten, bis sie gefangen genommen wurden oder der Krieg vorbei war und sie ihren Unterschlupf verlassen konnten.

Aber wir wussten beide, dass große Teile Frankreichs mittlerweile befreit waren. Wo also war er? Das waren die Gedanken, von denen sie in ihrem Brief nichts schrieb. Das waren die Gedanken, die uns beiden durch den Kopf gingen, die wir aus Angst aber nicht niederschreiben oder laut aussprechen wollten.

Nachdem ich den Brief dreimal gelesen hatte, damit mir auch wirklich nichts entging, gab ich ihn meiner Mutter, die ihn schweigend las.

»Mein Gott«, sagte sie schließlich.

Sie faltete den Briefbogen zusammen und drückte mir die Hand. Dann saßen wir schweigend nebeneinander, ihre Hand in meiner, während sie uns schaukelte und die Vögel in den Bäumen ein trauriges Lied sangen.

Den darauffolgenden Monat schlief ich kaum. Das Radio lief ständig, ob ich nun die Landkarten der Gegend studierte, wo James abgestürzt war, oder die Zeitungen nach Meldungen aus Übersee durchforstete. Immer wieder einmal wurde von dem einen oder anderen tot geglaubten Soldaten berichtet, der doch noch lebend gefunden worden war. Aber es waren sehr wenige. Und nie war es James.

Anfang Mai war ich vor Schlafmangel wie benommen. Ich blieb spät auf, um Radio zu hören, schrieb Ava einmal die Woche mit der Frage, ob sie etwas Neues gehört habe, und versuchte gleichzeitig, mit den Planungen für den Flugplatz voranzukommen – mehr als ein paar Stunden Schlaf jede Nacht bekam ich nicht.

An einem Dienstag nach Mitternacht fand mein Vater mich auf der Veranda, die Evie und ich uns teilten. Das

Radio diente als Türöffner, während ich dasaß und eine Liste der Dinge machte, die ich für die Hotelzimmer anschaffen musste.

»Vögelchen?«, rief er. »Bist du da draußen?«

Er steckte den Kopf zur Tür hinaus.

»Was machst du denn?«, fragte er und bückte sich, um das Radio leiser zu stellen.

»Nicht, Daddy!«

»Mein Schatz, es ist spät, und das Radio ist so laut, dass ich es oben gehört habe.«

»Na ja, wenn alles leise ist, tragen Geräusche weit.«

»Ja, genau. Und deine Mutter und deine Schwester wollen schlafen. Und die Nachbarn auch.«

Ich biss mir auf die Unterlippe.

»Du bist in letzter Zeit ziemlich angespannt. Hat das mit dem Flugplatz zu tun? Wird er dir zu viel?«

»Nein.«

»Was ist es dann?«

»Ich muss einfach ständig an James denken. Nicht dass ich das nicht schon vorher getan hätte, aber … die Nachricht von seinem Flugzeug lässt mich nicht los. Ich frage mich einfach jede Minute, ob er sich nicht irgendwo versteckt. Ob es ihm gut geht. Was, wenn er verwundet ist und die Verletzung so schlimm ist, dass er daran stirbt, wenn er nicht bald Hilfe bekommt? Was, wenn …?«

»Hoppla.« Er setzte sich neben mich, nahm mir das Notizbuch ab und umfasste meine Hände mit seinen. »Audrey, ich kann deine Angst verstehen. Es ist entsetzlich, so weit weg zu sein und sich so hilflos zu fühlen. Aber mein Schatz, wir haben Krieg. Es ist sinnlos, dich verrückt zu machen, wo du doch nichts tun kannst. Zumindest im Moment nicht. Wenn er nach Hause kommt … dann kannst du ihm helfen bei was immer er braucht. Aber bis dahin können wir nur warten.«

»Wir haben Krieg«, murrte ich und entzog ihm meine Hände. »Das höre ich immer, wenn etwas Schlimmes passiert. Wir haben Krieg. Ja, und? Müssen wir deswegen einfach rumsitzen und Däumchen drehen? Wirklich nur tatenlos zusehen?«

»Was möchtest du denn, das wir tun? Was würdest du denn tun, wenn du könntest?«

Ich ließ den Kopf sinken, Tränen fielen mir auf die Hände. »Ich weiß es nicht. Aber einfach hier auf der anderen Seite der Welt zu sitzen im Wissen, dass er womöglich irgendwo dort drüben am Leben ist, während ich hier …«, ich warf das Notizbuch über die Brüstung, »... Listen mit Toilettenartikeln und Handtüchern mache – das ist grauenhaft. Ich war so aufgeregt, endlich meinen Flugplatz zu bekommen, und jetzt ist es fast so weit, in einem Monat gehört er wirklich mir, und ich kann an nichts anderes denken, als hier alles stehen und liegen zu lassen.«

»Hier alles stehen und liegen zu lassen?«

»Ich würde natürlich jemanden für den Flugplatz einstellen«, sagte ich.

»Moment mal, was meinst du genau? Wofür stehen und liegen lassen?«

Ich hob den Kopf und sah zu meinem Vater. Vor James hatte ich keinen Mann so geliebt wie ihn. Er war der gütigste, humorvollste, schlaueste Mann, den ich kannte.

Ich verehrte ihn. Ich schaute zu ihm auf. Ich vertraute ihm jede Angst an, jede Frage, jede Hoffnung und jeden Traum.

Bis jetzt. Denn damit würde er nicht einverstanden sein. Dieses Mal würde er nicht auf meiner Seite stehen. Und das würde uns beiden das Herz brechen.

»Seinetwegen«, sagte ich.

»Audrey ...«

»Ich weiß nicht einmal, ob es überhaupt geht. Wahrscheinlich nicht. Aber ich muss es versuchen. Er würde für mich dasselbe tun.«

»Mein Schatz ...«

»Dad.« Ich griff wieder nach seiner Hand.

Seufzend sah er in die Nacht hinaus. »Am liebsten würde ich dich wie ein kleines Mädchen behandeln und ein Machtwort sprechen«, sagte er. »Aber das kann ich nicht. Ich könnte dir drohen, dich rauszuwerfen, aber was würde das nützen, wenn du sowieso aufbrichst? Außerdem weißt du, dass ich das nicht machen würde. Ich würde es nicht übers Herz bringen. Aber Vögelchen ... es ist gefährlich. Sicher, die Nachrichten klingen gut, aber der Krieg ist noch nicht vorbei.«

»Ich weiß, du hast recht«, sagte ich. »Es wäre gefährlich. Aber ich bin bereit, das Risiko auf mich zu nehmen.«

Er seufzte wieder und fuhr sich über die Bartstoppeln auf seinem Kinn, was ein kratziges Geräusch verursachte. Plötzlich sah er viel älter aus. Es versetzte mir einen Stich, dass meine Entscheidung, nach James zu suchen, ihm derart zusetzte.

»Wie würdest du rüberkommen?«

»Das weiß ich nicht so genau, aber ich habe eine Idee.«

»Wer soll in der Zeit den Flugplatz leiten? Wahrscheinlich könntest du Hal bitten, noch ein Weilchen zu bleiben, obwohl ich mir nicht sicher bin, ob er einwilligen würde. Jedes Mal wenn ich ihn sehe, kann er es noch weniger erwarten, endlich aufzuhören.«

»Das würde ich ihm nicht antun«, sagte ich. »Das würde er mir nie verzeihen. Ich habe jemand anderen im Sinn.«

»Mein Gott«, sagte er und holte tief Luft. »Ich mag mir gar nicht vorstellen, dass du rüberfährst, während alles noch in der Schwebe ist. Und deine Mutter – sie wird ganz krank sein vor Sorge.«

»Ich weiß«, sagte ich. »Aber Dad, er ist es wert.«

»Das sollte er verdammt noch mal auch sein, Vögelchen. Denn wenn ich dich seinetwegen verliere, würde ich mir das nie verzeihen.«

Bis zu diesem Gespräch mit meinem Vater hatte ich mir zwar immer wieder einmal überlegt, nach James zu suchen, aber nicht ernsthaft. Doch nachdem ich den Gedanken einmal laut ausgesprochen hatte, fügte sich eins zum anderen. Als Erstes rief ich Nola an. Aus ihren letzten Briefen wusste ich, dass sie und Stu sich getrennt hatten und sie eine Firma leitete, in der Flugzeugteile hergestellt wurden. Ob sie Interesse habe, den Flugplatz stellvertretend für mich zu verwalten, solange ich in Europa war, mit der Option, nach meiner Rückkehr zu bleiben? Ja, sagte sie. Wenn nötig, werde sie auf der Stelle alles hinschmeißen und herkommen.

Mein nächster Anruf ging nach Fort Myers in Florida, wo ich Officer Hurst das letzte Mal gesehen hatte, den jungen Piloten, den ich auf Hawaii unterrichtet hatte und der, als ich ihm im vergangenen März begegnet war, zu James' Staffel gehört hatte. Er war natürlich nicht mehr dort, aber ich wurde an einen anderen Stützpunkt verwiesen, wo ich meinen Namen und eine Nachricht hinterließ mit der Bitte, er möge sich bei mir melden. Officer Hurst hatte mir einen Gefallen versprochen, und wenn er noch lebte, wollte ich ihn um einen sehr großen bitten.

Der letzte Anstoß für mein Vorhaben war der größte und wunderbarste. Am Vormittag des 8. Mai, auf dem Weg zum Flugplatz, wo ich einen Bauunternehmer treffen wollte, kam im Radio mitten in einem Song von Bing Crosby die Meldung, das Programm werde wegen einer wichtigen Durchsage unterbrochen. Ein paar Sekunden knisterte und rauschte es, dann erschallte die Stimme Präsident Trumans aus dem Lautsprecher.

»Dies ist eine ernste, aber großartige Stunde«, begann er.

Mit klopfendem Herzen fuhr ich an den Straßenrand, ebenso wie zwei andere Autos, und wartete gespannt, was jetzt kommen würde. Es grenzte an ein Wunder: Deutschland hatte bedingungslos kapituliert.

Tränen liefen mir über die Wangen, atemlos hörte ich zu, die Hände ums Lenkrad geklammert. Und als der Präsident geendet hatte, senkte ich den Kopf und schluchzte hemmungslos.

Jetzt wollte ich nicht mehr zum Flugplatz. Ich wendete und fuhr nach Hause zurück. Beim Bauunternehmer würde ich mich später entschuldigen. In diesem Moment wollte ich nur meine Familie in die Arme schließen.

Auf meiner Fahrt durch die Stadt lächelte ich und weinte zugleich. Menschen standen auf den Bürgersteigen und lagen sich in den Armen, winkten und riefen anderen Passanten die Nachricht zu. Hupen ertönten, Leute tanzten auf der Straße.

Ich fuhr im selben Moment vor unser Haus vor wie mein Vater, der auch sofort umgekehrt war. Meine Mutter und Evie warteten vor der Haustür. Ich weiß nicht, wie lange wir zu viert dort standen, uns in den Armen lagen und weinten. Ich wusste nur, wir waren zusammen, und der Krieg war fast vorbei. Jetzt mussten wir nur noch Japan besiegen. An dem Tag würde ich wirklich feiern. Denn damit würde ein schreckliches Kapitel enden, in dessen Verlauf Menschen, die ich liebte und verehrte, ums Leben gekommen waren und das fast mein gesamtes Leben verändert hatte. Aber im Moment … im Moment würde ich feiern wegen aller, die in Übersee noch am Leben waren und endlich heimkehren konnten.

»Feiern wir doch eine Party«, sagte Mama.

»Eine Party?«, fragte Dad und nickte dann. »Ja, natürlich. Ein Fest ist in der Tat angesagt. Wie kann ich dir helfen?«

Überrascht sahen wir drei ihn an.

»Willst du nicht ins Büro?«, fragte Evie.

»Nicht heute, mein Schatz«, sagte er und küsste meine Mutter auf die Wange. »Heute mache ich blau.«

Während sie ins Haus zurückkehrten, wo Mama einen Einkaufszettel schrieb und Evie sich ans Telefon hängte, um Freunde einzuladen, setzte ich mich auf der Veranda auf die Schaukel und überließ mich dem beruhigenden Quietschen der Ketten. In Gedanken war ich bei James.

Dad kam heraus und ließ sich neben mir nieder. »Alles in Ordnung?«

»Das werde ich in letzter Zeit oft gefragt«, sagte ich.

»Du hast in den letzten Jahren ja auch viel durchgemacht, und ich kann mir vorstellen, dass die heutige Nachricht, so wunderbar sie ist, auch viel in dir aufwühlt.«

Ich nickte und legte nachdenklich den Kopf auf seine Schulter.

»Es kommt mir vor, als könnte ich mich gar nicht mehr richtig an das Leben vor dem Angriff auf Pearl Harbor erinnern«, sagte ich. »Seitdem ist so viel passiert. Ich habe eines meiner Vorbilder kennengelernt und durfte bei einem Flugprogramm mitmachen, das diese Frau geleitet hat. Ich habe wunderbare Freundschaften geschlossen, aber drei liebe Menschen verloren. Ich habe einen Flugplatz gekauft. Und …«

»Und du hast dich verliebt«, schloss er.

Ich nickte wieder und schaute über den Rasen hinweg. Von allem, was geschehen war, erstaunte mich das am meisten. Und wie ich immer vermutet und befürchtet hatte, hatte genau das mich am meisten verändert. Weil ich mich dadurch um jemanden sorgte auf eine Art, wie ich es vorher nie gewagt hatte. Die Gefühle, die James in mir geweckt hatte, würden nie vergehen, und ich würde nicht zur Ruhe kommen, bis ich wusste, was mit ihm passiert war.

Ich musste drei Wochen warten, bis ich von Officer Hurst hörte. Fast hatte ich die Hoffnung schon aufgegeben und mich wieder in die Arbeit gestürzt. Mittlerweile schlief ich auch, und zwar sehr lange, morgens kam ich kaum aus dem Bett. Es war, als hätten mein Körper und mein Kopf genug.

Eines Tages kam ich vom Flugplatz nach Hause, zufrieden mit den Fortschritten beim Bau des neuen Hotels, und entdeckte die Nachricht, die meine Mutter für mich auf das Tablett im Flur gelegt hatte. Officer Hurst hatte angerufen. Er war in den Staaten und hatte eine Telefonnummer hinterlassen, unter der ich ihn erreichen konnte.

Mit zitternden Händen, den Zettel fest umklammert, setzte ich mich auf die unterste Stufe der Treppe.

»Audrey?«, rief Evie von oben. In letzter Zeit war sie kaum zu Hause, vollauf beschäftigt mit der Arbeit und ihren Freundinnen. »Alles in Ordnung?«

Sie kam die Treppe heruntergerannt, um sich neben mich zu setzen, und sah aufgeregt von mir zu dem Zettel in meiner Hand. Ich warf einen Blick zu ihr und lächelte. Ihre kindlichen Rundungen, über die sie sich immer beschwert hatte, waren fast verschwunden, ihre schönen hohen Wangenknochen traten jetzt deutlich hervor. Ihre blonden Haare waren etwas länger geworden, und sie trug eine weichere Frisur, die ihre zarten Gesichtszüge zur Geltung brachte.

Ich gab ihr einen Kuss auf die Wange. »Alles ist bestens«, versicherte ich ihr.

»Wer ist Officer Hurst?«

»Ein alter Freund.«

»Schön«, sagte sie und warf einen Blick auf ihre Armbanduhr. »Mist. Quinton wird jeden Augenblick da sein. Machst du ihm die Tür auf? Ich muss mir noch einen Pullover holen.«

Eine Stunde später, nachdem ich Quinton mit Smalltalk unterhalten hatte, während meine Schwester sich umzog, die Schuhe wechselte und sich frisierte, setzte ich mich auf mein Bett, den Hörer fest ans Ohr gedrückt, und wählte die Nummer, die meine Mutter in ihrer schönen Handschrift notiert hatte.

Officer Hurst war überrascht gewesen, von mir zu hören, und wir sprachen kurz über James. Noch überraschter war er, als er den Grund meines Anrufs erfuhr.

»Ein Flug nach Frankreich?«, fragte er, und seine Stimme in der Leitung überschlug sich fast. »Himmel, Miss Coltrane, ich weiß ja nicht. Ich habe keine Ahnung, wie ich das bewerkstelligen soll. Einen Linienflug bekommen Sie wohl nicht, oder?«

»Es gibt noch keine«, sagte ich. »Eine Vorsichtsmaßnahme. Nach allem, was ich herausgefunden habe, hat es mit dem Militär zu tun. Wenn ich eine andere Wahl hätte, würde ich Sie nicht um den Gefallen bitten. Aber wenn es jemanden gibt, der mir helfen kann und der meine Beweggründe versteht, dann Sie. Ich bitte Sie nur, es zu versuchen. Wenn es nicht möglich ist, dann akzeptiere ich das und warte weiter.«

»Ich melde mich wieder«, versprach er.

»Danke, Officer Hurst.«

Drei Tage vergingen ohne eine Nachricht von ihm. Am vierten kam ich gerade nach Hause, als ich das Telefon läuten hörte, und lief die Treppe zur Haustür hinauf, sauste ins Wohnzimmer und presste mir den Hörer ans Ohr.

»Familie Coltrane«, keuchte ich.

»Miss Audrey Coltrane bitte.« Ich erkannte Hursts Stimme sofort.

»Ich bin dran«, sagte ich.

»Ich habe einen Flug für Sie. Oder vielmehr ein Flugzeug.«

»Wie bitte?«

»Ich habe den Befehl bekommen, ein halbes Dutzend Flugzeuge nach Europa zu bringen.«

»Aber – ist der Krieg denn nicht vorbei? Wozu brauchen sie da noch mehr Flugzeuge?«

»Es sind Transportmaschinen. Um die Verwundeten nach Hause zu holen. Das Problem ist, einer meiner Piloten ist krank geworden.« Er zögerte kurz. »Ich brauche Ersatz. Kennen Sie zufällig jemanden?«

Ich grinste. »Womöglich.«

»Wie schnell können Sie in Fort Myers sein, Miss Coltrane?«

Mir wurde ganz schwindlig. Es gab nur eine Antwort. »Morgen.«

»Dann sehen wir uns morgen.«

KAPITEL 30

Nola kommt am Freitag«, erinnerte ich meine Mutter und packte weitere Kleidungsstücke in einen kleinen Koffer. »Ich habe ihr gesagt, dass sie im Gästezimmer bleiben kann, bis ich zurückkomme oder sie etwas anderes gefunden hat. Was immer ihr lieber ist.«

Ich blickte kurz zu meinem Vater, der am Türrahmen lehnte und ein wenig überrumpelt wirkte, während meine Mutter völlig geschockt aussah.

»Dad, ich habe dem Bauleiter, der am Hotel arbeitet, gesagt, dass er sich bei eventuellen Fragen an dich wenden soll. Alles, was du brauchst, liegt bei mir auf dem Schreibtisch. Wenn nicht, dann vertraue ich dir, dass du die richtigen Entscheidungen triffst.« Ich schaute zu Evie, die auf dem Bett saß und jede meiner Bewegungen aufmerksam verfolgte. »Evie, komm ja nicht auf die Idee zu heiraten, bevor ich wieder da bin.«

Kurz hielt ich inne und sah alle drei reihum an.

»Es tut mir leid, so überstürzt aufzubrechen«, sagte ich. »Aber ich muss die Gelegenheit nutzen, eine zweite bekomme ich nicht. Das würde ich mir nie verzeihen.«

»Aber, Audrey«, die Stimme meiner Mutter war ein

bloßes Flüstern, »es ist doch immer noch gefährlich. Oder nicht?«

Sorge lag in ihrem Blick, als sie zu meinem Vater sah und nach seiner Hand griff.

»In Europa ist der Krieg vorbei.« Ich ließ mich aufs Bett sinken. »Würdet ihr es nicht tun?«, fragte ich. »Füreinander? Wenn es die Möglichkeit gäbe?«

Mamas Augen wurden feucht, und mein Vater legte seufzend seinen Kopf an ihren.

»Doch«, sagte er.

»Doch«, flüsterte sie.

»Und genau das sage ich auch«, bekräftigte ich. »Wenn ich in der Situation wäre, würde James Himmel und Hölle in Bewegung setzen. Ich muss für ihn dasselbe tun.«

Am nächsten Morgen fand mein Vater mich vor Sonnenaufgang auf der Verandaschaukel sitzen.

»Weißt du, im Grunde habe ich mir nie Sorgen um dich gemacht«, sagte er und setzte sich neben mich. »Keine echten Sorgen. Du weißt genau, was du dir zumuten kannst. Wozu du in der Lage bist. Manchmal treibst du dich an deine Grenzen, dann wieder machst du einen Rückzieher. Aber du weißt, was du tust. Du triffst immer die richtige Entscheidung.«

»Ach, Dad«, sagte ich mit einem wehmütigen Lachen. »Das weiß ich doch nie.«

»Vielleicht nicht hier«, sagte er und berührte mich an der Stirn. »Aber hier schon.« Er deutete auf meinen Bauch. »Und hier auch.« Er richtete seinen Finger auf mein Herz. »Solange du also den beiden folgst und deinem Kopf die entscheidende Stimme überlässt, kann dir nichts passieren.«

»Deine Worte in Gottes Ohr.«

»Pass gut auf dich auf«, sagte er. »Um mehr bitte ich dich nicht. Mach keine Dummheiten. Und komm bald wieder nach Hause.«

»Jetzt hast du mich um dreierlei gebeten«, sagte ich und grinste.

Er knuffte mir den Ellbogen in die Rippen, und wir lachten.

Meine Eltern fuhren mich zum Flughafen, nachdem ich Evie umarmt und sie mich an sich gedrückt hatte, bis ich kaum noch Luft bekam.

»Wirst du irgendwann mal einfach hierbleiben?«, fragte sie mit Tränen in den Augen. »Ich habe die Abschiede von dir satt, Audrey. Jedes Mal denke ich, es könnte der letzte sein.«

»Ich komme wieder«, sagte ich. »Versprochen. Und dann bleibe ich so lang, dass du dir wünschst, ich würde endlich wieder abhauen.«

Mit einem Seufzen schüttelte sie den Kopf, sie glaubte mir kein Wort. »Schickst du mir aus Paris etwas Schönes?«, fragte sie, und ich musste lachen: meine kleine Schwester, wie sie leibte und lebte.

Vater parkte, und er und Mama begleiteten mich, rechts und links bei mir untergehakt, zum Gate.

»Ich checke dich ein«, sagte mein Vater und ging zum Schalter.

»Man würde doch meinen, dass ich mittlerweile daran gewöhnt wäre«, sagte Mama. Sie hielt mein Gesicht mit beiden Händen umschlossen und betrachtete mich eingehend.

Sie sah genauso hinreißend aus wie früher. Es war nicht gerecht, eine derart schöne Mutter zu haben. Wäre ich weniger selbstbewusst gewesen, hätte ich womöglich ein paar unschöne Eigenschaften entwickelt, um mit ihr mitzuhalten. Aber wie so viele andere war sie in den letzten Jahren gealtert. Ihr Gesicht und ihr Körper waren hager geworden, und ihr Haar war ebenso verblichen wie das Blau ihrer Augen. Aber darunter lag eine große Unbeugsamkeit. Kraft, Entschlossenheit, Liebe.

Der Krieg hatte alle gezeichnet. Bei älteren Menschen krümmte sich der Rücken, die Schultern waren eingefallen, die Schritte langsamer geworden. Mütter sahen verhärmt aus vor Kummer, Väter erschöpft vor Sorge um das Schicksal ihrer Söhne. Selbst die jüngere Generation, die Leute meines Alters, wirkte mitgenommen und ausgezehrt.

Aber die Entschlossenheit und das Zusammengehörigkeitsgefühl waren seit dem Kriegseintritt Amerikas gewachsen. Vor jedem Haus wehte das Sternenbanner. Auf Schaufenstern prangte »USA« und »Heimat der Tapferen«. Die Menschen glaubten fest daran, dass wir letztlich gewinnen würden. Trotz aller Entbehrungen waren wir als Land geeint auf eine Art wie nie zuvor.

Ich lächelte meine Mutter an. »Ich habe immer gedacht, dass ich meine Entschlossenheit von Dad habe«, sagte ich. »Wie er jeden Morgen zur Arbeit ging, wie er Sachen im Haus instand setzte, das Auto reparierte, die Zäune richtete. Aber vielleicht stimmt das gar nicht …«

Ihre Augen begannen zu glänzen, und sie zog mich an sich. »Zu meiner Zeit«, sagte sie leise in mein Haar, »lernten wir die subtile Kunst, sie glauben zu machen, sie würden alles allein schaffen. Wir frisierten uns hübsch, schminkten uns, zogen ein nettes Kleid an und schenkten die Getränke ein.« Sie trat einen Schritt zurück, Tränen standen ihr in den Augen. »Aber jetzt ist deine Zeit, Audrey Fitzgerald. Stell dein Licht nicht unter den Scheffel. Für niemanden. Ich war nie stolzer auf dich, mein Schatz. Pass dort drüben auf dich auf. Und komm bald nach Hause.«

Ich umarmte sie so fest, dass sie überrascht nach Luft schnappte und dann die Umarmung erwiderte.

»Bist du so weit, Vögelchen?«, fragte Dad.

Ich löste mich von meiner Mutter und sah von ihr zu ihm.

»Ich bin so weit.«

»Melde dich, sobald es dir möglich ist«, sagte Dad und umarmte mich vorm Gate ein letztes Mal. »Und gib uns Bescheid, wo du unterkommst.«

»Das mache ich. Ich habe euch beide so lieb«, flüsterte ich.

Ich nahm meinen Sitzplatz ein, legte den Gurt an und sah zum Fenster hinaus zu den beiden Menschen, die mir so gut wie alles über das Leben, die Liebe und gegenseitigen Respekt beigebracht hatten. Trotz ihres großartigen Vorbilds als Paar hatte ich mir nie einen Mann gewünscht, bis sich dann eines Tages alles änderte. Und jetzt würde ich mit aller Macht um diesen Mann kämpfen.

Officer Hurst holte mich am Flughafen ab. Er empfing mich auf dem Rollfeld, und während ich ausstieg, trat er nervös von einem Fuß auf den anderen.

»Miss Coltrane«, sagte er mit unbewegter Miene.

»Officer Hurst.«

»Darf ich Ihre Tasche tragen?«

»Ich habe sie gut in der Hand, danke.«

»Hier lang.« Er schritt rasch aus, ich hatte Mühe, mit ihm mitzuhalten.

»Wann heben wir ab?«, fragte ich, als wir seinen Jeep erreichten.

»Um vier Uhr morgens. Ich habe für Sie auf dem Stützpunkt bei zwei Krankenschwestern ein Bett arrangiert.«

»Danke.« Ich schloss die Tür und drehte mich zu ihm. »Sie bekommen deswegen doch keinen Ärger, oder?«

»Nur wenn mein Vorgesetzter herausfindet, dass mein Untergebener eigentlich gar nicht krank ist.«

Ich nickte. »Ich verstehe. Also, von mir erfährt er es nicht. Weiß Ihr Vorgesetzter, dass er von einer Frau ersetzt wird?«

»Noch nicht«, murmelte er.

Um drei Uhr stand ich auf und schlüpfte in meine Fliegerkombi. Officer Hurst hatte gemeint, darin würde ich weniger weiblich wirken, da der schwere Stoff alle Rundungen verbarg. Ich band die Haare zum Knoten, ließ meine Lippen ungeschminkt und setzte den Helm auf. Dann atmete ich noch einmal tief durch und ging auf den Flugplatz hinaus.

»Guten Morgen«, grüßte ich Officer Hurst leise.

»Morgen«, brummte er. Er deutete über das Rollfeld. »Wir nehmen die.«

Ich schaute hinüber. »Das sind C-54, oder?«

»Ja, Skymasters, wir verwenden sie für Transporte und als Ambulanzflugzeuge. Haben Sie schon mal eine geflogen?«

Ich schüttelte den Kopf, und er seufzte.

»Officer Hurst«, sagte ich. »Ich wurde auf fast zwei Dutzend Flugzeugen ausgebildet, um aus dem Stand jede beliebige Maschine fliegen zu können. Ich verspreche Ihnen, es wird kein Problem sein.«

Er starrte mich lang an. »Ich hoffe, Sie haben recht.«

»Sie werden sehen.«

»Dann beginnen Sie mit der Vorflugkontrolle, Miss Coltrane.«

Ich marschierte über das Rollfeld und arbeitete die Checkliste Punkt für Punkt ab. Als ich zufrieden war, stieg ich an Bord, verstaute meine Tasche und schnallte mich an.

»Alles in Ordnung bei Ihnen?« Officer Hurst steckte den Kopf zum Cockpit herein.

»Ja, Sir.«

»Benutzen Sie den Funk so wenig wie möglich.« Er klopfte auf das Flugzeug. »Wir sehen uns in der Luft.«

Ich nickte, und er ließ mich allein zurück. Ich studierte die Instrumente, berührte leicht jeden Schalter, jeden Knopf und jedes Lämpchen, um mich mit allem vertraut zu machen.

Um Punkt vier Uhr meldete ich mich beim Tower und wartete mit angehaltenem Atem um Starterlaubnis. Fünf Minuten später hob ich ab.

Jahre waren vergangen, seit ich das letzte Mal übers

Meer geflogen war, und der Atlantik bei Sonnenaufgang war atemberaubend. Die Krümmung der Erde, das leuchtende Orange und Fuchsienrot in den Streifen am Horizont, Kumuluswolken, die wie Zuckerwatte am lavendelblauen Himmel schwebten … Es war fantastisch. Stille. Ruhe. Diesem Anblick konnte kein Bild gerecht werden.

Es war Abend, als wir schließlich auf dem Luftstützpunkt Orly südlich von Paris landeten. Ich packte meine Sachen, reckte mich ausgiebig, stieg aus und hielt Ausschau nach Officer Hurst, den ich auch gleich entdeckte.

»Miss Coltrane«, sagte er und schob mich förmlich über die Rollbahn. »Sie haben Ihren Pilotenschein und Ihren WASP-Ausweis bei sich?«

»Ja.«

»Gut. Dann holen Sie sie raus. Sofort, bitte.«

»Hat jemand was spitzgekriegt? Bekommen Sie Ärger?«

»Ja, und ich weiß es noch nicht. Das werden wir gleich feststellen.«

»Das tut mir wirklich sehr leid.«

Er sah mich an und grinste. »Ich war Ihnen noch einen Gefallen schuldig.«

»Ich weiß, aber …«

»Officer Hurst!«, bellte eine Stimme.

»Mist«, knurrte Hurst und stand stramm. »Jawohl, Sir.«

Sein befehlshabender Offizier war ein Hüne von einem Mann. Groß, streng, mit dunklem Haar und Augen, denen nichts entging.

»Ist das der Pilot, den Sie als Ersatz für Miller aufgetrieben haben?«

»Ja, Sir.«

»Es hat nicht den Anschein, als wäre diese Frau vom Militär.« Er streckte die Hand aus, ich gab ihm meinen Ausweis und meinen Flugschein. »Ganz zu schweigen davon, dass es sich um eine weibliche Person handelt.«

»Ja, Sir.«

»Wollen Sie mir sagen, dass Sie keinen anderen gefunden haben, der geeignet war, das Flugzeug nach Paris zu überführen?«

»Genau das, Sir.«

»Haben Sie je zuvor eine Skymaster geflogen, Miss …?«

»Coltrane, Sir. Und nein, Sir. Aber ich habe fast zwei Dutzend andere Flugzeugtypen des Militärs geflogen, auch Jäger und Bomber, Sir. Mit der C-54 umzugehen war ein Klacks.«

»Eine ganz Schlaue sind Sie, was? Haben Sie Ihr Logbuch dabei?«

Ich holte es aus meiner Tasche und gab es ihm. Hurst wagte kaum zu atmen, während sein Vorgesetzter in dem kleinen ledergebundenen Buch blätterte, in dem all meine Flüge vermerkt waren, seit mein Vater es mir dreizehn Jahre zuvor geschenkt hatte. Er klappte es zu und reichte es mir zurück.

»Vielleicht hätte ich ja Ihnen die Leitung meiner Staffel übertragen sollen. Wie's aussieht, könnten Sie ein noch besserer Pilot sein als Hurst hier.«

»Hurst ist ein erstklassiger Pilot«, sagte ich, ohne auf das warnende Geräusch zu achten, das der von sich gab.

»Ah ja? Na, das können Sie ja leicht behaupten, nachdem Sie ihn überredet haben, Sie eine meiner Maschinen fliegen zu lassen.«

»Das stimmt nicht, Sir. Ich kann das leicht behaupten, weil ich Officer Hurst persönlich ausgebildet habe. In Pearl Harbor.«

Der Hüne sah von mir zu Hurst.

»Stimmt das, Officer?«, fragte er.

»Jawohl, Sir«, sagte Hurst.

»Na, verflucht will ich sein.« Er lachte. »Jetzt verschwinden Sie, beide. Ich überleg mir etwas, das ich in Ihr Logbuch schreiben kann. Miss Coltrane, es war mir ein Vergnügen. Aber machen Sie keinen Ärger. Und Hurst …« Er schüttelte den Kopf. »Ich vergesse jetzt mal, was passiert ist – dieses Mal.«

»Danke, Sir.« Er salutierte.

»Danke, Sir«, sagte ich.

»Dieser verdammte Krieg … Alle spielen verrückt«, brummte er im Davongehen.

Hurst stieß einen Fluch aus und warf mir einen hektischen Blick zu. »Das war jetzt …«

»Schrecklich?«, schlug ich vor.

»Furchterregend.« Er holte tief Luft. »Und jetzt …«

»Hurst!«, rief eine Stimme. Wir drehten uns um.

Ein schlaksiger Mann mit roten Haaren lief über das Rollfeld auf uns zu. Die zwei Männer salutierten, dann umarmten sie sich und unterhielten sich kurz lachend.

»Miss Coltrane«, sagte Hurst und drehte sich schließlich wieder zu mir. »Das ist Officer Rooney. Bei ihm kommen Sie unter.«

»Wie bitte?«, fragte ich. Ich wusste nicht genau, was ich davon halten sollte, bei einem wildfremden Mann zu wohnen, so harmlos er auch aussehen mochte – und das tat er wirklich mit seinen Armen, die für seinen Rumpf viel zu lang waren, und dem sommersprossigen Gesicht.

»Was er meint«, verbesserte Officer Rooney und versetzte seinem Freund einen Klaps auf den Arm, »ist, dass Sie in einer Wohnung unterkommen, die meiner Verlobten Marion und mir gehört.« Er reichte mir die Hand. »Es ist mir eine Freude, Sie kennenzulernen, Audrey. Ich bin John. Oder Johnny, wenn Sie mögen. Ich bin ein Freund von James. Wir sind zusammen in Iowa aufgewachsen.«

Mein Herz setzte einen Schlag aus. Ich nahm seine Hand. »Er hat von Ihnen erzählt. Von den fünf Freunden, die sich gemeinsam gemeldet haben. Es freut mich sehr, Sie kennenzulernen, John.«

»Tja«, sagte Officer Hurst. »Dann verabschiede ich mich jetzt. Miss Coltrane, es war mir eine Ehre und ein Vergnügen.«

»Ich weiß nicht, wie ich Ihnen danken kann, Officer Hurst«, sagte ich.

»Sie brauchen mir nicht zu danken. Ich stand in Ihrer Schuld.«

Ich schüttelte den Kopf und stellte mich auf die Zehenspitzen, um ihn zu umarmen.

»Viel Glück«, sagte er. »Ich hoffe, Ihre Suche ist erfolgreich.«

Als er sich entfernte, nahm Rooney mir meine Tasche ab. »Mehr haben Sie nicht?«

»Nein, das ist alles.«

»Sie reisen ja mit leichtem Gepäck. Da wird Marion bald für Abhilfe sorgen. Aufs Einkaufen versteht sie sich.

Nicht dass sie in letzter Zeit allzu oft Gelegenheit dazu gehabt hätte, aber die Geschäfte öffnen wieder, und als gute Seele, die sie ist, ist sie nur allzu gern bereit, ihren Beitrag zu leisten und die Inhaber zu unterstützen.« Er zwinkerte verschmitzt. »Sollen wir?«

»Ja, gern.«

Er redete den ganzen Weg von Orly bis Montmartre, wo sie wohnten, doch auf der Fahrt durch die Straßen von Paris hörte ich ihm gar nicht mehr zu, meine ganze Aufmerksamkeit galt dem Anblick, der sich mir hier bot.

Das war nicht das Paris, das ich sieben Jahre zuvor mit meinen Eltern besucht hatte. Die Stadt war zwar nicht von Bomben zerstört worden – die waren anderen Gegenden in Frankreich vorbehalten gewesen –, aber die Okkupation und die darauffolgende Armut, der Hunger und die Plünderungen hatten unübersehbare Spuren hinterlassen. Der ehemals so stolzen Stadt war die Seele, ihr berühmter Esprit geraubt worden. Wie hatte sie sich über alle erhoben, die sich angemaßt hatten, ihrer Pracht und ihrem Stil nachzueifern, und jetzt herrschte eine Atmosphäre der Schmach, weil die Stadt nicht aus eigener Kraft hatte bestehen können. Jetzt war sie nur noch ein Schatten ihrer selbst, doch der Wunsch war spürbar, sie möge wieder glänzen und die Welt den Blick vergessen machen, den sie unter ihren eleganten Rock geworfen hatte.

Doch selbst während mir diese düsteren Gedanken durch den Kopf gingen, lag ein Lächeln auf meinem Gesicht. Trotz allem kam die stolze Nation in Kleinigkeiten überall wieder zum Vorschein. Bei einem Blumenladen an der Ecke war die Hälfte der Schaufenster zwar noch vernagelt, doch in Holzkisten steckten die restlichen Blumen, die an diesem Tag noch keinen Käufer gefunden hatten. Eine kleine *chocolaterie*, in der ich damals mit meiner Mutter und Evie gewesen war, präsentierte im Schaufenster köstliche Pralinen, auf dem Bürgersteig davor standen weiße Bistrotische und -stühle, die auf die morgendliche Kundschaft warteten.

»Es sieht nicht so schlimm aus, wie ich erwartet hatte«, sagte ich.

»Wir haben in den letzten Monaten viel geschafft«, bestätigte Rooney. »Der Stolz der Stadt und ihrer Einwohner hat zwar gelitten, aber sie sind nicht kleinzukriegen. Allmählich kehrt das Leben zurück.«

Lächelnd beobachtete ich ein Pärchen, das über den Bürgersteig schlenderte, die junge Frau hatte sich bei dem Mann untergehakt, der Rock ihres roten Kleids schwang ihr um die Waden. Eine Straße weiter schallte zur geöffneten Tür eines Clubs Musik heraus.

Ein Mann stand vor einer kleinen Boutique auf einer Leiter und staubte die schwarz-weiße Markise über der Tür ab. Während ich ihm zusah, sprang er auf den Boden, stellte die Leiter ins Geschäft, schloss ab und ging pfeifend davon.

Ich warf John ein Lächeln zu, und er grinste zurück.

»Ich sagte doch, Paris ist nicht kleinzukriegen«, sagte er.

Das Haus, in dem er und Marion wohnten, war klein und alt mit winzigen geschwungenen gusseisernen Balkons und Holzverzierungen an den Dachtraufen. Eine schwarze Plane hing vor dem Eingang. John parkte den Wagen am Straßenrand und öffnete mir die Beifahrertür.

»Da seid ihr ja!«, rief eine Stimme von der Tür, und keinen Moment später wurde ich von zwei Armen umfangen, von lavendelduftendem rotem Haar und blassgrünem Satin. »*Bonjour,* Audrey. Herzlich willkommen.«

Marion trat einen Schritt zurück und hielt mich auf Armeslänge von sich, und ich konnte Johns Verlobte betrachten. Marion Brodeur war der Inbegriff des spielerischen französischen Chics. Sie hatte sich das Haar nachlässig, aber elegant hochgesteckt, ihr Gesicht war ungeschminkt, ihr Satinmorgenrock hing gerade noch an ihren schmalen, blassen Schultern, die von Sommersprossen übersät waren. Sie war barfuß, um einen Knöchel trug sie ein zartes Kettchen, und sie schien von innen her zu strahlen, unbeeinträchtigt von aller Hässlichkeit um sie her.

John war unverkennbar hingerissen von ihr und lachte, während sie fast nackt in aller Öffentlichkeit dastand.

»Sie ist völlig ungeniert«, sagte er.

»Ach, ihr *américains*«, spöttelte sie. »So prüde. Ihr schämt euch eurer Körper. Dabei ist es nur Haut.« Sie ließ den Morgenmantel von ihren Schultern gleiten, ein mit Spitze verziertes Negligé kam zum Vorschein.

»Wir wollen unseren Gast doch nicht gleich in den ersten Minuten schockieren«, sagte John. »Audrey ist gerade erst angekommen.«

Marion lachte, es klang melodisch wie ein helles Glöckchen.

»Schon gut. *Viens,* Audrey. Ich zeige dir dein *appartement.*«

»Mein … was?« Fragend sah ich zu John.

»Sie haben Ihre eigene Wohnung«, erklärte er und folgte uns ins Haus. »Das Gebäude gehörte früher Marions Tante. Sie hat es uns vor drei Monaten verkauft und ist zu ihrer Schwester gezogen. Wir haben ihre größere Wohnung übernommen, und jetzt steht unsere alte leer. Sie sind genau zum richtigen Zeitpunkt gekommen. Sie können so lange hier bleiben, wie Sie möchten, und zwar umsonst.«

»Ausgeschlossen«, widersprach ich und blieb im Hausflur stehen, ein wunderschöner, in Creme- und Blautönen gehaltener Raum. »Ich zahle wirklich gern Miete. Bitte. Ohne Sie beide wäre ich doch verloren. Ich würde irgendwo wohnen, wo ich niemanden kenne und vielleicht sogar Angst hätte. Ihretwegen kann ich ruhig schlafen … wirklich. Wenn Sie kein Geld von mir annehmen wollen, finde ich einen anderen Weg.«

Er lachte. »Also gut, darüber reden wir noch. Und jetzt …« Er deutete den Flur entlang, wo Marion neben der offenen Tür zu meinem neuen Zuhause wartete. »Ich hoffe, es gefällt Ihnen.«

Es war perfekt. Genau das, was ich suchen würde, wenn ich als alleinstehende Frau nach Paris käme, um hier zu leben. Wir betraten ein kleines Wohnzimmer, das auf die Straße hinausging. Links lag eine sonnige Küche, rechts führte der Korridor zu einem großen Schlafzimmer mit Balkon und einem recht geräumigen Bad, in dem eine Wanne mit Klauenfüßen stand.

»Es ist hinreißend«, sagte ich. »Am liebsten würde ich nie wieder ausziehen.«

»Oh!« Marion klatschte begeistert in die Hände.

»Wecken Sie keine falschen Hoffnungen«, warnte John mich. »Jetzt richten Sie sich doch erst mal ein und schlafen sich aus. Ich muss morgen arbeiten, aber Marion wird zu Hause sein und hilft Ihnen gern mit allem, was Sie brauchen. Im Küchenschrank finden Sie das Nötigste, aber morgen früh werden Sie sicher zum Markt gehen wollen.«

Ganz überwältigt folgte ich den beiden zum Eingang. »Ich weiß gar nicht, wie ich Ihnen danken kann«, sagte ich. »Das ist …«

John nahm meine Hand. »Ich tue alles, was in meiner Macht steht, damit Sie ihn finden. Jeder Urlaubstag gehört Ihnen. Wenn Sie Informationen brauchen oder irgendwohin fahren müssen, lassen Sie es mich einfach wissen. Wenn ich arbeiten muss, finde ich jemand anderen, der Ihnen hilft.«

»Danke, John«, sagte ich. »Danke Ihnen beiden. Wahrscheinlich kommt es Ihnen verrückt vor, dass ich aus Amerika hergekommen bin, aber …«

»Er würde für Sie das Gleiche tun«, sagte er. »So wie von Ihnen hat er von keinem anderen Menschen gesprochen. Er würde Berge versetzen.«

Mit einem Seufzen wünschte ich den beiden eine gute Nacht und schloss die Tür. Dann schlenderte ich durch die kleine Wohnung und inspizierte die Schränke, bis ich mich erschöpft auf das cremefarbene Sofa fallen ließ und einschlief.

KAPITEL 31

Audrey, *mon amie,* beeil dich!«, rief Marion und hämmerte an meine Wohnungstür, bevor sie sie mit dem Schlüssel, den ich ihr gegeben hatte, aufschloss.

»Ich komm ja schon«, antwortete ich und lief aus dem Schlafzimmer.

»John sitzt schon im Jeep«, sagte sie.

Im Lauf des Kriegs waren dreizehn Bomben auf die Umgebung von Montmartre gefallen. Wundersamerweise hatten sie die Basilika Sacré-Cœur verschont, auch wenn die Bleiglasfenster geborsten waren. Fast jeden Tag ging ich durch das achtzehnte Arrondissement, begegnete gehetzten Müttern mit kleinen Kindern auf dem Arm, alten Frauen mit Kopftuch und unstetem Blick, greisen Männern, die sich zitternd auf einen Stock stützten, und Kindern, die bei jedem Geräusch zusammenfuhren und nach der Hand ihrer Eltern griffen, eine erschreckende Folgeerscheinung des Kriegs. Obwohl die Menschen noch eingeschüchtert waren auf eine Art, wie ich sie aus Amerika nicht kannte, fühlte ich mich zu Hause. Ich liebte die steilen Hügel und die kopfsteingepflasterten Straßen, die kleinen Restaurants, die ihre

Speisekarte je nach Marktangebot variierten und ihren Kunden bereitwillig alles servierten, was sie hatten, und Geschäfte, die ihr Bestes taten, um wieder zu eröffnen und zur allgemeinen Atmosphäre des Aufschwungs beizutragen. Die Stadt erwachte vor meinen Augen wieder zum Leben und kehrte langsam, aber sicher zu ihrer früheren Lebensfreude zurück.

Als ich in die Küche lief und dabei den Rest meines Kaffees austrank, klopfte Marion mit einem Fuß, der in einer roten Keilsandale steckte, ungeduldig auf den Boden.

»Wenn du das machst, erinnerst du mich an meine Mutter«, sagte ich und steckte mir ein Stück eines der kostbaren Croissants, die ich mit viel Glück in der Patisserie bei uns um die Ecke gefunden hatte, in den Mund.

»Deine Mutter ist eine kluge Frau.«

»Du kennst sie doch überhaupt nicht.«

»Aber nach allem, was du erzählst, weiß ich einfach, dass sie klug ist.«

Ich prustete, woraufhin sie lachen musste. Ich packte meine Handtasche, und wir eilten zur Tür hinaus nach draußen, wo John im Jeep wartete.

»Nicht zu fassen, dass Marion vor dir fertig war«, sagte er, als wir ins Auto sprangen und er losfuhr.

»Du hast mich vor zwanzig Minuten angerufen. Ich war noch nicht mal aufgestanden.«

Marion fuhr John durchs Haar, und schmunzelnd betrachtete ich die beiden Rotschöpfe. Vergangene Woche hatte ich gesagt, dass es eine Schande wäre, wenn ihre Kinder mit einer langweiligen Haarfarbe wie blond oder braun zur Welt kämen. Marion hatte gemeint, das wäre dann allein Johns Schuld. »In meiner Familie haben fast alle rote Haare«, sagte sie. »Hoffentlich machen seine amerikanischen Gene nicht alles kaputt.«

»Wohin fahren wir?«, fragte ich, als John durch die Stadt fuhr.

»Zum Krankenhaus. Sie haben mich wegen ein paar Soldaten angerufen, die sie gerade ausfindig gemacht haben.«

Die Gerüchte von verwundeten Soldaten, die sich in Scheunen, in verwaisten Gebäuden und auf Dachböden versteckt hielten, hatten sich bewahrheitet – aber bis ich in Paris ankam, waren viele längst gefunden worden. Trotzdem hatte John gleich nach meiner Ankunft mehreren Leuten von mir und meiner Suche nach James berichtet. Überall im Land wurde nach ihm Ausschau gehalten, und fast täglich kamen Informationen herein. Bis jetzt hatte uns keine Spur zu ihm geführt, aber aufgrund unserer Suche waren zwei verwundete Soldaten, die man für tot gehalten hatte, gefunden und ins Krankenhaus gebracht worden.

Die meiste Zeit halfen Marion und ich als Freiwillige im nächstgelegenen Militärkrankenhaus. Die Arbeit war erschütternd. Ich wusste nicht mehr, wie viele abgetrennte Gliedmaßen und klaffende Wunden ich gesehen hatte, wie viele Männer, die das Augenlicht verloren hatten, die Augen selbst, die Nase oder ein Ohr. Einige der Männer, an deren Bett ich saß, waren vor Schmerzen halb von Sinnen. Aber jede Hand, die ich hielt, jedes schwache Lächeln, das mir geschenkt wurde, jedes »Danke« dafür, dass ich einfach da war, wog all das auf.

Doch so froh ich war, helfen zu können, als die Tage vergingen und immer weniger Soldaten in die Krankenhäuser in Paris gebracht wurden, wuchs meine Verzweiflung, und allmählich glaubte ich nicht mehr daran, dass wir James jemals finden würden. An diesem Tag aber fasste ich wieder Zuversicht.

Wir parkten und gingen rasch in das Krankenhaus, bahnten uns einen Weg zwischen den Ärzten und Krankenschwestern, bis John den Offizier entdeckte, der ihn angerufen hatte.

»Mist«, sagte er, als er mich hinter John stehen sah. »Es tut mir leid, Audrey. Mein Informant war sich so sicher. Der Mann wurde von einem Lazarett hergebracht. Er hat eine Kopfverletzung und keine Papiere. Von der Seite sieht er James sehr ähnlich, aber als ich ihn dann richtig anschauen konnte …« Er schüttelte den Kopf.

»Sind Sie sicher?«, fragte John. »Wo liegt er denn? Ich geh zu ihm, nur für den Fall. Aber ihr beide bleibt hier«, trug er Marion und mir auf.

Natürlich hörten wir nicht auf ihn, sondern folgten ihm einen langen Korridor und einen weiteren Flur entlang, bis wir alle vor einem Zimmer stehen blieben. Dort lag ein Mann, dessen Körper mehr als zur Hälfte unter Verbänden verschwand.

Er starrte uns teilnahmslos aus seinem einen sichtbaren Auge an. Es war braun. Seufzend ging ich langsam den Flur zurück.

»Verdammt«, sagte John auf dem Weg zurück zum Jeep. »Es tut mir leid, Audrey.«

»Ist schon in Ordnung.«

Danach wollte ich nicht in meine leere Wohnung zurückkehren und sagte John und Marion, sie sollten ohne mich nach Hause fahren; lieber wollte ich dort bleiben und helfen. Außer Material aufzufüllen und Patienten die Hand zu halten konnte ich wenig tun, aber ich war gern dort. Es erinnerte mich an die Zeit in Pearl Harbor mit James, dort fühlte ich mich ihm näher. Außerdem war ich dann beschäftigt und kehrte meist völlig erschöpft in die Wohnung zurück, sodass ich einschlafen konnte. Manchmal so tief, dass ich von den Albträumen verschont blieb, die sich in Paris wieder eingestellt hatten. Albträume, dass auf mich geschossen wurde, dass Flugzeuge abstürzten, dass James nach mir rief … Oft wachte ich mitten in der Nacht auf, völlig aufgelöst und mit durchgeschwitztem Pyjama.

Der Grund dafür war vermutlich, dass ich hier die Spuren des Kriegs ständig vor Augen hatte, allerorten war er noch zu spüren. Zu Hause, in den Staaten, ließen sich die Grauen des Krieges nur allzu leicht verdrängen, aber hier kämpften die Menschen noch mit seinen Folgen. Hier konnten sie ihn nicht so einfach vergessen, und deswegen war es auch mir nicht möglich. Ihre Erinnerungen, wie Familienangehörige und Nachbarn fortgeschleppt wurden, waren noch frisch. Einige waren auf der Straße erschossen worden, andere hatte man wie Tiere zusammengetrieben und in Züge gepfercht, sie waren nie zurückgekehrt. In den Augen der Menschen lag etwas Gejagtes. Ein Zittern, ein Misstrauen, der Wunsch, sich in sich selbst zurückzuziehen.

Ich musste an die ersten Tage nach meiner Rückkehr

aus Pearl Harbor denken. Wie ich in meiner hilflosen Wut von einem makellosen Raum in den nächsten gestapft war und gegen die Ungerechtigkeit getobt hatte: dass sie keine Ahnung hätten, wie es wirklich war. Dass andere alles verloren hätten. Dass wir viel zu viel besitzen würden. Am liebsten hätte ich alles verschenkt.

Ich meldete mich am Empfang und erhielt vom dort diensthabenden Soldaten ein Namensschild und ein dankbares Lächeln. Mittlerweile gab es weniger Freiwillige, die meisten Menschen wollten nur alles vergessen, wollten ihr neues Leben in Angriff nehmen, anstatt hier im Militärkrankenhaus neben den mitunter schwer verwundeten Patienten zu sitzen.

Obwohl ich sehr oft hier war und die meisten Gesichter kannte, hielt ich unweigerlich Ausschau nach James; vielleicht war er mir ja irgendwie entgangen. Jeden Tag schritt ich die Bettreihen ab und suchte unter all den Verbänden nach seinen grünen Augen. Und wenn ich ihn nicht unter den Lebenden fand, dann suchte ich im Leichenschauhaus.

Alle Krankenschwestern kannten seinen Namen für den Fall, dass sie in den Akten auf ihn stießen. Alle Ärzte warfen mir einen Blick zu, wenn sie einen dunkelhaarigen Mann untersuchten, und schüttelten den Kopf – nein, nicht James. Ich war per Du mit der Gruppe amerikanischer Soldaten, die bisweilen noch den einen oder anderen Patienten herbrachten.

Angespannt hielt ich ihnen die Tür auf, während sie die Männer hereintrugen und mit einem bedauernden Blick den Kopf schüttelten.

»Heute nicht, Audrey«, sagten sie.

Möglich war natürlich, dass James in einem anderen Krankenhaus lag, das war mir klar, schließlich war seine Maschine in großer Entfernung von Paris abgestürzt. Aber das hatte John natürlich bedacht und auch alle Lazarette in der Absturzregion angewiesen, sich mit ihm in Kontakt zu setzen, sollte ein James Hart eingeliefert werden.

Mehrmals hatte ich John gefragt, ob wir nicht in die Gegend fahren könnten, wo James bruchgelandet war, aber er lehnte meine Bitte strikt ab. Es sei noch zu gefährlich, sich in den Wäldern zu bewegen, vor allem in der Nähe der Grenze.

»Wenn James gefunden wird, erfahre ich davon«, sagte John. »Das verspreche ich dir.«

An einem heißen Augustnachmittag schaute Marion mit einem frischen Brot bei mir vorbei.

»Oh«, sagte ich. »Das sieht himmlisch aus.«

»Und schau!« Sie zeigte mir eine kleine Ecke Käse, die ich gebührend bestaunte.

Sie riss zwei Stücke von dem ofenwarmen Laib ab, während ich den Käse aufteilte, und eine Sekunde später nahm ich den ersten Bissen und seufzte genüsslich. Sie nickte mit vollem Mund.

»Heute hast du viele Briefe bekommen«, sagte sie dann und deutete auf den Stapel.

»Die sind gestern gekommen«, sagte ich. »Einer von meinem Vater, einer von Claire und einer von Ruby.«

»Ah, Ruby, meine amerikanische Schwester. Wie geht's ihr?«

Ich lachte. Als ich ihr einmal gesagt hatte, dass sie mich an Ruby erinnerte, bis hin zu den leuchtend roten Haaren, hatte sie alles über meine alte Freundin erfahren wollen.

»Es geht ihr gut. Sie ist verheiratet. Und schwanger. Und sie unterrichtet immer noch an der Sonntagsschule.«

»Hat sie Fotos geschickt?«

»Nein, keine Fotos.«

»Schade«, sagte sie. »Fehlt dir deine Familie?«

»Doch«, sagte ich und legte die Briefe beiseite. »Aber ich werde sie ja bald wiedersehen. Hat John heute frei?«

Marion runzelte die Stirn. »Was meinst du damit, dass du sie bald wiedersehen wirst?«, fragte sie.

Mit einem Seufzen schaute ich zum Fenster hinaus. Seit knapp drei Monaten war ich in Paris, und wir hatten nichts von James gehört, hatten nicht die leiseste Spur von ihm entdeckt. Seit dem Tag, an dem seine Maschine abstürzte, war er wie vom Erdboden verschluckt. Ich war zwar noch nicht ganz bereit aufzugeben, aber allmählich sagte mein Kopf meinem Bauch und meinem Herzen, dass meine Suche letztlich vergebens war.

»Ich kann nicht ewig hierbleiben, Marion, so gern ich hier bin. Paris ist nicht mein Zuhause.« Sie reichte mir ein weiteres Stück Brot und funkelte mich an, was ich aber ignorierte. »Was habt ihr zwei Turteltauben heute Abend vor?«

»Du lenkst ab.«

»Ja.«

»Na gut. Wir machen ein Picknick im Park. Möchtest du mitkommen?«

»Nein. Danke fürs Angebot, aber ich bin mir ziemlich sicher, dein Verlobter hätte gern, dass das romantische Picknick wirklich romantisch bleibt.«

»Was machst du dann?«, fragte Marion.

»Wahrscheinlich gehe ich ins Krankenhaus.«

»An deinem freien Tag?«

Ich zuckte die Achseln.

»Ach, Audrey, überleg's dir noch mal. Komm mit uns zum Picknick. Das wird schön. Wir küssen uns auch nicht, versprochen.«

»Beim nächsten Mal«, sagte ich. »Küsst ihr euch nur.«

»*D'accord*«, sagte sie. »Aber bleib nicht zu lang dort. Hinterher hast du immer Albträume.«

»Das passiert schon nicht«, beruhigte ich sie.

Ich fuhr mit dem Taxi zum Krankenhaus, bezahlte den Fahrer und ging auf die Türen zu, wich aber zurück, als sie abrupt aufschwangen.

»Guten Tag, Audrey«, sagte eine tiefe Stimme, und ich sah auf.

»Hi, Peter«, antwortete ich und warf einen Blick auf die drei Männer hinter ihm. »Habt ihr einen Anruf bekommen?«

»Ja. Heute Morgen hat ein Lazarett in Metz gebeten, dass wir ein paar Männer abholen. Sie wollen alle verbliebenen Patienten verlegen, um es zu schließen.« Er zog die Stirn kraus. »Ach, gestern Abend ist ein Mann von dort hergekommen. Metz ist in der Nähe der Grenze, bei Luxemburg. Ich habe ganz vergessen, ihn nach James zu fragen«, fuhr er fort und wies nach drinnen. »Er sitzt gleich hinter der Tür. Private Wallis. Du kannst ihn nicht übersehen. Großer Kerl mit einem Verband um den Kopf.«

»Danke, Peter«, sagte ich.

Private Wallis saß auf einer Krankentrage vor dem Notfallbereich.

»Entschuldigen Sie«, sagte ich. »Ich habe gehört, dass Sie in Metz waren?«

»Ja, Ma'am.«

»Erinnern Sie sich zufällig an die Namen der anderen, die bei Ihnen waren? Oder wissen Sie, wie sie ausgesehen haben?«

»Ehrlich gesagt, Ma'am, kann ich mich kaum an was erinnern. Ich hab ziemlich eins auf den Schädel abbekommen. Und groß Lust zu reden hatten wir auch nicht, wenn Sie verstehen, was ich meine. Der Typ neben mir hieß Willard, das weiß ich. Der auf der anderen Seit war Heard oder Hutch – irgendwas mit einem H, aber genau erinnere ich mich nicht …«

Mein Herz begann zu rasen. »Hart?«

»Könnte sein, aber sicher bin ich mir nicht.« Er zuckte mit den Schultern.

Ich rannte über den Korridor und zur Tür hinaus. »Peter!«, rief ich und winkte.

Er und die drei anderen hatten sich auf zwei Jeeps verteilt und fuhren auf mich zu.

»Was gibt's?«, fragte Peter und blieb neben mir stehen.

»Nimm mich mit«, bat ich ihn keuchend. »Bitte. Nur dieses eine Mal.«

Er runzelte die Stirn, ließ sich meine Bitte aber offenbar durch den Kopf gehen.

»Es ist eine lange Fahrt. Und ich hab keine Ahnung, was uns dort erwartet, ich kann dir nicht mal versprechen, ob wir es heute Abend noch nach Paris zurückschaffen.«

»Das ist mir egal. Ich möchte einfach mitkommen. Wenn das in Ordnung ist?« Fragend sah ich zu dem Soldaten, der neben ihm saß.

»Ein bisschen Gesellschaft kann nie schaden«, sagte der und öffnete die Beifahrertür, damit ich auf den Mittelsitz klettern konnte.

Wir brauchten vier Stunden bis nach Metz, und mir wurde ganz elend, als ich sah, wie schlimm einige der kleineren Städte und Dörfer entlang der Strecke in Mitleidenschaft gezogen waren.

Am frühen Nachmittag kamen wir an und eilten sofort ins Lazarett. Die beiden Wagen, in denen wir hergefahren waren, hatten nur für jeweils vier Männer Platz, vielleicht auch fünf, abhängig von ihrer Größe und der Art ihrer Verletzung. Sollten noch mehr nach Paris gebracht werden, würden sie auf eine andere Transportmöglichkeit warten müssen.

Während Peter und die anderen sich mit dem diensthabenden Arzt besprachen, ging ich durch die Bettreihen und suchte nach dem vertrauten Gesicht.

Müde, verstörte Blicke begegneten meinem, als ich beklommen die eingefallenen Gesichter musterte. James war nicht dabei, aber dieses Mal störte es mich nicht. Vielmehr freute ich mich, dass diese Männer bald nach Hause und zu ihren Familien zurückkehren würden.

Während die Patienten vorsichtig zu den wartenden Fahrzeugen hinausgebracht wurden, holte ich das Foto von James heraus, das ich immer bei mir trug, und zeigte es einer Krankenschwester. Möglicherweise hatte er eine Weile hier verbracht, seine Absturzstelle war nicht allzu weit entfernt. Aber die Schwester lächelte nur traurig und schüttelte den Kopf.

»*Merci*«, sagte ich und steckte das Foto wieder ein.

Es war später Abend, als wir wieder in Paris ankamen. Wir halfen, die Männer ins Krankenhaus einzuliefern, dann fuhr Peter mich nach Hause. Ich lehnte mich gegen die Beifahrertür und sah auf die Stadt hinaus, die draußen an uns vorbeizog. Bei jedem Soldaten, den ich sah und der nicht James war, wurde mir das Herz schwerer. Viel Hoffnung hatte ich nicht mehr.

»Alles in Ordnung?«, fragte Peter.

Ich drehte mich zu ihm. Wir hatten uns an meinem ersten Tag im Krankenhaus kennengelernt. Er hatte in San Diego eine Frau und eine kleine Tochter und hatte mir gegenüber die Rolle des großen Bruders angenommen. So hatte er mir die Soldaten, die mir aus dem Krankenhausbett nachpfiffen und mit mir ausgehen wollten, vom Leib gehalten. Er sah gut aus und hatte kurzes schwarzes Haar und warme braune Augen, bei deren Anblick ich mich sofort wohlgefühlt hatte. Eines Tages beim Mittagessen hatte ich ihm meine Geschichte erzählt und war erleichtert gewesen, dass er mich nicht mitleidig, sondern eher mit einer Art Respekt angesehen hatte.

»Danke, dass du mich heute mitgenommen hast«, sagte ich.

»Gern geschehen«, sagte er und fuhr an den Straßenrand. »Tut mir leid, dass er nicht dabei war.«

Ich nickte und winkte ihm zum Abschied, dann stieg ich die Stufen zur Haustür hinauf und schloss auf.

KAPITEL 32

Ende August war es in Paris heiß und schwül, und wer immer konnte, fuhr ans Meer, wo die Hitze erträglicher war.

Da immer weniger Soldaten ins Krankenhaus kamen, wurden Marion und ich nicht mehr gebraucht. Sie fand Arbeit bei einer Putzmacherin an den Champs-Élysées, ich arbeitete um die Ecke in einem Bekleidungsgeschäft an der Kasse und dachte ernsthaft ans Heimfahren.

Eines Abends beim Essen erzählte ich Marion und John von meinen Plänen. John seufzte, Marion sah mich fassungslos an.

»Mittlerweile ist er so lange vermisst, und niemand hat ihn gesehen oder von ihm gehört«, sagte ich. »Die Wahrscheinlichkeit, dass er noch am Leben ist, geht gegen null. Eigentlich will ich nicht aufgeben, aber …«

Ich wandte den Blick ab, konnte mich nicht dazu durchringen, den Gedanken laut auszusprechen.

»Vielleicht ist es wirklich an der Zeit«, sagte John leise.

Er griff über den Tisch hinweg nach meiner Hand, und als ich hochblickte, sah ich Tränen in seinen Augen.

»Als du herkamst, war ich wirklich zuversichtlich«,

sagte er. »Wir wollten die Hoffnung nicht aufgeben, weil er ein so guter Mensch ist. Aber ich glaube, du hast recht. Er ist nicht mehr am Leben, und damit müssen wir uns wohl abfinden, so schwer es ist. Wir müssen ihn gehen lassen.«

Ich nickte, Tränen schossen mir in die Augen.

»Wann willst du abreisen?«, fragte Marion.

»Ich weiß nicht. Viel zu erledigen habe ich vorher ja nicht. Vielleicht nächste Woche?«

»Dann haben wir eine Woche Zeit«, sagte sie und tupfte sich über ihre feuchten Augen. »Eine Woche, um uns an ihn zu erinnern und gemeinsam Abschied zu nehmen. Ich glaube, das würde ihm gefallen.«

Sie nahm meine andere Hand, John legte ihr einen Arm um die Schultern und warf mir im dämmrigen Licht ein Lächeln zu.

»Das würde ihm sehr gut gefallen«, stimmte er zu.

Am nächsten Vormittag schrieb ich meinen Eltern einen Brief und machte mich langsam daran, meine Sachen zu packen.

Marion bestand darauf, dass wir meine letzten Tage für einen Einkaufsbummel nutzten und uns die Stadt ansahen, was ich seit meiner Ankunft nicht getan hatte.

»Paris würde dir nie verzeihen, wenn du alles, was die Stadt zu bieten hat, nicht genießt«, sagte sie, und John grinste.

»Sie sucht nur nach einer Ausrede, um mit dir einkaufen zu gehen«, sagte er.

»John!«, protestierte sie und lachte. »Also gut, du hast

recht. Aber es stimmt trotzdem! Paris muss man genießen.«

Und so schlenderten wir durch die Stadt, gingen in Boutiquen und besichtigten Sehenswürdigkeiten, aßen und tranken und blieben nachts so lange auf, bis uns die Augen zufielen. Letzten Endes musste ich noch einen zweiten Koffer kaufen, damit alles Platz hatte, was ich für mich, meine Familie und für Nola besorgt hatte als Dank für alles, was sie auf dem Flugplatz getan hatte.

An meinem letzten Abend in Paris setzten John, Marion und ich uns auf eine Decke ins Gras und sahen zum Eiffelturm empor. Ich hatte eine Kerze und eine kleine amerikanische Fahne mitgebracht, die mir einer der Soldaten im Krankenhaus geschenkt hatte. Marion hatte eine einzelne weiße Rose dabei, John eine Flasche Wein und vier Gläser.

Er schenkte alle vier voll und stellte ein Glas neben die Kerze, deren Flamme in der Brise leicht flackerte.

»James war ein guter Mensch, der beste, den ich kenne«, sagte John. »Ein treuer Freund und warmherzig. Immer hat er die richtigen Worte gefunden. Ich konnte mich hundertprozentig auf ihn verlassen, egal bei was. Mein Bruder, du wirst mir immer fehlen.«

Ihm stockte die Stimme, und er wandte den Kopf ab, damit wir seine Tränen nicht sahen.

Marion sprach als Nächste.

»Ich habe James nicht lang gekannt«, sagte sie. »Aber er war ein besonderer Mensch, das hat man sofort gemerkt. Er trug seine Güte wie einen Umhang. Ich fühle mich geehrt, ihn gekannt zu haben.«

Eine ganze Weile sagte ich nichts, Worte gingen mir wild durch den Kopf, meine Gefühle drohten mich zu überwältigen. Ich schluckte, und dann schluckte ich noch einmal.

Ich griff nach dem kleinen Kolibri an meinem Hals.

Es ist in Ordnung, kleiner Vogel, hörte ich John sagen.

»Ich wollte nie heiraten«, sagte ich. »Ich wollte mich nie binden, wollte mich nicht anketten lassen. Davor hatte ich immer Angst. Und dann habe ich James kennengelernt und damit eine andere Art von Angst. Angst, ihn zu verlieren. Angst, dass er mich nicht wollen könnte. Er hat mir das Gefühl gegeben, frei zu sein. Durch ihn ist mir klar geworden, dass das Leben auch anders verlaufen kann als nur so, wie ich es mir immer vorgestellt hatte. Er hat mir Hoffnung gegeben, Mut … und Liebe.« Ich schluchzte auf, und Marion drückte mir die Hand. Ich erwiderte den Druck und schaute zum Himmel. »Das, was wir beide miteinander teilten, James Hart, werde ich nie mehr finden. Und ich werde auch nicht danach suchen. Du warst der Mann meines Lebens für mich. Ich werde dich immer lieben. Leb wohl, Geliebter.«

Wir hoben die Gläser, stießen an und dann vorsichtig auch mit seinem.

»Auf James«, sagte John.

»Auf James«, stimmten Marion und ich ein.

Am frühen Morgen, die ersten Sonnenstrahlen streiften die Dächer der Stadt, stand ich vor dem Flughafen und verabschiedete mich von meinen neuen Freunden.

»Du wirst mir fehlen, *douce amie*«, flüsterte Marion, als sie mich umarmte. »Guten Flug, und melde dich!«

»Das verspreche ich«, sagte ich. »Danke, dass du mich unter deine Fittiche genommen hast.«

Ich drehte mich zu John, der seufzend den Kopf schüttelte.

»Ich habe das Gefühl, dich im Stich gelassen zu haben«, sagte er bekümmert.

»Ach, John, was redest du denn da?«, widersprach ich. »Im Gegenteil, du hast mich gerettet. Danke, dass ich kommen durfte. Und dass ich bei euch wohnen durfte. Dass du mein Freund geworden bist.«

Da umarmte er mich, und dann schlang Marion ihre Arme um uns beide, sodass wir trotz unserer Tränen lachen mussten.

»Ihr werdet mir beide so fehlen«, sagte ich und löste mich aus der Umarmung.

»Und du schreibst uns auch?«, fragte John.

»Natürlich«, versprach ich.

Es fühlte sich sehr merkwürdig an, in einem Flugzeug in der Kabine zu sein, anstatt selbst am Steuer zu sitzen; nur einer der vielen Passagiere zu sein, die die lange Reise über den Atlantik antraten.

»Darf ich Ihnen etwas bringen?«, fragte die Stewardess.

»Nein, danke«, antwortete ich und drehte mich zum Fenster.

Seufzend starrte ich auf die Rollbahn. Ich war mit so großen Hoffnungen nach Paris gekommen, ich war überzeugt gewesen, dass ich James finden würde, dass wir zusammen nach Hause fliegen und endlich unser gemeinsames Leben beginnen würden.

Als das Flugzeug über die Rollbahn raste und ich mit

Tränen in den Augen und wild klopfendem Herzen zum Fenster hinausstarrte, wusste ich, dass es sehr lange dauern würde, bis ich James Hart wirklich loslassen konnte. Er hatte mir erlaubt zu bleiben, wie ich war, und dabei hatte er mich die ganze Zeit verändert und mir ermöglicht, meine Flügel vollends zu entfalten.

KAPITEL 33

Es sieht richtig gut aus«, sagte Nola und schaute das Schild an.

»Warum klingst du so überrascht?«

»Das tue ich doch gar nicht.«

»Hmm-hmm.« Ich grinste.

Der Flugplatz war während meiner Monate in Frankreich in guten Händen gewesen. Nola hatte in meiner Abwesenheit alles bestens verwaltet, und deswegen wollte ich nach meiner Rückkehr nicht mehr auf sie verzichten.

»Ich brauche dich«, hatte ich gesagt.

»Selbst wenn nicht, würde ich bleiben«, hatte sie geantwortet.

Sie hatte einen Mann kennengelernt. Und nicht nur irgendeinen, sondern Tom Barrows. Den lieben, etwas trotteligen Tom aus meinen Kindertagen.

»Sie mag ihn?«, hatte Evie gefragt und die Nase gerümpft.

»Sie liebt ihn«, hatte ich erklärt. »Er ist genau ihr Typ.«

Groß, schlaksig und etwas dusselig. Nola war verliebt, und Tom konnte sein Glück kaum fassen. Als ich aus Paris zurückkam, waren sie schon verlobt.

»Coltrane Field«, sagte Nola und strich über das neue Schild, das gerade an dem Vormittag angebracht worden war.

»Verschandel es nicht mit deinen Dreckpfoten«, sagte ich, und sie streckte mir die Zunge raus.

»Hast du etwas dagegen, wenn ich mir den Rest des Tags freinehme?«, fragte sie. »Tom führt mich zum Mittagessen aus. Ich dachte, zum Dank bekommt er von mir Nachtisch.« Sie hob vielsagend die Augenbrauen.

»Hey«, sagte ich. »Tu, was du nicht lassen kannst. Bitte. Aber morgen will ich nichts davon hören.«

»Bis ins allerletzte Detail«, sagte sie augenzwinkernd, sprang in ihren grünen Pick-up und brauste davon.

Mir war nicht ganz klar, wieso ich immer wieder mit so großartigen Freundinnen gesegnet wurde, aber ich hätte um nichts in der Welt auf sie verzichten mögen.

Zufrieden betrachtete ich das Schild. Ich hatte es geschafft. Es hatte Zeiten gegeben, in denen ich nicht geglaubt hatte, dass es je dazu kommen würde. Der Weg war steinig gewesen, und von vielem erholte ich mich noch. Aber als ich jetzt vor diesem Schild stand, hatte ich das Gefühl, dass sich irgendwie doch alles gelohnt hatte.

Kurz darauf hörte ich Reifen auf dem Kies knirschen und grinste. Nola vergaß ständig etwas. Aber als ich mich umdrehte, sah ich ein mir unbekanntes Fahrzeug aufs Gelände fahren.

Ich beschirmte die Augen gegen die Sonne. Die Fahrertür schwang auf, die Spitze eines Stocks wurde auf den Boden gesetzt, den Bruchteil einer Sekunde später gefolgt von einem Männerschuh. Ich runzelte die Stirn.

Ich erinnerte mich an das letzte Mal, als ich einen Mann mit Stock gesehen hatte. Das konnte doch nicht …

Aber der Kopf, der auftauchte, war nicht blond.

Sondern dunkelbraun.

Einen Moment stand ich da wie versteinert. Meine Augen nahmen sein Gesicht wahr, während mein Verstand versuchte, die Szene vor mir zu begreifen. Ich blinzelte, aber er stand immer noch da.

»Hi, kleiner Vogel«, sagte er, und sein Mundwinkel verzog sich zu dem hinreißend schiefen Lächeln.

Mir wurden die Knie weich.

»James«, flüsterte ich.

Mit zitternden Beinen machte ich einen Schritt auf ihn zu, dann einen zweiten. Meine Knie drohten vollends unter mir nachzugeben, als ich in Laufschritt verfiel und, blind vor Tränen, ins Stolpern geriet. Ich warf mich in seine Arme, und er schlang sie um mich und vergrub sein Gesicht an meinem Hals.

»Audrey«, murmelte er.

Ich löste mich von ihm und starrte zu ihm hoch, musterte jeden Millimeter seines Gesichts, suchte nach etwas, das mir sagte, dass ich ihn mir nur einbildete. Dass das ein Traum war. Dass er in Wirklichkeit nicht hier stand, in meinen Armen, und mich voll Liebe und Staunen ansah.

Mit einem Schauder atmete ich aus und ließ den Kopf gegen seine Brust sinken.

»Ich war da«, sagte ich mit stockender Stimme. »Ich war in Frankreich und konnte dich nicht finden. Ich habe nach dir gesucht. Überall …« Ich ließ mich zu

Boden fallen, jetzt gaben meine Beine vor Erleichterung endgültig nach. Er setzte sich zu mir.

»Ich weiß«, sagte er. »Rooney hat es mir erzählt. Ach, kleiner Vogel.« Er hob mein Kinn an, wir sahen uns in die Augen. »Es tut mir so leid, dass nicht du mich gefunden hast. Was hätte ich nicht darum gegeben, aufzuschauen und dich da stehen zu sehen.«

»Wo warst du?«

»Auf der Flucht«, sagte er. »Und dann habe ich mich versteckt. Habe versucht, am Leben zu bleiben.« Er strich mir das Haar aus dem Gesicht. »Ich wurde über Deutschland abgeschossen und hatte eine scheußliche Wunde am Bein. Ich musste in letzter Minute mit dem Fallschirm abspringen. Am Boden waren überall Suchtrupps. Ich bin auf einen Baum geklettert, habe mein Bein verbunden und bis zum Morgengrauen gewartet, bevor ich wieder runtergestiegen bin. Ich habe mich überall versteckt. In leerstehenden Häusern, ausgebrannten Autos, hohlen Baumstämmen … Zu guter Letzt habe ich Zuflucht bei einem alten Mann gefunden, der völlig abgelegen auf dem Land lebte und mir zu essen gab, während ich mich erholte. Aber dann habe ich von einer Infektion im Bein Fieber bekommen und war oft nicht bei Bewusstsein. Er konnte mir zwar Medikamente besorgen, aber es ging mir zu schlecht, als dass ich versuchen konnte, mich zum Stützpunkt durchzuschlagen.«

»Wie hast du es dann schließlich nach Paris geschafft?«

»Eines Tages hat er das Haus verlassen und ist nicht mehr zurückgekommen. Er hatte mir erzählt, dass er es nach Möglichkeit vermied, in den Ort zu gehen, weil es dort von deutschen Soldaten wimmelte, aber an dem Tag musste er hin, um Verbandsmaterial für mein Bein zu besorgen. Ich hatte ein schlechtes Gewissen. Aber da steckte ich dann fest, ohne Fahrzeug und ohne Ahnung, wo ich überhaupt war – und mit einem Bein, das mich spätestens nach dem ersten Kilometer im Stich gelassen hätte.« Er schüttelte den Kopf und lächelte düster. »Ich bin noch mindestens einen Monat dort geblieben, habe mich von den letzten Kartoffeln und ziemlich scheußlichem Kaffee ernährt, bis eine Frau auftauchte und ich ihr die ganze Geschichte erzählen musste, während sie das Gewehr auf mich gerichtet hielt. Zum Glück wusste sie Bescheid von Louis und sagte, dass er an dem Tag im Ort einen Herzinfarkt bekommen hatte. Ich war erleichtert zu hören, dass ihn nicht die Deutschen erwischt hatten. Wie auch immer, sie fuhr mich zu einem Lazarett in Thionville, und dort wurde die Infektion in meinem Bein behandelt, die immer noch nicht abgeklungen war, als es geschlossen wurde. Da haben mich zwei Krankenschwestern nach Paris ins Militärkrankenhaus gebracht. Als Erstes bat ich dort um ein Telefon, um Rooney anzurufen. Er klang, als hätte er ein Gespenst am Apparat.«

»Das glaube ich sofort«, sagte ich, dann runzelte ich die Stirn. »Aber ich verstehe nicht, warum sie mich nicht gleich benachrichtigt haben.« Marion hätte mir doch bestimmt sobald wie möglich geschrieben.

»Ich habe sie gebeten, es nicht zu tun«, sagte James. »Es ging mir gar nicht gut. Ich war unterernährt, einige andere Wunden hatten sich entzündet, ein paar Knochenbrüche waren schlecht verheilt und mussten noch mal gebrochen und eingerichtet werden. Die Ärzte waren sich nicht sicher, ob ich durchkomme, und ich wollte nicht, dass du rüberfliegst, nur um mich sterben zu sehen. Ich habe darauf bestanden.«

»Aber, James«, sagte ich mit erstickter Stimme, »ich hätte doch …«

Er schüttelte den Kopf. »Ich konnte nicht, Audrey. So gern ich dich gesehen hätte, ich wollte nicht, dass du mir beim Sterben zusiehst, wenn es das denn sein sollte.«

Bei der Vorstellung, wie er krank und mit Schmerzen im Krankenhaus lag, brach ich zusammen, und er hielt mich in seinen Armen, während ich Tränen des Kummers vergoss, um ihn, um mich, um all die Toten, ob ihnen jemand beim Sterben nun die Hand gehalten hatte oder sie auf dem Schlachtfeld allein in ihrem Blut gelegen und nach ihren Müttern, Frauen und Kindern gerufen hatten. Ich weinte wie nie zuvor. Aus Trauer – und aus Erleichterung. Es war vorbei. Endlich. James war zu Hause.

»Ich liebe dich«, sagte ich.

»Mein Gott, Audrey«, sagte er. »Noch nie habe ich einen Menschen so sehr geliebt wie dich.«

Ich hatte mich nie an einen Mann binden wollen, weil ich immer geglaubt hatte, das würde mich einschränken. Ich würde ein abhängiges, bedürftiges Leben führen. Ich wollte niemanden brauchen als mich selbst, wollte mich auf niemanden verlassen als auf mich selbst. Doch als ich den Mann hier vor mir ansah, wusste ich, dass es mich nie einschränken würde, ihn zu brauchen und mich auf ihn zu verlassen – es würde mich befreien. Mit James an meiner Seite würden meine Flügel aus Vertrauen und Zukunftsträumen bestehen, ich würde auf einer Brise der Freude und der gegenseitigen Liebe fliegen. Einer Liebe, an die ich glaubte und die ich erwiderte.

Er stand auf und reichte mir die Hand. »Glaubst du, die hiesige Besitzerin wird uns ein Flugzeug überlassen?«, fragte er.

Mit einem Grinsen erhob ich mich ebenfalls.

»Nach allem, was ich gehört habe, war sie in letzter Zeit ziemlich übellaunig«, sagte ich, während er seine Arme um meine Taille legte. »Aber ich bin mir sicher, dass du sie überreden kannst.«

»Vielleicht hilft ja das.« Er legte seine Lippen auf meine, und in dem Moment war all das Schreckliche der vergangenen Jahre verschwunden, und vor mir sah ich eine Zukunft, die ich mir zwar nie vorgestellt hatte, die zu erobern ich jetzt aber kaum erwarten konnte.

MAI 1980

EPILOG

Alles in Ordnung?«, fragte James und drückte mir die Hand.

Ich beugte mich zu ihm, und er lächelte mich mit dem schiefen Grinsen an, an dem ich mich nicht sattsehen konnte. Auch nach neununddreißig Jahren nicht.

»Alles in Ordnung«, sagte ich.

Einen Moment später öffnete sich die Doppeltür hinten im Auditorium, und in Zweierreihen betrat die kleine Gruppe Frauen den Raum. Mit einem stolzen Lächeln schritten sie den Gang hinauf. Ihre blauen Uniformen saßen perfekt, das Licht der Deckenlampen spiegelte sich glitzernd in den Knöpfen ihrer Jacketts.

Ich musterte jedes Gesicht, das vorbeikam, auf der Suche nach dem einen, das ich so gut kannte. Dann sah ich sie – unsere Caroline.

Ihre blauen Augen begegneten meinem Blick, und ihr Mund verzog sich zu dem gleichen Lächeln wie schon als Kind. Verschmitzt. Unbefangen. Voller Tatendrang. Und so schief wie das ihres Vaters. Sie deutete auf das Revers. Ich schaute näher hin und lächelte. Fifinella, das Maskottchen der WASP, prangte an der Uniformjacke meiner Tochter, bereit, jede Gefahr von ihr abzuwehren. Als Kind hatte ich sie oft in meiner Schmuckschatulle wühlen sehen, wo sie nach der kleinen Elfe suchte. Vom ersten Moment an hatte sie den Glücksbringer haben wollen, und es war mir eine Ehre gewesen, ihn ihr an diesem Morgen zu schenken, sechsunddreißig Jahre nachdem ich ihn mir das letzte Mal selbst ans Revers gesteckt hatte.

Die ersten Jahre nach dem Krieg waren die schwersten gewesen. Die emotionalen Wunden, die James davongetragen hatte, waren gravierender als die körperlichen, und die Albträume waren manchmal unerträglich gewesen.

Seinen Traum, für die Armee in fremde Länder zu reisen, hatte er nach seinen Erlebnissen in Europa aufgegeben, stattdessen hatte er bereitwillig einen Posten auf dem Stützpunkt in Dallas angenommen. Einen Monat nachdem er auf meinem Flugplatz aufgekreuzt war, hatte er um meine Hand angehalten. Ich hatte, ohne zu zögern, Ja gesagt. Wir wussten beide, dass niemand anderes für uns infrage kam, und wollten keine weitere Minute damit vergeuden zu behaupten, die Ehe sei nichts für uns.

Wir heirateten im Winter im Garten meiner Eltern. Ich trug ein Kleid, das meine Mutter für mich hatte schneidern lassen, wochenlang hatte sie sich wegen der kleinsten Details den Kopf zerbrochen. Im Haar trug ich die kleine weiße Vogel-Spange, die Carol Anns Tante Nan mir geschenkt hatte.

Der Flugplatz Coltrane-Hart florierte, das Hotel war

meist ausgebucht, die Rollbahn rund um die Uhr besetzt mit landenden und startenden Flugzeugen. Durch die Renovierungen, die ich vorgenommen hatte, lief das Geschäft so gut, dass ich Kunden abweisen musste. Immer wieder einmal sprachen wir davon, den Flugplatz zu vergrößern, entschieden uns aber jedes Mal dagegen. Das war nichts für uns. Wir genossen unser einfaches Leben. Außerdem drohte Nola zu kündigen, sollten wir ausbauen.

Zwei Jahre nach der Hochzeit bekam ich den größten Schreck meines Lebens. Ich hatte mich eine Woche lang ständig übergeben, bevor ich James erlaubte, mich zum Arzt zu bringen – nur um zu erfahren, dass ich nicht an der tödlichen Krankheit litt, die zu haben ich felsenfest geglaubt hatte. Ich hatte nicht einmal eine Grippe. Ich war schwanger.

»Ein Kind?«, jammerte ich, sehr zu Dr. Hansons Überraschung. »Aber wie denn?«

Erstaunt sah er zu James, der ihm lachend auf die Schulter klopfte und versprach, es mir zu erklären. Den ganzen Heimweg war ich verstimmt.

Sieben Monate später, in denen ich mir ununterbrochen Gedanken darüber machte, was für eine Mutter ich sein würde und dass mein Leben mit dem Kind definitiv vorbei wäre, kam James jun. mit einem Schopf dunkler Haare und dem liebsten Wesen der Welt in unser Leben.

Jeden Tag betrachtete ich ihn voll Staunen und fragte mich, wie ein so kleiner Mensch allein durch sein Dasein so viele Gefühle in mir wecken konnte. Jeder verliebte sich in seine Pausbäckchen und sein ansteckendes zahnloses Lächeln. Mein Leben war nicht nur nicht vorbei, es blühte auf. Jetzt gab es noch mehr Liebe, noch mehr Freude und noch mehr Zukunft.

Zwei Jahre später brachten wir den kleinen Michael nach Hause. Rund und blond war er, vergötterte seinen großen Bruder, folgte ihm überallhin, sobald er krabbeln konnte, und steckte seine Fingerchen in alles, was ihm unter die Augen kam. Während James jun. mir das Gefühl gab, ich besäße das pädagogische Talent einer ausgebildeten Erzieherin, hatte ich bei Michael den Eindruck, überhaupt nichts zu wissen. Seine überschäumende Lebensfreude und seine Ungeschicklichkeit verursachten täglich neue Katastrophen. Und doch entwickelten wir uns als Familie immer weiter, fuhren in Urlaub, gingen durch den Garten unseres neu gebauten Zuhauses, denn unser altes war mit der Ankunft des zweiten Kinds zu klein geworden.

Trotz der Arbeit ihrer Eltern interessierte sich keiner der beiden Jungs für Flugzeuge. Sie fanden sich mit unserer Aufregung ab, wenn wir ihnen den Gurt anlegten und mit ihnen abhoben, aber das Fliegen lag ihnen nicht im Blut, nicht wie uns, und im Lauf der Zeit nahmen wir sie immer seltener mit in die Luft.

Ein paar Jahre später war ich rein zum Vergnügen bei Sonnenaufgang in der Fairchild PT-19 unterwegs, die James für mich gefunden und in denselben Farben wir Roxy gestrichen hatte, als ich ein bekanntes Regen im Bauch spürte. Ich landete etwas abrupter als gewöhnlich und quälte mich aus dem Gurt, um schnell zum Telefon zu laufen. Aber die Nummer, die ich wählte, war besetzt.

Ich sprang in den Wagen und fuhr so schnell, wie der Morgenverkehr es zuließ, zum Stützpunkt, nur um festzustellen, dass James in einer Sitzung war. Vor seinem Büro tigerte ich auf und ab, bis sich die Tür öffnete und ich mich an den herausströmenden Männern vorbeidrängte.

»Audrey«, sagte James mit besorgter Miene und stand auf. »Ist mit den Jungs was passiert?«

»Bei den Jungs ist alles in Ordnung. Du bist derjenige, dem was ins Haus steht.«

Wir hatten gesagt, dass zwei Kinder genügten. Die Jungs waren gesund und munter, was konnten wir uns noch wünschen?

Ein Mädchen.

Caroline Francesca Genevieve Hart kam an einem kühlen Maimorgen zur Welt, ausgestattet mit einer roten, mürrischen Miene und einem Temperament, das keiner ihrer Brüder besaß.

»Ich weiß nicht, was ich mit ihr machen soll«, beklagte ich mich abends. »Nichts kann sie beruhigen. Was immer ich mache, es nützt nichts.«

Aber eines Tages entdeckte ich das Zaubermittel, rein durch Zufall.

»Was hast du mit ihr angestellt?«, fragte James, als er eines Morgens zum Frühstück nach unten kam und die Kleine zufrieden gurrend auf dem Boden neben mir sitzen sah.

»Ich habe sie fliegen lassen«, sagte ich lachend.

»Was?« Er warf einen Blick nach draußen, als könnte er dort auf dem Rasen tatsächlich ein Flugzeug stehen sehen.

»Nicht richtig, du Dummkopf. Ich habe sie an den Händen gehalten und bin mit ihr durchs Zimmer geflogen und habe dabei gebrummt wie ein Flugzeug. Und schau sie dir jetzt an! Quietschvergnügt wie ein Fisch im Wasser.«

Lächelnd schüttelte er den Kopf. »Unsere Tochter«, sagte er.

»Unser kleines Vögelchen«, sagte ich.

Jetzt drückte James mir die Hand und gab mir einen Kuss auf die Wange, ehe er zu den anderen Offizieren nach vorn hinkte, während das restliche Publikum seine Plätze einnahm.

»Sie sieht so erwachsen aus«, flüsterte meine Mutter neben mir. »Genau wie du in dem Alter. Es ist kaum auszuhalten.« Sie legte sich eine Hand aufs Herz. »Ihr Mädchen macht mich so stolz.«

Lächelnd betrachtete ich die anderen Menschen, die sich zu diesem Anlass eingestellt hatten. James jun. saß da mit seiner Ehefrau, einer lieben jungen Frau mit blonden Locken und blassblauen Augen. Michael, der im Moment solo war, hatte neben ihnen Platz genommen und stieß seinen Bruder immer wieder in die Rippen. In der Reihe dahinter waren Evie und ihr Mann Paul sowie ihre vier Kinder, hinter ihnen James' Schwester Ava mit ihrem Mann Casey und ihren Zwillingstöchtern. Nola und Tom waren gekommen, ebenso wie John und Marion, die mit ihren drei Kindern mittlerweile in Südfrankreich lebten.

Zu Hause warteten Geschenke von allen, die nicht selbst hatten kommen können, es sich aber nicht nehmen lassen wollten mitzufeiern. Von überallher waren Karten und Pakete für unsere Caroline eingetroffen. Claire und ihr Mann hatten geschrieben, ebenso wie Ruby. Und auch von Maxine, Geraldine, Anna, Beatrice und Annie waren Päckchen gekommen. Ich konnte es nicht glauben, als ich die Absenderadresse mit Annies Namen sah. Meine kleine Freundin von der Insel war jetzt vierundvierzig und verheiratet. Aber sie hatte sich spät zur Hochzeit entschieden, zuvor hatte sie Medizin studiert. Mittlerweile arbeitete sie als Hausärztin auf O'ahu, und Claire gehörte zu ihren Patientinnen.

Von Tanya hatte keine von uns je wieder gehört – was uns nicht weiter verwunderte. Und Sharon war, wie wir erfahren hatten, zwei Jahre zuvor bei einem Skiunfall ums Leben gekommen.

Am meisten trauerten wir jedoch um meinen Vater, der einen Monat zuvor der Krankheit erlegen war, gegen die er jahrelang angekämpft hatte. Aber er war bereit gewesen, uns zu verlassen, und war friedlich eingeschlafen, wenige Stunden nachdem er die großartige Nachricht von Caroline gehört hatte.

»Da ist sie«, sagte Mama und nahm meine Hand.

Mit Tränen in den Augen verfolgte ich, wie Caroline zu ihrem Vater trat, der die Ehre hatte, ihr an diesem bedeutsamen Tag der Militärgeschichte das Offizierspatent zu überreichen – der erste Jahrgang von Frauen, die die Air Force Academy absolviert hatten.

Als James ihr die Flügelspange ans Revers steckte, hörte ich im Kopf ihre helle Stimme.

»Da kommt es, Mama!«, hatte sie vor vielen Jahren

immer gerufen und dabei ihren kleinen Körper an mich geschmiegt, die grünen Augen in der gleichen Farbe wie die ihres Vaters zum Himmel gerichtet, ein Ausdruck des Entzückens im Gesicht, wie auch ich es noch heute empfand, wenn ein Flugzeug über mich hinwegflog.

Jeden Morgen hatten wir auf der Veranda gesessen und gewartet. Kurz nach sieben war das rote Sprühflugzeug tief über die Bäume vor unserem Haus hinweggeflogen, und dann war sie von meinem Schoß gesprungen und durch den vorderen Garten gelaufen, den Tau auf ihren Füßen, den Wind in den Haaren, die Arme ausgebreitet.

Mein kleines Vögelchen.

ANMERKUNG DER AUTORIN

Das vorliegende Buch ist ein Roman, aber das bedeutet nicht, dass die Figuren darin für mich nicht real wären. Ich habe mit ihnen gelacht, ich habe mit ihnen geweint und mit ihnen mitgelitten. In ihnen allen steckt etwas von tatsächlichen Personen, die ich kenne und liebe.

Zum ersten Mal von den Women Airforce Service Pilots gehört habe ich in der Junior High oder Highschool. Damals wusste ich kaum mehr, als dass sie Pilotinnen im Zweiten Weltkrieg gewesen sind. Erst als ich bei meiner Tante Bücher darüber fand, wurde mir klar, was sie wirklich waren – Kriegsheldinnen.

Wie in diesem Buch dargestellt, flogen die WASP jede Maschine, über die das Militär verfügte. Manche Flugzeuge kamen nagelneu vom Fertigungsband, manche kamen von der Front und mussten zusammengeflickt, überholt und getestet werden, bevor sie an die Front zurückkehrten – und zu den Männern. Die Ausbildung der Frauen erfolgte »wie in der Armee«. Sie waren allerdings keine Militärangehörigen und erhielten keinerlei Beihilfen und Vergünstigungen, die Militärangehörigen sonst zustehen. Kamen sie ums Leben, mussten die Familie und ihre Freunde für die Kosten der Überführung nach Hause aufkommen. Und nach dem Ende des Programms kehrten sie in ihre Tätigkeiten zurück, die sie vor dem Krieg ausgeübt hatten, ihre Dienstakten wurden unter Verschluss gehalten. Erst 1976, als sich die Air Force Academy endlich auch für Frauen öffnete und diese für sich in Anspruch nahmen, als erste Militärmaschinen zu fliegen, meldeten sich die Frauen der WASP zu Wort. *Sie* waren die ersten gewesen, und sie wollten, dass ihr Land davon erfuhr.

Auch wenn es sich bei meinem Buch um einen Roman handelt, enthält er dennoch reale Aspekte, die auf umfangreichen Recherchen zu dieser Zeit basieren. Zugegeben, es gibt gelegentlich Abweichungen im historischen Ablauf, aber mir ging es darum, ein Bild zu malen, mein Ziel war es, eine Geschichte zu erzählen, und nicht, den Leser in Fakten zu ertränken. Ich will auch nicht mit meinem Wissen über das Fliegen beeindrucken (ich bin keine Pilotin und werde auch nicht versuchen, so zu schreiben, als könnte ich ein Flugzeug steuern. Tatsächlich habe ich sogar ein wenig Angst vorm Fliegen!). Nein, ich habe es mir zur Aufgabe gemacht, meine Leserinnen zu unterhalten und einen kleinen Einblick in die Geschichte des Zweiten Weltkriegs zu geben. Und es hoffentlich zu erreichen, dass alle, die meinen Roman lesen, sich verlieben werden. In eine Epoche. In eine junge Frau, die in einer sich rasant verändernden Welt ihren Weg zu finden versucht. In die mutigen Frauen des WASP-Programms, die ihr Leben aufs Spiel setzten und erst Anerkennung für ihre Verdienste erhielten, als US-Präsident Jimmy Carter 1977 ihnen für ihre Dienstzeit den vollen Status von Militärangehörigen zusprach. Und als Präsident Barack Obama und der Kongress sie 2009 mit der Goldenen Ehrenmedaille des Kongresses auszeichnete.

Eines habe ich von den Frauen des WASP-Programms und dieser Erfahrung, dem Schreiben meines ersten Buchs, gelernt: Es weht immer ein Wind. Wir können uns vor ihm wegducken und uns verstecken, wir können aber auch unsere Schwingen ausbreiten und fliegen.

DANKSAGUNG

Dieses Buch würde es ohne die mutigen Frauen der Women Airforce Service Pilots nicht geben. Über tausend Frauen haben im Dienst für ihr Land ihr Leben riskiert. Und als der Krieg vorbei war, haben sie im Gegenzug dafür nichts erbeten. Ich danke euch für euren Einsatz, Ladys.

Hätte ich an jenem schicksalsträchtigen Tag nicht meine Tante Diane besucht und die Bücher entdeckt, die meine Fantasie entzündeten, wäre diese Geschichte nie entstanden. Ich danke dir, Dakine. Deine Unterstützung, deine selbstlose, freiwillige Arbeit für die US-Veteranen war mir eine große Inspiration.

Es gibt nicht genügend Adjektive, um meine fantastische Agentin Erin L. Cox und meine unglaubliche Lektorin Emily Ohanjanians zu beschreiben. Erin, du hast mir die Hand gehalten und dafür gesorgt, dass ich immer an dieses Buch und an mich geglaubt habe. Emily, du hast erkannt, welche Vision ich hatte, hast sie dir zu eigen gemacht und mit deinem wunderbaren Verstand und deinem lektorierenden Zauberstab zur Perfektion gebracht. Die Zusammenarbeit mit zwei hochintelligenten Frauen war mehr, als ich mir erhoffen konnte, so haben wir drei eine wunderbare Geschichte erschaffen. Ich danke euch, dass ihr an meiner Seite wart.

Meine lieben Freundinnen, Rebecca O'Brien und Sarah Beyersdorf. Ohne eure frühe Lektüre einiger wirklich grauenhafter Entwürfe und ohne eure spätere Aufmunterung hätte ich vielleicht vorzeitig das Handtuch geworfen. Ich stehe in eurer Schuld. Bitte nehmt als Dank einen weiteren grauenhaften Entwurf einer weiteren Geschichte entgegen.

Jamie Pacton. Meine liebe Gefährtin im Schreiben. Danke, dass du an jenem Tag bei mir warst und meine Freundin geworden bist. Danke, dass du mich auf jedem Schritt dieses Weges begleitet hast. Zu deiner Ehrlichkeit, Tapferkeit und Fähigkeit sowohl als Schriftstellerin als auch als Mutter kann man nur aufblicken.

Steph und Steve. Ihr seid spät in dieses Spiel eingestiegen, habt es aber von Grund auf verändert. Einfach großartig, was ihr in wenigen Stunden auf die Beine gestellt habt. Ihr seid bis spät aufgeblieben, habt Karten gezeichnet, mich in militärische Begrifflichkeiten eingewiesen … Was ihr für mein kleines Buch und für mich geleistet habt, grenzt an ein Wunder. Meine unendliche Dankbarkeit ist euch gewiss.

Keine Frau ist komplett ohne ihre beste Freundin. Julie, ich weiß nicht, wo ich ohne deine Liebe, deine Unterstützung und deinen Glauben an mich wäre. Für mich werden wir beide immer die zwei kleinen Mädchen aus Kent sein, die im Naturkundeunterricht gesungen und das Unmögliche geschafft haben: Mr. Werner ein Lächeln zu entlocken.

Meine Eltern Pete und Sharon. Meine zweiten Eltern Al und Margaret Ann. Eure Unterstützung, eure Geschichten und Erfahrungen, die ihr im Leben gemacht habt, werden mich immer anregen und leiten. Ich danke euch. Ich liebe euch.

Meine Geschwister: Sharice, Dianna und Peter. Meine besten Freunde. Mein Kokon. Ihr seid der Grund, warum ich Geschichten mag. Ihr seid meine Geschichten. Ihr seid meine liebsten Kindheitserinnerungen. Gesegnet bin ich, diesem Stamm anzugehören. Die Salazar-Kids. Ich liebe uns.

Last but not least, meine eigene liebe Familie. Mein Cowboy-Mann Danny. Ohne deinen Zuspruch, ohne deinen Glauben an mich, besonders dann, wenn ich an mir zweifle und kurz davor bin aufzugeben – ohne das alles kann ich nicht sein. Und ich kann nicht ohne deine Liebe sein. Ohne dein Gitarrenspiel und deine wunderschöne Stimme. Durch deine Stärke und Entschlossenheit inspirierst du mich Tag für Tag. Danke, dass du mir gezeigt hast, wie der Erfolg aussieht. Danke, dass du immer zu mir stehst.

Jackson und Sofia. Meine Babys. Wer wäre ich ohne euch? Ihr seid die Lichter, die mich leiten. Mein Lachen, mein Herz. Die Inspiration, die jedes Wort auf jeder Seite hervorbringt. Niemand liebt euch wie ich.

Immer.

Danke.